NOTE DE L'ÉDITEUR

Parce que l'œuvre de Charlaine Harris est plus que jamais à l'honneur ; parce que nous avons à cœur de satisfaire les fans de Sookie, Bill et Eric, les mordus des vampires, des loups-garous ou des ménades, les amoureux de Bon Temps, du *Merlotte* et de La Nouvelle-Orléans, nous avons décidé de traduire ce treizième tome de *La communauté du Sud* au plus près de l'original, conformément à la nouvelle édition révisée des tomes précédents.

La narration a été strictement respectée, et chaque nom a été restitué fidèlement au texte original – *Fangtasia*, le fameux bar à vampires, a ainsi retrouvé son nom, comme Alcide, le chef des lycanthropes de Shreveport, et Tara, la grande amie de Sookie...

Nos lecteurs auront donc le plaisir de découvrir cette aventure de Sookie Stackhouse dans un style au plus près de celui de Charlaine Harris et de la série télévisée.

Nous vous remercions d'être aussi fidèles et vous souhaitons une bonne lecture.

D0896452

DANS LE TOME PRÉCÉDENT...

Surprendre son vampire en train d'enlacer une autre femme est une humiliation terrible. Même s'il paraît évident qu'il s'est fait piéger. Lorsque la police a débarqué, accusant Eric du meurtre d'une jeune donneuse volontaire, Sookie s'est donc efforcée d'élucider le mystère. Cependant, la vérité qu'elle a découvert lui a donné froid dans le dos : derrière ce meurtre se cachaient Claude, le cousin faé qu'elle hébergeait, et Jannalyn, la Louve dont Sam était amoureux. Cette ultime trahison a tourné au tragique lorsque, réglant ses comptes avec la meute, Jannalyn a tué Sam par mégarde. Heureusement, Sookie portait sur elle le cluviel dor que tous convoitaient. Sa magie a ressuscité Sam, mais désormais toutes les cartes sont mêlées : Sam est vivant, bien que profondément troublé, et Eric juge que Sookie a plutôt préféré sauver son ami que leur amour.

Du même auteur

Catherine Linton

Si douce sera la mort

Lily Bard

1. Meurtre à Shakespeare
2. Fin d'un champion
3. Sombre célébration
4. Libertinage fatal
5. Vengeance déloyale

**Les mystères
de Harper Connelly**

1. Murmures d'outre-tombe
2. Pièges d'outre-tombe
3. Frissons d'outre-tombe
4. Secrets d'outre-tombe

Aurora Teagarden

Une série en 8 tomes

1. Le club des amateurs
   de meurtres
2. Un crime en héritage
3. À vendre : trois chambres,
   un cadavre

Série Sookie Stackhouse
- la communauté du sud -

1. Quand le danger rôde
2. Disparition à Dallas
3. Mortel corps à corps
4. Les sorcières de Shreveport
5. La morsure de la panthère
6. La reine des vampires
7. La conspiration
8. La mort et bien pire
9. Bel et bien mort
10. Une mort certaine
11. Mort de peur
12. Mort sans retour
13. Mort à jamais

Interlude mortel (nouvelles)

Mort à jamais

Catalogage avant publication de Bibliothèque et Archives nationales
du Québec et Bibliothèque et Archives Canada

Harris, Charlaine
       [Dead ever after. Français]
       Mort à jamais
       (La communauté du Sud; 13)
       Traduction de: Dead ever after.
       ISBN 978-2-89077-554-1
       I. Muller, Anne. II. Titre. III. Titre: Dead ever after. Français.
       IV. Collection: Harris, Charlaine. Communauté du Sud; 13.
PS3558.A77D42314 2014   813'.54   C2013-942721-X

COUVERTURE
Photo: © Maude Chauvin, 2009
Conception graphique: Annick Desormeaux / Anne-Laure Jean

INTÉRIEUR
Composition: Facompo

Titre original: DEAD EVER AFTER
Ace Book, New York, publié par The Berkley Publishing Group,
une filiale de Penguin Group (USA) Inc.
© Charlaine Harris, 2013
Traduction en langue française: © Éditions J'ai lu, 2014
Édition canadienne: © Flammarion Québec, 2014

HBO® and True Blood® are service marks of Home Box Office, Inc.

Imprimé au Canada
www.flammarion.qc.ca

CHARLAINE HARRIS

Série Sookie Stackhouse
LA COMMUNAUTÉ DU SUD - 13

Mort à jamais

Traduit de l'anglais (États-Unis)
par Anne Muller

Flammarion
Québec

Je dédie ce livre à toutes celles et tous ceux qui ont suivi cette série avec fidélité, du début à la fin. Certains ont commencé à lire mes livres avant True Blood, *et d'autres sont arrivés après. Et tous, vous avez témoigné d'une incroyable générosité en proposant vos idées, vos théories et vos aspirations pour le futur de Sookie.*

Lorsque j'ai écrit la fin de cette série, je savais que je ne pourrais pas faire plaisir à chacun d'entre vous. J'ai donc décidé de suivre mon plan initial, celui que j'ai en tête depuis le début. J'espère que vous serez d'accord avec moi et que vous approuverez cette conclusion.

Remerciements

Depuis quatorze ans, je vis avec une jeune femme du nom de Sookie Stackhouse. Je la connais désormais aussi bien que la paume de ma main. À présent, il est difficile d'imaginer qu'en 1999, après avoir lu le premier chapitre de sa vie, mon agent Joshua Bilmes ait eu tant de mal à lui trouver une maison. Deux ans plus tard, c'est John Morgan, de chez Ace Books, qui estimait qu'il serait peut-être intéressant de publier *Quand le danger rôde*. J'ai donc deux grands mercis à adresser : Joshua est mon agent depuis le tout début de ma carrière, et John est toujours mon ami.

Lorsque John Morgan a quitté le groupe Penguin (temporairement), c'est Ginjer Buchanan, éditeur de renom, qui s'est occupé de moi. Elle a eu un certain nombre d'assistantes. Parmi elles, c'est Kat Sherbo qui a facilité le projet complexe et ardu que représentait le recueil *Mariage mortel* (J'ai Lu, 2013). Et elle l'a fait avec grande gentillesse.

Lisa Desimini, l'artiste qui a apporté une touche si caractéristique à la couverture de l'édition américaine de mes livres, mérite des applaudissements plus qu'enthousiastes – que Dieu la bénisse !

Il y a tant de monde à remercier que j'ai peur d'en oublier. Mais je me lance. L'avocat Mike Epley m'a fourni des conseils inestimables pour *Mort à jamais*, comme il l'a fait pour les tomes précédents. Mike, merci d'avoir pris le temps de répondre à tous ces mails interminables. Leur sujet : les jeunes femmes qui fréquentent des vampires et se mettent dans le pétrin. Les erreurs éventuelles sont les miennes et ne reflètent absolument pas les compétences hors pair de Mike.

Je me dois de mentionner deux de mes amies, les plus chères. Au fil des années, elles sont devenues à la fois lectrices et conseillères. Elles me rassurent et me donnent sans compter leurs retours et leurs encouragements. Sans elles, l'aventure aurait été bien plus difficile. Dana Cameron et Toni L.P. Kelner... Je vous adore !

Du côté de mon site web, www.charlaineharris.com, mes remerciements les plus chaleureux vont à Dawn Fratini, et à sa dévotion. Elle ne savait absolument pas dans quoi elle s'engageait – personne ne pouvait imaginer l'ampleur que prendrait le site. J'en profite également pour remercier mes modératrices, anciennes et actuelles. Non seulement elles m'ont aidée lors de situations extrêmement difficiles, mais elles sont devenues mes amies. Parmi les expertes ès modération se trouvent Katie Phalen, Debi Murray, Beverly Battillo et Kerri Sauer. Victoria Koski, Michele Schubert, MariCarmen Eroles et Lindsay Barnett, entre autres, sont toujours à pied d'œuvre. L'investissement de Rebecca Melson s'est avéré inestimable, à de nombreux titres.

Pour ce qui est de Paula Woldan, ma meilleure amie, mon assistante, mon roc, je lui suis profondément reconnaissante. Elle m'a accompagnée sur tous ces chemins vers l'inconnu. Au gré de ces voyages, nous avons passé ensemble des moments merveilleux avec des personnes formidables. Si j'ai pu me détendre et en profiter à plein, c'est grâce à Paula qui veillait sur tout.

En plus de son Stetson de modératrice, Victoria Koski porte celui de scripte. C'est elle qui veille à la continuité de l'univers de Sookie Stackhouse. Elle est montée à bord pour me sauver de la noyade dans l'océan de détails qu'était devenue la saga. Victoria a pris les commandes du navire, juste à temps pour éviter le naufrage. Depuis, elle s'arrange pour que je maintienne le cap. Merci Victoria, tu fais un travail extraordinaire.

Alan Ball, qui a apprécié mes livres, leur a donné une impulsion époustouflante lorsqu'il a estimé qu'il pourrait s'en inspirer pour créer une série télévisée. Merci Alan, pour toutes ces heures passionnantes, ainsi que pour des expériences extraordinaires que je n'aurais jamais vécues si toi, Christina et Gianna n'aviez pas intégré mon paysage.

Lorsque j'ai commencé à écrire les histoires de Sookie, ma fille avait huit ans. À présent, elle s'apprête à finir ses études supérieures. C'est cette étape, plus que toutes les autres, qui m'a ouvert les yeux sur le fait que je raconte les aventures de Sookie depuis vraiment très longtemps. Alors un grand merci à toute ma famille, et tout particulièrement à mon mari. Ils ont supporté mes absences, ma distraction, les visiteurs inattendus et l'attention embarrassante que me témoignaient des inconnus. Hal, Patrick, Timothy, Julia... Je vous aime plus que ma vie. Et les nouveaux membres de notre famille me sont tout aussi chers.

Envers vous, mes lecteurs, j'ai une dette de gratitude infinie. Votre loyauté et l'intérêt que vous avez manifesté pour les personnages que j'ai imaginés me vont droit au cœur. Merci de m'avoir suivie fidèlement tout au long de ces livres – ceux qui ont réussi, tout comme ceux qui n'ont pas tout à fait répondu à mes attentes. Je me suis toujours attachée à vous donner le meilleur de moi-même. Pour moi, c'est cela, le contrat tacite que passe un écrivain avec celles et ceux qui le lisent. J'apprécie à sa juste valeur toute l'émotion bouillonnante que vous m'avez donnée en retour.

CHARLAINE HARRIS

Prologue

Janvier

À ses cheveux gris, on pouvait lui donner la cinquantaine. Le soir de son rendez-vous avec le diable, l'homme d'affaires de La Nouvelle-Orléans était accompagné de son garde du corps et chauffeur, bien plus jeune et plus grand que lui.

— C'est vraiment le Diable, qu'on va voir ? demanda le garde du corps.

Il semblait tendu. Ce qui n'avait rien de très surprenant.

— Pas le Diable, mais un diable, répondit l'homme d'affaires en appuyant sur les articles.

En apparence, il paraissait détaché et très à l'aise. À l'intérieur, cependant, ce n'était pas forcément le cas.

— J'ai appris pas mal de choses, depuis qu'il m'a abordé au banquet de la Chambre de Commerce, poursuivit-il.

Il jeta un regard circulaire, s'efforçant de repérer la créature qu'il avait accepté de revoir, avant de continuer.

— Il m'a convaincu qu'il était ce qu'il était. J'avais toujours cru que ma fille divaguait. Je pensais qu'elle s'imaginait avoir des pouvoirs parce qu'elle voulait quelque chose qui... lui appartienne vraiment. À présent, je suis prêt à admettre qu'elle a un certain talent. Quoiqu'elle se surestime, c'est évident.

Même pour La Nouvelle-Orléans, cette nuit de janvier s'avérait froide et humide. L'homme d'affaires trépignait pour se réchauffer. Il ajouta, toujours à l'attention de son compagnon :

— Se rencontrer ainsi à un carrefour[1], c'est tout à fait traditionnel, vous savez.

La rue n'était pas aussi animée qu'en été, mais quelques fêtards, touristes et habitants la parcouraient, vivant leur vie nocturne. Il n'avait pas peur, se disait-il.

— Ah, le voilà.

Le diable était bien habillé, tout comme l'homme d'affaires. Il portait une cravate Hermès, un costume italien et des chaussures sur mesure. Dans ses yeux curieusement translucides, le blanc luisait, cernant des iris marron qui, selon l'angle de vision, prenaient des reflets rouges.

— Que m'apportez-vous ? demanda-t-il d'un ton indifférent.

— Deux âmes. Tyrese est d'accord pour se joindre à moi dans cette démarche.

Le diable porta son regard sur le garde du corps. Après un instant, ce dernier hocha la tête. Très grand, c'était un homme afro-américain à la peau assez claire, avec un regard noisette très vif.

— De votre plein gré ? s'enquit le diable d'une voix neutre. Tous les deux ?

---

1. Selon les croyances largement répandues, c'est à la croisée des chemins que Satan fait signer ses contrats. La légende locale veut que Tommy Johnson, bluesman afro-américain du Mississippi, ait conclu un pacte avec le Diable. Plus tard, les mêmes rumeurs ont circulé autour de Robert Johnson (*Sweet Home Chicago*) – qui n'a aucun lien de parenté avec Tommy. Robert aurait vendu son âme pour acquérir son incroyable talent, à un carrefour des environs de Clarksdale, toujours dans le Mississippi.

— De mon plein gré, déclara l'homme d'affaires.

— De mon plein gré, confirma le garde du corps.

— Alors nous sommes en affaires. Au travail.

Le mot « affaires » déclencha un sourire chez le plus âgé des deux hommes. Il était désormais plus à l'aise.

— Formidable. J'ai les documents ici avec moi, et ils sont signés.

Tyrese ouvrit une mince chemise de cuir et en sortit deux feuilles – rien de dramatique, pas de parchemin ni de peau humaine. Simplement deux feuilles de papier d'imprimante, que la secrétaire de l'homme d'affaires avait acheté chez OfficeMax. Tyrese les présenta au diable, qui leur jeta un bref regard.

— Vous allez devoir les signer à nouveau, annonça-t-il. L'encre ne suffit pas, pour ce type de signature.

L'homme d'affaires fronça les sourcils.

— Je pensais que vous plaisantiez, sur ce point.

— Je ne plaisante jamais. J'ai un certain sens de l'humour, et même un sens certain, je vous assure. Mais pas lorsqu'il s'agit de contrats.

— Il faut vraiment qu'on signe…

— De votre sang ? Oui, absolument. C'est la tradition. Et vous allez le faire immédiatement. Je vous promets que personne ne vous verra, précisa-t-il – il avait vu juste, dans le regard gêné de l'homme d'affaires.

Un silence épais enveloppa les trois hommes, et une sorte de pellicule épaisse tomba entre eux et le reste de la rue.

L'homme d'affaires soupira bruyamment et roula les yeux, manifestant ainsi que, pour lui, cette tradition tenait du mélodrame. Puis il leva le regard vers son chauffeur.

— Tyrese, votre couteau, je vous prie.

L'arme jaillit à la vitesse de l'éclair. Sa lame aiguisée étincelait sous la clarté des réverbères. L'homme d'affaires retira rapidement sa veste et la passa à son compagnon. Après avoir déboutonné son poignet, il remonta sa manche en la roulant. Souhaitant sans doute se pavaner devant le diable, il passa fermement l'acier tranchant sur son bras gauche. La naissance d'un fin filet de sang épaissi récompensa son effort, et il fixa le diable droit dans les yeux, tout en acceptant la plume que ce dernier avait fait apparaître... encore plus rapidement que Tyrese avec son poignard. Après avoir trempé la plume dans le liquide rouge, l'homme d'affaires signa de son nom le premier document, que son chauffeur tenait appuyé contre la chemise de cuir.

Puis l'homme d'affaires rendit le couteau à son garde du corps et se rhabilla. Son employé suivit à son tour la même procédure. Après avoir inscrit son nom sur son propre contrat, il souffla dessus pour sécher le sang, comme s'il avait écrit avec un vulgaire stylo et qu'il souhaitait empêcher l'encre de couler.

Le diable afficha alors un large sourire. Et dès ce moment-là, il perdit toute ressemblance avec un négociant prospère.

Il semblait bien trop heureux – pour être honnête.

— Tu auras une prime à la signature, déclara-t-il à l'homme d'affaires. Puisque tu m'as apporté une âme supplémentaire. Au fait, comment te sens-tu ?

— Comme toujours, répondit l'homme. Peut-être un peu en colère.

Il boutonna sa veste et sourit brusquement, les dents soudain aussi luisantes et tranchantes que le couteau, avant de s'adresser à son employé.

— Comment vous portez-vous, Tyrese ?

— Un peu énervé, avoua celui-ci, mais ça va aller.

— De toute façon, vous étiez tous deux de mauvaises personnes, précisa le diable, d'un ton parfaitement neutre. Les âmes des innocents sont bien plus douces. Mais je suis ravi de vous avoir. J'imagine que vous allez coller à la liste habituelle ? La richesse ? La défaite de vos ennemis ?

16

— Absolument ! répliqua l'homme d'affaires, plein de sincérité et de passion. Et puisque j'ai droit à une prime, j'ai quelques requêtes de plus. Ou alors – est-ce que je pourrais recevoir la prime en liquide ?

Le diable lui sourit doucement.

— Oh, non. Je ne fais pas dans le cash. Je préfère les services.

Son interlocuteur parut réfléchir un instant.

— Je peux revenir là-dessus un peu plus tard ?

Une faible lueur d'intérêt brilla dans le regard du diable.

— Tu ne veux pas une Alfa Romeo, ou une nuit avec Nicole Kidman, ou la plus grande maison du Quartier Français ?

Catégorique, l'homme d'affaires secoua la tête.

— Je suis certain que je trouverai quelque chose qui me tient à cœur. Et quand je l'aurai trouvé, je veux avoir les meilleures chances de l'obtenir. Revenons à nos moutons. Avant Katrina, j'étais prospère. Et après Katrina, je croyais devenir riche, parce que tout le monde avait besoin de bois de construction et que j'avais une scierie.

Il respira profondément et poursuivit son histoire, malgré l'ennui manifeste du diable.

— Mais j'ai eu du mal à mettre en place de nouvelles lignes d'approvisionnement. Les gens n'avaient pas d'argent, ils étaient ruinés. Et il a fallu attendre long-temps pour que les assurances commencent à rembour-ser. J'ai fait des erreurs, en pensant que tous ces entrepreneurs d'un jour me paieraient à l'heure. Pour finir, mon business est trop dispersé, tout le monde me doit du fric, et côté banque, c'est aussi serré qu'une capote sur un éléphant. Ça commence à se savoir.

Il baissa les yeux avant d'ajouter :

— Je suis en train de perdre toute mon influence dans cette ville.

Le diable savait déjà tout cela, très certainement. Peut-être même que c'était justement pour toutes ces raisons qu'il l'avait approché. De toute évidence, cette litanie de plaintes ne l'intéressait pas le moins du monde.

— Très bien, tu auras ta prospérité, déclara-t-il avec énergie. Et je suis impatient de connaître ta requête supplémentaire. Tyrese, puisque je possède ton âme aussi, que désires-tu ?

— Je ne crois pas en l'existence des âmes, rétorqua Tyrese. Et mon patron non plus, je crois. Ça ne nous gêne pas de vous donner quelque chose que nous n'avons pas.

Et il se fendit d'un large sourire en toisant le diable, d'homme à homme. C'était une erreur, car le diable n'avait rien d'un être humain.

Il lui rendit son sourire et celui de Tyrese s'effaça instantanément.

— Que désires-tu ? répéta le diable. C'est la dernière fois que je te le demande.

— Je veux Gypsy Kidd. Son vrai nom, si vous en avez besoin, c'est Katy Sherboni. Elle travaille au *Babes*, sur Bourbon Street. Je veux qu'elle m'aime comme moi je l'aime.

L'homme d'affaires sembla déçu de son employé.

— Tyrese, vous auriez dû demander quelque chose de plus durable. Le sexe, on en trouve partout à La Nouvelle-Orléans, et des filles comme Gypsy, il y en a à la pelle.

— Vous avez tort. Les âmes, c'est n'importe quoi. Mais l'amour, je sais que c'est une fois dans la vie d'un homme. Gypsy, je l'aime. Si elle m'aime, je serai heureux. Et si vous gagnez de l'argent, patron, alors moi aussi. J'en ai déjà assez. Je ne suis pas gourmand.

Le diable le considéra d'un air pensif, presque tendre.

— La gourmandise, ça me connaît, dit-il. Il est possible, Tyrese, que tu finisses par regretter de ne pas avoir demandé des actions au porteur...

18

Le chauffeur secoua la tête.

— Le deal me va comme ça. Si vous me donnez Gypsy, le reste, ça roulera tout seul. Je le sais, c'est tout.

Le diable le regarda avec ce qui ressemblait étrangement à de la pitié. Si tant est que cette émotion fasse partie de son répertoire.

— Alors profitez-en bien, vous m'entendez ? conseilla-t-il aux deux hommes fraîchement privés d'âme.

Ils ne savaient pas s'il se moquait d'eux ou s'il était sincère.

— Tyrese, tu ne me reverras que pour notre ultime rencontre.

Puis il se tourna vers l'employeur.

— Quant à toi, Monsieur, on se reverra bientôt. Passe-moi un coup de fil quand tu te seras décidé sur ta prime. Voici ma carte.

L'homme d'affaires saisit la carte blanche et ordinaire. Pour toute inscription, elle portait un numéro de téléphone. Ce n'était pas celui qu'il avait déjà appelé pour fixer le rendez-vous.

— Et si c'est dans des années ?

— Il n'y a pas de danger, fit le diable, dont la voix s'éloignait.

L'homme d'affaires releva la tête et s'aperçut que le diable était déjà à la moitié du pâté d'immeubles. Après sept pas de plus, il parut se fondre dans le trottoir crasseux, ne laissant qu'une vague impression dans l'air froid et humide.

L'homme d'affaires et son chauffeur firent volte-face et se pressèrent dans la direction opposée. Le chauffeur ne revit jamais le diable sous cette forme-là. L'homme d'affaires ne le revit qu'en juin.

Très loin de là, à des milliers de kilomètres, un homme grand et mince était allongé sur une plage de Basse-Californie. Délaissant les pièges à touristes où il aurait rencontré toute une foule de ses semblables – des gringos qui auraient pu le reconnaître – il était venu dans ce bar délabré, qui tenait plus de la case que d'un véritable bâtiment. Pour une somme modique, le propriétaire louait à ses clients une grande serviette assortie d'un parasol, et leur envoyait son fils de temps à autre pour renouveler leurs boissons. Il était recommandé de consommer sans s'interrompre.

L'homme longiligne sirotait un Coca, qu'il avait acheté à prix d'or – ce qui ne semblait pas le déranger outre mesure. Assis sur sa serviette, blotti dans l'ombre du parasol, il portait un chapeau, des lunettes de soleil et un caleçon de bain. Tout près de lui se trouvait un sac à dos vétuste. Ses sandales, posées dans le sable, dégageaient une légère odeur de caoutchouc échauffé. Il écoutait un iPod et souriait, manifestement très satisfait de ce qu'il entendait. Il souleva son chapeau pour se passer la main dans ses cheveux blonds aux racines grises. À en juger par son corps, il devait avoir la quarantaine et, par rapport à ses épaules larges, il avait une tête plutôt petite. Il semblait ne pas être accoutumé à un travail manuel, sans pour autant paraître riche : toute sa tenue, des sandales au caleçon en passant par le chapeau et la chemise chiffonnée, provenait d'un Wal-Mart ou d'un quelconque magasin bon marché.

Il n'était pas judicieux de donner l'impression qu'on était nanti, par ici. C'était même dangereux et les gringos n'échappaient pas forcément à la violence. Pour la plupart, les touristes arrivaient et repartaient par avion, séjournant dans des clubs sans s'aventurer plus loin dans la campagne environnante. Il y avait bien d'autres étrangers, par-ci, par-là, généralement des hommes sans famille et sans attache. Il flottait autour d'eux une impression générale de désespoir... ou de clandestinité. Mieux valait ne pas chercher à découvrir les raisons pour lesquelles ils avaient choisi un lieu de résidence aussi dangereux. Le fait de poser des questions pouvait s'avérer très mauvais pour la santé.

L'un de ces étrangers, un nouvel arrivant, s'avança et vint s'asseoir auprès de l'homme longiligne, trop près pour que cette proximité soit due au hasard, surtout sur une plage presque déserte. Le regard caché par ses lunettes de soleil, l'homme longiligne toisa l'intrus de côté. Il devait avoir la trentaine. Ni grand ni petit, ni beau ni laid, ni maigre ni musclé. Physiquement, il était moyen sous tous rapports. Cet homme moyen observait l'homme longiligne depuis quelques jours déjà. Ce dernier savait qu'il viendrait l'aborder tôt ou tard.

L'homme moyen avait soigneusement choisi le meilleur moment. Les deux gaillards étaient assis à un endroit de la plage où personne d'autre ne pouvait les entendre, ni s'approcher d'eux sans être vu. Même par satellite, il était peu probable qu'on puisse les repérer. Le plus grand des deux était en partie dissimulé sous le parasol. Le visiteur se tenait dans son ombre.

— Vous écoutez quoi ? demanda l'homme moyen en indiquant du doigt les écouteurs insérés dans les oreilles de l'autre.

Il avait une légère pointe d'accent. Allemand, peut-être ? Il devait venir d'un de ces pays d'Europe, se dit l'homme longiligne, qui n'avait jamais beaucoup voyagé. Il trouvait également que l'intrus avait un sourire affreusement déplaisant. Objectivement, c'était un sourire parfaitement normal, mais il donnait l'impression que c'était celui d'un animal qui montrait les crocs avant de vous mordre.

— Vous êtes homo ? Ça ne m'intéresse pas, fit remarquer l'homme longiligne. Et d'ailleurs, dans ce cas, vous irez en enfer.

— J'aime les femmes, répondit l'autre. Énormément. Parfois même, plus qu'elles ne le souhaiteraient.

Son sourire s'accentua avec férocité. Puis il répéta :

— Vous écoutez quoi ?

L'homme longiligne hésita, dévisageant son compagnon avec une certaine colère. Il n'avait parlé à personne depuis des jours. Il se décida enfin pour la vérité.

— J'écoute un sermon.

L'homme moyen ne montra qu'un léger étonnement.

— Vraiment ? Un sermon ? Je ne vous aurais pas imaginé dans la peau d'un ecclésiaste.

Son rictus le contredisait cependant, et un vague sentiment de malaise gagna l'homme longiligne. Il se mit à penser à son arme, dans le sac à dos, tout près de lui. Il avait ouvert ses boucles en le posant, ce qui représentait du moins un léger avantage.

— Eh bien vous avez tort, mais Dieu ne vous punira pas pour autant, répliqua-t-il calmement, en souriant avec bienveillance. J'écoute l'un de mes propres sermons. Je prêchais à la foule et lui apportais la parole de Dieu.

— Et personne ne vous a cru ?

L'homme moyen pencha la tête de côté, exprimant la curiosité.

— Beaucoup m'ont cru. Beaucoup. J'attirais un grand nombre de fidèles. Mais une fille du nom de... Une fille a causé ma ruine. Et dans un certain sens, elle a envoyé mon épouse en prison.

— Le nom de cette fille ne serait-il pas... Sookie Stackhouse, par hasard ? demanda l'homme moyen, qui retira ses lunettes de soleil pour dévoiler un regard aux reflets trop pâles.

L'homme longiligne releva la tête d'un coup pour lui faire face.

— Comment le savez-vous ?

Juin

Le diable mangeait ses beignets, très proprement, lorsque l'homme d'affaires s'avança vers la table en terrasse. Le diable nota la démarche pleine de vitalité de Copley Carmichael. Même au bord de la faillite, il paraissait prospère, et à présent, il le semblait encore plus. Ces temps-ci, Carmichael apparaissait souvent dans la rubrique économique du journal. Un apport de capital l'avait rapidement remis en selle et il comptait parmi les acteurs de poids de La Nouvelle-Orléans. Son influence politique s'était accrue au fur et à mesure qu'il injectait de l'argent dans l'économie vacillante de la cité dévastée par Katrina – un cataclysme dans lequel le diable n'avait strictement aucune responsabilité, faisait-il remarquer aussitôt à quiconque évoquait le sujet.

Aujourd'hui, Carmichael, vigoureux et en pleine forme, semblait avoir dix ans de moins que ses artères. Il s'assit à la table du diable sans le saluer.

— Où est ton employé, monsieur Carmichael ? demanda le diable après avoir pris une gorgée de café.

Carmichael prit sa commande auprès du serveur et lorsque celui-ci se fut éloigné, il répondit :

— Ces jours-ci, Tyrese a des ennuis, alors je lui ai accordé des congés.

— S'agit-il de la jeune femme ? Gypsy ?

— Absolument, confirma Carmichael, au bord de la dérision. Je savais bien qu'elle ne lui attirerait que des ennuis. Mais il était persuadé que l'amour vaincrait !

— Ça n'a pas été le cas ?

23

— Oh si, elle est dingue de lui. Elle l'aime tellement qu'elle lui saute dessus à longueur de journée. Elle n'a pas pu s'en empêcher. Alors qu'elle savait qu'elle était séropositive. C'est un détail qu'elle n'a pas cru bon de partager avec Tyrese, cependant.

— Ah. Je n'y suis pour rien, dans ce virus. Alors comment se porte Tyrese ?

Carmichael eut un haussement d'épaules indifférent.

— Il est séropositif aussi. Il est sous traitement et, de nos jours, la mort n'est pas aussi rapide qu'avant. Mais il ne le prend pas très bien. Il a des réactions très émotives. Je n'aurais jamais pensé qu'il soit si bête, conclut-il en secouant la tête d'un air désabusé.

— Il semblerait que tu te sois décidé, pour ta prime à la signature ? fit le diable.

Carmichael ne voyait aucun lien entre les deux idées.

— En effet, acquiesça-t-il.

Il adressa un large sourire au diable et se pencha en avant, adoptant une mine de conspirateur. Dans un murmure presque inaudible, il précisa :

— Je sais exactement ce que je veux. Je veux que vous me trouviez un cluviel dor.

Le diable afficha une surprise manifeste.

— Comment se fait-il que tu connaisses l'existence d'un objet aussi rare ?

— Ma fille en a parlé dans une conversation, expliqua Carmichael sans la moindre parcelle de honte. Ça m'a semblé intéressant, mais elle s'est interrompue avant d'avoir mentionné le nom de la personne qui était censée en avoir un. Alors j'ai demandé à quelqu'un de pirater sa boîte mail. J'aurais dû le faire bien avant – ça m'a éclairé sur bien des points. Elle vit avec un type en qui je n'ai aucune confiance. Après notre dernière entrevue, elle s'est mise en colère contre moi, à tel point qu'elle refuse catégoriquement de me revoir. Mais maintenant, je peux la surveiller sans qu'elle le sache, et je peux la protéger de ses erreurs de jugement.

Il était d'une sincérité absolue. C'était manifeste pour le diable, qui lisait comme à livre ouvert dans l'esprit de Carmichael. Il était convaincu qu'il aimait sa fille et que, dans tous les domaines, il savait ce qu'il lui fallait.

— Si je comprends bien, reprit le diable, Amelia a eu des discussions avec quelqu'un au sujet d'un cluviel dor. Et c'est ainsi qu'elle en est venue à en parler avec toi. Très intéressant. Personne n'en a possédé depuis… enfin, très longtemps. Seul un faé peut fabriquer un cluviel dor. Tu as compris, j'imagine, que les faé ne sont pas de toutes petites choses magiques avec des ailes.

Carmichael opina du chef.

— C'est ahurissant, de découvrir l'existence cachée de toutes ces créatures. J'y crois, maintenant. Et je dois bien reconnaître que ma fille n'est peut-être pas si loufoque, finalement. En revanche, je suis certain qu'elle est complètement à côté de la plaque sur l'étendue de son pouvoir.

Le diable haussa ses sourcils au tracé parfait. Dans la famille Carmichael, la fille n'était apparemment pas la seule à se faire des illusions…

— Revenons au cluviel dor. Les faé les ont tous utilisés. Je crois qu'il n'en reste plus un seul sur terre. Et depuis le grand bouleversement, je ne peux plus m'introduire en Faérie. Il y a bien eu une ou deux expulsions… En revanche, rien ne peut pénétrer en Faérie.

Il semblait en éprouver quelque regret.

— Il existe encore un cluviel dor, rectifia Copley Carmichael. Et d'après ce que j'ai pu comprendre, c'est une amie de ma fille qui le cache. Je suis certain que vous pourrez le trouver.

— C'est tout à fait fascinant. Et que veux-tu en faire ? Quand je l'aurai trouvé, bien entendu.

Son interlocuteur répondit d'une voix qui trahissait l'intensité de sa volonté.

— Je veux récupérer ma fille. Je veux avoir le pouvoir de changer sa vie. Je sais très bien ce que je veux en faire, dès que vous l'aurez déniché pour moi. La femme qui sait où il se trouve... n'y renoncera pas facilement. C'est sa grand-mère qui le lui a laissé. Et elle ne m'apprécie franchement pas.

Le diable tourna son visage en direction du soleil matinal et une brève lueur rouge passa dans son regard.

— Incroyable. Je vais mettre les choses en marche. Le nom de l'amie de ta fille, celle qui sait peut-être où se trouve le cluviel dor ?

— Elle habite à Bon Temps. Au nord d'ici, pas très loin de Shreveport. Sookie Stackhouse.

Le diable hocha lentement la tête.

— Je connais ce nom.

Juillet

Lorsque le diable rencontra de nouveau Copley Carmichael, c'était trois jours après leur conversation au *Café du Monde*. Il passa à sa table, au *Commander's Palace*. Carmichael attendait qu'on lui serve son déjeuner. Son téléphone plaqué contre l'oreille, il discutait avec un fournisseur qui mendiait une rallonge de crédit. Carmichael n'était pas en faveur de la transaction et ne s'en cachait pas. Lorsqu'il leva les yeux, le diable se tenait là, dans le même costume qu'il avait porté pour leur premier rendez-vous, tiré à quatre épingles et tout à fait détendu.

L'homme d'affaires posa son téléphone et le diable se glissa dans la chaise en face de lui.

Carmichael avait sursauté en le reconnaissant. Il détestait les surprises et se montra imprudent.

— Que diable faites-vous ici ? grogna-t-il, agressif. Je ne vous ai jamais demandé de passer me voir.

— Que diable, en effet…

Le diable, qui ne semblait aucunement vexé, commanda un scotch single malt au serveur qui était apparu à ses côtés.

— J'aurais pourtant pensé que cela te ferait plaisir, d'avoir des nouvelles de ton cluviel dor.

L'expression de son interlocuteur changea du tout au tout.

— Vous l'avez trouvé ! Vous me l'avez apporté !

— J'en suis attristé, monsieur Carmichael, mais ce n'est pas le cas, reprit le diable, qui ne semblait pas triste du tout. Quelque chose de totalement inattendu a déjoué notre plan.

Le serveur déposa le whisky devant lui d'un air cérémonieux, et il en prit une gorgée avant d'approuver d'un signe de tête.

— Quoi ! s'exclama Carmichael, la voix presque étouffée par la fureur.

— Mlle Stackhouse a utilisé le cluviel dor, dont la magie s'est consumée jusqu'à la dernière goutte.

Il y eut un interlude muet, un silence rempli de toutes les émotions qu'appréciait le diable.

— Je vais la détruire ! s'exclama Carmichael avec toute la hargne vicieuse dont il était capable.

Il faisait un effort surhumain pour ne pas hurler.

— Vous allez m'aider, poursuivit-il. C'est ça que je veux, à la place du cluviel dor.

— Oh là làààà ! Mais tu as déjà utilisé ton bonus, monsieur Carmichael. Attention, la gourmandise est un vilain défaut…

— Mais vous ne m'avez pas apporté le cluviel dor !

Pourtant habitué à la jungle du monde des affaires, Carmichael était éberlué et plus qu'indigné.

— Je l'ai trouvé, et j'étais prêt à le prendre dans sa poche, répondit le diable. Je suis entré dans le corps d'une personne qui se tenait à côté d'elle. Mais elle l'a utilisé avant que je puisse m'en saisir. Le service que tu m'as demandé, c'était de le trouver. Tu as utilisé ce terme à deux reprises – et le mot « dénicher », une fois. J'ai rempli mon contrat.

Et il avala son verre d'un coup.

— Au moins, aidez-moi à me venger d'elle, insista Carmichael, rouge de rage. Elle nous a eus tous les deux.

— Pas moi. J'ai vu Mlle Stackhouse de près et j'ai parlé à de nombreuses personnes qui la connaissent. C'est apparemment une femme intéressante. Je n'ai aucune raison de lui causer du tort.

Il se leva et ajouta :

— Et d'ailleurs, si tu le permets, je te conseille de renoncer. Elle a des amis très puissants, dont ta fille.

— Ma fille se balade avec des sorcières. Elle n'a jamais pu gagner sa vie toute seule, en tout cas pas complètement. J'ai fait faire des recherches discrètes sur ses « amies », réagit Carmichael en soupirant, à la fois furieux et exaspéré. Il faut bien que je me rende à l'évidence : leurs pouvoirs existent. Mais qu'est-ce qu'elles en ont fait ? La plus puissante habite dans un véritable taudis !

Il frappa la table pour appuyer ses paroles.

— Ma fille pourrait faire partie de l'élite dans cette ville ! Elle pourrait travailler pour moi et prendre en charge tout un tas de machins caritatifs. Mais non ! Au lieu de ça, elle vit dans son petit monde, avec son imbécile de petit ami. Un raté. Comme sa copine Sookie. Mais là, je vais m'en occuper. Ce n'est qu'une serveuse, alors ses amis soi-disant puissants...

Le diable lança un regard vers sa gauche. À deux tables de là se trouvait un homme tout rond, aux cheveux noirs. Il était assis seul à une table couverte de plats. L'homme tout rond fixa le diable en retour, sans cligner des yeux, sans détourner le regard. Ce que très peu d'hommes étaient capables de faire. Après un long moment, ils inclinèrent tous deux la tête.

De son côté, Carmichael dévisageait le diable avec haine.

— Pour Tyrese, je ne te dois plus rien, fit le diable. Et tu m'appartiens pour l'éternité. Vu le chemin sur lequel tu t'engages, il se peut que je t'aie plus tôt que prévu.

Son visage lisse se fendit d'un sourire à glacer le sang. Puis il se leva et s'en fut.

La fureur de Carmichael s'accrut encore lorsqu'il s'aperçut qu'il devait régler la note pour le scotch. Il ne remarqua pas l'homme tout rond. Qui, en revanche, lui accordait toute son attention.

1

La veille, j'avais fait revenir mon boss d'entre les morts.

À peine éveillée, je me suis levée pour le retrouver à moitié habillé, dans mon jardin de derrière, étendu sur ma chaise longue. Il était environ 10 heures et nous étions au mois de juillet – il faisait déjà très chaud. Sous le soleil matinal, la chevelure de Sam formait une broussaille d'or et de cuivre. Il a ouvert les yeux tandis que je descendais les marches pour le rejoindre. J'étais encore en chemise de nuit et j'évitais de penser à mes propres cheveux – je n'avais l'air de rien et je le savais.

— Comment tu te sens ?

Je pouvais à peine parler. J'avais la gorge éraillée d'avoir hurlé, la veille, en voyant Sam baigner dans son propre sang, dans la cour de la ferme d'Alcide Herveaux. Sam a remonté les genoux pour me laisser de la place. Son jean était éclaboussé de taches rouges. Il était torse nu – sa chemise était sûrement trop écœurante pour qu'il puisse la porter.

Pendant un long moment, il n'a pas répondu. Sans un mot, il m'avait donné la permission de m'asseoir à côté de lui mais il ne semblait pas accueillir ma présence à bras ouverts.

Puis il a fini par s'exprimer.

— Je ne sais pas comment je me sens. Je n'ai pas l'impression d'être moi-même. C'est comme si quelque chose en moi avait changé.

À ses paroles, je me suis recroquevillée intérieurement. C'était bien ce que je craignais.

— Je sais que... enfin, on m'a dit que... il y a toujours un prix à payer, quand il s'agit de magie. Mais je croyais que ce serait moi qui devrais débourser. Je suis désolée.

— Tu m'as ramené. Je crois que j'ai droit à un petit temps d'adaptation.

Sa voix ne laissait paraître aucune émotion et il ne souriait pas.

Mal à l'aise, je me suis agitée un peu.

— Ça fait longtemps, que tu es dehors ? Je peux te préparer un jus d'orange ou un café ? Un petit-déjeuner ?

— Je suis venu il y a quelques heures. Je me suis couché sur le sol. J'avais besoin de reprendre le contact.

— Avec quoi ?

Je n'étais peut-être pas aussi bien réveillé que je le pensais.

— Avec mon côté naturel, a-t-il dit très lentement, en pesant ses mots avec soin. Les métamorphes purs sont les enfants de la nature. D'après notre mythologie en tout cas. Parce qu'on peut se transformer en tout ce qu'on veut. On dit que la mère de la terre voulait créer une créature versatile à l'extrême : elle devait être capable de remplacer n'importe quelle race qui se serait éteinte. Cette créature, c'était le métamorphe. Je pourrais par exemple regarder une image de tigre à dents de sabre, et me transformer pour en devenir un. Tu savais ça ?

— Non.

— Je crois que je vais rentrer. Je vais aller chez moi et...

Sa voix s'est éteinte.

— Et quoi ?

— Me trouver une chemise, a-t-il répondu après un temps. C'est vrai, je me sens tout bizarre. Ton jardin est complètement incroyable.

J'étais un peu désorientée, et plutôt inquiète. Une partie de moi voyait bien que Sam aurait besoin de temps pour se remettre de son traumatisme : il était mort, et il était revenu à la vie. Mais l'autre partie, celle qui connaissait Sam depuis des années, était désemparée de constater à quel point il semblait étrange. Je ne le reconnaissais pas. J'étais l'amie, l'employée, la petite amie occasionnelle, et l'associée de Sam – tout cela et bien plus encore – depuis plusieurs années. J'aurais parié qu'il ne pourrait plus me surprendre.

Je l'ai observé, les yeux plissés, tandis qu'il sortait ses clés de sa poche. Puis je me suis levée pour qu'il puisse en faire autant et il a regagné son pick-up. Une fois installé derrière le volant, il m'a regardée à travers le pare-brise pendant de longues secondes. Puis il a tourné la clé et levé la main. La joie m'a envahie soudain. Il allait baisser la fenêtre et m'appeler pour que je vienne et qu'on se dise au revoir. Mais il a passé la marche arrière, fait demi-tour, et pris lentement l'allée qui menait à Hummingbird Road. Sans un mot. Ni « à plus tard », ni « merci », ni rien du tout.

Et qu'est-ce qu'il avait voulu dire, au sujet de mon jardin incroyable ? Il était pourtant venu dans mon jardin des douzaines de fois.

Cette énigme-là, au moins, je l'ai résolue rapidement. Je me suis tournée pour rentrer à pas lourds. L'herbe était d'un vert… saisissant. Et soudain, j'ai aperçu mes trois plants de tomates, que j'avais installés quelques semaines auparavant. Ah ? Je me suis brusquement immobilisée. La dernière fois que je les avais regardés, sans doute une semaine plus tôt, ils étaient malingres et souffraient d'un manque prononcé d'eau et d'engrais.

Celui qui se trouvait le plus à gauche semblait sur le point de rendre l'âme – si l'on considère qu'un plant de tomates puisse avoir une âme... À présent, tous trois étaient forts et verts, et ployaient contre leur tuteur sous le poids des tomates. Comme si quelqu'un les avait fertilisés avec un produit miraculeux.

Bouche ouverte, j'ai fait un tour sur moi-même, examinant toutes les fleurs et les arbustes du jardin – et il y en avait un sacré tas.

Pour beaucoup, les femmes Stackhouse étaient des jardinières enthousiastes. Au fil des générations, elles avaient planté des rosiers, des marguerites, des hortensias, des poiriers... une quantité incroyable de verdure. Et moi, je ne m'en occupais pas très bien.

Mais bon. En tout cas, en quelques jours seulement, alors que j'étais engluée dans mes problèmes, le jardin entier s'était gavé d'anabolisants. L'intervention du Géant Vert, peut-être ? Tout ce qui était censé fleurir était chargé de pétales éblouissants, tout ce qui était censé porter fruit l'avait fait, et lourdement. Tout le reste était vert, brillant et épais. Je ne comprenais pas ce qui avait pu se passer.

Avant de rentrer, j'ai ramassé quelques tomates rondes et bien mûres au passage – elles seraient parfaites pour accompagner quelques tranches de bacon dans un sandwich, pour le déjeuner. Mais avant cela, j'avais quelques petites choses à faire.

J'ai vérifié ma liste de contacts sur mon portable : oui, j'avais bien enregistré le numéro de Bernadette Merlotte, dite Bernie. La mère de Sam, et métamorphe pure, comme lui. La mienne est morte quand j'avais sept ans, alors je n'étais peut-être pas très bon juge mais il me semblait que Sam entretenait une belle relation avec Bernie. S'il y avait un moment qui justifiait d'appeler une maman, c'était bien celui-ci.

Je ne vais pas dire que la conversation a été facile et, en tout cas, elle n'a pas été longue. Mais quand j'ai rac-croché, Bernie Merlotte était déjà en train de remplir son sac de voyage pour venir à Bon Temps. Elle devait arriver en fin d'après-midi.

Avais-je bien fait ? Après avoir retourné l'affaire dans tous les sens, je me suis dit que oui. En plus, j'ai décidé de prendre ma journée. Et peut-être plus d'une. J'ai appelé au *Merlotte* et j'ai raconté à Kennedy que j'avais la grippe. Elle m'a promis qu'ils m'appelleraient en cas de crise, mais que sinon, tout le monde me laisserait tranquille pour que je puisse me soigner.

— Je ne pensais pas qu'on pouvait attraper la grippe en juillet, m'a fait remarquer Kennedy avec un sourire dans la voix. Mais Sam a appelé, lui aussi, pour dire la même chose.

Et merde !

— Vous avez dû vous la donner, non ? a-t-elle sug-géré, le ton plein de sous-entendus.

Je n'ai pas dit un mot.

— Bon, bon, d'accord ! Je ne t'appelle que s'il y a le feu. Soigne bien ta grippe, en attendant !

Là, forcément, les rumeurs allaient courir à toute vitesse. Mais je me suis dit que ce n'était pas la peine de m'en inquiéter. J'ai beaucoup dormi, et j'ai beaucoup pleuré. J'ai nettoyé et rangé tous les tiroirs de ma cham-bre – table de chevet, coiffeuse et commode. J'ai jeté ce qui ne me servait plus à rien, et j'ai regroupé le reste d'une façon qui me semblait logique. Et j'ai attendu... d'avoir des nouvelles. De n'importe qui.

Mais le téléphone n'a pas sonné. J'ai entendu énormé-ment de... rien du tout. Et j'ai mangé énormément de... rien du tout. À part des tomates. Que je me préparais en sandwiches. Et dès que j'avais cueilli les mûres, elles étaient remplacées par des vertes. J'en ai ramassé quelques-unes pour les faire frire. Quand les autres ont fini de mûrir, j'ai cuisiné ma propre salsa, pour la toute première fois. Pendant ce temps-là, les fleurs fleurissaient, fleurissaient, fleurissaient. J'en ai mis des brassées entières dans chacune de mes pièces. Je suis même allée jusqu'au cimetière pour en laisser sur la tombe de Gran, puis sur la véranda de Bill. Si j'avais aimé ça, j'aurais pu en avaler une pleine assiette à chaque repas.

Ailleurs

La femme aux cheveux rouges émergea de la prison avec lenteur. Elle avait une expression soupçonneuse, comme si elle s'attendait à une mauvaise farce. Elle cligna des yeux dans le soleil éblouissant et se mit en marche vers la rue. Une voiture s'était garée là, mais elle ne lui prêta aucune attention. Il ne lui vint pas à l'esprit que ses occupants pouvaient l'attendre.

Un homme moyen en sortit, côté passager avant. C'était ainsi qu'elle le percevait : un homme moyen. Ses cheveux étaient d'un brun moyen, il était moyennement grand, d'une corpulence moyenne, avec une expression moyennement souriante. Ses dents, en revanche, étaient d'un blanc éclatant. Elles étaient parfaites. Des lunettes noires dissimulaient son regard.

— Mademoiselle Fowler, lança-t-il. Nous sommes venus vous chercher.

Elle lui fit face, hésitante. Elle avait le soleil dans les yeux, qu'elle plissa pour mieux voir. Elle avait survécu à tant de choses – amitiés, amours et mariages brisés, maternité en toute solitude, trahisons… sans oublier une blessure par balle. Elle n'avait donc pas la moindre intention de passer pour une proie facile.

— Vous êtes qui ? demanda-t-elle sans céder un pouce de terrain.

Le soleil impitoyable révélait chacune de ses rides et tous les défauts du produit bas de gamme dont elle avait teint ses cheveux, dans la salle de bains de la prison. Elle en était parfaitement consciente.

— Vous ne me reconnaissez pas ? Nous nous sommes rencontrés lors de l'audition, fit l'homme moyen d'une voix presque douce.

Il retira ses lunettes et la mémoire de la femme aux cheveux rouges se mit en mouvement.

— Vous êtes l'avocat. C'est vous qui m'avez fait sortir, reconnut-elle en souriant. Je ne sais pas pourquoi vous avez fait ça, mais j'ai une dette envers vous. La prison, je n'avais pas besoin de ça, c'est clair. Je veux voir mes enfants.

— Vous les verrez, la rassura l'homme tout en ouvrant la porte arrière et lui faisant signe de monter. Je vous en prie, s'il vous plaît. Je suis navré, j'aurais dû vous appeler Madame Fowler.

C'est avec un sentiment de délivrance qu'elle grimpa dans la voiture, heureuse de se laisser aller contre le siège moelleux, enchantée de se retrouver dans la fraîcheur dispensée par la climatisation. Elle n'avait pas eu autant de confort depuis des mois. C'était une fois qu'on les avait perdus qu'on apprenait à apprécier la courtoisie et les sièges rembourrés (sans compter les bons matelas et les serviettes épaisses).

— J'ai été Madame plusieurs fois. Et Mademoiselle aussi. Vous pouvez m'appeler comme vous voulez, je m'en fiche. Elle est super, cette caisse.

— Ravi qu'elle vous plaise, fit le chauffeur, un homme très grand aux cheveux grisonnants coupés court.

Il se retourna pour dévisager la femme aux cheveux rouges et lui sourit, avant de retirer lui aussi ses lunettes de soleil.

— Oh ! mon Dieu, s'exclama-t-elle d'une voix altérée. C'est vous ! Pour de vrai, en chair et en os. Je croyais que vous étiez en taule. Mais vous êtes là !

On la sentait à la fois impressionnée et perturbée.

— Oui, ma sœur. J'ai appris que tu étais une fidèle particulièrement dévouée. Tu as prouvé ta valeur. Je t'ai simplement remerciée en te sortant de prison. Tu n'aurais jamais dû t'y retrouver, car tu ne le méritais pas.

Elle détourna le regard. Au fond d'elle-même, elle avait conscience de ses péchés et de ses crimes. Mais cet homme si estimé – qu'elle avait vu à la télévision, en plus ! – pensait qu'elle était une femme bien, et cette considération lui faisait l'effet d'un baume au cœur.

— Alors c'est pour ça que vous avez donné tout ce fric, pour ma caution ? Ça faisait une sacrée somme, quand même. J'en gagnerai jamais autant, de toute ma vie.

— J'ai l'intention de vous soutenir aussi loyalement que vous l'avez fait pour moi, intervint l'homme longiligne d'un ton égal. En plus, nous savons que vous ne vous enfuirez pas.

Il lui sourit de nouveau et Arlene se dit qu'elle avait décidément bien de la chance. Le fait que quelqu'un paie plus de cent mille dollars pour sa mise en liberté sous caution lui semblait incroyable. Et pour tout dire, suspect. *Mais jusqu'ici, tout va bien*, pensa-t-elle.

— Nous vous ramenons chez vous à Bon Temps, annonça l'homme moyen. Vous pourrez voir vos petits, Lisa... et Coby...

La façon dont il prononçait leurs noms la mit mal à l'aise. Mais elle étouffa cet accès de doute aussi vite qu'il était apparu.

— Ils ne sont plus si petits que ça. Mais nom de D... euh, j'ai vraiment besoin de les voir. Ils m'ont manqué chaque jour.

— En retour, il y a quelques petites choses que vous pourrez faire pour nous, si vous le voulez bien, poursuivit l'homme moyen.

C'était certain, il avait bien une légère pointe d'accent étranger.

Arlene Fowler sut d'instinct que les petites choses en question n'auraient rien de petit. Et qu'elle n'aurait pas le choix. Elle étudia pensivement les deux hommes. Pour elle, pas de doute : ils ne s'intéressaient pas à quelque chose qu'elle n'aurait aucun mal à leur abandonner – comme son corps, par exemple. Ils ne souhaitaient pas non plus qu'elle change leurs draps ou qu'elle astique leur argenterie. Elle se sentait mieux, maintenant que les cartes étaient étalées sur la table, prêtes à être retournées.

— Aha, dit-elle. Comme quoi ?

— Je crois sincèrement que lorsque vous saurez, ça ne vous embêtera pas du tout, fit le chauffeur. Vraiment pas.

— Tout ce que vous avez à faire, expliqua l'homme moyen, c'est d'avoir une conversation avec Sookie Stackhouse.

Il y eut un long silence. Arlene Fowler fixait les deux hommes tour à tour d'un air calculateur.

— Et si je refuse, vous me remettez en prison, j'imagine ?

— Puisque vous êtes en liberté sous caution en attendant votre procès, je suppose que ce serait possible, répondit le chauffeur longiligne sur un ton raisonnable. Mais cela m'ennuierait énormément. Pas vous ?

Il s'était adressé à son compagnon, qui secouait la tête d'un air chagriné.

— Ce serait fort dommage. Les enfants seraient si tristes. Auriez-vous peur de Mlle Stackhouse ?

Il y eut un moment de silence tandis qu'Arlene se débattait avec différentes vérités.

— Je suis la dernière personne que Sookie souhaiterait revoir, tenta-t-elle. Elle croit que tout est de ma faute. Pour le jour où...

Elle ne put terminer.

L'homme moyen le fit pour elle en adoptant un ton des plus agréables.

— Le jour où toutes ces personnes se sont fait tirer dessus. Vous y compris. Mais je la connais un peu, et je crois qu'elle vous laissera parler. Nous vous expliquerons exactement ce que vous devrez dire. Ne vous inquiétez pas au sujet de son talent. Je crois que tout ira bien de ce côté-là.

— Son talent ? Sa télépathie, vous voulez dire ? Vous parlez d'un talent ! s'esclaffa Arlene. C'est la malédiction de sa vie.

Les deux hommes sourirent, formant un tableau particulièrement déplaisant.

— En effet, approuva le chauffeur. C'est une véritable malédiction, et je crois que cela ne va pas s'arranger.

— Mais qu'est-ce que vous lui voulez, à Sookie ? Elle n'a rien, sauf sa vieille bicoque.

— Elle nous a causé énormément d'ennuis, ainsi qu'à d'autres personnes, répondit le chauffeur. Nous dirons simplement que maintenant, c'est son tour. Elle va avoir de gros ennuis.

2

Le soir de mon second jour de solitude, j'ai dû me rendre à l'évidence. Il fallait absolument que j'aille trouver Eric. Évidemment, c'était lui qui aurait dû passer me voir. C'était lui qui s'était tiré, quand j'avais ramené Sam à la vie. Il devait penser que mon geste signifiait que j'aimais Sam plus que lui. J'irais donc à Shreveport, et nous aurions une discussion, parce que son silence me faisait mal. Pendant un moment, j'ai contemplé les feux d'artifice qui montaient du parc, en ville – c'était le 4 juillet – puis je suis rentrée m'habiller. J'allais suivre mon instinct : cap sur le *Fangtasia*.

Je me suis habillée avec soin, sans toutefois en faire trop. J'avais besoin de voir Eric en tête à tête, mais une fois sur place je pouvais rencontrer n'importe qui.

Aucun des vampires du *Fangtasia* ne m'avait donné de nouvelles. Je ne savais même pas si Felipe de Castro, Roi du Nevada, de Louisiane et de l'Arkansas, demeurait encore à Shreveport, occupé à fourrer son nez dans les affaires d'Eric et à lui compliquer la vie. Pour tout arranger, Felipe avait amené avec lui sa petite amie, Angie et son second, Horst, et Eric n'appréciait pas du tout la situation. Felipe était fourbe et malin comme un singe, et sa petite bande n'avait rien à lui envier.

J'ignorais également si Freyda, Reine de l'Oklahoma, se trouvait toujours dans les parages. Appius Livius Ocella, le créateur d'Eric, avait conclu un contrat avec Freyda. Très sommairement, il avait vendu Eric – en tout cas, c'est comme ça que je voyais les choses – qui appartenait désormais à Freyda. C'était de l'esclavage de luxe car, en tant que consort, Eric percevrait toute une panoplie d'avantages. Le seul problème, c'était qu'Appius ne lui en avait pas parlé avant d'agir et qu'il se retrouvait, disons, partagé. C'était le moins qu'on puisse dire. Il n'avait jamais imaginé renoncer un jour à son rôle de shérif : c'était lui, le plus gros poisson dans la mare, et ce statut lui allait comme un gant. Il avait toujours travaillé dur et amassé des monceaux d'argent pour quiconque gouvernait la Louisiane. Et depuis que les vampires étaient sortis du cercueil, il s'acquittait de bien plus que cela. Grand, magnifique, bon orateur et dynamique, Eric accomplissait des merveilles pour l'intégration des vampires dans notre société. Pour couronner le tout, il avait même épousé un être humain : moi. Même si la cérémonie n'avait pas eu lieu selon le rite des hommes.

Il avait naturellement des côtés plus sombres. C'était un vampire, et il ne faisait pas bon l'oublier.

Sur tout le chemin qui menait de Bon Temps à Shreveport, je me suis demandé au moins cinquante fois si je n'étais pas en train de commettre une énorme erreur. Quand je me suis garée derrière le *Fangtasia*, j'étais si tendue que je tremblais comme une feuille. J'avais mis ma robe dos nu préférée, rose à pois. J'ai remis la bretelle bien en place, j'ai respiré à fond plusieurs fois, et j'ai frappé. La porte s'est ouverte. Pam était appuyée contre le mur du couloir, les bras croisés, l'air sombre.

— Pam, l'ai-je saluée.

— Tu ne devrais pas être ici.

Je savais que sa première allégeance était envers Eric, et qu'elle le serait toujours. Pourtant j'avais cru qu'elle m'aimait bien, du moins autant qu'elle pouvait apprécier un humain. Ses paroles m'ont fait l'effet d'une gifle en pleine figure. J'avais déjà suffisamment de peine. Mais j'étais venue parler à Eric, pour voir si je pouvais arranger les choses entre nous, lui dire qu'il se trompait au sujet de Sam et moi – et apprendre de lui ce qu'il avait décidé au sujet de Freyda.

— Il faut que je parle à Eric.

Je n'ai pas tenté d'entrer – je savais que c'était dangereux.

À ce moment-là, la porte du bureau d'Eric s'est ouverte à toute volée. Il se tenait debout dans l'encadrement. Avec sa crinière d'or, Eric était grand, très viril, et en principe, dès qu'il me voyait, il souriait.

Mais pas ce soir.

— Sookie, je ne peux pas te parler maintenant. Horst va arriver d'une seconde à l'autre. Ce n'est pas la peine de lui rappeler que tu existes. Ils ont convoqué un avocat pour étudier le contrat.

C'était comme s'il parlait à une étrangère qui, de plus, n'avait rien à faire sur son seuil. Il paraissait à la fois furieux et blessé.

Mon cœur débordait de choses à exprimer. Plus que tout au monde, je mourais d'envie de le prendre dans mes bras et de lui dire à quel point il comptait pour moi. Mais alors que j'avançais d'un pas vers lui, Eric s'est reculé avant de refermer la porte de son bureau.

Je me suis figée sous le choc et la peine, m'efforçant de retenir mes larmes. Pam s'est glissée vers moi, plaçant une main sur mon épaule pour me faire pivoter et m'éloigner. Dès que le lourd battant métallique de l'entrée s'est refermé sur nous avec fracas, elle s'est penchée vers mon oreille.

— Ne reviens plus ici. C'est trop dangereux. Il se passe beaucoup de choses et il y a trop de visiteurs.

Puis elle a levé la voix pour lancer :

— Et ne reviens plus s'il ne t'appelle pas !

Après m'avoir poussée contre ma voiture, elle a disparu à l'intérieur, dans ce mouvement furtif si typique des vampires qui évoque la magie – ou un très bon jeu vidéo.

Alors je suis rentrée, en ressassant l'avertissement de Pam, les paroles d'Eric et son attitude. J'ai pensé à pleurer, mais je n'en avais pas l'énergie. J'étais trop fatiguée d'être triste. De toute évidence, le *Fangtasia* traversait une passe tumultueuse et de nombreuses choses dépendaient de ce qui allait se décider. Je ne pouvais absolument rien faire – excepté rester à l'écart et espérer que je survivrais au changement de régime. C'était comme si j'étais sur le pont du *Titanic*, à observer le désastre imminent...

Une autre matinée s'est passée, une journée de plus pendant laquelle je retenais mon souffle en guettant la conclusion de l'histoire. Quelle qu'elle soit...

J'avais l'impression d'attendre, non pas de comprendre, mais plutôt qu'une enclume me tombe sur la tête.

Si je n'avais pas reçu un accueil aussi dévastateur au *Fangtasia*, j'aurais peut-être tenté de faire bouger les choses, toute seule, mais je me sentais découragée – doux euphémisme. Alors j'ai marché à travers les bois pour poser un panier de tomates sur la terrasse des Prescott. Et après cette longue promenade dans la chaleur écrasante, j'ai tondu ma pelouse, qui ressemblait plus à une prairie qu'à du gazon. Je me sentais toujours mieux quand j'étais dehors – plus entière, plus moi-même... Et c'était une bonne chose, parce qu'il y avait toujours une tonne de jardinage à faire. J'ai gardé mon portable avec moi tout le temps.

44

J'ai attendu que Sam m'appelle. En vain. Pareil pour Bernie.

J'aurais cru que Bill viendrait me voir pour m'expliquer ce qui se passait côté vampires. Peine perdue.

Le jour suivant, en me levant, j'avais reçu un message d'Eric. En quelque sorte. Il m'avait adressé un texto – un texto ! – et en plus, il ne l'avait pas envoyé lui-même. C'était Pam qui relayait le message, un peu raide, m'informant qu'il me parlerait plus tard dans la semaine. J'avais nourri l'espoir que Pam ferait une apparition, que je pourrais pleurer sur son épaule ou qu'elle me donnerait des nouvelles d'Eric. Mais rien, nada, personne.

Je me suis assise sur ma terrasse de devant, avec un verre de thé glacé et j'ai fait le tour des dégâts. Sur un plan émotionnel, j'étais épuisée. Je ne savais même pas si mon cœur était brisé. C'était peut-être un peu mélodramatique, mais voici comment je voyais les choses : Eric et moi, nous nous débattions avec les chaînes de l'amour qui nous liait l'un à l'autre, et nous ne pouvions ni les briser ni nous en dépêtrer.

J'avais des douzaines d'hypothèses et de questions, et je redoutais chacune des réponses. J'ai fini par sortir ma griffe de jardin, l'outil que je déteste le plus au monde.

Ma petite Gran me disait autrefois qu'il y a parfois des choix à faire, et qu'on récolte ce que l'on sème. À présent, je comprenais tout à fait. Gênée par la radio, je me suis mise à raisonner tout haut.

— Elle avait raison. Quand on prend une décision, on en assume les conséquences.

Mais je n'avais pas véritablement pris de décision en utilisant le cluviel dor pour sauver Sam. J'avais suivi mon instinct.

Brutalement, saturée de toute cette introspection, j'ai atteint mes limites. J'ai jeté ma griffe avec violence et j'ai poussé un hurlement suraigu.

Je n'en pouvais plus, de réfléchir à tout ça.

Ras le bol. Tout simplement.

J'ai tout rangé, je me suis douchée, et tout à coup j'ai entendu une voiture crisser sur les graviers de mon allée. Quelle bonne surprise : c'était Tara, dans sa fourgonnette. Lorsqu'elle est passée devant la cuisine, j'ai tenté de voir si les jumeaux se trouvaient à l'arrière, dans leurs sièges auto. Mais les fenêtres du véhicule étaient teintées et je ne discernais rien. C'était toujours un choc, de voir Tara dans cette voiture. Mais pendant sa grossesse, elle et JB avaient juré d'être des parents modèles, et pour eux, ce type de véhicule faisait partie du contrat. Droite comme un « i », Tara a foncé vers la porte au pas de charge – mais au moins, c'était la porte de derrière, ce qui signifiait qu'elle venait en amie. Elle ne s'est pas donné la peine de frapper, ouvrant les battants d'un large geste avant de lancer un appel à tue-tête.

— Sookie ! T'as intérêt à être ici ! T'es habillée, au moins ?

— Je suis là.

Je me suis retournée pour lui faire face tandis qu'elle pénétrait dans ma cuisine. Elle portait un legging brun avec un chemisier ample et blanc, et sa longue tresse pendait dans son dos. Malgré son maquillage minimaliste, elle était sublime, comme toujours. J'ai noté pourtant qu'elle n'avait pas épilé ses sourcils depuis un certain temps – les affres de la maternité. Le fait d'avoir des jumeaux ne devait pas arranger les choses et elle avait certainement beaucoup de mal à trouver du temps pour elle.

— Où sont les bébés ?

— Chez la maman de JB. Elle bavait d'envie de les avoir pour quelques heures.

— OK. Alors ?

— Alors tu ne vas pas au travail ! Comment ça se fait ? Tu ne réponds pas à tes mails ! Tu ne prends plus ton courrier au bout de l'allée !

Elle a flanqué un paquet d'enveloppes et de magazines de toutes tailles sur la table et ses yeux lançaient des éclairs.

— Tu sais dans quel état ça nous met ? Tu imagines ce que ça me fait, à moi ?

Elle m'accusait d'avoir fait preuve d'égoïsme en désertant. Il y avait du vrai et j'en avais un peu honte. Mais si je m'étais tenue à l'écart, c'était pour faire le point avec moi-même, et réfléchir à ma vie ainsi qu'à mon futur.

— Non mais dis donc ! ai-je répliqué, piquée au vif. J'ai prévenu que j'étais malade, au boulot. Et toi, je suis étonnée que tu viennes ici – tu risques d'attraper mes microbes et de les transmettre aux bébés !

— Tu m'as l'air en pleine forme, a-t-elle réagi sans le moindre atome de compassion. Qu'est-ce qui vous est arrivé, à toi et à Sam ?

Ma colère s'est évanouie aussitôt.

— Il ne va pas bien ?

— Il se fait remplacer par Kennedy depuis des jours. Il lui parle par téléphone. Et il n'a pas mis un pied dans le bar.

Elle me fixait toujours avec colère, mais sa posture s'adoucissait. J'entendais dans ses pensées qu'elle s'inquiétait vraiment.

— Kennedy est très contente de faire des heures supplémentaires : elle et Danny sont en train d'économiser pour s'installer ensemble. Mais Sookie, un business, ça ne se gère pas tout seul. Depuis qu'il a acheté le bar, Sam n'a jamais manqué quatre jours de boulot d'affilée, sauf s'il était en voyage.

Ses dernières paroles me parvenaient comme à travers un brouillard. Sam allait bien.

Je me suis assise un peu brusquement.

— OK. Maintenant, tu me dis ce qui s'est passé, m'a ordonné Tara en s'installant en face de moi. Je n'étais franchement pas sûre de vouloir être au courant, mais je crois qu'il faut.

Effectivement, j'avais vraiment envie de parler à quelqu'un de ce qui s'était passé à la ferme d'Alcide Herveaux. Mais je ne pouvais pas tout raconter à Tara, lui parler des Loups renégats, de la façon dont Jannalynn avait trahi sa meute et son chef, des actes effroyables qu'elle avait commis. Je ne pouvais même pas m'imaginer ce que Sam pouvait ressentir. Non seulement il avait appris la véritable nature de sa petite amie – même si j'avais compris, à quelques petits détails, qu'il l'avait toujours soupçonnée de jouer sur plusieurs tableaux – mais il avait dû également digérer sa mort, une mort d'une violence inouïe. En s'efforçant d'éliminer Alcide, son chef de meute, Jannalynn avait asséné un coup mortel à Sam. Ensuite, Mustapha Khan l'avait exécutée.

J'ai ouvert la bouche pour lui raconter l'histoire, puis je me suis rendu compte que je ne savais pas par où commencer. Impuissante, je dévisageais mon amie de toujours, bouche bée. Elle s'est contentée d'attendre, son expression indiquant clairement qu'elle ne bougerait pas d'un poil avant d'avoir entendu la vérité. J'ai fini par me reprendre.

— Le gros de l'histoire, c'est que Jannalynn ne fait plus partie du paysage. C'est définitif. Ensuite, que j'ai sauvé la vie de Sam. Et qu'Eric estime que j'aurais dû faire quelque chose pour lui au lieu de sauver Sam. Quelque chose d'important, dont j'étais consciente.

Tara serrait les lèvres pour contrôler son expression, ne pas révéler à quel point elle était paniquée.

— Ce qui veut dire qu'en réalité Jannalynn n'est pas partie en Alaska pour rendre visite à sa cousine, a-t-elle conclu, avec une pointe de triomphe dans la voix.

Elle s'était bien doutée qu'il y avait quelque chose de louche dans cette histoire.

— Aux dernières nouvelles, là où elle a dû se retrouver, il fait nettement plus chaud qu'en Alaska...

Elle a gloussé – car elle ne s'était pas trouvée sur les lieux.

— À ce point ? Elle a vraiment fait quelque chose de mauvais ? J'ai lu dans le journal que quelqu'un était passé aux aveux par téléphone, auprès de l'officier responsable du meurtre de Kym Rowe, et que la personne avait disparu ensuite. C'était Jannalynn, non ?

J'ai opiné. Tara n'était pas choquée – elle avait déjà croisé des êtres qui faisaient du mal aux autres. Dont ses propres parents.

— Donc, tu n'as pas parlé à Sam depuis.

— Pas depuis le lendemain matin.

J'espérais que Tara me raconterait qu'elle l'avait vu et qu'ils avaient discuté. Mais elle a attaqué un autre sujet qu'elle estimait plus captivant.

— Et le Viking ? En quel honneur il s'énerve, lui ? Il n'avait pas besoin qu'on lui sauve la vie, il est déjà mort !

J'ai levé les mains, paumes vers le haut, cherchant le meilleur moyen d'exprimer les choses. Autant être honnête, sans rentrer dans les détails.

— C'est comme si... j'avais eu un vœu. Un vœu magique. J'aurais pu l'utiliser pour sortir Eric d'une situation pénible. Ça lui aurait changé son avenir. Mais au lieu de ça, j'ai sauvé Sam.

Et j'avais attendu les retombées. Car lorsqu'on fait appel à une magie aussi puissante, il y a toujours des conséquences.

Tara, qui avait souffert aux mains de certains vampires, a soudain souri largement. Eric lui avait sauvé la vie, autrefois. Malgré tout, elle le détestait autant que n'importe quel mort-vivant.

— Un génie t'a accordé trois vœux ou quoi ?

Elle plaisantait mais ce n'était pas loin de la vérité : si on remplaçait « génie » par « faé », « trois vœux » par « un vœu », et qu'on rajoutait le cluviel dor, on avait toute l'histoire.

— C'est un peu ça. Eric est débordé de problèmes, ces temps-ci, c'est vrai. Des trucs qui vont chambouler sa vie complètement.

C'était la plus stricte vérité, mais ce n'était pas très convaincant, et Tara avait visiblement du mal à ne pas ricaner.

— Et dans sa bande, est-ce qu'on a pensé à t'appeler ? Et Pam ?

Les pensées de Tara montraient qu'elle estimait que j'avais de bonnes raisons de m'inquiéter si les vampires avaient décidé que je n'étais plus rien pour eux. Et elle n'avait pas tort.

— Ce n'est pas parce que c'est fini entre toi et leur boss qu'ils vont te détester, si ?

De son côté, elle en était plus ou moins persuadée.

— Je ne crois pas qu'on ait vraiment rompu, mais il est super en colère. Pam m'a transmis un message de sa part – un texto !

— Eh ben c'est mieux qu'un Post-it. Alors dis-moi, qui t'a donné des nouvelles, hein ? a insisté Tara avec impatience. Il se passe tout un tas de trucs bizarres, et personne ne t'appelle pour en parler ? Et Sam, il n'est pas venu ici pour se jeter à tes pieds et les couvrir de baisers ? Ta maison devrait être pleine de fleurs, de chocolats et de stripteaseurs !

— Ah, ai-je fait remarquer, faisant preuve d'une incroyable finesse. Eh bien... le jardin est curieusement plein de fleurs. Et de tomates.

— Tous ces SurNat, qui t'ont laissée tomber, je leur crache à la tête, a conclu Tara, sans toutefois joindre le geste à la parole, ce qui m'arrangeait bien. Écoute,

Sook, reste avec tes copains humains maintenant, et laisse donc les autres sur le bas-côté.

Elle était plus que sérieuse.

— Trop tard, je ne peux plus...

Je lui ai souri, tout en ayant l'impression que mon visage n'était pas fait pour cela.

— Alors viens faire du shopping. Il me faut des soutiens-gorge, parce que j'ai l'impression d'être une vache à lait. Je ne sais pas combien de temps je vais tenir à ce rythme, je t'assure !

Tara allaitait ses jumeaux et son décolleté avait pris une certaine ampleur. Il n'était pas le seul. Mais je n'allais certainement pas lui jeter la pierre. Ce changement de sujet me convenait parfaitement et je me suis engouffrée dans la brèche.

— Comment vont les petits ? lui ai-je demandé avec un grand sourire plus naturel. Il faudrait que je vous les garde, un soir, pour que vous puissiez aller au cinéma. Ça fait combien de temps, que tu n'es pas sortie avec JB ?

— Six semaines avant l'accouchement. Mama du Rone les a gardés deux fois en journée, pour que je puisse aller faire des courses, mais elle ne veut pas les garder la nuit pour ne pas gêner Papa du Rone. Si je peux pomper suffisamment de lait pour prendre de l'avance sur les petits monstres, c'est vrai que JB pourrait m'emmener à l'*Outback*. On se mangerait une bonne viande.

Ses yeux luisaient de gourmandise : elle avait des envies insatiables de viande rouge depuis le début de l'allaitement.

— En plus, depuis la fermeture du *Hooligans*, JB n'est plus obligé de faire les nuits.

JB était coach dans un club de fitness. En prévision de la double naissance, il avait également travaillé comme stripteaseur au *Hooligans*, pour les soirées dames.

Depuis que le propriétaire, mon cousin Claude, avait quitté l'univers des humains, je ne m'en étais pas souciée une seule seconde. Il faudrait pourtant que je m'en préoccupe – dès que j'aurais moins d'urgences à gérer.

— Écoute, la prochaine fois que tu as des envies de steak, tu me le dis, ai-je assuré Tara, ravie de pouvoir lui rendre service. Tu disais que tu voulais faire des courses aujourd'hui ?

Soudain, je brûlais d'envie de sortir.

— Absolument. Je suggère Shreveport. J'aime bien la boutique maternité là-bas. Et je veux passer à la friperie de la rue Youree, aussi.

— Pas de problème. Attends, je vais me maquiller.

En un quart d'heure, j'étais prête – short blanc et tee-shirt bleu ciel, peau hydratée, cheveux brossés et coiffés en queue de cheval. Je me sentais enfin mieux.

Nous avons bavardé tout le long du chemin. Au menu : les jumeaux, cela va de soi, car il n'y a rien de plus important au monde que les bébés. Le chapitre englobait pourtant des sujets connexes tels que la belle-mère de Tara (une femme formidable), sa boutique (les affaires n'allaient pas très bien), McKenna, son assistante (qu'elle tentait de caser avec un ami de JB) et autres points d'importance dans l'Univers Tara.

Par cette chaude journée de juillet, j'étais heureuse de papoter avec mon amie et de passer un après-midi entre filles.

Tara était propriétaire d'une boutique de vêtements haut de gamme, qui ne vendait cependant rien qui puisse convenir à une toute jeune maman.

— Il me faut des soutiens-gorge de maternité et une chemise de nuit spéciale allaitement. Et à la friperie, je voudrais me prendre quelques shorts, parce que je ne peux plus mettre mes grosses fesses dans les miens. Et toi, Sook, tu as besoin de quelque chose ?

— Il faudrait que je trouve une robe pour le mariage de Jason et Michele, lui ai-je répondu.

— Tu es conviée ? Ils ont fixé une date ?

— Pour l'instant, je suis la seule invitée. Ils ont quelques dates en tête, mais ils attendent d'avoir des nouvelles de la sœur de Michele. Elle est dans l'armée, on ne sait pas si elle pourra avoir une permission, ai-je expliqué.

— Qu'est-ce qu'elle t'a conseillé, pour les couleurs ?

— Tout ce que je veux. Elle dit que le blanc ne lui va pas, et que, de toute façon, elle en a déjà porté à son premier mariage. Jason portera un costume couleur fauve, et Michele sera en robe de cocktail couleur chocolat. Il paraît qu'elle est superbe.

Tara n'a pas eu l'air convaincu.

— Chocolat ? a-t-elle répété, manifestement persuadée que la teinte n'était pas convenable pour un mariage. Eh bien tu devrais commencer à chercher aujourd'hui, a-t-elle poursuivi avec plus d'entrain. Tu peux venir à la boutique, c'est certain, mais si tu vois quelque chose à la friperie, pourquoi pas ? Tu ne la porteras qu'une fois, après tout.

Tara vendait de très jolis vêtements, mais à des prix plutôt élevés. En plus, le choix était limité par la taille du local. J'ai donc trouvé sa suggestion plutôt sensée.

Nous nous sommes arrêtées au magasin pour jeunes mamans en premier. Il ne présentait que peu d'intérêt pour moi : je fréquentais des vampires depuis si longtemps que je ne pensais presque jamais à la grossesse. Tandis que Tara parlait lactation avec la vendeuse, je me suis promenée dans les rayons pleins d'équipement et d'articles adorables – dont on se passait pourtant, autrefois. Sacs et matelas à langer, pompes d'allaitement, poubelles à couches, clés en plastique, trotteurs, petits pots, détergents spécial bébé, et ainsi de suite… Quelle accumulation ! J'ai touché du doigt un minuscule pyjama rayé vert et blanc, avec un petit agneau sur le devant. Tout au fond de moi, un désir s'est éveillé en frissonnant.

C'est avec soulagement que j'ai quitté la boutique dès que Tara eut terminé ses achats.

Nous avons ensuite gagné la friperie, non loin de là. L'établissement proposait des vêtements de seconde main, certes, mais de bonne qualité. Tara semblait malgré tout assez gênée de s'y trouver.

— Depuis que j'ai la boutique, je suis obligée de bien m'habiller, m'a-t-elle expliqué. Mais je ne veux pas dépenser une fortune sur des shorts plus grands – je fais une taille de plus, mais j'espère bien que ça ne va pas durer.

Son cerveau m'informait qu'en réalité elle avait pris deux tailles – c'est ça que je déteste, dans le fait d'être télépathe.

— Tu as entièrement raison, l'ai-je rassurée. Moi, je vais essayer de trouver une tenue pour le mariage.

À mon avis, il n'y avait pas grand risque que la propriétaire initiale de la robe soit invitée au mariage de Jason, et c'était la seule chose qui pouvait me faire hésiter : je n'avais sinon aucun scrupule à acheter un vêtement que quelqu'un d'autre avait porté une ou deux fois.

Tara connaissait la propriétaire, une rousse du nom d'Allison, et après l'avoir serrée dans ses bras pour la saluer, elle a sorti un cliché de ses bambins – ou plutôt, une centaine de photos. Ce qui ne m'a pas étonnée le moins du monde.

Moi, j'avais vu les merveilles en chair et en os, je me suis donc dirigée vers le rayon des robes. Après avoir repéré la section qui correspondait à ma taille, j'ai commencé à faire glisser les cintres les uns après les autres, en prenant tout mon temps. Je me sentais merveilleusement détendue, heureuse que Tara m'ait extirpée de chez moi. Cette expédition shopping me ramenait à la normalité, à une réalité réconfortante. La climatisation ronronnait paisiblement et le niveau sonore de la musique était réglé au plus bas. Les prix étaient plus élevés que je ne l'aurais pensé, mais, en vérifiant les étiquettes, j'ai rapidement compris pourquoi – tous les vêtements étaient de bonnes marques.

J'ai repoussé une horreur mauve et vert avant de m'arrêter net devant une merveille : la robe était d'une magnifique teinte jaune et chaude, sans manches, doublée, avec un grand décolleté rond et un large nœud plat qui venait souligner le milieu du dos. Sublime.

— J'adore cette robe, ai-je dit tout haut, ravie.

C'est très superficiel, j'en conviens. Mais je prends le bonheur là où je le trouve.

— Je vais essayer celle-ci, ai-je annoncé en levant le cintre.

Captivée par la saga de l'accouchement de Tara, la propriétaire ne s'est même pas retournée. Elle s'est contentée d'agiter la main en m'assurant que Rosanne serait avec moi d'ici à une seconde.

Je suis allée vers les quatre cabines d'essayage. Comme je m'y attendais, puisque nous étions les seules clientes, elles étaient vides. En un éclair, j'ai retiré short et tee-shirt. Puis, en retenant ma respiration, j'ai enfilé la robe par la tête. Elle est venue se lover sur mes hanches, tout naturellement. La glissière était dans mon dos et je n'ai pu la remonter qu'à moitié. Je suis sortie de ma cabine pour voir si je pouvais arracher Tara à sa conversation passionnante. Une jeune femme – Rosanne, probablement – se tenait à l'extérieur et m'attendait. En l'apercevant, j'ai eu la vague impression que je l'avais déjà vue quelque part. Robuste, la jeune fille approchait la vingtaine. Elle avait tressé ses cheveux avant de rouler la natte en chignon bas, et portait un tailleur-pantalon élégant bleu et crème. Mais où l'avais-je rencontrée ?

— Je vous présente toutes mes excuses, je n'étais pas là pour vous aider ! Que puis-je faire pour vous ? Voulez-vous que je remonte cette fermeture ?

Elle s'était mise à parler dès que j'avais commencé à écarter le rideau et ce n'est qu'à la fin de sa tirade qu'elle a vraiment vu mon visage.

— Oh merde !

Elle s'était exclamée si fort que la patronne s'est retournée vers nous.

J'ai rassuré la dame rousse d'un sourire – en espérant que j'avais raison de le faire.

— Mais qu'est-ce qui vous arrive, ça ne va pas ? ai-je chuchoté à l'adolescente.

Je me suis examinée rapidement pour comprendre. Avais-je taché la robe ? Mais non. J'ai levé les yeux vers elle, inquiète. J'attendais l'explication de son agitation.

— C'est vous… a-t-elle soufflé.

— Quoi, moi ?

— C'est vous qui avez tant de pouvoir. Celle qui a ramené le métamorphe d'entre les morts.

Révélation.

— Ah. Vous êtes dans la meute des Longues Dents, j'imagine. Je savais bien que je vous avais déjà vue.

— J'étais là, a-t-elle affirmé sans ciller, avec une intensité presque troublante. À la ferme d'Alcide.

— C'était plutôt dur, hein ?

Je n'avais vraiment pas la moindre envie d'en discuter et, en fixant Rosanne la Louve, j'ai ramené la conversation à ce qui m'occupait dans l'immédiat :

— Vous pourriez me remonter la fermeture éclair ?

Et je lui ai tourné le dos, pleine d'appréhension. Dans le miroir de plain-pied, je l'ai vue m'observer. Pas besoin d'être télépathe pour interpréter son regard. Elle avait peur de me toucher.

Les derniers lambeaux de ma bonne humeur ont fini de se dissiper en un clin d'œil.

Lorsque j'étais petite, certains me considéraient avec un mélange de malaise et de dégoût. Un enfant télépathe peut parfois dire les pires choses au pire moment, laissant échapper des secrets sans s'en rendre compte. On ne le lui pardonne pas. Pour un enfant, la télépathie est une terrible malédiction. Je n'avais pas toujours su dissimuler mes capacités et certaines personnes en étaient terrifiées. Depuis, j'étais parvenu à maîtriser mes paroles et mes émotions, quoi que je puisse entendre dans les pensées de mes voisins. Je n'apercevais plus ces expressions à la fois écœurées et apeurées. J'avais oublié à quel point elles étaient douloureuses pour moi.

— Tu as peur de moi, ai-je fait remarquer tout simplement parce que je ne savais pas quoi dire d'autre. Mais tu n'as rien à craindre de moi, c'est toi qui as les griffes et les crocs.

— Chut ! Allison va vous entendre !

— Tu n'as pas fait ton coming out ?

— Pas ici, au travail.

Sa voix avait pris des accents plus graves et plus rauques. Elle ne semblait plus effrayée du moins, et c'était ce que j'avais voulu obtenir.

— Vous savez, c'est dur, pour une fille, quand on commence à changer. C'est pire que pour les garçons. Il y en a une sur vingt qui finit folle à lier. Mais si on survit à l'adolescence, c'est tout bon, et moi, j'y suis presque. Allison est sympa, et ici, il n'y a pas de stress. Je travaille ici tous les étés. Je ne veux pas perdre ce job.

Elle me regardait d'un air suppliant.

— Alors remonte-moi cette fermeture, OK ? Je n'ai pas l'intention de te griller ! Tout ce qu'il me faut, c'est une robe, bon Dieu !

J'étais exaspérée. Pas indifférente, loin de là, mais j'estimais que j'en avais déjà assez sur les épaules.

Elle s'est exécutée d'un geste hésitant. La robe était enfin en place, le nœud dans le dos fixé par des pressions.

J'étais déjà joliment bronzée, d'une teinte qui s'accordait parfaitement à celle du tissu. Le décolleté n'était pas trop profond, et l'ourlet du bas m'arrivait juste à la bonne longueur. J'ai senti une petite parcelle de ma bonne humeur renaître.

Rosanne avait eu peur que je ne la dénonce par pure méchanceté, ce que je n'avais pas apprécié. D'une façon générale, pourtant, son angoisse était compréhensible. J'avais rencontré plusieurs femmes dont la personnalité n'avait pas été épargnée par leur adolescence de métamorphes. C'était en effet une phase oppressante. Avec un gros effort, je me suis forcée à penser à autre chose. Je me suis concentrée sur mon image dans le miroir et j'ai ressenti une bouffée de pur plaisir.

— Waouh, elle est super jolie ! me suis-je exclamée, en souriant au reflet de la jeune Louve pour l'inviter à partager l'instant.

Mais Rosanne n'a pas répondu à mon geste et son expression troublée montrait qu'elle n'allait pas suivre mon programme « on est entre filles et on est contentes ».

— C'était bien vous ? C'est vous qui avez ramené le métamorphe à la vie ?

Apparemment, les petits bonheurs du shopping, ce n'était pas pour moi aujourd'hui. Mon sourire s'est effacé.

— C'est un truc qui ne peut se passer qu'une seule fois. Je ne peux pas le refaire. Je ne veux plus jamais le refaire de toute façon.

J'ai compris que si j'avais eu le temps d'y réfléchir, je n'aurais peut-être pas utilisé le cluviel dor. J'aurais sans doute hésité, et ces doutes auraient sapé ma détermination. Amelia, mon amie sorcière, m'avait dit un jour qu'en matière de magie, le plus important c'était justement la volonté.

58

De la volonté, j'en avais eu des tonnes, lorsque j'avais senti que le cœur de Sam s'était arrêté de battre.

J'ai de nouveau tenté de passer à autre chose.

— Et Alcide ? Il va bien ?

— Le chef de meute se porte bien, m'a-t-elle annoncé d'un ton très formel.

Malgré sa nature de Louve, je parvenais à lire en elle : même si elle avait dominé sa peur initiale, elle entretenait des réserves à mon sujet. La meute entière partageait-elle ce sentiment ? Alcide croyait-il que j'étais un genre de super sorcière ?

Rien n'aurait pu s'éloigner plus de la vérité. Je n'avais jamais été super quoi que ce soit.

— Tant mieux. Je prends la robe.

Au moins, j'aurai sauvé quelque chose de cette rencontre, me suis-je dit. En allant à la caisse, j'ai vu que, pendant le petit interlude avec Rosanne, Tara avait trouvé quelques shorts et un beau jean, tous de marque. Elle semblait ravie, et Allison également – parce qu'elle ne serait plus obligée de regarder des photos de bébés.

En quittant la boutique avec mon vêtement enveloppé sur le bras, je me suis retournée. La jeune Louve me fixait par la vitrine avec un mélange de respect et de crainte.

Je m'étais tellement concentrée sur mon propre ressenti que je n'avais pas réellement pensé à la réaction des témoins de la scène.

— Alors qu'est-ce qui s'est passé avec cette fille ? a demandé Tara sans prendre de gants.

— Quoi ? Ah, rien.

Elle m'a adressé un regard lourd de scepticisme. J'allais devoir m'expliquer.

— C'est une Louve, de la meute d'Alcide. Mais elle n'a pas encore révélé sa seconde nature à son employeur. Tu ne te sens pas obligée d'en parler à Allison, si ?

— Non. Ça ne me regarde pas, a répondu Tara en haussant les épaules. Rosanne travaille ici après ses cours depuis qu'elle est gamine. Tant qu'elle fait bien son boulot, quelle différence ça fait ?

— Très bien. Alors on n'en parle pas.

Après un silence, Tara a repris.

— Rosanne avait l'air perturbé.

— Euh... oui. C'est clair. Elle croit... que je suis une sorcière. Une sorcière terrible – dans le sens très puissante et complètement flippante.

Mon amie a eu un reniflement de dérision.

— N'importe quoi ! On voit bien qu'elle ne te connaît pas.

J'ai eu un faible sourire.

— J'espère que tout le monde ne pense pas comme elle, chez les Loups.

— J'aurais cru qu'il leur suffirait de te flairer, pour déterminer ta nature, non ?

— Depuis le temps, ils devraient pourtant bien savoir qui je suis. Mais puisque ce n'est pas le cas, je vais devoir prendre mon mal en patience, c'est tout.

— Ne t'inquiète pas, Sook ! Si tu as besoin de nous, tu n'as qu'à nous appeler, JB et moi. On attachera les petits dans leurs sièges-autos et on arrivera en moins de deux ! Je sais que je t'ai... déçue, ces dernières années. Mais je te jure que je t'aiderai, quoi qu'il arrive !

Prise de court par ce discours si émotif, je l'ai dévisagée avec intensité tandis qu'elle manœuvrait la voiture pour nous ramener sur le chemin de Bon Temps. Elle avait des larmes aux yeux.

— Mais Tara, de quoi tu parles ?

— Je sais ce que je dis. Je t'ai déçue. Plein de fois. Et envers moi-même, je n'ai pas fait mieux. J'ai pris des décisions idiotes. J'essayais tellement d'échapper à la façon dont on m'avait élevée. Pendant quelques années, j'aurais fait n'importe quoi, n'importe quoi pour être absolument certaine que je ne revivrais jamais ça. Alors j'ai recherché la protection. Et tu sais comment ça a tourné. Quand cette histoire-là s'est terminée, je détestais tellement les vampires que je n'ai pas su écouter tes problèmes. Mais je suis une grande fille, maintenant.

Elle a ponctué cette conclusion d'un ferme signe du menton, comme si elle estimait avoir atteint le summum de la maturité.

Je venais d'entendre une véritable déclaration de réconciliation de la part de ma plus vieille amie et je ne m'y attendais pas. Par réflexe, j'ai failli protester contre tout ce qu'elle avait exprimé de négatif à son sujet. Mais elle s'était montrée honnête et je ne pouvais pas en faire moins. Et avec gentillesse.

— Tara, on a toujours été amies. On sera toujours amies. Tu as peut-être fait des erreurs, mais moi aussi. La seule chose qu'on puisse faire, c'est de se comporter du mieux qu'on peut. On a eu des tas de problèmes, l'une comme l'autre, et on commence à s'en sortir.

Peut-être.

Elle a sorti un Kleenex de son sac et s'est tamponné le visage d'une main.

— Ça va aller, m'a-t-elle dit. Je le sais.

Je n'en étais pas si certaine, du moins pour mon cas. Mais je n'allais pas gâcher son moment.

— Mais bien sûr, ai-je confirmé tout en tapotant sa main sur le volant.

Pendant quelques kilomètres, nous avons gardé le silence. Par la fenêtre, je contemplais les champs et les fossés, étranglés de végétation luxuriante, sous cette chaleur qui les enveloppait comme une immense couverture. Si de simples mauvaises herbes pouvaient s'épanouir avec tant de vigueur, sans doute que moi aussi...

3

Notre après-midi shopping m'avait sortie de mon ornière. Après le départ de Tara, je me suis assise pour prendre des résolutions.

Je me suis promis que j'irais travailler le lendemain, que Sam m'ait donné des nouvelles ou non. Le bar était en partie à moi, et je n'avais pas besoin de sa permission pour y être. Je me suis récité un véritable discours de motivation – avant de me rendre compte que j'étais complètement ridicule. Sam ne m'interdisait absolument pas d'aller au *Merlotte*. Et rien n'indiquait qu'il ne voulait pas me voir. J'étais restée chez moi de ma propre initiative. L'absence de communication de Sam pouvait signifier beaucoup de choses. À moi de me remuer les fesses pour découvrir ce qu'il en était.

Ce soir-là, je me suis réchauffé une pizza DiGiorno surgelée – impossible de se faire livrer par ici. Enfin si, mes voisins, les Prescott, y parvenaient, mais ils habitaient un peu plus près de Bon Temps. Et surtout, personne n'acceptait de s'aventurer à la nuit tombée sur le long chemin étroit qui menait chez moi. J'avais appris récemment dans les pensées des clients du *Merlotte* que les bois que traversait Hummingbird Road et qui cernaient ma maison avaient très mauvaise réputation : on les disait hantés par de redoutables créatures qui inspiraient une terreur sans nom.

C'était d'ailleurs la plus stricte vérité. Les créatures en question avaient néanmoins quitté cet univers pour en gagner un autre, qui ne m'était pas accessible. Malgré tout, tandis que je m'escrimais à plier le carton de la pizza pour l'insérer dans la poubelle – un truc qui m'énerve toujours au plus haut point – j'ai aperçu un homme mort qui traversait tranquillement mon jardin. Le temps qu'il parvienne à ma porte pour sonner et j'avais enfin réussi l'exploit de faire tenir cette saleté dans le sac.

— Salut, Bill, allez entre.

En un éclair, il était debout devant moi à humer l'air, cherchant à détecter un certain parfum. C'était bizarre, de le voir respirer.

— C'est bien mieux, fit-il d'une voix presque déçue. En revanche, je crois que ton dîner comportait un peu d'ail.

— Mais aucune senteur de faé ?

— Rien, pour ainsi dire.

L'odeur d'un faé est aux vampires ce que l'herbe à chats est aux félins. À l'époque où Dermot et Claude habitaient chez moi, leur fragrance avait envahi la maison, flottant dans l'air même lorsqu'ils s'absentaient. Mais mes proches parents faé s'en étaient allés et ne reviendraient jamais. Pour dissiper leurs effluves, j'avais laissé la fenêtre de l'étage ouverte en grand pendant une nuit entière – ce qui n'était pas rien, par cette chaleur.

Je lui ai répondu d'un ton énergique.

— Parfait ! Alors, quoi de neuf ? Tu n'as rien à me raconter ? Il ne se passe rien d'intéressant par chez toi ?

Bill était mon voisin le plus proche et sa demeure était juste de l'autre côté du cimetière. Sa famille y avait placé sa pierre tombale : ses membres savaient que le corps de Bill ne s'y trouvait pas (ils croyaient qu'il avait été dévoré par une panthère) mais ils avaient voulu lui offrir un lieu de repos. Bill n'avait pas été attaqué par une panthère mais par quelque chose de bien pire.

— Merci pour tes roses magnifiques, a-t-il réagi. En effet, j'ai eu de la visite.

J'ai levé mes sourcils.

— Bonne ou mauvaise ?

Il en a levé un seul.

— Tout est relatif.

— Bon, alors viens, on va passer au salon, pour que tu me racontes tout ça. Tu veux une bouteille de sang ?

Il refusa en secouant la tête.

— J'ai rendez-vous avec une donneuse un peu plus tard.

Le Bureau Fédéral des Affaires des Vampires avait laissé carte blanche aux États pour cette question. La Louisiane avait été la première à permettre les licences privées. Cependant, le système géré par le gouvernement était bien plus sûr, à la fois pour le donateur et pour le vampire. Bill pouvait donc se procurer du sang grâce à un système professionnel et encadré.

— Ça se passe comment, ça ? Pas trop bizarre ? l'ai-je interrogé.

Je me demandais si la démarche s'apparentait à un don de sperme : nécessaire, admirable même, mais plutôt délicate.

— Effectivement, c'est un peu curieux, a admis Bill. L'excitation provoquée par la traque de la proie, l'élément de séduction… c'est terminé. Mais c'est du sang humain, et ça, c'est meilleur que le sang de synthèse.

— Alors tu vas dans un centre ?

— Dans certains États, on a le droit de rester chez soi, mais pas en Louisiane. On prend rendez-vous, on y va et on s'enregistre. C'est un peu comme un dispensaire. Au fond, il y a une pièce avec un divan. Un grand. Et on vous amène le donneur ou la donneuse.

— Et vous avez le droit de choisir ?

— Non. En Louisiane, le Bureau souhaite éliminer tout aspect personnel.

— Dans ce cas, la banquette...

— Oui, je suis d'accord, c'est contradictoire. Mais tu sais toi-même qu'une morsure peut donner beaucoup de plaisir. Alors, dans tous les cas, il se passe des choses, tout le monde en est conscient.

— On peut avoir la même personne plusieurs fois ?

— Pas pour l'instant. À mon avis, ils tiennent un fichier et ils essaient de faire en sorte que les vampires et les humains ne se retrouvent pas.

Bill s'était installé sur mon canapé tandis que je me pelotonnais dans mon gros fauteuil, celui que Gran avait toujours préféré. C'était curieusement agréable de recevoir la visite amicale de mon premier petit ami. Depuis notre rupture, nous avions tous deux vécu plusieurs histoires. Bill m'avait dit (très souvent) qu'il serait ravi de reprendre le cours de notre relation intime. Manifestement, toutefois, ce n'était pas ce qu'il avait en tête, ce soir. Je ne pouvais pas lire dans ses pensées, car les vampires sont morts et leurs cerveaux ne dégagent rien. Mais généralement, je suis capable de déchiffrer le langage corporel d'un homme et je sais s'il est en train de penser à moi de cette façon. C'était vraiment formidable et incroyablement rassurant, d'avoir une telle amitié avec Bill.

J'avais allumé le lustre et, sous sa clarté, Bill semblait pâle comme un linge, ses cheveux bruns et brillants encore plus sombres et ses yeux plus noirs encore. Il marquait une hésitation, et soudain, l'angoisse m'a gagnée.

— Karin est en ville, m'a-t-il annoncé, très solennel.

Il était évident que la nouvelle aurait dû me souffler. Pourtant, j'étais perdue.

— Euh, qui est Karin ?

— L'autre protégée d'Eric ! s'est exclamé Bill, profondément choqué par mon ignorance. Tu n'as jamais entendu parler d'elle ?

— Jamais. Et pourquoi devrais-je me mettre dans tous mes états ?

— On l'appelle Karin la Massacreuse.

— Alors ça, c'est vraiment idiot. « La Massacreuse », c'est... pataud. « La Tueuse », ce serait au moins plus facile à dire.

Si Bill avait été du genre à se permettre ce type de démonstration, il aurait levé les yeux au ciel.

— Sookie !

— Pam est une excellente guerrière, ai-je fait soudain remarquer. Eric doit vraiment apprécier les femmes de caractère, qui savent se défendre.

— C'est le cas, en effet, m'a retourné Bill avec un regard appuyé.

Ah. Bon, j'allais prendre ça comme un compliment. Même s'il me rendait triste. Je n'avais jamais eu l'intention de tuer des gens dans ma vie (ni des vampires, des loups-garous ou des faé) mais au cours des deux dernières années, je l'avais fait. Depuis que Bill avait fait son entrée au *Merlotte* et que j'avais posé le regard sur lui (c'était lui, mon premier vampire), j'en avais appris énormément sur moi et sur le monde qui m'entourait. Bien trop.

Et voilà que Bill et moi étions confortablement installés dans mon séjour, comme de vieux copains, à parler d'une vamp' tueuse, comme si de rien n'était.

— Tu crois que Karin est venue pour me faire du mal ?

Recroquevillée dans mon fauteuil, j'ai saisi ma cheville en la serrant de toutes mes forces. J'avais bien besoin de ça. Encore une psychopathe à mes trousses – je pensais pourtant que les Louves avaient déjà pris cette niche, dans le marché des dingues.

— Je n'en ai pas le sentiment.

— Ah bon ? Tu veux dire qu'elle n'a pas l'intention de me tuer ?

Ce n'est pas bon signe, quand on est surpris qu'une personne ne soit pas là pour vous trucider.

— Non. Elle m'a posé un grand nombre de questions sur toi, sur Bon Temps, sur les forces et les faiblesses des gens autour de toi. Elle me l'aurait dit, si elle souhaitait te faire du mal. Karin n'est pas aussi complexe que Pam. Ou qu'Eric.

Dans ma grande sagesse, j'ai tenu ma langue au lieu de commencer à exprimer toutes mes réactions.

— Je me demande pourquoi elle n'est pas venue me voir directement, me suis-je contentée de faire remarquer.

— Il me semble qu'elle rassemblait des informations de son propre chef.

Je ne comprends pas toujours les vampires...

Devant mon silence, Bill a poursuivi d'un ton énergique.

— Tu dois comprendre certaines choses au sujet de Karin. Dès qu'elle perçoit la moindre médisance à l'encontre d'Eric, elle prend ombrage. Elle fut avec lui pendant de longues années. Elle était son chien de garde.

Bill a un certain penchant pour les formules alambiquées... J'ai failli lui demander pourquoi je n'avais jamais rencontré Karin, si elle était si fidèle à Eric. Mais je me suis décidée pour autre chose, cédant à toute l'amertume qui m'envahissait.

— Je ne me promène pas partout en « médisant » contre Eric. Je l'aime. Je n'y peux rien s'il est furieux contre moi. Et encore moins si son connard de créateur l'a fiancé à une vampire qu'il ne connaissait pas. C'est plutôt contre ça que Karin devrait « prendre ombrage » !

Bill a adopté un air pensif, ce qui ne me plaisait pas du tout – il allait dire quelque chose de terrible. J'ai serré ma cheville encore plus fort.

— Tous les vampires de la Zone Cinq sont au courant de ce qui s'est passé lors de l'assemblée de la meute des Longues Dents.

Rien d'étonnant...

— Eric vous a raconté, j'imagine...

Je ne savais pas vraiment quoi dire.

— C'était... abominable, ai-je conclu tout simplement.

— Il est revenu au *Fangtasia* dans une rage noire. Mais il n'a pas réellement donné d'explications sur les raisons de sa fureur. Nous avons entendu « putain de Loups » à plusieurs reprises.

Bill n'a pas fourni plus de précisions mais je me doutais bien qu'Eric en avait dit au moins autant à mon égard.

— Palomino sort toujours avec Roy, le Loup qui travaille pour Alcide, a poursuivi Bill avec un petit haussement d'épaules qui trahissait son étonnement vis-à-vis de cette relation. Comme nous étions tous curieux d'en savoir plus, elle l'a appelé et nous a raconté l'histoire ensuite. Il était important que nous soyons tous au courant. Nous avions déjà demandé à Mustapha, qui s'était battu cette nuit-là. Mais il avait refusé de nous fournir le moindre détail. Il se montre très discret sur ce qui se passe chez les Loups.

Il y a eu un blanc. J'étais incapable de savoir comment réagir et le visage de Bill ne me fournissait pas le moindre indice. Ce que je ressentais avant tout, c'était une grande bouffée de reconnaissance pour Mustapha, le Loup qu'Eric avait embauché comme employé de jour.

Mustapha avait une qualité rare : il savait tenir sa langue.

J'ai fini par prendre la parole.

— Bon. Alors dis-moi ce que tu as dans la tête.

— Ça fera une différence ?

— Tu fais bien des mystères…

— C'est toi qui avais un énorme secret, a-t-il souligné. C'est toi qui avais l'équivalent faé d'une lampe magique entre les mains.

— Eric était au courant.

— Pardon ?

Bill était manifestement surpris.

— Eric savait que je l'avais. Même si je ne lui avais pas dit.

— Alors comment l'a-t-il appris ?

— Mon arrière-grand-père. C'est Niall qui s'en est chargé.

— Mais pourquoi a-t-il fait une chose pareille ? s'est étonné Bill après avoir marqué un temps d'arrêt.

— Il a sa propre logique, ai-je expliqué. Niall estimait qu'il était vital pour moi de découvrir si Eric aurait fait pression sur moi pour que j'emploie le cluviel dor à son avantage. Niall le voulait, lui aussi, mais il ne l'a pas pris, parce que c'était moi qui étais censée m'en servir.

Un frisson m'a parcouru tout le corps lorsque je me suis remémoré l'éclair de désir avide qui avait flambé dans le bleu incroyable de ses yeux. Il avait dû se contenir de toutes ses forces devant l'objet enchanté.

— Si je comprends bien, pour Niall, le fait de fournir l'information à Eric, c'était une façon d'éprouver son amour pour toi.

J'ai acquiescé.

Il a fixé le sol pendant quelques instants.

— Loin de moi l'idée de défendre Eric, a-t-il commencé, l'ombre d'un sourire flottant à ses lèvres, mais dans le cas présent, c'est pourtant ce que je vais

70

faire. Je ne sais pas ce qu'Eric aurait voulu que tu fasses, comme vœu – que Freyda ne soit jamais née, ou que son créateur ne l'ait jamais rencontrée, ou un autre, qui l'aurait sorti de la ligne de mire de Freyda. Connaissant le Viking, je suis certain qu'il espérait que tu te serves du cluviel dor pour lui avec enthousiasme.

Nouveau silence lourd de sous-entendus. J'ai retourné ses paroles dans mon esprit plusieurs fois pour être certaine de les avoir interprétées correctement.

— Si je te suis bien, le cluviel dor devait éprouver la sincérité d'Eric, aux yeux de Niall, et la mienne, aux yeux d'Eric.

Il confirma d'un brusque signe de tête.

— Il aurait préféré que je laisse Sam mourir.

Bill a pris soin de me laisser voir à quel point il était surpris.

— Mais bien entendu.

— Comment a-t-il pu penser que je le ferais ? ai-je marmonné.

Ou plutôt : *Comment deux êtres si profondément amoureux peuvent-ils se tromper sur l'autre à ce point ?*

— Ce n'est pas à moi qu'il faut demander cela. Ce n'est pas ma réaction qui compte.

— Je serais ravie de m'adresser directement à Eric, s'il acceptait de s'asseoir et de me parler. Mais il m'a renvoyée du *Fangtasia* avant-hier.

Visiblement, Bill était au courant.

— A-t-il repris contact avec toi depuis ?

— Oh, mais absolument ! Il a demandé à Pam de m'envoyer un texto pour me dire qu'il me verrait bientôt.

Bill est demeuré absolument impassible.

— À ton avis, qu'est-ce que je dois faire ? lui ai-je demandé par simple curiosité. Je ne peux pas supporter cette situation. J'ai besoin de savoir très clairement ce qu'il en est.

Bill s'est penché en avant, en haussant les sourcils.

— Pose-toi la question suivante : aurais-tu utilisé le cluviel dor si la personne mortellement blessée avait été, disons, Terry ? Ou Calvin ?

Abasourdie par la question, j'ai cherché mes mots.

Après un moment, Bill s'est levé pour partir.

— C'est bien ce que je pensais.

Je me suis levée d'un bond pour le suivre jusqu'à la porte.

— Ce n'est pas que j'estime que la vie de Terry, ou de qui que ce soit d'autre ne vaille pas de sacrifice. C'est juste que je n'y aurais peut-être même pas pensé.

Bill me connaissait parfaitement bien et il a compris mon désarroi.

— Je ne suis pas en train de dire que tu es une mauvaise personne, d'avoir hésité, Sookie.

Il a posé sa main glacée sur ma joue.

— Tu es une femme bien. J'en ai rarement rencontré de meilleure que toi de toute mon existence. Néanmoins, il arrive parfois que tu ne sois pas très lucide sur toi-même.

Sur ce, il s'est éloigné pour s'évanouir dans les bois. Médusée, j'ai fermé soigneusement toute ma maison pour la nuit, avant de m'installer devant mon ordinateur. J'avais eu l'intention de vérifier mes mails, mais je me suis retrouvée à cogiter. Incapable de me concentrer cependant, je n'ai pas réussi à démêler l'écheveau et je suis allée me coucher sans cliquer sur l'icône de la messagerie.

Naturellement, je n'ai pas très bien dormi. Malgré tout, je me suis levée à 8 heures – j'en avais plus qu'assez de me cacher dans mon trou. Après une douche, je me suis maquillée et j'ai enfilé mon uniforme d'été – tee-shirt Merlotte, short noir et baskets New Balance – avant de me mettre en route. Je suivais ma routine et cela me faisait beaucoup de bien. Pourtant, en me garant sur les graviers derrière le bar, je me sentais plu- tôt nerveuse.

Posé dans son jardin minuscule, le mobile home de Sam faisait un angle avec le bar. Craignant d'être sur- prise à le fixer, j'ai détourné les yeux et me suis pressée d'entrer. J'avais mes clés en main mais je n'en ai pas eu besoin : je n'étais pas la première. Je suis allée directe- ment à mon casier en me demandant si c'était Sam que je verrais derrière le bar, comment il allait, ce qu'il me dirait. J'ai déposé mon sac et pris l'un des tabliers que j'y accrochais. J'étais en avance. Si Sam avait envie de dis- cuter, nous aurions tout le temps.

Mais lorsque je suis passée devant, c'est Kennedy Keyes que j'ai aperçue. La déception m'a submergée. Ce n'était pas à cause de Kennedy elle-même. Je l'avais tou- jours appréciée. Elle était aujourd'hui toute belle et d'humeur joyeuse. Ses boucles brunes et brillantes tom- baient sur ses épaules et elle avait appliqué son maquil- lage avec le plus grand soin. Rentré dans son pantalon de lin, son haut rose sans manches épousait parfaite- ment ses jolies courbes – d'après elle, une barmaid n'était pas obligée de porter un uniforme.

— Tu as l'air en pleine forme, Kennedy !

Elle s'est retournée d'un coup, son téléphone collé à l'oreille.

— Je parlais à mon chéri. Je ne t'ai pas entendue entrer ! Alors qu'est-ce qui t'est arrivé ? m'a-t-elle gron- dée. C'est fini, ta grippe ? J'ai bien failli t'apporter une boîte de soupe Campbell, tu sais. Poulet-nouilles !

Kennedy ne savait pas cuisiner et elle en était fière – ma grand-mère en serait tombée à la renverse, c'est cer- tain. Et en outre, jamais elle n'avait cru à mon histoire de grippe.

— C'était dur mais maintenant, je vais bien mieux.

Et en fait, c'était vrai. C'était un peu une surprise, pour moi, mais je me sentais heureuse d'être de retour au *Merlotte*. J'avais travaillé ici bien plus longtemps qu'ailleurs. Et maintenant, j'étais l'associée de Sam. J'avais l'impression de me retrouver chez moi. Et d'être partie pendant un mois entier. Rien n'avait changé ici. Terry Bellefleur était passé très tôt et l'endroit resplendissait de propreté, comme toujours. J'ai commencé à descendre les chaises qu'il avait posées sur les tables pour passer la serpillière. J'ai rapidement remis tout le mobilier en place et me suis mise à rouler les couverts dans les serviettes.

Puis j'ai entendu la porte de service. Le cuisinier venait d'arriver. Je le savais car il s'était mis à chanter. Antoine tenait la cuisine du *Merlotte* depuis des mois – il avait plus d'ancienneté que tous ses prédécesseurs. Quand tout était calme, ou tout simplement lorsque l'envie lui prenait, il libérait sa fabuleuse voix de basse, pour le plus grand plaisir de tous. De mon côté malheureusement, je chante comme une casserole et j'appréciais d'autant plus les sérénades qu'il nous offrait.

— Salut, Antoine !

Sa tête a surgi dans l'ouverture du passe-plat.

— Sookie ! Tu es revenue ! Je suis drôlement content. Tu vas mieux ?

— Impeccable. Tes stocks, ça va ? Tu n'as besoin de rien ?

— Si Sam ne revient pas bientôt, il faudra qu'on aille à Shreveport faire un tour à l'entrepôt. J'ai commencé une liste. Sam est toujours malade ?

J'ai adopté la méthode de Bill : je me suis contentée de hausser les épaules sans répondre directement.

— On a eu la crève, tous les deux. Ça va aller !

— Tant mieux ! s'est exclamé Antoine avec un sourire en se retournant, prêt à mettre les choses en route dans sa cuisine. Au fait, une de tes copines est passée hier.

— Ah oui, j'avais oublié, s'est rappelé Kennedy. Elle était serveuse ici, tu vois qui c'est ?

Le bar avait eu tellement d'employées en salle qu'il m'aurait fallu une bonne demi-heure pour tenter de deviner son nom. L'affaire ne m'intéressait pas plus que ça, du moins pas à cet instant-là. Il était temps de se mettre au travail.

Le défi permanent du bar, c'était d'avoir assez de personnel. Hoyt Fortenberry, le meilleur copain de mon frère, allait bientôt épouser Holly Cleary, l'une de nos barmaids de longue date. À l'approche du mariage, cette dernière avait réduit ses horaires et nous avions dû embaucher Andrea Norr, une fille minuscule et maigre comme un clou. Elle se faisait appeler An'. Avec ses airs pudiques, elle attirait pourtant les hommes comme la confiture affole les guêpes. Par contraste avec toutes les autres serveuses, ses jupes étaient plus longues, ses tee-shirts moins moulants, sa poitrine plus menue. Mais les yeux des clients suivaient le moindre de ses mouvements. An' ne semblait pas s'en soucier. Dans le cas contraire, nous l'aurions su immédiatement. Car de toutes ses activités préférées – et désormais, nous les connaissions toutes, pour ainsi dire – celle qui tenait le premier rang, c'était la conversation. Elle adorait parler plus que tout au monde.

Je l'ai entendue dès qu'elle a passé la porte et je n'ai pas pu m'empêcher de sourire. Je la connaissais depuis peu mais je la trouvais franchement rigolote.

Elle me parlait déjà depuis les casiers.

— Sookie ! J'ai vu ta voiture alors je sais que tu es revenue et je suis super contente. Je ne sais pas ce que tu as attrapé, comme microbe, mais j'espère que t'es plus contagieuse parce que moi, c'est sûr, j'veux pas être malade. Pas de travail, pas de sous !

Sa voix se rapprochait et soudain, je me suis retrouvée nez à nez avec elle. Tirée à quatre épingles dans son tee-shirt Merlotte et un corsaire noir, elle avait noué son tablier. Pendant son entretien d'embauche, An' m'avait expliqué qu'elle ne portait jamais de short dans la rue parce que son père était pasteur, que sa mère était la meilleure cuisinière de toute la ville, et qu'elle avait dû attendre de quitter la maison à ses dix-huit ans pour avoir le droit de se couper les cheveux.

— Bonjour, An', comment ça va ?

— En pleine forme, mais tu m'as manqué et j'espère que tu es guérie.

— Tout va très bien, je te remercie. Il faut que j'aille dire deux mots à Sam. J'ai remarqué que les niveaux des salières et des poivrières étaient un peu bas. Tu veux bien t'en occuper ?

— Je m'en charge ! Montre-moi simplement où sont les réserves de poivre et de sel, et ce sera fait en moins de deux.

An' était une bosseuse.

Bien. Tout le monde était affairé. À mon tour, maintenant. J'ai pris une grande respiration et vite, avant de me dégonfler, je suis sortie du bar au pas de charge pour gagner le mobile home de Sam. C'est alors que j'ai remarqué une voiture inconnue rangée à côté du pick-up de Sam. C'était une petite citadine toute cabossée et poussiéreuse. Elle avait des plaques du Texas.

Un chien s'était roulé en boule sur le paillasson de la petite véranda que Sam avait accolée à sa porte d'entrée. Je n'étais pas complètement surprise de le trouver là. Et mon approche n'a pas étonné l'animal non plus. Dès qu'il m'a entendue, il s'est redressé, m'observant attentivement.

Je me suis arrêtée à distance respectueuse et je lui ai rendu son regard. Sam était capable de se transformer en n'importe quel animal à sang chaud. Cela pouvait être lui. Mais j'en doutais fort. D'habitude, il choisissait le colley. Celui-ci était un beau labrador et il ne me renvoyait pas la même impression que Sam.

— Bernie ?

La labrador a jappé une fois et s'est mise à remuer de la queue.

— J'ai votre permission pour frapper ?

Elle a paru réfléchir, puis elle a descendu les marches pour gagner le carré d'herbes en trottinant – sans cesser de me surveiller.

Je lui ai tourné le dos – avec une légère hésitation, je l'avoue – et j'ai toqué à la porte. Après une minute interminable, Sam l'a ouverte.

Il était hagard.

— Tu vas bien ? ai-je laissé échapper, ce qui était parfaitement idiot car il était évident qu'il n'allait pas bien du tout.

Sans dire un mot, il s'est reculé pour me laisser entrer. Il portait une chemisette et son jean le plus vieux, si usé par endroits que de petites fentes apparaissaient dans le tissu. À l'intérieur, la pièce était curieusement sombre. Sam avait tout essayé, mais il n'était pas parvenu à éliminer toute trace de lumière. Par une journée comme celle-ci, c'était impossible : la clarté s'infiltrait entre les rideaux pour taillader l'obscurité.

— Sookie.

La voix distante de Sam m'a fait très peur et je l'ai regardé de plus près. Dans l'ombre, je ne discernais pas des détails, mais je voyais bien qu'il n'était pas rasé et sa maigreur habituelle était accentuée par la perte de quatre ou cinq kilos. Au moins, il s'était douché. C'était sans doute Bernie qui l'y avait poussé. Après avoir évalué l'état de Sam, j'ai voulu en faire autant de son intérieur – mais le clair-obscur trop contrasté me faisait mal aux yeux.

— Je peux ouvrir les rideaux ?

— Non ! s'est-il exclamé.

Puis, après un temps d'hésitation :

— Bon, d'accord. Un seul.

Très lentement, j'ai tiré sur le rideau de la fenêtre qui se trouvait sous l'ombre du chêne. Malgré tout, au fur et à mesure que la pièce s'éclairait, Sam a fait la grimace.

— Pourquoi est-ce que la lumière du soleil te fait mal ? l'ai-je interrogé en m'efforçant de paraître tout à fait calme.

— Parce que je suis mort, Sookie. Je suis mort, et je suis revenu.

Il ne laissait percer aucune amertume. Mais il n'avait franchement pas l'air heureux.

Bien bien bien.

Comme Sam ne m'avait pas donné de nouvelles, je m'étais bien doutée qu'il ne sautait pas de joie. Mais je m'étais quand même attendue à ce que, je ne sais pas, moi... à ce qu'il soit au moins content d'être en vie. Qu'il me déclare quelque chose du genre : « Waouh, quelle femme formidable tu fais, et maintenant que j'ai eu le temps de me reposer et de réfléchir, je voudrais te remercier d'avoir changé le cours de ta vie pour me redonner la mienne. Quel cadeau incroyable. »

C'était ce que je m'étais dit.

Pas de chance. Je m'étais trompée, encore une fois.

4

La maman de Sam a gratté à la porte. Sam gardait sa pose « tendu et torturé ». Je me suis donc exécutée et Bernie est entrée à quatre pattes. Elle a posé sa truffe contre la jambe de son fils, puis elle a disparu dans le petit couloir menant aux chambres.

— Sam, ai-je dit pour attirer son attention.

Les yeux qu'il braquait sur moi étaient toujours vides.

— Tu as un bar à gérer. Tu as plein de gens qui dépendent de toi. Après tout ce que tu as traversé, tu ne vas pas t'effondrer maintenant !

Son regard a pris de la netteté.

— Sookie. Tu ne comprends pas. Je suis mort !

— C'est toi qui ne comprends pas ! ai-je rétorqué. J'étais là ! J'avais la main posée sur toi quand ton cœur s'est arrêté de battre ! Et je t'ai ramené. C'est peut-être à ça qu'il faudrait que tu penses, non ? Au fait que je t'ai ramené.

S'il répétait « je suis mort » encore une fois, j'allais lui rentrer dedans.

Bernie est revenue dans le salon. Elle avait repris sa forme humaine et enfilé short et chemisier. Nous étions tous les deux trop concentrés sur notre conversation pour lui parler, mais j'ai vaguement agité la main dans sa direction.

— Tu avais un cluviel dor, a repris Sam. Finalement, tu en avais bien un.

— Effectivement. Et maintenant, ce n'est plus qu'une jolie babiole qui ressemble à un poudrier.

— Pourquoi tu l'avais sur toi ? Tu savais ce qui allait se passer ?

Troublée, je me suis agitée légèrement.

— Sam, personne ne pouvait le prévoir. Je m'étais juste dit qu'un truc comme ça, autant le garder sur soi, sinon, ça ne sert à rien. Gran aurait peut-être survécu, si elle l'avait eu à portée de main.

— C'est un peu comme un bip de secours faé.

— À peu près, oui.

— Mais tu devais avoir l'intention d'en faire quelque chose de précis, j'en suis certain. C'était un cadeau que tu devais garder. Il t'aurait peut-être servi à sauver ta propre vie.

J'ai détourné les yeux, de plus en plus mal à l'aise. J'étais venue ici pour découvrir ce qui se passait dans la tête de Sam, pas pour soulever des questions difficiles. Je ne voulais pas lui asséner un fardeau qui ne lui revenait pas.

— C'était bien un cadeau. Ce qui veut dire que j'avais le droit de l'employer comme je le souhaitais, ai-je précisé d'un ton résolu et pragmatique. Et moi, j'ai choisi de redémarrer ton cœur.

Sam s'est assis dans son vieux fauteuil défoncé, une relique qui semblait bonne pour la benne à ordures – c'était le seul objet du mobile home qui soit dans cet état.

— Asseyez-vous, Sookie, m'a invitée Bernie.

Elle s'est approchée, gardant un œil sur son fils, le seul membre de la famille qui ait hérité du gène métamorphe.

— Je vois que vous regardez cette vieillerie. C'était celui de mon mari. C'est la seule chose dont je me sois séparée, quand il est mort. Il me le rappelait trop. Peut-être que j'aurais dû le conserver. Si je l'avais eu sous les yeux tous les jours, peut-être que je n'aurais pas épousé Don.

— Je n'aime pas les « peut-être ». Et avec des « si », on pourrait remonter jusqu'à Adam et Ève.

Bernie a ri et Sam a relevé les yeux. Dans son regard, j'ai vu passer un reflet de son ancienne personnalité, et l'amère vérité m'est remontée dans la gorge comme un flot de bile. J'avais compris le prix à payer, pour avoir ressuscité Sam : il n'était plus vraiment le même homme. Il avait vécu la mort et cela l'avait changé, sans doute irrémédiablement. Et peut-être que moi aussi.

— Comment tu te sens, physiquement ? Tu as l'air un peu secoué.

— On peut dire ça comme ça, m'a-t-il répondu. Quand Maman est arrivée, le premier jour, elle a dû m'aider à marcher. C'est vraiment bizarre. Quand je suis revenu avec toi, ce soir-là, tout allait bien, et pareil quand je suis rentré chez moi le lendemain matin. Mais après ça, c'était comme si mon corps devait tout réapprendre. Comme si... j'avais été malade pendant très longtemps. Ces jours-ci, j'ai passé tout mon temps à me sentir vraiment mal. Et je n'arrive pas à comprendre pourquoi.

— Je crois que c'est normal, tu fais ton deuil.

— Mon... deuil ?

— Euh, oui. C'est naturel. Enfin tu sais, quoi... Jannalynn ?

Je ne m'attendais pas à l'expression qu'il affichait. C'était un mélange de gêne et d'incompréhension.

— Quoi, Jannalynn ?

Il était sincèrement perplexe. De son côté, Bernie l'était tout autant, et c'était compréhensible. Elle n'avait pas assisté à l'assemblée de la meute, et personne ne lui en avait parlé. Elle avait rencontré Jannalynn, mais je n'étais pas certaine qu'elle ait su quelle place elle avait tenu dans la vie de son fils. Jannalynn avait eu des côtés que peu d'hommes auraient voulu révéler à leur mère.

— C'est cette Louve, là, celle qui s'est amenée chez nous ? Sam ne voulait pas que je sache qu'il était avec elle.

Je me sentais affreusement embarrassée.

— C'est bien elle, ai-je confirmé.

Sam a repris sans hésiter.

— Je me demandais bien pourquoi je n'avais pas de nouvelles. Mais quand on repense à toutes les choses dont on l'accusait... Moi, j'étais persuadé qu'elle les avait commises et je n'avais pas l'intention de la revoir de toute façon. Quelqu'un m'a dit qu'elle était partie en Alaska.

Je n'étais pas équipée pour gérer ça... Et je n'avais pas de hotline SOS Psy sous la main.

— Sam. Tu te souviens de ce qui s'est passé cette nuit ? Tu sais pourquoi on y était ?

Autant commencer par le début.

— Pas tout à fait, a-t-il avoué. C'est assez flou. Jannalynn a été accusée d'avoir fait quelque chose à Alcide, c'est ça, non ? Je me souviens que j'étais en colère, et super triste, parce qu'elle m'avait tellement plu, au début. Mais je n'étais pas vraiment surpris. Alors je crois que quelque part, j'avais déjà compris qu'elle n'était pas... une belle personne. Je me souviens d'être allé à la ferme d'Alcide avec toi. Il y avait Eric, et Alcide, et la meute, et je crois... il y avait une piscine, là-bas... et puis du sable aussi...

J'ai hoché la tête.

— Oui, une piscine et un terrain de volley. Tu te rappelles autre chose ?

Il avait l'air un peu plus mal à l'aise et sa voix a pris des accents plus rauques.

— La douleur... Et quelque chose dans le sable...
C'était si... Et on est repartis ensemble, et c'est toi qui
conduisais.

Rien à faire. Et merde.

Je me suis attelée à la tâche.

— Sam, tu as oublié quelques petites choses.

J'avais entendu parler de personnes qui gommaient
les traumatismes de la mémoire, surtout s'ils avaient été
gravement blessés, dans un accident ou une agression
par exemple. Sam, lui, était carrément mort. Alors je me
suis dit qu'il avait bien le droit d'essayer d'effacer certains souvenirs.

— Qu'est-ce que j'ai oublié ?

Raide comme un piquet, il me regardait de côté,
comme un cheval nerveux prêt à s'emballer. Quelque
part dans son esprit, il savait ce qui s'était passé.

J'ai tendu mes mains vers lui, paumes vers le haut. *Tu
veux vraiment qu'on fasse ça maintenant ?*

— Ouais, je crois qu'il faut que je sache.

Aux pieds de son fils, Bernie était ramassée sur elle-
même, dans une posture qui n'avait vraiment rien
d'humain. Elle me regardait fixement. Elle savait que
Sam n'allait sûrement pas se sentir mieux en m'écou-
tant. Je trouvais normal qu'elle m'en veuille, mais cela
ne changeait rien. Je n'avais pas le choix.

— Jannalynn était coupable de trahison et, en plus,
elle avait presque tué Warren quand elle le tenait en
otage. Alors il y a eu un combat entre elle et Mustapha
Khan, ai-je expliqué en réduisant l'histoire au strict
nécessaire de ce qui affectait Sam de manière directe.
Tu te souviens de Mustapha ?

Il a opiné.

— Elle a eu droit au jugement par combat singulier –
mais là, je ne connais pas tous les tenants et les aboutis-
sants. J'étais étonnée qu'ils lui laissent ce privilège. Quoi
qu'il en soit, Mustapha et elle se sont battus à l'épée.

Sam a blêmi brusquement. Je me suis interrompue mais il est resté muet et j'ai poursuivi.

— Jannalynn s'en sortait vraiment bien, mais au lieu de se concentrer sur Mustapha, elle a décidé de faire une dernière tentative pour prendre le contrôle de la meute. Ou du moins, je crois, moi, que c'était son intention, ai-je précisé en relâchant ma respiration.

J'avais retourné cette nuit mille fois dans ma tête et je ne comprenais toujours pas complètement.

— Ou alors, peut-être qu'elle a cédé à une impulsion. Qu'elle voulait avoir le dessus sur Alcide. Le dernier mot. Bref, Jannalynn a manœuvré pour que le duel se rapproche de l'endroit où Alcide se tenait, avec toi.

J'ai marqué une nouvelle pause, espérant qu'il m'arrêterait en disant qu'il se souvenait.

Peine perdue. Il était maintenant aussi pâle qu'un vampire. Je me suis mordu la lèvre et j'ai foncé.

— Elle s'est jetée sur Alcide en abattant sa lame, mais il a compris et il s'est lancé de côté. Et c'est toi qui as pris le coup. Elle n'avait pas l'intention de te faire du mal.

Sam n'a pas réagi à ma faible tentative de consolation. *Ouais, bien sûr, ta nana t'a tué. Mais elle n'a pas fait exprès, d'accord ?*

— Bon... Alors comme tu sais, la blessure était grave. Tu es tombé, et il y avait... Enfin, c'était vraiment dur.

J'avais jeté mes vêtements. Ainsi que la chemise de Sam, celle qu'il avait laissée chez moi.

— La blessure était si terrible et si profonde que tu en es mort.

Sam s'est recroquevillé comme si une tornade s'abattait sur lui.

— J'avais mal.

Bernie a posé sa main sur celle de son fils.

— Je sais que je ne peux pas savoir, lui ai-je dit doucement – et pourtant, la douleur, je connais. Ton cœur

84

s'est arrêté de battre. J'ai utilisé mon cluviel dor pour te guérir et te ramener.

— Tu m'appelais. Tu m'as ordonné de vivre.

Enfin, il me regardait droit dans les yeux.

— Oui.

— Quand j'ai ouvert les yeux, j'ai vu ton visage.

— Ton cœur s'est remis à battre.

Et l'énormité de ce qui s'était passé là m'a terrassée de nouveau. Ma peau picotait de partout.

— Eric était debout derrière toi, et il nous regardait tous les deux avec de la haine dans les yeux. Et puis après, il a disparu. Rapide comme un vamp'.

— Tu te souviens qu'on a parlé tous les deux sur le chemin du retour ?

Il a ignoré ma question.

— Mais Jannalynn, qu'est-ce qui lui est arrivé ? Ce n'est pas ça que tu voulais me raconter ?

Il était passé à côté de son corps – et de sa tête – alors que je l'aidais à regagner son pick-up. Il l'avait regardé. Je comprenais parfaitement pourquoi il n'avait pas envie de raviver cette image. Moi non plus, d'ailleurs, même si je n'avais pas apprécié Jannalynn.

— Mustapha l'a exécutée.

Je n'en ai pas dit plus.

Le regard de Sam était posé sur moi. Vacant de nouveau. Je n'avais aucune idée de ce qu'il pensait. Peut-être qu'il tentait de se remémorer ce qu'il avait vu. Ou que le souvenir était clair mais qu'il le refusait.

Derrière l'épaule de Sam, Bernie secouait la tête en me fixant. Pas besoin d'être télépathe pour comprendre qu'elle trouvait que Sam en avait assez entendu pour aujourd'hui, et qu'elle voulait que je parte. Sinon, je serais probablement restée un peu plus longtemps, mais c'était sa mère. Je me suis levée lourdement, avec l'impression d'avoir pris dix ans.

— À plus, Sam. Et je t'en prie, reviens vite au travail.

Il ne m'a pas répondu. Ses yeux n'avaient pas bougé, toujours braqués sur l'endroit où je m'étais assise.

— Au revoir, Sookie, m'a dit Bernie. Vous et moi, il faudra qu'on ait une petite conversation, plus tard.

J'aurais préféré marcher sur des charbons ardents...

— Pas de problème.

Et je les ai quittés.

Au bar, la journée s'est poursuivie avec une normalité presque étrange. Il peut être difficile de garder à l'esprit que les autres ne savent rien de ce qui se passe dans l'univers des SurNat, même lorsque les événements ont lieu sous leur nez. Dans le cas contraire, d'ailleurs, peut-être que personne ne s'en soucierait de toute façon.

En salle, le grand sujet de conversation était l'évanouissement de Halleigh Bellefleur au Rotary. Enceinte de sept mois, elle s'était levée pour aller se rafraîchir et s'était effondrée. Tout le monde s'inquiétait. Passé pour prendre des beignets de pickles, Terry, le cousin de son mari, a rassuré l'assemblée : Andy avait emmené sa femme directement chez le médecin et Halleigh se portait bien.

Le coup de feu du déjeuner s'est avéré plutôt modéré, car, contrairement à son habitude, le Rotary s'était réuni ailleurs. J'ai donc confié mes tables à An' et me suis rendue à la poste pour prendre le courrier du *Merlotte*. Il s'était accumulé de manière inquiétante – il devenait vraiment urgent que Sam se remette.

J'ai tout rapporté au bar et me suis assise dans le bureau de Sam pour parcourir les papiers. Je travaillais ici depuis cinq ans, je m'y intéressais et j'en savais beaucoup sur la gestion du *Merlotte*. J'avais la signature, pour les chèques. Mais il y avait tout de même des décisions à prendre. Notre contrat pour la télévision par câble arrivait à échéance, par exemple, et Sam avait évoqué l'idée de changer de fournisseur. Deux organisations caritatives avaient demandé à recevoir des bouteilles d'alcool, afin de les mettre aux enchères. Cinq autres avaient carrément demandé de l'argent.

Mais il y avait plus surprenant : nous avions reçu un courrier d'un avocat de Clarice, fraîchement arrivé dans la région. Il souhaitait savoir si nous allions régler la note pour le passage de Jane Clementine Bodehouse aux urgences, et nous menaçait gentiment de poursuivre le *Merlotte* pour les souffrances mentales et physiques infligées à Jane si nous refusions d'aligner une certaine somme. J'ai regardé le montant inscrit en bas de la photocopie de la facture. Merde. Jane avait été transportée en ambulance. On lui avait fait passer une radio et on l'avait recousue.

— Nom de Dieu…

Les points de suture avaient dû être réalisés au fil d'or… En marmonnant, j'ai relu la lettre.

Le *Merlotte* avait subi une attaque au cocktail Molotov en mai dernier. Jane, l'une de nos clientes alcooliques, avait reçu des éclats de verre. Des ambulanciers lui avaient prodigué les premiers soins, avant de l'emmener à l'hôpital pour un check-up. On lui avait fait quelques points. Elle s'en était bien tirée. Elle était ivre, mais elle allait bien et n'avait souffert que de blessures bénignes. D'ailleurs, Jane en avait reparlé, ces derniers temps, en évoquant notamment son courage, dont le souvenir semblait lui procurer énormément de plaisir. Voilà maintenant qu'elle nous envoyait l'addition – et salée, avec ça… Et qu'elle nous faisait du chantage au procès ?

J'ai froncé les sourcils. Toute cette machination était bien au-delà des capacités de Jane. J'étais prête à parier que c'était ce jeune avocat qui tentait de se faire un nom. À mon avis, il avait appelé Marvin et lui avait raconté que sa mère aurait dû recevoir des dommages et intérêts. De son côté, Marvin en avait plus qu'assez de venir récupérer sa mère au bar. L'idée de ramasser un peu d'argent, après tout ce que sa mère avait laissé en boissons au *Merlotte*, avait dû lui plaire.

Un coup frappé à la porte est venu interrompre mes réflexions. Lorsque j'ai levé les yeux, j'ai vu quelqu'un que je ne m'étais pas attendue à revoir de ma vie entière. Pendant une seconde, j'ai cru que j'allais m'évanouir, comme Halleigh au Rotary.

— Arlene.

Je suis restée coincée là, sans pouvoir dire un mot de plus. Mon ancienne collègue – mon ancienne amie proche – semblait attendre que je me reprenne. J'ai fini par penser à quelque chose :

— Tu es sortie quand ?

L'instant était plus que gênant et affreusement troublant. La dernière fois que j'avais été en contact avec Arlene Fowler (en dehors de la salle du tribunal), elle participait à un complot visant à me tuer de manière particulièrement abominable. Ce jour-là, des coups de feu avaient été échangés. Il y avait eu des morts. Parmi les blessés, certains s'en étaient remis en prison.

Malgré tout, je me suis aperçue qu'Arlene ne me faisait pas peur.

Ce qui me frappait avant tout, c'était à quel point elle avait changé. Les rondeurs qu'elle avait eues quelques mois plus tôt avaient été remplacées par la maigreur. Ses cheveux, d'un rouge toujours aussi agressif, étaient plus courts, secs et ternes, sans vie. La lumière blafarde du lustre soulignait cruellement les rides qui s'étaient insinuées autour de ses yeux et de sa bouche. Arlene n'avait pas passé des années en prison. Mais c'était l'impression qu'elle donnait.

— Je suis sortie il y a quatre jours, a-t-elle répondu.

Elle me scrutait tout aussi attentivement que moi.

— Tu as l'air en pleine forme, Sookie. Comment va Sam ?

— Il est malade aujourd'hui. Et Lisa et Coby ?

J'étais comme prise de légers vertiges.

— Ils ne comprennent pas. Ils m'ont demandé pourquoi Tatie Sookie n'était jamais venue les voir.

— Tout bien considéré, j'ai cru que ce serait franchement curieux si je le faisais, ai-je répliqué en la fixant
bien droit dans les yeux. Surtout que j'étais certaine que
tu leur avais dit des trucs affreux sur moi. Tu sais, à
l'époque où tu as décidé de m'attirer chez toi, pour que
tes potes puissent me clouer sur une croix…

Elle a rougi, baissant les yeux sur ses mains.

Je ne savais plus quoi dire et je suis revenue aux
enfants.

— Ils sont restés avec Helen pendant ton absence ?

Complètement sectaire, Helen était devenue la nouvelle meilleure amie d'Arlene. Elle avait proposé de
s'occuper des enfants, lorsqu'elle était venue les chercher à la caravane d'Arlene avant la fusillade.

— Non, elle en a eu marre au bout d'une semaine.
Elle les a emmenés chez Chessie.

— Chessie Johnson ?

— Avant d'épouser Brock Johnson, elle s'appelait
Chessie Fowler. En fait, c'était la cousine de mon ex.

L'ex dont Arlene avait conservé le nom malgré tous les
mariages qui avaient suivi. Le dénommé Rick Fowler
était mort dans un accident de moto à Lawton, en
Oklahoma.

— Quand Jan Fowler est morte, dans cet incendie au
bord du lac, elle a laissé de l'argent à Chessie. Elle est à
l'abri du besoin. Elle adore les gamins. Ç'aurait pu être
pire.

Apparemment, Arlene n'en voulait pas à Helen mais
semblait plutôt résignée.

Très franchement, je me sentais, moi, d'humeur vindi-
cative. Ce que j'aurais souhaité, c'était qu'Arlene res-
sente de la colère contre elle-même, et je ne détectais
rien de cela chez elle. Pour moi, elle était complètement

transparente et ce que je voyais, c'était une belle traînée de méchanceté, un manque total d'espoir et d'esprit d'initiative, et une haine sourde contre le monde qui, d'après elle, lui avait fait tant de mal.

— Alors j'espère que les petits sont bien avec les Johnson, ai-je conclu. Je suis sûre que leur mère a dû leur manquer.

Voilà. J'avais trouvé deux choses sincères à dire. Je me demandais où se trouvait l'arme de Sam. Sans doute dans le tiroir de droite. Pourrais-je l'atteindre à temps ?

Pendant une fraction de seconde, j'ai eu l'impression qu'elle allait se mettre à pleurer.

— Je crois que oui. Je leur dois un sacré tas d'explications.

Bien bien. J'avais hâte que cette conversation se termine. Il y avait là du moins une émotion que je pouvais reconnaître : elle regrettait ce qu'elle avait fait à sa famille.

— Tu es sortie drôlement vite, dis donc, ai-je commenté, soudain frappée par ce fait.

— Je me suis trouvé un nouvel avocat. Il a fait appel et payé ma caution. En plus, je me suis bien comportée – forcément, j'étais motivée. Sookie, je ne les aurais pas laissés te faire du mal, tu sais.

— Arlene, pas la peine de me mentir, ça ne marche pas, lui ai-je rappelé.

La blessure causée par la trahison de mon ancienne amie n'avait pas encore cicatrisé.

— Tu ne me fais pas confiance, je le vois bien.

Non, tu crois ? Dans son esprit, je voyais déjà ce qu'elle allait me sortir – elle allait jouer la carte de la repentance et de la réformation.

— Je ne peux pas t'en vouloir, a-t-elle continué. Je ne sais pas ce qui m'a pris, mais ce qui est sûr, c'est que je n'avais pas la tête sur les épaules. J'étais désespérée et en colère, et je cherchais à mettre la responsabilité sur

90

quelqu'un d'autre. Le plus simple pour moi, c'était de haïr les vampires et les loups-garous, a-t-elle conclu en hochant la tête avec grand sérieux – elle se sentait pleine de vertu.

Tiens donc, on avait fait un peu de thérapie, peut-être ?

Je ne vais pas me moquer des psys. Pour certaines personnes, la démarche est très positive. Mais Arlene ne faisait que singer ce que son thérapeute lui avait dit, tout comme elle avait bêtement adopté les idées anti-SurNat de la Confrérie du Soleil. Serait-elle capable un jour de penser pour elle-même ? J'avais peine à comprendre comment j'avais pu tant l'admirer pendant ces années. À l'époque, pourtant, elle était animée d'une grande joie de vivre, elle entretenait des relations faciles avec les hommes, elle avait deux enfants adorables et gagnait sa vie.

Et c'était pour tout cela que je l'avais enviée, moi qui me sentais si seule.

Je la voyais différemment, désormais : elle attirait les hommes, mais elle était incapable de les garder. Elle aimait ses enfants, mais elle n'avait pas pu éviter la prison. Elle s'était montrée capable de travailler pour les élever, mais un défilé d'hommes avaient occupé son lit.

Je l'avais aimée parce qu'elle avait bien voulu être mon amie alors que j'en avais si peu. Je comprenais à présent qu'elle m'avait utilisée comme baby-sitter pour Coby et Lisa, femme de ménage gratuite, et admiratrice. Lorsque j'avais commencé à prendre de l'indépendance et à vivre ma vie, elle avait tenté de me faire assassiner.

— Tu as toujours envie de me voir morte ? lui ai-je demandé.

Elle a fait la grimace.

— Non, Sookie. Tu as été une bonne amie pour moi, et je me suis retournée contre toi. Je croyais en tout ce que prêchait la Confrérie.

Ses pensées correspondaient à ses paroles. Arlene n'avait pourtant pas vraiment d'estime pour moi.

— Et c'est pour ça que tu es venue ici aujourd'hui ? Pour t'excuser ?

J'ai lu la vérité dans son cerveau. Malgré tout, il a fallu que j'attende qu'elle le dise pour pouvoir le croire :

— Je suis venue pour voir si Sam serait d'accord pour me reprendre au *Merlotte*.

J'en suis restée muette de surprise. Mal à l'aise, elle s'est mise à s'agiter tandis que je la fixais, bouche bée. J'ai fini par me reprendre.

— Arlene, j'ai du chagrin pour tes enfants. Et je sais que tu veux les récupérer et t'en occuper. Mais je ne peux pas travailler avec toi ici. Tu comprends bien que ce ne serait pas viable.

Elle s'est raidie en se redressant.

— J'en parlerai à Sam. On verra bien ce qu'il va dire.

La vieille Arlene était remontée à la surface. Elle était certaine qu'en s'adressant à un homme elle aurait ce qu'elle désirait.

— Maintenant, c'est moi qui embauche, ici. Je suis son associée, lui ai-je annoncé.

Désarçonnée, elle a ouvert de grands yeux.

— Tu sais très bien que ça ne marcherait jamais, ai-je poursuivi. Tu m'as trahie. Il n'y a rien de pire que ce que tu as voulu me faire.

La peine m'a envahie – je ne savais pas ce qui me faisait le plus mal. Le sort des enfants d'Arlene, ou que la haine dont certaines personnes étaient capables soit si contagieuse.

Le conflit intérieur d'Arlene était douloureusement manifeste. Elle aurait voulu m'insulter. Cependant, elle venait juste de me dire qu'elle avait changé et qu'elle savait qu'elle s'était mal comportée par le passé. Elle ne pouvait donc pas vraiment se défendre. Dans notre « amitié », elle avait été la dominante. Elle se débattait à

92

présent avec le fait qu'elle n'avait plus d'emprise sur moi.

Elle a inspiré bien à fond, sans se relâcher tout de suite. Elle réfléchissait à la rage qui l'avait gagnée, elle avait envie de protester, de me dire à quel point Coby et Lisa seraient déçus – et elle a compris brusquement que cela ne changerait rien.

Car elle avait souhaité me voir crucifiée.

— Eh oui, Arlene, ça ne changerait rien. Je n'ai pas de haine pour toi, lui ai-je révélé, surprise moi-même par cette découverte. Mais je ne pourrai jamais supporter que tu sois dans les parages. Jamais.

Elle a tourné les talons et elle est sortie sans un mot. Sous son crâne, j'entendais qu'elle allait retrouver ses nouveaux amis et déverser toute sa bile dans leurs oreilles. Évidemment, c'étaient des hommes. Pour ça, on pouvait lui faire confiance. Ou plutôt non, ce n'était pas une bonne idée.

Tout de suite après son départ, la mère de Sam s'est glissée dans la pièce. Elle a suivi Arlene des yeux, puis s'est assise en face de moi.

C'était la journée des conversations difficiles…

— J'ai tout entendu. Un jour, il faudra que vous me racontiez toute l'histoire. Bon. Sam dort. Expliquez-moi ce qu'il lui est arrivé.

Bernie avait repris figure bien plus humaine. Mince, elle faisait à peu près ma taille et j'ai remarqué que ses cheveux avaient la même couleur cuivrée que ceux de son fils. Ils étaient cependant mieux entretenus. L'espace d'un bref instant, je me suis demandé si elle avait un homme dans sa vie. Pour l'instant en tout cas, c'était en tant que mère qu'elle était présente, et elle ne plaisantait pas le moins du monde.

Elle connaissait déjà le gros de l'histoire, et j'ai rempli les trous.

— Donc, Sam était avec cette Jannalynn, celle qui s'est invitée chez nous à Wright, mais il commençait à avoir des doutes sur elle.

Bernie fronçait les sourcils. Ce n'était pas à moi qu'elle en voulait, mais plutôt à la vie, qui ne se montrait pas douce avec Sam. Car elle l'aimait profondément.

— Je crois que c'est ça. Pendant quelque temps, il a été raide dingue, mais ça a évolué.

Je n'avais pas l'intention d'essayer d'expliquer cette relation. Ce n'était pas mon rôle, et j'ai continué.

— Il avait fini par comprendre certaines choses à son sujet et... Enfin, ça ne lui a pas brisé le cœur – en tout cas, je ne crois pas – mais ça lui a fait mal.

— Vous êtes quoi, pour lui ?

Bernie me regardait droit dans les yeux.

— Son amie. Une véritable amie. Et maintenant, je suis aussi son associée.

— Aha.

Elle me toisait d'un air sceptique.

— Et vous avez sacrifié un objet d'art irremplaçable pour lui sauver la vie.

— Oh ! On ne pourrait pas arrêter d'en parler, de ça ?

J'ai regretté mon éclat tout de suite – on aurait dit une gamine de dix ans.

— J'ai été heureuse de le faire, ai-je précisé de manière plus adulte.

— Votre petit ami, cet Eric, a quitté le territoire des loups-garous tout de suite après.

Elle allait tirer des conclusions erronées.

— Euh oui. C'est une longue histoire. Il ne croyait pas que j'allais m'en servir comme ça. Pour lui, j'aurais dû l'utiliser...

— À son avantage.

Elle avait terminé ma phrase à ma place, ce qui, en principe, me déplaît souverainement.

Malgré tout, elle avait parfaitement raison.

Elle a frotté ses mains l'une contre l'autre comme pour en faire tomber la poussière.

— Pour résumer, a-t-elle repris avec énergie, Sam est en vie, vous n'avez plus de petit ami, et Jannalynn est morte.

— L'histoire du petit ami, c'est un peu en suspens, mais oui, c'est à peu près cela, ai-je confirmé.

En suspens... à moins que le tout ne soit déjà tombé à l'eau.

Bernie étudiait ses mains et réfléchissait, le visage impassible.

Après un temps, elle a relevé la tête.

— Autant repartir au Texas, a-t-elle annoncé de but en blanc. Je reste ce soir pour être certaine qu'il ira mieux demain matin, et après, je pars.

Sa décision m'a quelque peu étonnée. Pour moi, Sam était loin d'être remis.

— Il m'a l'air assez malheureux, ai-je fait remarquer en m'efforçant de ne pas lui donner l'impression que je la critiquais.

— Je ne peux pas le rendre heureux. Il a tout ce qu'il lui faut sous la main. Il va simplement falloir qu'il se mette certaines choses dans la tête. Ça va aller.

Elle a ponctué sa conclusion d'un petit signe du menton. Elle n'entretenait aucun doute sur l'évolution de l'histoire.

Bernie m'avait toujours paru comme une femme très terre à terre. J'avais pourtant le sentiment qu'elle ne prenait pas la guérison émotionnelle de Sam suffisamment au sérieux. Je ne pouvais pas vraiment la supplier de rester, néanmoins, car Sam avait la trentaine passée.

— Bon, d'accord, lui ai-je répondu d'un ton incertain. Eh bien, passez une bonne nuit, et n'hésitez pas à m'appeler.

Bernie s'est soudain levée de son fauteuil pour s'agenouiller devant moi.

— Je vous dois une vie.

Puis elle s'est relevée avec une agilité surprenante – je n'en aurais pas fait autant, alors qu'elle avait deux fois mon âge. Sur ce, elle a disparu.

Ailleurs, à Bon Temps

— Elle a dit non, rapporta Arlene Fowler à l'homme longiligne et à l'homme moyen.

Il faisait une chaleur étouffante, dans la vieille caravane, et on avait laissé la porte ouverte. L'intérieur désordonné sentait le moisi. Personne n'y avait vécu depuis longtemps. Les perforations occasionnées par les balles laissaient passer la lumière du soleil, dessinant des motifs étranges sur la paroi d'en face. Arlene était assise sur une vieille chaise chromée recouverte de vinyle, tandis que ses deux hôtes, penchés en avant, occupaient le divan vétuste et défoncé.

— Vous vous en doutiez certainement, rétorqua l'homme moyen avec un zeste d'impatience. Nous nous y attendions.

Arlene cligna des yeux.

— Alors pourquoi j'ai dû m'y coller ? Le seul résultat, c'est que je me sentais super mal. Et à cause de ça, j'ai passé moins de temps avec mes gamins.

— J'imagine qu'ils étaient contents de vous voir ? s'enquit l'homme moyen, ses yeux pâles rivés sur le visage usé d'Arlene.

— Oui, répondit-elle avec un léger sourire. Vraiment heureux. Chessie, par contre, pas tant que ça. Elle adore ces gosses. J'ai eu l'impression qu'ils étaient bien, avec elle. Ils ont de bons résultats à l'école, tous les deux.

Ni l'un ni l'autre des hommes ne s'intéressait le moins du monde aux progrès ou au bien-être des enfants. Néanmoins, ils s'appliquèrent à émettre ce qui pouvait passer pour de l'approbation, avant de revenir sur l'exécution de la mission.

— Vous êtes bien passée par l'entrée des clients ? vérifia l'homme longiligne.

Arlene confirma d'un signe de tête.

— Ouais. Et j'ai parlé à trois personnes. Exactement comme vous m'avez dit. C'est bon, maintenant ?

L'homme longiligne poursuivit sur sa lancée d'une voix apaisante et doucereuse.

— Il nous faut encore un dernier service. Et ce sera facile.

Arlene poussa un soupir.

— C'est quoi ? Moi, il faut que je cherche un endroit pour vivre. Je ne peux pas amener mes petits ici, précisa-t-elle en jetant un regard autour d'elle.

— Si nous n'étions pas intervenus, vous ne pourriez même pas voir vos enfants, fit doucement remarquer l'homme moyen.

Son expression n'avait cependant rien de doux.

Arlene ressentit une pointe de malaise.

— Vous êtes en train de me menacer, réagit-elle d'un ton cependant résigné. Vous voulez que je fasse quoi ?

— Vous étiez très amie, avec Sookie, dit l'homme longiligne.

— On était super amies.

— Alors vous savez où elle conserve le double de ses clés, à l'extérieur de chez elle, poursuivit l'homme moyen.

— Absolument. Vous avez l'intention d'entrer par effraction ?

— Ce n'est pas une effraction, si on a une clé...

L'homme moyen esquissa un sourire et Arlene tenta de le lui rendre.

— Je suppose que non.

— Alors voici ce que nous voulons de vous : vous prenez cette clé, et vous entrez. Vous ouvrez le tiroir où elle met ses foulards. Apportez-nous une écharpe que vous avez déjà vue sur elle.

— Une écharpe. Qu'est-ce que vous allez en faire ?

— Ne vous inquiétez pas de ça, sourit l'homme longiligne. Mais vous pouvez être certaine qu'elle n'aimera pas. Et puisqu'elle a refusé de vous donner un emploi, et que c'est à cause d'elle que vous en êtes là, ça ne devrait pas vous embêter du tout.

Arlene réfléchit un instant.

— Effectivement, je crois que non.

— Bien. Vous savez qu'elle est au travail en ce moment, dit l'homme moyen. Alors, à mon avis, le meilleur moment pour y aller, c'est maintenant. Et prenez ceci, au cas où sa maison serait protégée d'un bouclier.

Il lui tendit une pièce étrange, qui semblait ancienne. Elle était curieusement lourde pour sa taille.

— Conservez-la sur vous, sans jamais vous en séparer.

Surprise, Arlene observa le petit objet avec méfiance, avant de l'introduire dans sa poche.

— Bon d'accord. Je vais chez Sookie tout de suite. Après, je vais chercher une location. L'argent, il sera quand, sur mon compte ?

— Demain, lui promit l'homme longiligne. Vous pourrez trouver un chez-vous, et vos enfants emménageront avec vous.

— Et c'est tout ce que vous voulez que je fasse ? Je devais lui demander du boulot, et dans un moment, je vais chercher une écharpe chez elle ? Avec ce truc dans ma poche ?

— Naturellement, vous devrez venir nous voir pour nous donner l'écharpe et la pièce, répondit l'homme longiligne en haussant les épaules. Mais ça, ce n'est pas grand-chose.

— OK. Si ma vieille bagnole tient le coup. Elle a un peu souffert, d'être garée chez Chessie depuis que je suis allée en taule.

L'homme longiligne tira son portefeuille de sa poche et tendit des billets à Arlene.

— Voilà de l'argent pour l'essence, ce serait dommage que vous tombiez en panne sèche.

— Ce serait regrettable en effet, répéta son acolyte.

— Bon ben, une fois que j'ai l'écharpe, je vous appelle avec le téléphone que vous m'avez donné. On se voit ce soir.

Les deux compères échangèrent un regard silencieux.

— Ce soir, ce sera parfait, fit l'homme longiligne après un instant. Absolument parfait.

5

J'ai revu Terry Bellefleur pour la seconde fois ce jour-là, pendant que je prenais de l'essence au Grabbit Kwik. Il faisait le plein pour son pick-up. Annie, sa chienne catahoula, était à l'arrière. Elle s'intéressait à tout ce qui se passait dans la station, malgré la chaleur qui la faisait haleter.

J'en aurais presque suivi son exemple, mais ça ne se fait pas. Heureusement que j'avais attendu le soir pour m'occuper de cette corvée. Au moins, on n'avait plus l'impression d'être dans un four.

Dès que Terry a récupéré sa carte et son ticket, je l'ai appelé et il s'est retourné. Son visage s'est éclairé.

— Sookie ! Alors, comment va Sam ? J'étais content de te voir aujourd'hui. J'aurais mieux fait de m'asseoir de ton côté plutôt que chez An'. Elle est vraiment trop bavarde, celle-là. Infernale !

À ma connaissance, Terry était le seul qui n'ait pas envie de hurler à la lune à la seule vue de notre nouvelle recrue.

— Sam va peut-être revenir au bar demain, ai-je annoncé.

— C'est dingue, quand même, que vous ayez été malades en même temps.

Il était également le seul en ville à dire cela sans le moindre sous-entendu. Pendant la journée, j'avais « entendu » plusieurs commentaires au bar, sur notre absence de quatre jours...

— Comment va Jimmie ?

Jimmie était sa petite amie – ou du moins, c'était l'impression que j'avais. J'étais contente de voir que Terry avait fait couper ses cheveux et qu'il s'était peigné et rasé récemment. Jimmie avait une bonne influence sur lui.

— Elle est en pleine forme. J'ai demandé à son papa si je pouvais l'épouser, a-t-il déclaré en baissant les yeux pour m'apprendre cette nouvelle importante.

Prisonnier de guerre au Vietnam, Terry avait vécu des moments très durs. Il était revenu avec une foule de problèmes physiques et mentaux. J'étais vraiment heureuse qu'il ait trouvé quelqu'un et fière qu'il soit si déterminé à faire les choses dans les règles.

— Et qu'est-ce qu'il a dit ?

Jimmie était certes un peu plus jeune que Terry, mais j'étais assez étonnée d'entendre que son père était toujours en vie.

— Il a dit que si les gosses de Jimmie sont d'accord, alors lui aussi.

— Ses gosses...

— Elle a deux fils et une fille. Ils ont dix-neuf, vingt et vingt-deux ans, a précisé Terry, l'air heureux. Ils ont tous des enfants. Ce qui fait que je suis grand-père.

Je lui ai adressé un grand sourire.

— Alors ses enfants sont contents d'avoir un beau-père ?

— Ouaip, a-t-il répondu en rougissant. Super contents. Leur père est mort il y a dix ans, et c'était un beau salaud, de toute façon. Jimmie n'a pas toujours rigolé, dans la vie.

Je l'ai serré dans mes bras.

— Je suis tellement contente pour toi. Alors c'est quand, le grand jour ?

Le rouge s'est accentué.

— Eh ben... c'était hier. On est montés à Magnolia, dans l'Arkansas, et on s'est mariés.

Les gens nous attendaient pour passer à la pompe, mais j'ai pris encore un peu de temps pour le féliciter et pour faire une caresse à Annie, qui venait également d'acquérir un époux : sa dernière portée était du catahoula de Jimmie, et la prochaine le serait sûrement aussi. Elle semblait aussi heureuse que son maître.

Je souriais toujours lorsque je me suis arrêtée à l'entrée de mon chemin pour prendre mon courrier. J'ai dû me faire violence pour sortir de ma voiture climatisée et toute fraîche – en juillet, à 19 heures, il fait jour et la chaleur est encore féroce. Je n'avais qu'une idée en tête : prendre ma douche.

Je n'ai même pas vérifié mon petit tas de courrier. Je l'ai jeté sur mon plan de travail et me suis précipitée directement à la salle de bains tout en retirant mes vêtements trempés de sueur. Quelques secondes plus tard, j'étais sous le jet d'eau. Quel bonheur ! Mon téléphone a sonné pendant que je me rinçais, mais j'ai refusé de me presser, profitant de ma douche jusqu'à la dernière goutte. Après avoir passé une serviette sur ma peau, j'ai branché mon sèche-cheveux, dont le ronronnement renvoyait ses échos dans toute la maison si calme.

En pénétrant dans ma chambre, j'étais toute fière : je savais que tout y était organisé, rangé jusque dans les moindres recoins. Je ne contrôlais pas grand-chose, dans ma vie, mais au moins, mes tiroirs étaient impeccables.

J'ai remarqué soudain que l'un d'entre eux n'était pas tout à fait fermé. J'ai froncé les sourcils. D'habitude, je les poussais à fond. C'était l'une des règles d'or de ma mère et je ne l'avais jamais oubliée. Même Jason faisait attention et repoussait soigneusement tous ses tiroirs.

103

Je l'ai ouvert pour en inspecter le contenu. Bas, écharpes, sacs du soir et ceintures étaient toujours bien rangés. Pourtant j'avais l'impression que les foulards avaient bougé légèrement. Leur alignement n'était plus tout à fait le même. D'autre part, il y avait une ceinture marron dans les ceintures noires. Hmm. Je suis restée là un bon moment, regrettant que les objets ne puissent pas parler, et j'ai refermé le tiroir d'un geste ferme. Le choc mat a résonné dans la maison silencieuse.

La grande bâtisse abritait des Stackhouse depuis plus de cent cinquante ans. Avant d'y avoir accueilli des invités au long cours, je n'y avais jamais souffert de la solitude. Néanmoins, après le départ d'Amelia, qui avait dû repartir à La Nouvelle-Orléans pour régler sa dette envers les sorcières et son clan, la maison m'avait semblé bien vide. Mais je m'étais adaptée. Ensuite, Claude et Dermot s'étaient installés, avant de quitter les lieux pour toujours. Et je me sentais maintenant comme une abeille esseulée dans une ruche déserte.

À l'instant présent, je trouvais réconfortant d'imaginer que, de l'autre côté du cimetière, Bill allait se lever. Malgré tout, il restait mort jusqu'à la tombée de la nuit.

Une touche de mélancolie m'a effleurée à la pensée des yeux noirs de Bill et je me suis giflée. N'importe quoi. Pas question de laisser la solitude me pousser dans les bras de mon ex. D'après la loi des vampires, j'étais toujours l'épouse d'Eric Northman. Même s'il refusait pour l'instant de me parler.

J'éprouvais une certaine réticence à l'idée de faire une nouvelle tentative pour aborder Eric – j'ai ma fierté, et elle en avait pris un coup. Toutefois, j'en avais plus qu'assez de me morfondre sans savoir ce qui se tramait au sein du vase clos des vampires.

Ah ils sont ravis de me voir, quand j'ai un super plan pour tuer quelqu'un. Mais quand il s'agit de m'expliquer ce qui se passe sur un plan perso, rien, nada, pas une âme.

Je n'éprouvais pourtant ni amertume ni rien de tel. Je n'étais ni en colère ni vexée. Quant à savoir si les vampires avaient une âme, je n'en avais aucune idée.

Je m'ébrouais, comme un chien qui sort de l'eau, rejetant regrets et impatience au loin. En outre, il ne m'appartenait pas de m'inquiéter de l'âme des vampires. La question était du ressort de quelqu'un d'autre, tout là-haut.

J'ai jeté un œil dehors, pour m'apercevoir qu'il faisait nuit. Avant de pouvoir m'en dissuader, j'ai saisi mon téléphone et composé le numéro d'Eric. Vite, avant de flancher.

— Sookie, m'a-t-il saluée dès la seconde sonnerie.

J'avais pourtant parié qu'il ne répondrait pas. Plus que surprise, je me suis efforcée de parler calmement.

— Il faut qu'on parle. Depuis mon passage au *Fangtasia*, j'ai compris que tu m'évitais. Tu as clairement montré que tu ne voulais pas que je passe au club, et j'imagine que c'est pareil pour chez toi. Mais tu comprends bien qu'il faut qu'on ait une conversation.

— J'écoute.

Ah. Pas bon du tout. Et pas besoin d'avoir un miroir pour savoir que j'avais l'air furieux.

— Face à face ! ai-je rétorqué en détachant chaque mot, peinant à ne pas hurler.

C'était trop tard, je ne pouvais plus reculer. L'histoire allait s'avérer douloureuse à l'extrême. N'aurais-je pas mieux fait de laisser notre relation se défaire toute seule ? D'éviter cette fameuse conversation ? Je savais d'avance comment elle allait se dérouler…

— Je ne peux pas venir ce soir.

La voix d'Eric était si distante qu'il aurait pu se trouver sur la Lune.

— Il y a toute une file de gens qui patientent pour me voir. J'ai beaucoup à faire, a-t-il précisé d'un ton vide de toute émotion.

La fureur m'a soudain submergée.

— Alors nous deux, ça vient après le reste. Tu pourrais au moins me donner l'impression que tu le regrettes !

— Tu n'as aucune idée de ce que je ressens, a-t-il énoncé, toujours impassible. Demain soir.

Et il a raccroché.

— Eric… je t'emmerde.

Au fur et à mesure de l'échange, je m'étais préparée à une explication houleuse. Cette suspension brutale me laissait dans un état d'agitation insupportable.

— Je ne peux pas continuer comme ça, ai-je expliqué à ma maison silencieuse.

Sur ce, j'ai allumé la radio et me suis mise à danser. Ça, ça fait partie de mes talents. À ce moment-là cependant, c'était surtout l'énergie dépensée qui comptait. Je me suis jetée dedans à corps perdu.

Peut-être que Tara et moi, on pourrait s'y remettre et se concocter un programme de remise en forme. Nous avions travaillé des chorégraphies ensemble durant tout le secondaire. Ce serait bon pour elle, après sa grossesse (mais je ne lui présenterais pas les choses de cette façon). À ma grande honte, j'étais essoufflée après dix minutes, preuve que Tara n'était pas la seule à qui une activité physique pourrait faire du bien. Je me suis obligée à continuer pendant un quart d'heure supplémentaire.

Lorsque je me suis effondrée sur mon canapé, j'étais détendue, épuisée, et prête à prendre une autre douche. Vautrée sur les coussins, respirant à grandes goulées, j'ai remarqué soudain que le voyant de mon répondeur clignotait. Et même rapidement : j'avais reçu plusieurs messages. Je n'avais pas vérifié ma boîte mail non plus depuis des jours. De plus, j'avais eu un appel sur mon portable pendant que j'étais dans la salle de bains. Il fallait vraiment que je me reconnecte avec la réalité.

106

D'abord, le répondeur. Après le premier bip, on avait raccroché. Je ne reconnaissais pas le numéro. Ensuite, la voix de Tara, qui me racontait qu'elle craignait que Sara n'ait des allergies. Puis une demande de réponse pour un sondage important. À écouter cette suite de fascinantes nouvelles, mon esprit s'est égaré et je me suis retrouvée à penser au procès.

Jane Bodehouse adorait le catch. L'idée m'est venue d'appeler T-Rex, le seul catcheur que je connaissais, pour lui demander des places près du ring. Jane serait si contente qu'elle laisserait tomber ses poursuites contre le *Merlotte*. Pour autant qu'elle soit réellement consciente de les avoir lancées...

Et voilà, c'était reparti pour les angoisses.

Après mon téléphone, je suis passée à mes mails. La plupart d'entre eux me suggéraient d'agrandir mon pénis ou d'aider des avocats désespérés à sortir des sommes d'argent incommensurables d'Afrique. Néanmoins, l'un d'entre eux provenait de mon parrain Desmond Cataliades. Cet avocat en grande partie démon m'avait « fait don » de ma télépathie. Pour moi, c'était une malédiction. Il était persuadé, lui, qu'il m'avait donné là un avantage suprême par rapport au reste de l'humanité. J'avais reçu ce cadeau de naissance parce que j'étais la petite-fille de son grand ami Fintan et de sa... eh bien de sa maîtresse, c'est-à-dire ma grand-mère, Adele Stackhouse. Non seulement je descendais d'un faé, mais en plus, je détenais la mystérieuse « étincelle essentielle ». C'était grâce à elle que la télépathie s'était manifestée en moi. Quelle chance.

Maître Cataliades m'écrivait donc :

« Ma chère Sookie, je suis de retour à La Nouvelle-Orléans, après avoir réglé mes différends avec la communauté surnaturelle locale et effectué du travail d'investigation de première importance. J'espère vous rendre visite très bientôt, afin de m'assurer de votre bien-être et de vous communiquer des informations. Certaines rumeurs sur ce qui vous arrive me sont parvenues aux oreilles. Ces rumeurs causent en moi un certain trouble. »

Eh bien c'est pareil pour moi, cher Maître, je peux vous le dire. Je lui ai répondu en le rassurant sur mon état, ajoutant que je serais ravie de le voir. Je n'étais pas certaine que tout cela soit bien vrai, mais cela faisait bon effet.

Michele, la fiancée de Jason, m'avait écrit deux jours plus tôt depuis son bureau – elle travaillait chez un concessionnaire automobile.

« Salut Sookie ! Et si on se faisait faire une petite pédicure demain ? J'ai ma matinée. On se retrouve à 9 heures chez Rumpty ? »

C'était une expérience que je n'avais vécue qu'une seule fois, mais elle m'avait bien plu. Et je n'avais aucun problème avec Michele, que j'appréciais. Pourtant, nous n'avions pas forcément la même vision de ce qui pouvait constituer un bon moment. Elle serait cependant bientôt ma belle-sœur, et je lui ai envoyé mes plus plates excuses pour ne pas avoir lu mes mails en temps et en heure.

J'en avais également un de Tara.

« Coucou, toi. J'ai adoré notre petite expédition toutes les deux. Je porte le short en ce moment, lol. Il faut vraiment qu'on fasse quelque chose, pour la chambre des bébés. Avec les fesses que je me trimballe, j'ai du mal à y entrer ! Avant d'avoir les jumeaux, je croyais pourtant qu'elle serait assez grande ! Je prends une baby-sitter et je recommence à travailler à temps partiel. Je t'envoie des photos des petits. »

Pour moi, ils n'avaient pas l'air d'avoir changé depuis la veille. Malgré tout, je lui ai envoyé toute mon admiration – cela fait partie des responsabilités d'une véritable amie. Je me demandais comment ils allaient pouvoir

108

agrandir la petite chambre des enfants. Sam était assez doué en menuiserie. Peut-être qu'ils arriveraient à l'embaucher, lui aussi.

Jason, lui, m'avait envoyé un texto : « T au boulot demain ? »

Je lui ai répondu par l'affirmative. Il devait avoir besoin de passer pour discuter d'un détail concernant le mariage – qui serait pourtant simple et décontracté à l'extrême.

Ensuite, j'ai pensé à allumer la télévision. Mais en été, il n'y a jamais rien. Alors j'ai lu. J'ai saisi le premier livre sur la pile que j'avais rapportée de la bibliothèque et posée sur ma table de nuit. À mon grand plaisir, c'était le dernier Dana Stabenow[1]. Quand il fait dans les quarante degrés, c'est un régal, de se plonger dans une histoire qui se déroule en Alaska. J'espérais m'y rendre un jour, d'ailleurs. Mon ambition : voir un grizzly, un glacier, et manger du saumon frais.

Je me suis soudain rendu compte que je rêvassais, le livre entre les mains. Bien, puisque je ne pouvais pas me concentrer, autant préparer mon dîner. Il se faisait tard. Pendant que je me préparais une salade avec des tomates cerises, des canneberges séchées et du poulet haché fin, j'essayais de me représenter la taille d'un grizzly. Dans mes bois, j'avais repéré par deux fois quelques empreintes qui ressemblaient à celles d'ours noirs. Mais je n'avais jamais aperçu aucun ours à l'état sauvage.

Finalement, j'ai pu lire tout en dînant, ce qui m'a fait un bien fou.

La journée avait été longue et, lorsque je me suis traînée jusque dans mon lit, je tombais de sommeil. Une bonne nuit paisible sans rêve : c'était cela que je voulais.

C'est ce que j'ai eu. Pendant un temps.

----

1. Auteure américaine, Dana Stabenow est née en Alaska, qui sert de toile de fond pour nombre de ses romans (science-fiction, *mystery* et suspense).

— Sookie.

— Mmm ?

— Réveille-toi, Sookie. Je dois te parler.

Il faisait nuit dans ma chambre. La petite veilleuse que je laissais dans la salle de bains s'était éteinte. Avant même d'avoir senti son odeur familière, je savais qu'Eric était dans la pièce.

— Je suis réveillée.

Je m'efforçais avec peine de récupérer mes esprits ensommeillés. L'adrénaline causée par la peur qu'il m'avait faite aidait beaucoup.

— Pourquoi tu te glisses ici comme un voleur ? Je t'ai donné mes clés pour une urgence, par pour des visites surprises.

— Sookie, écoute-moi.

— J'écoute.

Mais j'étais loin d'être ravie par sa façon d'aborder les choses.

— J'étais obligé de me montrer brusque au télé-phone. Il y a des oreilles tout autour de moi. Mais quoi qu'il se passe en public – quoi qu'il arrive –, ne doute jamais de ceci : je t'aime, et je me soucie de ton bien-être. Dans toute la mesure du possible.

Vraiment pas bon.

— Et tu me dis tout ça parce que, en public, tu vas me faire du mal.

Je ne ressentais aucune surprise, mais plutôt une pro-fonde tristesse.

— J'espère qu'on n'en viendra pas là, m'a-t-il répondu en plaçant ses bras autour de moi.

J'avais toujours adoré me retrouver contre Eric lorsqu'il faisait chaud, car son corps était délicieuse-ment frais. À cet instant précis néanmoins, je ne trou-vais rien à apprécier.

— Je dois m'en aller, a-t-il repris. Je ne pouvais pren-dre qu'une heure sans risquer d'être repéré. J'étais en

110

colère, quand tu as sauvé Sam. Mais je ne peux pas me débarrasser de toi comme si tu n'étais rien pour moi. Et ce soir, je ne peux pas te laisser sans protection. Je te laisse une sentinelle si tu y consens.

— Une sentinelle ? Euh, d'accord, ai-je accepté, quelque peu hébétée.

Il allait me laisser quelqu'un dans le jardin ?

Je l'ai senti se lever et, une seconde plus tard, la porte de derrière s'ouvrait.

Hein ?

Je me suis laissée retomber sur le lit d'un coup. Pendant quelques minutes, je n'ai pas bougé. Allais-je seulement pouvoir me rendormir ? J'ai regardé la pendule : il n'était que 23 h 45.

— Mais bien sûr ! Viens par ici, viens te mettre au lit avec moi, pourquoi pas ? Je t'en prie, réveille-moi et fais-moi mourir de trouille, j'adore !

— C'est une invitation ? a demandé une voix dans l'obscurité.

Là, j'ai crié.

6

— Nom de Dieu ! Vous êtes qui, vous ?

Luttant contre la paralysie qui menaçait ma gorge, j'avais du mal à parler.

— Désolée ! a fait la voix. Je suis Karin.

Elle avait un accent que j'avais du mal à identifier – ni cajun, ni espagnol, ni britannique...

— Vous êtes entrée comment ?

— C'est Eric qui m'a ouvert. Vous avez dit que vous étiez d'accord pour qu'on monte la garde.

— Oui, mais j'ai cru que ce serait à l'extérieur.

— Moi, il m'a dit « ici ».

J'ai repensé à notre échange, mais j'étais incapable de m'en rappeler les détails très clairement.

— Si vous le dites, ai-je répondu, pleine de doutes.

— Je le dis, a répliqué la voix tranquille.

— Karin, pourquoi êtes-vous ici ?

— Pour vous protéger, a-t-elle précisé patiemment.

— Pour me garder ici ? Ou pour empêcher les autres d'entrer chez moi ?

— Pour éviter les intrusions.

Elle ne semblait pas agacée mais tout simplement pragmatique.

— Je vais allumer, l'ai-je avertie.

La clarté de ma lampe de chevet a alors révélé Karin la Massacreuse, tapie à côté de ma porte de chambre.

Nous nous sommes dévisagées. C'était très bizarre et, après un petit moment, j'ai vu la progression d'Eric : j'étais d'un blond doré, Pam d'une teinte plus pâle, et Karin avait les cheveux presque blancs. Ils tombaient en lourdes vagues dans son dos. Son visage dénué de tout maquillage était d'une beauté pure. Ses lèvres étaient plus fines que les miennes, tout comme son nez, mais elle avait de grands yeux bleus. Elle était plus petite que moi, ou que Pam, mais elle avait tout autant de courbes. Karin, c'était moi, version premier millénaire.

Eric suivait donc un type de femmes bien déterminé.

La différence la plus marquée ne se situait pas au niveau de nos traits, mais de nos expressions. En regardant dans les yeux de Karin, j'ai su qu'elle était une tueuse d'une froideur absolue. Tous les vampires le sont, mais certains ont plus d'aptitudes à la chose que d'autres. Et certains y prennent plus de plaisir. En tout cas, lorsque Eric avait fait passer Pam et Karin de l'autre côté, il avait obtenu des guerrières blondes.

Si je devenais vampire un jour, je serais comme elles. En me rappelant tout ce que j'avais déjà commis, j'ai frissonné.

Puis j'ai vu ce qu'elle portait.

— Un pantalon de yoga ? Une vampire super terrifiante de votre trempe, qui porte un pantalon de yoga ?

— Et pourquoi pas ? C'est très confortable. J'ai une totale liberté de mouvement. Et c'est facile à laver.

J'étais sur le point de lui demander quelle lessive elle prenait et si elle le lavait à froid quand je me suis reprise – décidément, son apparition m'avait vraiment bouleversée.

— Bon alors je suis prête à parier que vous avez entendu tout ce qu'Eric m'a dit. La conversation laissait franchement à désirer. Ça vous embêterait de développer un peu ?

— Vous avez compris ce qu'il souhaitait vous dire aussi bien que moi, Sookie, a répondu Karin. Vous n'avez pas besoin de moi pour interpréter ses paroles – quand bien même mon créateur souhaiterait-il que je m'en charge.

Nous avons gardé le silence quelques instants, moi dans mon lit et elle accroupie à quelques mètres de moi. Dehors, les insectes se sont remis à chanter tous en même temps.

Comment font-ils ça ? me suis-je demandé. J'étais toujours sous l'emprise du sommeil et de la surprise.

— Bien. Alors, c'était sympa. Mais il faut que je dorme.

— Comment va ce Sam ? Celui que vous avez ramené d'entre les morts ? a demandé soudain Karin.

Question inattendue, venant d'elle.

— Eh bien... Disons qu'il a un peu de mal à s'adapter.

— À quoi ?

— Au fait d'être en vie.

— Mais il n'a été mort que quelques instants, ce n'était presque rien ! a pouffé Karin. Je suis bien certaine qu'il chante vos louanges à qui mieux mieux ? Qu'il vous est reconnaissant du fond du cœur ?

Elle n'en était absolument pas certaine, mais elle avait bien envie d'entendre ma réponse.

— Si c'est le cas, ça ne se voit pas...

— C'est très curieux, ça.

Pourquoi cet intérêt soudain ?

— C'est ce que je pense aussi. Bonne nuit, Karin. Vous pourriez vous poster à l'extérieur de ma chambre, pour veiller sur moi ?

J'ai éteint ma lampe.

— Oui, je le peux. Eric ne m'a pas dit que je devais rester à votre chevet et vous regarder dormir.

Un léger remous dans l'obscurité m'a indiqué qu'elle était partie. Je ne savais pas où elle allait s'embusquer, et j'ignorais où elle irait dormir lorsque le soleil se lèverait. Très sincèrement cependant, ces questions pouvaient se ranger dans le tas énorme de choses qui ne faisaient pas partie de mes problèmes. Je me suis rallongée et j'ai réfléchi à mon futur immédiat.

Demain matin : travail. Demain soir : apparemment, j'étais censée subir un genre de confrontation publique et douloureuse avec Eric. Impossible d'y échapper – je ne pouvais pas supporter l'idée de me défiler. En passant, je me suis demandé si Arlene avait trouvé un endroit pour la nuit. J'espérais simplement que c'était loin d'ici.

Bref, toujours est-il que mon agenda personnel ne me semblait pas réjouissant.

Parfois, il vous prend l'envie de faire défiler votre histoire en accéléré. On sait qu'il va se passer quelque chose de terrible. On sait qu'on s'en sortira, mais rien que l'idée vous donne la nausée. Je me suis rongé les sangs pendant une bonne demi-heure. Je savais que cela ne servait à rien mais, en dépit de tout, l'inquiétude me tordait l'estomac.

Tu dérailles complètement, c'est vraiment n'importe quoi !

Parce que j'étais fatiguée, que je ne pouvais rien faire qui puisse arranger mon lendemain, et qu'il fallait bien que je traverse cette épreuve d'une façon ou d'une autre, j'ai fini par me rendormir.

J'avais manqué le bulletin météo de la veille et je me suis réveillée au son d'un véritable déluge. C'était une bonne surprise. La température baisserait légèrement et la végétation serait lavée de sa poussière. J'ai soupiré cependant : dans mon jardin, tout se développerait avec encore plus de frénésie.

116

À la fin de ma routine matinale, l'averse s'était calmée légèrement. Mais la chaîne météo annonçait que les précipitations allaient de nouveau s'intensifier dans l'après-midi et se poursuivraient même peut-être par intermittence au cours des prochains jours. Pour les fermiers, c'était une bonne nouvelle. Et pour Bon Temps aussi, par la même occasion. Devant mon miroir, je me suis entraînée à faire un sourire heureux. Il semblait néanmoins toujours aussi forcé.

Je me suis précipitée vers ma voiture sans prendre le temps d'ouvrir mon parapluie – un peu d'adrénaline m'aiderait à démarrer. Car je ressentais aujourd'hui un manque de motivation très certain. Je n'étais pas convaincue que Sam se présenterait au bar et il était possible que je sois obligée de rester jusqu'à la ferme-ture : je ne pouvais plus abandonner autant de respon-sabilités aux employés sans leur accorder de prime, et ces temps-ci, nous ne pouvions nous permettre aucune dépense supplémentaire.

En me garant derrière le bar, j'ai remarqué que la voi-ture de Bernie avait disparu. Elle n'avait donc pas plai-santé. Devrais-je entrer au bar directement, ou passer tout d'abord chez Sam ?

Tandis que j'hésitais, j'ai remarqué du jaune à travers la pluie qui coulait sur mon pare-brise. Sam se tenait à côté de la benne à ordures placée entre la porte de la cui-sine et l'entrée du personnel. Il portait le poncho de plastique jaune qu'il conservait toujours dans son bureau pour un temps pareil. Au début, j'étais si soula-gée de le voir que je n'ai pas remarqué ce qu'indiquait sa posture. Il était debout, figé, un sac-poubelle à la main. Il avait repoussé le couvercle coulissant de l'autre main. Le regard baissé, il paraissait tout entier concentré sur ce qui se trouvait à l'intérieur.

Un profond sentiment de malaise m'a soudain noué le ventre.

— Sam ?

J'ai ouvert mon parapluie en courant vers lui.

— Sam, qu'est-ce qui se passe ?

J'ai posé la main sur son épaule et il n'a pas bronché – on ne prend pas un métamorphe par surprise. Il restait muet.

L'odeur qui émanait du container était pire que d'habitude.

Luttant contre la nausée, je me suis forcée à regarder au fond du réceptacle métallique, dont l'intérieur chaud était à moitié plein. Arlene était étendue sur les sacs entassés. Les insectes et la chaleur avaient déjà commencé leur travail, et la pluie tombait à présent sur son visage bleui et boursouflé.

Le sac d'ordures est tombé des mains de Sam. Lentement, avec réticence, il s'est penché en avant pour poser les doigts sur le cou d'Arlene. Il savait tout autant que moi qu'elle était morte : de mon côté, je ne percevais aucune activité cérébrale. Et pour ce qui est des métamorphes, l'odeur de la mort est des plus simples à identifier.

J'ai émis un juron épouvantable. Puis je l'ai répété plusieurs fois.

— Je ne t'ai jamais entendue dire ça... a commenté Sam après un instant.

— Même dans mon esprit, je ne le dis presque jamais.

Je n'avais sincèrement pas envie d'en rajouter, mais il le fallait :

— Sam, elle est venue ici hier. Dans ton bureau. On a parlé.

Sans un mot, nous nous sommes mis à l'abri sous le chêne du jardin de Sam. Il avait laissé la benne ouverte mais la pluie ne pourrait plus faire de mal à Arlene. Après un long moment, Sam a finalement recommencé à parler.

— J'imagine que plein de gens l'ont vue ?

118

— Plein, peut-être pas. On n'avait pas tant de clients que ça. Mais ceux qui étaient là l'ont vue, c'est forcé, parce qu'elle a dû passer par-devant.

Je me suis repassé la séquence.

— Oui, c'est ça, parce que je n'ai pas entendu la porte de derrière. Elle est venue dans ton bureau pendant que je m'occupais du courrier. Elle m'a parlé pendant cinq à dix minutes. Ça m'a semblé comme une éternité.

Sam m'a dévisagée, perplexe.

— Mais pourquoi elle viendrait au *Merlotte* ?

— Elle a dit qu'elle voulait reprendre son boulot.

Il a fermé les yeux.

— N'importe quoi.

Puis il les a rouverts, plongeant son regard directement dans le mien.

— Je n'ai qu'une envie : sortir son corps de là et m'en débarrasser quelque part.

En fait, il me posait une question. Pendant une fraction de seconde, je me suis sentie choquée. Mais je le comprenais parfaitement bien.

— On pourrait. Ce serait... *Ça nous éviterait tout un tas de problèmes. Ce ne serait vraiment pas bien. Ça éloignerait l'enquête du* Merlotte. Ce serait difficile et... salissant, mais faisable.

Sam a posé son bras sur mes épaules et tenté un sourire.

— On dit que seul un véritable ami vous prêtera main-forte pour déplacer un cadavre. Tu dois être ma meilleure amie.

— Je le suis. Je t'aiderai à déplacer Arlene. En un clin d'œil. Si nous décidons que c'est la meilleure chose à faire.

— Je sais bien que non, a avoué Sam en soupirant. Et toi aussi, tu le sais. Mais je n'ai vraiment pas envie que le bar soit de nouveau mêlé à une enquête. Ni le bar, ni nous, sur un plan personnel. On se remet déjà de beaucoup. Je sais que tu n'as pas tué Arlene. Et tu sais que moi non plus. Mais je ne sais pas si la police le croira.

— On pourrait la mettre dans mon coffre, ai-je suggéré.

Je n'y croyais pas, cependant. Je sentais notre détermination s'estomper. À mon grand étonnement, Sam m'a serrée dans ses bras, et nous sommes restés sous l'arbre pendant longtemps, aspergés de gouttes d'eau, tandis que l'averse se muait en bruine. Les pensées de Sam ne me parvenaient pas clairement, ce qui me convenait tout à fait. Il était évident néanmoins que nous partagions la même réticence à entamer le reste de la journée.

Après un temps, nous nous sommes écartés l'un de l'autre.

— Et merde, a émis Sam à voix basse. OK, appelle la police.

J'ai composé le 911, sans la moindre parcelle d'enthousiasme.

Nous nous sommes assis sur les marches de la véranda de Sam pour attendre. Le soleil a soudain émergé de derrière les nuages et l'humidité ambiante s'est transformée en vapeur. La transpiration s'est mise à couler dans mon dos – c'était comme si nous étions installés tout habillés dans un sauna.

— Tu as une idée de ce qui lui est arrivé ? De ce qui l'a tuée ? ai-je demandé à Sam. Je n'ai pas regardé de près.

— Je crois qu'elle a été étranglée. Je n'en suis pas certain, vu son état. Mais j'ai l'impression qu'elle a toujours quelque chose autour du cou. Je devrais regarder *Les Experts* plus souvent…

J'ai eu un rire bref.

— Pauvre Arlene.

Il était évident cependant que je ne ressentais pas beaucoup de peine.

120

Sam a haussé les épaules.

— Ce n'est pas moi qui choisis entre ceux qui survivent et ceux qui meurent. Mais je dois dire qu'Arlene n'aurait pas été en haut de ma liste, dans le genre personnes à sauver.

— Elle a voulu me faire tuer...

— Et en plus, elle voulait que tu meures lentement, dans des souffrances atroces. Alors tout bien considéré, et vu qu'il y a un corps dans mes ordures de toute façon, je ne suis pas fâché que ce soit le sien.

— Par contre, pour les enfants, c'est moche.

J'avais soudain pensé aux deux personnes à qui Arlene manquerait pour le restant de leurs vies.

Sam a secoué la tête en silence. Il éprouvait de la compassion pour le triste sort des enfants. Mais Arlene s'était transformée en mère plus que médiocre. Elle les aurait abîmés au fur et à mesure qu'elle pourrissait elle-même. Son fanatisme sectaire était aussi nocif pour eux que de la radioactivité.

Une sirène hurlante était en approche et j'ai dévisagé Sam, résignée.

Les deux heures qui ont suivi furent particulièrement éprouvantes.

Andy Bellefleur est arrivé avec Alcee Beck et j'ai réprimé un gémissement. J'étais amie avec Halleigh, l'épouse d'Andy, ce qui n'arrangeait pas les choses sur un plan social, mais le pire, c'était l'antipathie que ressentait Alcee Beck pour ma personne. Heureusement, les deux officiers qui se sont occupés de rassembler les preuves étaient Kevin et Kenya, que nous connaissions bien. Ils venaient de suivre une formation en collecte d'indices et je les ai trouvés très impressionnants. Malgré la chaleur oppressante (la pluie n'avait finalement pas fait baisser la température d'un iota), ils travaillaient calmement et efficacement. À tour de rôle, Andy et Alcee les aidaient et nous posaient des questions, auxquelles nous n'avons pas pu répondre, pour la plupart.

Lorsque le coroner est venu prendre le corps, je l'ai entendu indiquer à Kenya qu'à son avis Arlene avait été étranglée. Le médecin légiste qui pratiquerait l'autopsie arriverait-il à la même conclusion ?

Nous aurions pu rentrer dans le mobile home, où il faisait plus frais, mais Sam préférait garder un œil sur ce que faisait la police. Avec un grand soupir, j'ai remonté les genoux sous mon menton pour les mettre à l'ombre et me suis laissée aller contre la porte. Peu de temps après, Sam s'est appuyé lui aussi contre la balustrade de sa petite véranda. Il avait retiré son poncho depuis longtemps, tandis que j'avais relevé mes cheveux sur le dessus de ma tête. Puis il est entré un instant et ressorti avec deux verres de thé glacé. J'ai fait disparaître le mien en trois grandes goulées avant de le porter à mon front pour le rafraîchir.

J'avais trop chaud, mon moral était au plus bas et la peur me tenaillait, mais au moins je n'étais pas seule.

On a étiqueté le corps d'Arlene avant de l'insérer dans un sac et de l'envoyer faire son voyage pathétique vers le médecin légiste le plus proche. Puis Andy est venu discuter avec nous. Kenya et Kevin procédaient à présent à la fouille de la benne à ordures – la tâche la plus immonde qu'on puisse imaginer, digne de *Dirty Jobs*[1]. Ils transpiraient tous deux abondamment et, de temps à autre, laissaient échapper leurs pensées les plus imagées. Andy, lui, se mouvait et parlait avec lenteur et lassitude – on voyait bien que la chaleur ne lui convenait pas.

---

1. *Dirty Jobs* (mot à mot « sales boulots ») est une émission de téléréalité américaine. Elle met en avant les métiers pénibles, sales et dangereux qui, en coulisse, facilitent la vie de tous.

— Arlene est sortie il y a moins d'une semaine et voilà qu'elle est morte. Halleigh ne se sent pas bien, et je préférerais nettement être à la maison avec elle plutôt qu'ici, moi je vous le dis ! s'est-il exclamé avant de nous fusiller du regard. Merde à la fin ! Qu'est-ce qu'elle fichait là ? Vous l'avez vue ?

— Oui. Elle est venue me demander du travail, l'ai-je éclairé. Hier après-midi. J'ai refusé, bien sûr. Elle est ressortie et je ne l'ai pas vue après. Moi, j'ai quitté le bar pour rentrer vers… 19 heures, peut-être même un peu plus tard, je crois.

— Elle a dit où elle s'était installée ?

— Ah, pas du tout. Sa caravane ?

Celle d'Arlene était toujours posée dans la petite clairière où elle avait été blessée par balle et arrêtée.

L'expression d'Andy était sceptique.

— Je serais étonnée qu'elle soit encore raccordée à l'électricité. En plus, c'est une vraie passoire, avec tous ces impacts de balles.

— Quand on a un endroit où aller, on y va, lui ai-je fait remarquer. La plupart des gens n'ont pas le choix, Andy, ils ne peuvent pas faire autrement.

Andy a cru que je l'accusais d'élitisme parce qu'il était membre de la famille Bellefleur, mais ce n'était pas le cas. Je ne faisais que lui énoncer une réalité.

Il m'a toisée, plein de ressentiment, et son visage s'est empourpré.

— Peut-être qu'elle est hébergée par des amis, a-t-il suggéré.

— Je n'en ai aucune idée.

Je doutais fortement qu'Arlene ait encore des amis et, s'il lui en restait, qu'ils soient disposés à la prendre chez eux : on peut ne pas aimer les vampires et mépriser celles qui les fréquentent. Ce qui est cependant certain, me semble-t-il, c'est qu'on y réfléchit à deux fois, avant de se lier avec une femme qui a voulu faire crucifier sa meilleure amie…

— En partant, elle a dit qu'elle allait parler à ses deux nouveaux amis, ai-je ajouté pour aider Andy. Mais je ne sais pas de qui elle voulait parler.

En réalité, je l'avais lu dans ses pensées et non entendu, mais cela revenait au même et je n'ai pas mentionné ce détail – Andy se mettait dans tous ses états quand il était confronté à mes talents.

— Et ses gosses, tu sais où ils sont ?

— Ça, en revanche, je le sais, lui ai-je affirmé, ravie de pouvoir apporter quelque chose. Arlene a dit qu'ils étaient chez Chessie et Brock Johnson. Tu les connais ? Ils habitent près de l'ancien atelier de Tray Dawson.

Il a opiné du chef.

— Ah oui, je vois. Mais pourquoi chez eux ?

— Chessie est de la famille Fowler, celle du père des petits, Rick Fowler. C'est pour ça qu'Helen, la copine d'Arlene, s'en est débarrassée chez eux.

— Et Arlene n'est pas passée les prendre quand elle est sortie ?

— Là encore, je n'en sais rien. Elle ne m'a pas donné l'impression qu'ils étaient avec elle. Mais on ne peut pas dire qu'on ait eu une conversation très chaleureuse, tu sais. Je n'étais pas contente de la voir, et pour elle, c'était pareil. Je crois qu'elle pensait avoir affaire à Sam.

— Combien de fois elle s'est mariée ?

Andy a fini par se laisser tomber dans un des fauteuils pliants de Sam, et s'est épongé le front d'un mouchoir.

— Voyons… Elle est restée avec John Morgan pendant à peu près dix minutes, alors elle ne l'a jamais compté. Ensuite, René Lenier. Puis Rick Fowler, Doak Oakley, et retour à Rick. Et voilà, Andy, tu en sais autant que moi.

Comme je l'avais prévu, Andy n'était pas satisfait. Il est revenu sur ma conversation avec la morte, de A à Z.

124

Profitant d'un moment où Andy baissait les yeux pour étudier ses notes, j'ai lancé un regard désespéré à Sam, qui est intervenu aussitôt.

— Dis-moi, Andy, pourquoi elle était dehors, Arlene ? Je croyais qu'elle était à l'ombre pour des années !

Gêné, Andy a rougi de nouveau.

— Je ne sais pas d'où elle l'a tiré, mais elle s'est trouvé un bon avocat. Il a fait appel et il a demandé sa mise en liberté sous caution en attendant le nouveau procès. Il a démontré au juge qu'elle était pratiquement une sainte, et qu'en tant que mère il fallait absolument qu'elle reste auprès de ses enfants. « Mais non, elle ne risquait pas de participer au meurtre, elle ne savait même pas qu'il allait se produire. » Voilà ce qu'il a dit. Il a pratiquement versé des larmes... Mais bien sûr ! Arlene n'a pas réalisé que ses salauds d'amis allaient buter Sookie. On y croit !

Je me suis redressée.

— Me tuer. Me tuer, moi, en tant que personne. Ce n'est pas parce qu'elle n'avait pas l'intention de les aider à enfoncer les clous que...

Je me suis interrompue avant de respirer bien à fond.

— OK. Elle est morte. J'espère que le juge est super content d'avoir montré toute sa compassion.

— Tu as l'air très en colère, Sookie, a fait remarquer Andy.

— Évidemment que je suis furieuse ! À ma place, tu le serais, toi aussi. Mais je ne suis pas revenue ici au milieu de la nuit pour la tuer.

— Comment tu sais que c'était au milieu de la nuit ?

— Ah, mince, Andy, on ne peut pas te la faire, à toi. Zut alors, tu m'as eue.

J'ai inspiré et je me suis donné l'ordre de rester patiente avant de reprendre.

— Andy. Je le sais parce que le bar est resté ouvert jusqu'à minuit. Et à mon avis, personne n'aurait tué

125

Arlene avant de la coller dans la poubelle pendant que le bar était plein et que les cuisiniers étaient à leur poste. Et quand le bar a fermé, moi, je dormais dans mon lit. Et j'y suis restée.

— Ah ouais. Et tu as un témoin qui peut le confirmer ?

Andy avait un sourire satisfait. Certains jours, je l'apprécie plus que d'autres. Aujourd'hui, ce n'était pas le cas.

— Oui, j'en ai un.

Il a eu l'air un peu choqué, tandis que Sam demeurait soigneusement impassible. De mon côté, j'étais plutôt contente d'avoir eu quelques visiteurs nocturnes. J'avais compris que ce moment viendrait, alors que je patientais et que je transpirais en attendant que le corps d'Arlene soit enlevé. J'y avais réfléchi à fond. Eric avait dit qu'il ne voulait pas que sa visite s'ébruite. Mais il n'avait pas mentionné celle de Karin.

— Alors ? Ce témoin ?

— Une... femme du nom de Karin. Karin Massacre.

— Tu vires de bord, Sookie ? Elle a passé toute la nuit avec toi ?

— Ce qu'on a pu faire ensemble ne te regarde absolument pas, Andy. Hier soir, avant la fermeture du bar, Karin est passée me voir chez moi. Et elle sait que j'y suis restée.

— Et toi, Sam ? Il y avait quelqu'un chez toi ?

Certain que nous lui cachions quelque chose, il employait un ton lourd de sarcasme.

— Tout à fait.

Encore une fois, Andy a eu l'air surpris. Et mécontent.

— D'accord, alors qui ? Ta petite nana de Shreveport ? Elle est revenue d'Alaska peut-être ?

Sam lui a répondu d'un ton égal.

— Ma mère. Elle est partie ce matin pour le Texas, mais tu pourras l'appeler là-bas, il n'y a pas de problème. Je te donne son numéro.

Andy l'a noté dans son carnet.

— Je suppose que le bar doit rester fermé, aujourd'hui, a poursuivi Sam. Mais j'aimerais bien ouvrir au plus vite, Andy. Je ne peux pas me permettre de perdre du chiffre, ces temps-ci.

— En principe, tu pourras ouvrir pour 15 heures.

Nous avons échangé un regard. C'était une bonne nouvelle, mais les mauvaises n'étaient pas encore terminées et j'ai tenté de le communiquer à Sam avec mes yeux. Andy était sur le point de nous asséner une surprise et je ne savais pas encore laquelle. Je sentais qu'il appâtait son piège.

Il s'est détourné avec un air détaché, avant de faire volte-face, comme un félin bondissant sur une proie. Son esprit m'était ouvert et j'ai su soudain ce qui allait se passer. Grâce à des années d'entraînement, j'ai pu contrôler mon expression.

— Tu reconnais ceci, Sookie ?

Il me tendait un cliché, un gros plan horrifiant du cou d'Arlene. Quelque chose y était noué. C'était une écharpe. Une écharpe aux tons verts et bleutés comme ceux de la queue d'un paon.

Un sentiment de nausée m'a prise à la gorge.

— Ça ressemble assez à une écharpe que j'avais…

En fait, elle était exactement pareille à celle que Luna, la chauve-souris garou, m'avait nouée autour des yeux à Dallas, alors que les métamorphes étaient en train de me sauver.

J'avais l'impression qu'une décennie entière s'était écoulée depuis.

J'ai fébrilement tenté de rassembler mes souvenirs. Lorsque j'étais rentrée à l'hôtel, je la portais. Ensuite, je l'avais laissée avec mes affaires dans une chambre d'hôtel de Dallas, et j'étais repartie à Shreveport toute seule. À son retour, Bill avait déposé ma petite valise sur ma véranda. Elle contenait l'écharpe. Je l'avais lavée à la main. Elle était vraiment jolie et c'était un souvenir d'une nuit mémorable. Je l'avais donc conservée et portée. Sous mon manteau en hiver. Dans mes cheveux, la dernière fois que j'avais mis ma robe verte... Je venais tout juste de ranger mes tiroirs de chambre et je l'avais certainement aperçue en repliant mes foulards, mais je n'en avais pas de souvenir précis et j'ai secoué la tête.

— Je ne sais plus quand je l'ai vue pour la dernière fois.

— Hmm.

Andy n'avait pas envie de croire que j'avais étranglé Arlene. Il ne me croyait pas capable d'avoir mis son corps dans la benne toute seule. *Pourtant*, pensait-il, *les gens qui boivent du sang de vampire deviennent super forts, pendant un moment, non ?* Ce qui expliquait d'ailleurs le fait que cette substance soit la drogue la plus prisée du moment.

J'ai failli lui expliquer que je n'avais pas ingéré de sang de vampire depuis longtemps. Fort heureusement, j'ai tenu ma langue. Inutile de lui rappeler que je pouvais lire dans ses pensées. Ni qu'effectivement il m'était arrivé de bénéficier d'une force décuplée grâce au sang de vampire. Mais c'était du passé.

Je me suis affaissée contre la paroi. Si la mère de Sam pouvait lui donner un alibi et qu'Andy y croyait, je serais le suspect numéro un. J'étais certaine que Karin appuierait mes dires, mais aux yeux des forces de police son témoignage n'aurait aucune valeur. Par ailleurs, les officiers familiarisés avec l'univers des vampires seraient convaincus que si je le lui avais demandé, Karin m'aurait volontiers aidée à me débarrasser du corps d'Arlene. Eric était son créateur. Et pour tout le monde, j'étais en couple avec lui.

J'étais sûre que Karin aurait tué Arlene pour moi. Andy et Alcee mettraient sans doute un moment à tirer

128

cette conclusion, mais ce n'était qu'une question de temps.

— Andy. Avec toute la volonté du monde, je ne pourrais jamais coller Arlene là-dedans. Pas sans une grue. Si tu veux me faire faire une analyse pour savoir si j'ai ingéré du sang de vampire, surtout, ne te prive pas. Tu n'en trouveras pas une goutte dans mon système. Et pour finir, si j'avais étranglé Arlene, j'espère bien que je n'aurais pas laissé mon écharpe autour de son cou. Tu peux penser ce que tu veux à mon sujet, mais je ne suis pas bête.

— Sookie. Je n'ai jamais su quoi penser à ton sujet.

Et il s'est éloigné.

— Les choses auraient pu se passer un peu mieux... a fait remarquer Sam.

Doux euphémisme.

— Je t'ai vue porter l'écharpe l'hiver dernier. C'était à l'église. Tu l'avais nouée autour de ta queue de cheval et tu avais mis une robe noire.

On ne sait jamais ce qui restera dans la mémoire d'un homme. J'ai commencé à me sentir touchée et une bouffée de tendresse m'a envahie.

— J'étais assis derrière toi, a-t-il poursuivi, et j'ai fixé l'arrière de ta tête pendant toute la messe.

Ah. Là, c'était un peu plus plausible.

— Si seulement je savais ce que j'en ai fait depuis. J'aimerais bien savoir qui l'a prise chez moi pour s'en servir sur Arlene. Je sais que je l'ai portée au bar, une fois. On a pu me la voler dans mon sac ou dans ma chambre. Aucune idée. Et ça me dégoûte. C'est ignoble.

C'est à ce moment-là que j'ai revu mon tiroir, qui n'était pas tout à fait fermé. J'ai fait la grimace en imaginant quelqu'un qui fourrait ses sales pattes dans mes affaires et mes dessous. Je me suis souvenue alors qu'il m'avait semblé que d'autres choses avaient été légèrement déplacées. J'ai rapporté la petite histoire à Sam.

— Quand je t'en parle, je dois dire que ça n'a l'air de rien, ai-je avoué.

Il a eu l'esquisse d'un sourire et cela m'a fait un bien fou. Ses cheveux étaient encore plus hirsutes que d'habitude, ce qui n'est pas peu dire. Le soleil a accroché les éclats roux de ses poils de barbe.

— Tu devrais te raser, lui ai-je conseillé.

— Ouaip, m'a-t-il répondu d'un air absent. On va y réfléchir. Tu sais, je me demandais… Andy sait que tu es télépathe. Mais quand il te parle, j'ai l'impression qu'il n'arrive pas à se le mettre dans la tête. Ça arrive souvent ?

— Il est au courant, et en même temps il ne l'est pas. Il n'est pas le seul. La plupart des gens qui comprennent que je suis différente – et pas loufoque – n'assimilent pas totalement le concept. Andy, lui, est un croyant : pour lui, je vois ce qui se passe sous son crâne et c'est un fait acquis. Seulement, il est incapable de s'y adapter.

— Moi, tu ne peux pas m'entendre, dit Sam, simplement pour réaffirmer ce qu'il savait déjà.

— Ton état d'esprit et les grandes lignes de tes intentions, je les perçois. Mais rien de spécifique dans tes pensées. C'est toujours comme ça avec les SurNat.

— Du genre ?

J'ai mis quelques secondes à interpréter sa question.

— Du genre, là, maintenant, je perçois que tu es inquiet, que tu es content que je sois là, et que tu regrettes qu'on n'ait pas retiré cette fichue écharpe de son cou avant que la police arrive. Et ça, c'est facile à déterminer, parce que moi, je le regrette aussi, tu peux me croire.

Il a fait une moue désabusée.

— J'ai fait ma chochotte et voilà le résultat, s'est-il désolé. Je savais qu'elle avait quelque chose autour du cou. Simplement, je n'avais pas envie d'y regarder de plus près et encore moins de la toucher de nouveau.

130

— Ç'aurait été pareil pour n'importe qui.

Le silence est retombé. Nous transpirions. Nous observions. Nous étions assis sur les marches de Sam, à regarder par-dessus sa propre haie – on pouvait donc difficilement nous dire de nous en aller. Après un temps, je m'ennuyais tant que j'ai appelé ou envoyé des textos à tous les employés pour leur dire de venir à 15 heures. J'ai réfléchi aux avocats que je connaissais, m'efforçant d'en choisir un que j'appellerais si nécessaire. Beth Osiecki avait rédigé mon testament, et je l'aimais vraiment bien. Son associé, Jarrell Hilburn, avait préparé le document qui officialisait le prêt que j'avais fait à Sam, pour qu'il puisse remettre son bar à flot. C'était également lui qui s'était occupé des documents qui m'accordaient des parts dans l'affaire.

De son côté, mon parrain Desmond Cataliades était particulièrement efficace et il avait un lien personnel avec moi. Cependant, il habitait La Nouvelle-Orléans. En outre, il était très demandé, car il avait une connaissance approfondie à la fois du droit américain et de l'univers des SurNat. Je ne savais pas si le démon serait en mesure de venir à mon aide ni même s'il accepterait. Il m'avait pourtant écrit ce mail amical, évoquant une visite. Ses honoraires me coûteraient une fortune mais j'allais bientôt toucher l'argent que Claudine m'avait laissé. Je m'en sortirais.

Peut-être que la police trouverait un autre suspect et procéderait à une arrestation. Que je n'aurais pas besoin d'avocat. J'ai repensé au dernier relevé que j'avais reçu, pour mon compte d'épargne. Après avoir injecté les dix mille dollars dans le *Merlotte*, il me restait les trois mille que j'avais gagnés en travaillant pour les vampires. Je venais juste d'hériter d'une grosse somme – cent cinquante mille dollars – de Claudine, ma fée marraine. En principe, j'aurais donc dû me sentir très à l'aise, financièrement. Mais la banque qui émettait le chèque venait de tomber sous le coup d'un contrôle rigoureux de la part du gouvernement de la Louisiane, qui l'observait au microscope. Tous les chèques avaient été gelés. J'allais appeler de nouveau ma banque pour savoir ce qui se passait. Mon argent était là, mais je ne pouvais pas y toucher. Il y avait anguille sous roche, à coup sûr.

J'ai envoyé un texto à Mustapha, l'employé de jour d'Eric. « J'espère que Karin pourra dire à la police qu'elle m'a vue hier soir et que j'étais à la maison toute la nuit. » Je l'ai tapé et envoyé le plus vite possible, avant qu'un incident quelconque ne survienne pour m'en empêcher. C'était une perche, et j'espérais de toutes mes forces que Karin la saisirait.

— Sookie, a fait soudain la voix grave d'Alcee, comme une cloche qui sonnerait le glas. Tu n'as pas à raconter ce qui se passe ici à qui que ce soit.

Perdue dans mes pensées angoissées, je ne l'avais même pas vu s'approcher.

— Je ne l'ai pas fait, lui ai-je dit avec honnêteté.

C'est ce que j'appelle une vérité de faé. Les faé ne mentaient pas directement. Mais ils pouvaient donner une version tellement alambiquée de la vérité qu'elle vous laissait avec une fausse impression. Je l'ai regardé droit dans ses yeux sombres, sans ciller. J'ai fait face à des êtres bien plus terrifiants qu'Alcee, dans ma vie.

— Mouais.

Sceptique, il s'est éloigné malgré tout, gagnant sa voiture à l'autre extrémité du parking. Elle était garée dans l'ombre d'un arbre et il s'est baissé pour prendre quelque chose par la fenêtre ouverte. Tandis qu'il revenait vers le bar tout en mettant ses lunettes de soleil, j'ai cru voir un mouvement rapide dans les bois derrière son véhicule. Étrange. J'ai secoué la tête et fixé l'endroit. Mais je n'ai rien vu, pas la moindre agitation.

Sam est allé nous chercher deux bouteilles d'eau et j'ai ouvert la mienne avec reconnaissance. Après avoir bu, j'ai tenu la bouteille glacée contre mon cou avec délices.

— Eric est venu hier soir, ai-je dit sans y réfléchir.

J'ai vu les mains de Sam s'immobiliser. J'évitais soigneusement de regarder son expression.

— J'étais passée au *Fangtasia*, mais il a carrément refusé de me voir. C'était humiliant au possible. Et hier, il est resté cinq minutes, à tout casser. Soi-disant, il n'était pas censé être là. Je dois garder le secret.

— Hein ? Mais pourquoi ?

— Des histoires de vampire. Je le saurai d'ici peu. Ce que je voulais dire surtout, c'est qu'il a laissé Karin chez moi. C'est son autre protégée, l'aînée de sa lignée. Sa mission, c'était de veiller sur moi. Je ne crois pas qu'Eric ait jamais imaginé qu'il m'arrive une histoire pareille. Il voulait surtout éviter qu'on ne tente de s'introduire chez moi. Mais en supposant que Karin explique à Alcee et Andy que je n'ai pas quitté ma maison de toute la nuit, il m'a rendu service.

— Si la police accepte la parole d'un vampire.

— Effectivement. Et ils ne pourront pas l'interroger avant la nuit. Moi, je ne sais pas comment la contacter, alors j'ai envoyé un message à Mustapha. Et sinon, l'autre problème côté Eric, c'est qu'il m'a dit que je le verrais ce soir. Mais il m'a avertie que ce serait dur pour moi. J'ai eu l'impression que c'était plutôt officiel, comme démarche. Je suis un peu obligée d'y aller. Sauf si je suis en prison, naturellement, ai-je ajouté en m'efforçant de sourire. Ça ne va pas être marrant.

— Tu veux que je vienne avec toi ?

Sa proposition m'allait droit au cœur et je le lui ai dit. Mais j'étais obligée de préciser ma pensée.

— Sam, je crois qu'il faut que je m'en sorte toute seule, là-dessus. En ce moment, rien que le fait de te voir, ça pourrait… énerver Eric.

133

Il a hoché la tête d'un air inquiet, avant de reprendre la parole après un instant d'hésitation.

— À ton avis, Sook, qu'est-ce qui va se passer ? Et si tu dois y aller, tu as le droit de te faire accompagner. Ce n'est pas comme si tu allais simplement au cinéma avec Eric.

— Sur un plan physique, je ne crois pas être en danger. C'est juste que… oh, je ne sais pas.

J'étais persuadée pour ma part qu'Eric allait me répudier en public. Mais ces mots refusaient de sortir de ma gorge.

— Ce sera des conneries de vampires, c'est tout, ai-je soufflé tristement.

Sam a posé la main sur mon épaule. Il faisait presque trop chaud pour supporter ce simple contact, mais il voulait que je sache qu'il était prêt à me soutenir coûte que coûte.

— Ce sera où ?

— Au *Fangtasia* ou chez lui, j'imagine. Il m'informera en temps et en heure.

— Ma proposition tient toujours.

Je l'ai remercié d'un faible sourire.

— Je ne veux pas créer d'agitation inutile.

Du côté d'Eric.

— Alors tu m'appelles dès que tu rentres ?

— Ça, je peux le faire. Ce sera sûrement très tard.

— Aucune importance.

Sam avait toujours été mon ami, malgré les hauts et les bas de notre relation. Il n'était pas question de l'insulter en disant qu'il ne me devait rien, pour l'avoir ramené à la vie. Il le savait déjà.

— Quand je me suis réveillé, j'étais différent, a dit Sam après une petite pause.

— De quelle façon ?

— Je ne suis pas encore tout à fait certain. Mais j'en ai marre de…

134

— De quoi ?

— De vivre ma vie comme s'il y avait plein de lendemains et que le présent n'avait pas d'importance.

— Tu as peur qu'il ne t'arrive quelque chose ?

— Pas tout à fait. J'ai plutôt peur du contraire. Qu'il ne m'arrive rien. Quand j'aurai compris, je te le dirai.

Il m'a fait un beau sourire, à la fois plein de regrets et de chaleur. Je me suis forcée à l'imiter.

— OK, j'attends ça.

Et nous avons repris notre contemplation des allées et venues de la police, chacun absorbé dans ses réflexions. J'espérais que celles de Sam étaient plus joyeuses que les miennes. La journée ne pouvait pas être pire.

Je me trompais.

Ailleurs, cette nuit-là

— Je crois que nous pouvons l'appeler, maintenant, dit l'homme moyen en sortant son portable. Occupez-vous de ce truc.

L'homme longiligne sortit un téléphone bas de gamme de sa poche et le jeta par terre avant de sauter dessus plusieurs fois, appréciant les sons produits par le verre brisé et le métal écrasé. Il ramassa le gadget réduit à l'état de carcasse et le lança dans l'une des flaques profondes qui ponctuaient le court chemin menant de la route à la caravane.

L'homme moyen aurait préféré un mode de destruction plus total pour l'amas minuscule de circuits électroniques, mais décida de s'en contenter. Il avait une mine renfrognée lorsque son interlocuteur décrocha.

— Oui ? fit la voix soyeuse.

— C'est fait. Le cadavre a été découvert, et le foulard est dessus. J'ai récupéré la pièce magique et j'ai implanté le sortilège dans la voiture du policier.

— Rappelez-moi le moment venu, ordonna la voix. Je veux déguster la chose.

— Bien. Alors nous en avons terminé de ce petit projet, dit l'homme moyen avec une légère pointe d'espoir. Et l'argent sera versé sur nos comptes. Ce fut un plaisir de travailler avec vous, conclut-il sans le moindre atome de sincérité.

— Non, rectifia la voix, qui débordait de séduction, laissant présager de la beauté incomparable de son propriétaire.

L'homme moyen, qui, lui, avait rencontré l'être en question, fut parcouru d'un frisson d'horreur.

— Non, répéta la voix. Ce n'est pas encore tout à fait terminé.

7

À la fin de mon service, j'avais l'impression d'avoir passé la journée dans les nuages de vapeur et la chaleur d'un pressing.

À ma grande surprise, nous avions bien eu le droit d'ouvrir à 15 heures précises. Les nouvelles s'étaient propagées dans Bon Temps comme une traînée de poudre. Une foule de clients s'est précipitée au *Merlotte*, rien que pour avoir le fin mot de l'histoire. Chacun posait des questions, et quant à Andrea Norr, elle se perdait en conjectures. J'étais au bord de la crise d'hystérie.

— Qui a pu la mettre dans cette benne ? Comment ils ont réussi ? a demandé An' pour la énième fois. Et Antoine, qui met ses ordures là-dedans ! C'est dégoûtant !

— Je suis complètement d'accord avec toi, lui ai-je assuré en maîtrisant mon humeur à grand-peine. Et c'est justement pour cela qu'on ne va plus en parler.

— Bon, d'accord, d'accord ! J'ai compris, Sookie. Motus ! En tout cas, chérie, je raconte à tout le monde que ce n'est pas toi.

Puis elle s'est éloignée sans s'arrêter de parler un seul instant. Notre pie bavarde avait un sex-appeal indéniable. En salle, tous les yeux masculins sans exception étaient braqués sur elle, suivant le moindre de ses mouvements.

C'était touchant de savoir qu'elle disait à tout le monde que je n'étais pas coupable. Mais déprimant de me rendre compte qu'on pouvait imaginer que je l'étais. Le raisonnement d'An' faisait écho à celui des policiers. Il semblait impossible pour une femme seule de soulever Arlene – un poids mort, c'était le cas de le dire – pour l'introduire dans la poubelle.

Je tentais de m'imaginer la scène. Il aurait fallu qu'Arlene soit déjà sur l'épaule du tueur pour qu'il puisse la faire basculer. Oui, je pensais plutôt à un homme, car il fallait de la force. Elle avait maigri, mais ce n'était pas un poids plume, loin de là.

L'affaire pouvait avoir été menée par deux personnes. Ou par un SurNat, mâle ou femelle.

J'ai lancé un regard à Sam, affairé derrière le comptoir. Métamorphe, il était doué d'une force époustouflante. Propulser ainsi le cadavre d'Arlene ne lui aurait pas causé la moindre difficulté.

Il aurait pu. Mais il ne l'avait pas fait.

Premièrement, il était évident qu'il n'aurait pas utilisé la benne à ordures qui se trouvait à côté de son bar. Deuxièmement, il n'aurait jamais élaboré la mise en scène de la découverte du corps de cette façon-là, avec moi comme témoin. Troisièmement, jamais il n'aurait tué Arlene. Pas sans une raison absolue et dans le feu d'une dispute terrible. Et quatrièmement, il m'en aurait déjà parlé.

Si Andy avait compris que je n'aurais pas pu m'en sortir toute seule, il devait être en train de se creuser la cervelle pour savoir qui avait pu venir à ma rescousse. Et parmi mes amis et connaissance, il s'en trouvait beaucoup pour qui l'élimination de cadavres était un domaine familier. Ils m'auraient prêté main-forte sans

138

poser de questions. Ce qui ne donnait pas une très bonne image de la vie que je menais…

Bien. Terminé, l'introspection. Ras le bol. Ma vie était ce qu'elle était. Point barre. Elle s'était révélée plus dure et plus sanglante que je ne l'aurais jamais cru. Point final.

Dans la famille de « Ceux qui aideraient volontiers Sookie à balancer un macchabée », le Suspect Numéro Un est arrivé à ce moment précis. Mon frère Jason, panthère-garou. Il ne s'était jamais transformé en public, mais tout le monde était au courant, car Jason n'a jamais su tenir sa langue. Si je l'avais appelé au secours avec ma mission impossible, il aurait sauté dans son pick-up et serait venu en un clin d'œil.

En franchissant la porte, il tenait la main de Michele et je leur ai fait signe. Après une longue et chaude journée passée aux travaux de voirie avec ses équipes, Jason était couvert d'une pellicule de poussière collée par sa transpiration. Quant à Michele, qui sortait de ses propres bureaux en polo rouge vif, comme tous ses collègues de la concession Ford, elle offrait une image toute pimpante. Ils étaient tous deux atteints de la fièvre du mariage. Malgré cela, comme pour tous les habitants de Bon Temps, la mort d'une ancienne serveuse du *Merlotte* était un sujet brûlant.

Je n'avais pas envie de parler d'Arlene et j'ai détourné leur attention en apprenant à Michele que j'avais trouvé ma tenue pour leur cérémonie, événement qui prenait chez eux le pas sur tous les autres, même un meurtre sordide dans un parking. Comme je m'y attendais, Michele m'a posé une tonne de questions, promettant de passer chez moi pour la voir de plus près. Elle m'a également raconté que l'église baptiste de l'Amour Divin (celle de son père) était d'accord pour prêter des tables et des chaises pliantes pour la petite réception chez

Jason. L'une de ses amies avait proposé de préparer le gâteau, à titre de cadeau de mariage. Et la mère d'une autre allait fournir les fleurs à prix coûtant. Lorsque le moment est venu pour le couple de régler l'addition, le mot « assassinée » n'avait pas été prononcé une seule fois.

Ce fut là le seul répit que j'ai eu de toute la soirée. La veille, j'avais noté que nous n'avions pas beaucoup de monde. Néanmoins, un nombre incroyable de clients m'ont dit qu'ils avaient vu Arlene entrer au *Merlotte*. Ils lui avaient tous parlé et l'avaient vue entrer dans le bureau. Et tous l'avaient observée lorsqu'elle était sortie après (cinq, quinze ou cinquante minutes plus tard, selon), avec la fumée qui lui sortait par les naseaux. Et c'était ça qui m'importait le plus : elle était sortie, et à ce moment-là elle était intacte et en vie. Et furieuse.

— Elle est venue présenter des excuses ? a demandé Maxine Fortenberry.

Elle était arrivée pour dîner avec deux de ses comparses, qui avaient été amies avec ma grand-mère.

— Non, elle voulait du boulot, ai-je répondu.

Une expression délicieusement choquée s'est peinte aussitôt sur le visage de ces dames.

— Non ! a soufflé Maxine. Elle pensait vraiment récupérer sa place ? Quel culot !

— Elle avait l'air de trouver ça normal, ai-je fait tout en haussant une épaule pendant que je récupérais leurs assiettes. Je vous ressers du thé ?

— Ah oui ! Apporte-nous donc la cruche, a acquiescé Maxine. Mon Dieu, mon Dieu, Sookie. Ça, c'est vraiment le pompon.

En effet.

Lorsque j'ai eu un moment plus calme, je me suis remué les méninges : où avais-je vu cette fameuse écharpe bleu et vert pour la dernière fois ? D'après Sam, je l'avais portée à l'église, avec une robe noire. Il s'agissait par conséquent d'un enterrement, car je n'aimais pas le noir et n'en portais que pour ce genre d'occasion. Les obsèques de qui ? Sid Matt Lancaster ? Caroline Bellefleur ? J'avais assisté à nombre de funérailles au cours des dernières années, car les amis de Gran prenaient de l'âge. Mais Sam, ne les connaissant que très peu, ne se serait pas trouvé dans l'assistance.

Jane Bodehouse est arrivée en début de soirée, grimpant immédiatement sur son tabouret habituel au bar. J'ai senti la colère resserrer mes traits.

— Dites donc, Jane, vous jouez à quoi ? C'est tout de même bizarre que vous veniez boire ici alors que l'attentat vous a blessée à ce point. Je ne comprends pas comment vous pouvez endurer ça, vous qui avez tant souffert...

Pendant une seconde, elle a eu l'air ahuri, puis les rouages de son cerveau se sont mis en marche et elle s'est souvenue qu'elle avait pris un avocat. Elle a détourné les yeux d'un air buté et honteuse.

Lorsque je suis passée devant elle quelque temps après, elle venait de demander à Sam de lui rajouter des bretzels et il tendait la main vers le paquet.

— Dépêche-toi un peu, ai-je conseillé, assez méchamment je l'avoue. Il ne faudrait pas que Jane s'énerve et qu'elle appelle son avocat.

Interloqué, Sam m'a fixée. Il n'avait pas encore vu le courrier.

— Jane porte plainte contre nous, figure-toi ! lui ai-je lancé en me dirigeant vers le passe-plats au pas de charge, pour donner la prochaine commande à Antoine. En cause : ses frais hospitaliers et peut-être même son état de détresse psychologique, ai-je précisé par-dessus mon épaule.

Sam était abasourdi.

— Jane ? Jane Bodehouse ! Et vous allez boire où, si vous nous intentez un procès ? Il n'y a que chez nous que vous pouvez entrer, maintenant.

C'était la plus stricte vérité. Au fil des ans, la plupart des bars de la région en étaient venus à ne plus la servir : Jane avait tendance à faire des avances alcoolisées à tous les hommes qui passaient à sa portée. Seuls les plus avinés lui répondaient, car depuis environ un an, elle ne prenait plus vraiment soin de sa personne.

Elle s'est indignée.

— Vous êtes obligés de me servir ! C'est Marvin qui l'a dit. Et puis l'avocat aussi.

— Eh bien moi je vous dis que non. Et pas plus tard que maintenant. Terminé. Et qu'est-ce qu'elle dit exactement, votre plainte ?

Question avisée – elle ne le savait certainement pas.

Comme s'il nous avait entendus, Marvin a fait irruption. Il était fou de rage.

— Maman ! Qu'est-ce que tu fais là ! Je t'avais dit que tu ne pouvais plus venir ici !

Puis il a croisé mon regard et s'est interrompu, rouge de honte. Tout le monde au *Merlotte* s'est arrêté pour tendre l'oreille. On se serait cru dans un épisode de téléréalité.

— Marvin, j'en ai mal jusqu'au bout des orteils, que tu nous traites comme ça. Quand je repense à toutes les fois où je t'ai appelé, au lieu de laisser ta mère rentrer toute seule en voiture ! Où on l'a lavée quand elle se vomissait dessus ! Sans parler du soir où je l'ai empêchée d'emmener un homme dans les toilettes... Alors, tu vas garder ta maman à la maison tous les soirs maintenant ? Comment tu vas t'en sortir ?

Marvin Bodehouse savait très bien que j'avais raison.

— Alors rien que la moitié de la facture ?

C'était pathétique.

— C'est moi qui réglerai, a offert Sam, royal – il n'avait pas encore vu le montant. Mais seulement quand on aura reçu un courrier de ton avocat qui nous assure que vous ne demanderez rien de plus.

Marvin a fixé ses chaussures intensément. Puis il s'est adressé à sa mère.

— Bon, tu peux rester, Maman. Mais essaie de ne pas trop boire, d'accord ?

— Bien sûr, mon chéri.

Puis elle a tapé le comptoir d'un geste péremptoire.

— La même chose, je vous prie !

— Je vous mets la bière sur votre ardoise, a dit Sam.

En une seconde, tout était revenu à la normale. Marvin est sorti en traînant des pieds et Jane s'est remise à boire. J'avais pitié de l'un comme de l'autre. Mais je n'étais pas responsable du cours de leur vie et tout ce que je pouvais faire, c'était empêcher Jane de prendre la route lorsqu'elle était ivre.

An' et moi avons travaillé dur ce soir-là. Chacun des clients avait faim – peut-être qu'ils avaient besoin de carburant pour bavasser un peu mieux – et Antoine avait fort à faire pour tenir le rythme. Si bien qu'il a perdu patience plusieurs fois, ce qui ne lui ressemblait pas. Sam s'efforçait de prendre le temps de saluer les gens en souriant, mais lui aussi peinait à suivre les commandes au bar. De mon côté, j'avais mal aux pieds et grand besoin de me recoiffer. Je mourais d'envie de prendre une douche également – c'était un désir très intense qui avait presque une dimension sexuelle. J'en ai même oublié mon rendez-vous avec Eric. Ou plutôt, ma convocation. Quand j'y ai repensé, je me suis soudain rendu compte que je n'avais toujours ni heure ni lieu.

— Il m'emmerde, ai-je précisé au plat de frites torsadées que je devais servir à une tablée de mécaniciens.

— Voici, messieurs ! Et voilà de la sauce piquante, pour ceux qui aiment vivre dangereusement. Bon appétit !

Comme par enchantement, Karin s'est glissée dans la pièce à cet instant précis. Les sourcils légèrement haussés, elle observait la salle comme si elle s'était trouvée dans un zoo, à l'enclos des singes. Puis ses yeux ont trouvé les miens et elle s'est avancée, avec une économie de mouvements presque féline que je lui enviais.

— Sookie, m'a-t-elle saluée à mi-voix. Eric veut que tu viennes à lui maintenant.

Nous attirions tous les regards. Sa beauté, sa pâleur et sa façon troublante de se mouvoir semblaient clamer « regardez-moi bien, je suis belle, et je suis mortelle ».

— Karin, je travaille, ai-je soufflé en m'efforçant de ne pas montrer mon agacement. Je gagne ma vie, là, OK ?

Elle a parcouru la salle d'un œil dubitatif.

— Ici ? Vraiment ?

Son minuscule nez blanc s'est plissé.

J'ai pris mon calme à deux mains.

— Oui. Ici. Cet endroit, c'est mon affaire.

Sam nous a rejointes en essayant de paraître détendu.

— Sookie ? Tu me présentes ton amie ?

— Sam, voici Karin la M... Voici Karin Massacre, mon alibi pour hier soir. Elle est venue me dire qu'Eric me veut à Shreveport. Maintenant.

Sam tentait en vain de projeter de la bienveillance assurée.

— Karin, content de vous rencontrer. Nous sommes plutôt occupés. Eric ne pourrait pas patienter une heure ?

— Non.

Karin ne semblait ni butée, ni énervée, ni impatiente. Elle avait l'air tout simplement terre à terre.

144

Sam et moi nous sommes dévisagés en silence pendant un long moment.

— Bon, d'accord, Sook, je vais prendre tes tables, a dit Sam. Ne t'inquiète pas, on s'en sortira.

— Vous êtes le patron. Sam.

Les yeux polaires de Karin examinaient mon employeur – mon associé – aussi intensément qu'un laser.

— Oui, je suis Sam, le patron, a-t-il répliqué d'un ton agréable. Sook, je viens si tu le veux.

— Ça va aller, lui ai-je répondu tout en sachant que ce ne serait pas le cas. Je t'assure, ne te fais pas de souci.

Sam était manifestement déchiré par l'indécision. Un groupe de femmes d'une trentaine d'années qui fêtaient un divorce se sont mises à réclamer une tournée de bière à grands cris et ce sont elles qui ont coupé court à son dilemme.

— Vous portez-vous garante de sa sécurité ? a-t-il demandé à Karin.

— Sur ma vie, a-t-elle répondu avec calme.

— Je vais chercher mon sac, lui ai-je indiqué avant de me précipiter aux casiers qui se trouvaient derrière la réserve.

J'ai arraché mon tablier avant de le jeter au sale et j'ai retiré mon tee-shirt pour en prendre un propre dans mon casier. Je me suis brossé les cheveux devant le miroir des toilettes et j'ai refait ma queue de cheval, car l'élastique avait laissé une marque et je ne pouvais pas les laisser libres. Je me suis mis du rouge à lèvres et j'ai regardé le résultat global.

Ce n'était pas merveilleux mais je faisais meilleure figure. Pas de douche, pas de robe propre, pas de jolies chaussures. Mais tant pis. Je me suis tiré la langue et j'ai attrapé mon sac. En avant la musique – je n'avais pourtant aucune idée de l'air qu'on allait me jouer.

Je me demandais comment Karin était arrivée au *Merlotte* – probablement par les airs, en volant comme Eric. En tout cas, c'est dans ma voiture qu'elle a fait le chemin jusqu'à Shreveport. Elle n'était pas bavarde. La seule chose qu'elle m'a demandée, c'était :

— Combien de temps vous a-t-il fallu pour apprendre à conduire ?

Elle s'est intéressée d'un air toutefois détaché à ma réponse, lorsque je lui ai expliqué que j'avais pris l'option conduite au secondaire. Puis elle a fixé la route droit devant elle. Peut-être qu'elle menait une réflexion profonde sur l'économie mondiale. Ou alors qu'elle était vexée d'avoir reçu l'ordre de m'escorter. Rien ne me permettait de le savoir.

J'ai fini par me lancer.

— Karin, j'imagine que vous êtes arrivée tout récemment en Louisiane. Depuis combien de temps n'aviez-vous pas vu Eric ?

— Je suis arrivée il y a deux jours. Je n'avais pas vu mon créateur depuis deux cent cinquante-trois ans.

— Je suppose qu'il n'avait pas vraiment changé, ai-je fait remarquer d'un ton sans doute un tantinet sarcastique – les vampires ne changent jamais.

— Non.

Nouveau silence.

Elle n'allait pas m'aider à aborder le sujet qui me préoccupait et j'ai dû me jeter dans le grand bain.

— Karin, comme j'ai demandé à Mustapha de vous l'expliquer, il est possible que les policiers de Bon Temps veuillent vous parler de votre visite chez moi hier soir.

Cette fois-ci, j'avais marqué un point et j'ai vu du coin de l'œil qu'elle se tournait vers moi.

— Mustapha m'a donné votre message, en effet. Que dois-je dire ?

146

— Que vous m'avez vue chez moi vers 11 h 30 ou minuit, je ne sais plus, à vous de voir, et qu'ensuite, vous avez surveillé la maison jusqu'à l'aube et que vous êtes donc certaine que je ne l'ai pas quittée. C'est la vérité, n'est-ce pas ?

— Peut-être.

Ensuite, elle n'a pas dit un mot de plus.

Et je la trouvais carrément chiante. Pardon pour le langage.

Je me suis sentie soulagée d'atteindre le *Fangtasia*. J'avais l'habitude de me garer à l'arrière, avec le personnel, et j'étais sur le point de m'engager sur ce chemin-là lorsque la voix de Karin s'est élevée.

— C'est fermé. Vous devez laisser votre voiture ici.

Depuis la première fois que j'étais venue ici avec Bill, je ne m'étais presque jamais garée devant avec les clients, car je bénéficiais d'un certain rang. J'avais combattu et versé mon sang aux côtés du personnel du *Fangtasia*. Certains d'entre eux comptaient parmi mes amis. Ou du moins mes alliés. Apparemment, j'étais désormais reléguée au rang des simples mortels, ceux qui tournaient autour des vampires, avides de frissons. Ça m'a fait un peu mal.

Malgré tout, je savais que cette douleur n'était rien à côté de ce qui m'attendait.

Tout en me répétant des encouragements, j'ai cherché un emplacement parmi les rangées de véhicules, ce qui m'a pris plusieurs minutes. Lorsque nous sommes descendues de voiture, on entendait de la musique en sourdine, ce qui signifiait qu'un groupe jouait en live ce soir.

De temps en temps, des vampires musiciens se produisaient au seul bar à vampires de Shreveport. Ceux qui venaient de passer de l'autre côté jouaient des morceaux récents que tout le monde connaissait. Mais les plus âgés choisissaient des compositions qu'aucun humain vivant n'avait jamais entendues, ou parfois encore un mélange des chansons qui leur plaisaient et traversaient les époques. Je n'avais jamais rencontré de vampire qui n'aime pas *Thriller*, par exemple.

Karin et moi avons eu le privilège, au moins, d'éviter la file d'attente. C'était Thalia qui se chargeait ce soir de faire payer les entrées en grognant férocement. J'étais contente de voir que son bras était de nouveau relié à son épaule, et j'ai tapé le mien avant de lui montrer mon pouce levé en signe de félicitations. Son visage s'est détendu un instant, ce qui chez elle passait pour un sourire, événement rare qui ne survenait d'habitude qu'en présence de flots de sang.

À l'intérieur, le niveau sonore était tout à fait tolérable, car la sensibilité de l'ouïe des vampires les contraint à ne pas abuser des décibels. Un groupuscule d'hommes et de femmes particulièrement chevelus se serrait sur la petite estrade – ils avaient dû se faire vampiriser dans les années soixante (du vingtième siècle). Sur la côte ouest. Le plus bel indice, c'est quand je les ai entendus passer de *Honky Tonk Women*[1] à *San Francisco*[2] J'ai jeté un œil à leurs jeans déchirés. Ouaip : pattes d'éph, bandeaux, chemises à fleurs, longues boucles… Une véritable tranche d'histoire, ici à Shreveport.

À l'instant suivant, Eric était debout à côté de moi et mon cœur a fait un petit bond. Je ne savais pas s'il s'agissait de bonheur parce qu'il était là, ou d'appréhension parce que je le voyais peut-être pour la dernière fois. Ou tout simplement de terreur. Il a effleuré mon visage de

---

1. *Honky Tonk Women* (mot à mot, « femmes des bars ») est un morceau des Rolling Stones, sorti pour la première fois en 1969. *Honky-tonk* est le nom donné à certains bars de style western, dans lesquels des groupes de country se produisent en live.
2. C'est John Phillips, du groupe The Mamas and the Papas, qui a écrit *San Francisco, Be Sure to Wear Flowers in Your Hair* (« n'oubliez pas de mettre des fleurs dans vos cheveux ») en 1967. Scott McKenzie l'a chantée la même année à l'occasion du Monterey Pop Festival.

sa main tandis qu'il se penchait sur moi. Puis il a soufflé quelques mots dans mon oreille, tout juste assez fort
pour que je puisse les entendre.

— C'est un passage obligé. Mais ne doute pas de mon
affection.

Il s'est penché encore plus près. J'ai cru qu'il allait
m'embrasser. Mais il me flairait. Les vampires n'inha-
lent que lorsqu'ils souhaitent savourer une fragrance.
C'était cela qu'il faisait.

Il a pris ma main pour me mener jusqu'à la zone
management du bar, c'est-à-dire son bureau. Il s'est
retourné pour me regarder une fois et j'ai compris qu'il
me rappelait silencieusement à l'ordre : je devais bien
garder en tête que tout ce qui allait survenir ne comptait
que pour les apparences.

Chaque muscle de mon corps s'est tendu.

La pièce d'Eric n'était pas grande, mais elle était bon-
dée de monde. Pam était adossée au mur, vêtue d'un
haut moulant à fleurs et d'un corsaire rose qui lui donnaient un charme curieusement humain et normal.
Mon soulagement n'a duré qu'un instant, remplacé par
une angoisse sourde lorsque j'ai reconnu Felipe de
Castro, Roi du Nevada, de la Louisiane et de l'Arkansas,
ainsi que Freyda, Reine de l'Oklahoma. J'avais bien imaginé qu'ils seraient là, l'un ou l'autre. Mais les deux...
C'était encore pire que je ne l'avais pensé.

La présence de têtes couronnées ne laissait jamais
rien présager de bon.

Bien entendu, Felipe était assis derrière le bureau,
dans le fauteuil d'Eric. Il était flanqué d'un côté de Horst
Friedman, son bras droit, et de l'autre de sa compagne
consort, Angie Weatherspoon. Angie était une rousse
aux jambes interminables avec qui je n'avais pas
échangé plus de deux mots. Je la détesterais jusqu'à la
fin des temps car elle avait massacré la table préférée
d'Eric en dansant dessus, en talons aiguilles.

Peut-être que je devrais écrire un slam : « Flanqué de ses larbins, qui lambinent sur nos tables. »

Peut-être que l'état de la table d'Eric ne me concernait plus.

Peut-être que je ferais bien de réintégrer mon propre cerveau, au lieu de flipper comme une malade.

— Habillée de circonstance, Sookie, a dit Pam.

J'étais sûre qu'elle allait faire un commentaire sur ma tenue de serveuse. Je devais même sentir la frite.

— Je n'ai pas eu le choix.

— Mamzelle Stackhouse ! s'est exclamé Felipe avec bonhomie, de sa voix traînante. Quel plaisir de vous revoir.

— Hmm, a grogné Freyda depuis son fauteuil.

Apparemment, elle n'était pas de cet avis.

J'ai jeté un regard derrière moi pour constater que Karin bloquait la porte. À côté de Karin, Pam était la petite fille dans la prairie.

— Je serai juste derrière la porte, a annoncé l'aînée de la lignée d'Eric, avant de reculer d'un pas et de repousser le battant avec fermeté.

— Bien ! Nous voilà tous ensemble ! Une vraie réunion de famille ! ai-je déclaré avec une gaieté forcée.

Pam a levé les yeux au ciel, estimant visiblement que mon humour tombait à plat.

— Sookie, a commencé Felipe de Castro, ce qui m'indiquait qu'on n'allait pas s'embarrasser de toutes les politesses habituelles. Eric vous a convoquée ici pour vous libérer de vos liens de mariage avec lui.

J'ai eu l'impression qu'on me giflait avec un gros poisson mort.

Je me suis forcée à demeurer immobile et impassible. Il y a une différence entre le fait de vouloir quelque chose à moitié, de soupçonner que cela va arriver, ou même de s'y attendre, et celui de savoir. J'étais

150

désormais dans la certitude, mais également dans la douleur, une douleur aiguë et profonde.

Oui, j'avais eu des sentiments contradictoires sur ma relation avec Eric. Oui, j'avais plus ou moins vu la fin de notre histoire s'inscrire sur le mur[1]. Cependant, malgré la petite visite nocturne d'Eric et ce qu'il m'avait laissé entendre, j'ai reçu cette phrase brute comme un coup de poing dans le ventre. Mais je n'allais pas montrer le moindre signe de faiblesse, pas devant ces créatures. J'ai commencé à refermer de petits compartiments à l'intérieur de moi-même, les uns après les autres – semblables à ceux qui étaient censés empêcher le *Titanic* de sombrer.

Je n'ai pas accordé un seul regard à Freyda, car, si j'y avais lu de la pitié, je me serais jetée sur elle, même si c'était suicidaire. La seule chose que j'aurais tolérée de sa part, c'était un rictus triomphant.

Il n'était pas question de regarder Eric.

Rage et désespoir se sont abattus sur moi et m'ont traversée comme une tempête. Puis, lorsque j'ai été certaine que ma voix ne tremblerait pas, j'ai répondu.

— Il y a des papiers à signer ou une cérémonie ? Ou je peux simplement m'en aller ?

— Il y a une cérémonie.

J'aurais dû m'y attendre. Les vampires ont des rituels pour tout.

Pam est venue à mes côtés, tenant entre ses mains un petit paquet de velours noir que je connaissais bien. Je ne ressentais plus grand-chose mais, à ma grande

---

1. « L'inscription sur le mur » est une expression très courante en littérature anglophone et annonce un événement malheureux. Elle est tirée du *Livre de Daniel*, dans lequel une main mystérieuse vient écrire sur le mur et prédire la fin du règne de Balthazar. Le peintre Rembrandt l'a représentée dans son tableau *Le festin de Balthazar*.

surprise, elle s'est penchée pour déposer un baiser glacé sur ma joue, avant de me parler.

— Tout ce que tu dois faire, c'est te couper le bras et dire « Ceci n'est plus à toi », à Eric. Ensuite, tu lui tends le couteau.

Puis elle a déplié le tissu pour révéler la dague.

La lame ciselée au fil tranchant luisait, exactement comme dans mes souvenirs. Pendant une fraction de seconde, j'ai eu envie de l'enfoncer dans l'un des cœurs silencieux qui se trouvaient autour de moi. Je ne savais pas lequel je viserais en premier. Celui de Felipe ? De Freyda ? Ou d'Eric ? Avant de pouvoir y réfléchir encore plus, j'ai saisi le couteau de la main droite et j'ai piqué mon bras gauche. Un minuscule filet de sang s'est écoulé, provoquant aussitôt une réaction de la part de chacun des vampires.

Felipe lui-même a fermé les yeux pour savourer son bouquet.

— Tu renonces à bien plus que je ne l'imaginais, a-t-il murmuré à Eric.

Ce qui l'a placé immédiatement en haut de ma liste de cœurs à poignarder.

Je me suis retournée en direction d'Eric, tout en le regardant droit dans la poitrine. Je devais à tout prix éviter ses yeux pour ne pas m'effondrer.

— Ceci n'est plus à toi, ai-je énoncé clairement, et avec une certaine satisfaction.

Puis j'ai tendu le couteau vers lui et je l'ai senti me le prendre.

Eric a dénudé son avant-bras pour y plonger la lame. Ça n'avait rien à voir avec la piqûre que je m'étais administrée. Il s'est tailladé. Le sang sombre a coulé lentement le long de son bras, sur sa main, puis s'est égoutté sur le tapis usé.

— Ceci n'est plus à toi, a-t-il prononcé à mi-voix.

— Sookie, vous pouvez maintenant disposer. Vous ne reviendrez plus au *Fangtasia*.

Il n'y avait plus rien à dire.

Je me suis retournée pour sortir du bureau d'Eric. La porte s'est ouverte devant moi comme par magie. Les iris pâles de Karin ont croisé les miens brièvement. Son visage à la beauté éthérée était dénué de toute expression. Pas un mot n'a été prononcé. Pas de « au revoir », ni de « c'était super », ni rien de rien.

Je me suis frayé un chemin parmi la foule qui dansait.

J'ai repris ma voiture.

Et je suis rentrée chez moi.

8

Bill était installé dans une chaise longue dans mon jardin de derrière. Je suis sortie de ma voiture pour le dévisager de loin. J'hésitais entre deux impulsions contradictoires.

La première consistait à l'inviter dans mon lit pour me venger.

La seconde, plus intelligente, à faire comme si je ne l'avais pas vu.

Manifestement, il n'allait pas ouvrir la bouche avant moi, ce qui montrait bien à quel point il pouvait se montrer fin d'esprit. J'étais certaine qu'il était parfaitement conscient de ce qui s'était passé ce soir – par sa présence même ainsi que l'intensité de son regard. La part la plus intelligente de mon être a terrassé l'autre et j'ai tourné les talons pour entrer chez moi.

La nécessité de se concentrer sur ma conduite avait disparu, tout comme la pression exercée par les vampires autour de moi. J'étais soulagée d'être seule, pour que personne ne voie mon visage se décomposer.

Je ne pouvais pas mettre toute la responsabilité sur le dos d'Eric. Elle lui appartenait toutefois en grande partie. Qu'il veuille se l'avouer ou non, il avait eu le choix. Même si sa culture exigeait qu'il honore le contrat conclu par son créateur décédé et qu'il épouse la Reine de l'Oklahoma, j'étais convaincue qu'Eric aurait pu trouver un moyen détourné de se sortir de la situation. Je n'acceptais pas son prétexte, selon lequel il était pieds et poings liés par la volonté d'Appius. Oui, Appius avait déjà déclenché toute l'histoire avec Freyda avant de consulter Eric. Peut-être même qu'il avait déjà touché une commission de la part de la souveraine. Mais d'une façon ou d'une autre, Eric aurait parfaitement pu négocier sa liberté. Il aurait pu trouver un autre candidat au poste de consort de Freyda, proposer une somme compensatoire ou autre chose. J'en étais absolument certaine.

Il avait dû décider entre la possibilité de m'aimer tout au long de ma courte vie, ou celle de construire son ascension aux côtés de Freyda, qui incarnait la beauté et la richesse. Il avait fait un choix terre à terre.

J'avais toujours su qu'il était pragmatique.

J'ai entendu un coup frappé doucement à ma porte. C'était sûrement Bill, qui vérifiait que j'allais bien. Je suis allée à la véranda en ouvrant la porte brusquement.

— Je ne peux pas parler pour l'instant...

Eric se tenait sur les marches. Comme toujours, la clarté de la lune le mettait en valeur, déversant de l'or sur sa crinière blonde et la beauté de ses traits.

— Qu'est-ce que tu fous là, nom de Dieu !

Derrière lui, Bill avait disparu.

— Je ne suis plus ta femme, pourtant ! Tu n'es pas en lune de miel ?

— Je t'avais avertie de ne pas prêter attention à ce qui se passerait. Je t'avais dit que cela n'avait aucune importance pour moi.

Il s'est avancé d'un pas hésitant. Je ne l'ai pas invité à entrer.

— C'est plutôt difficile de croire que ça n'avait aucune importance pour ton roi. Et pour Freyda.

156

— Mais je peux te garder, a-t-il dit avec une assurance sans faille. Je peux trouver le moyen. Tu n'es peut-être pas mon épouse de manière officielle, mais dans mon cœur, tu l'es.

Là, j'ai craqué.

— Pardon ? Mais tu te fiches de moi ! C'est non, tu m'entends, pas question ! Tu te mens à toi-même et à moi.

J'avais envie de le gifler à tel point que ma main me faisait mal.

J'ai vu que l'énervement commençait à le gagner.

— Sookie, tu es mienne !

— Certainement pas. Tu l'as même dit devant tout le monde.

— Mais je t'avais expliqué, je suis venu te voir dans la nuit et j'ai dit que je…

— Tu m'as dit que tu m'aimais « dans toute la mesure du possible ». Mais visiblement, les limites de ton possible sont atteintes.

Dans mon agitation, je dansais presque sur place.

— Sookie, jamais je ne t'aurais répudiée comme cela, en public, si je n'avais pas été certain que tu comprenais que cette cérémonie ne comptait que pour les apparences.

— Stop stop stop ! l'ai-je interrompu en levant la main. Tu es en train de me dire, là, qu'en ce qui te concerne, toi, tu as l'intention de trouver le moyen de m'entretenir, quelque part, en secret, pour que tu puisses t'échapper quand bon te semble et passer un peu de temps avec moi ? Et pour pouvoir être ta maîtresse, il faudrait que je déménage en Oklahoma, que je perde ma maison, mes amis et mon boulot ?

À son expression, j'ai compris que c'était effectivement la solution qu'il avait privilégiée. En même temps, j'étais tout aussi certaine qu'il était conscient que jamais

157

je n'aurais donné mon accord. Et s'il avait cru le contraire, il ne me connaissait pas réellement.

La colère d'Eric a explosé à son tour.

— Tu n'as jamais accordé d'honneur à notre mariage ! Tu as toujours imaginé que je te quitterais ! J'aurais dû te faire passer de l'autre côté sans te le demander, comme je l'ai fait pour Karin et Pam. Ou même mieux, j'aurais dû demander à Pam de le faire ! Nous n'aurions plus jamais été obligés de nous séparer.

À la seconde suivante, nous nous dévisagions sans un mot. Lui, furieux, et moi, horrifiée.

Un soir, au lit, après des ébats torrides, nous avions longuement discuté de la possibilité que je devienne un vampire. Et l'idée avait refait surface par-ci, par-là. J'avais toujours clairement dit que je m'y refusais.

— Tu as envisagé de le faire. Sans mon consentement.

— Mais bien sûr ! s'est-il écrié avec impatience, estimant visiblement que mon incompréhension était d'un ridicule achevé. Naturellement ! Je savais que tu serais tellement contente ! Il n'y a rien de mieux que d'être un vampire. Pourtant, tu avais l'air de trouver l'idée répugnante et, au début, je me suis dit « c'est parce qu'elle aime le soleil, mais elle m'aime, moi aussi ». Puis j'ai commencé à me demander si au fond de toi tu méprisais ce que je suis.

Son visage crispé indiquait qu'il n'était pas seulement furieux, mais également blessé.

Nous étions donc deux.

J'ai réagi à mon tour.

— Et malgré tout, tu voulais que je devienne quelque chose qui, d'après ce que tu avais compris, me faisait horreur ?

Je me suis sentie soudain horriblement déprimée. Mon énergie s'est évanouie et je me suis affaissée.

— Non, ai-je ajouté d'un ton las, je ne méprise pas ce que tu es. Je veux simplement vivre ma vie d'être humain.

158

— Même si c'est sans moi.

— Je ne savais pas que j'étais obligée de choisir.

— Sookie, c'est une question de bon sens – et je sais que tu en as. Tu n'as pas pu imaginer le contraire.

Submergée de désespoir, j'ai levé les mains au ciel.

— Eric, tu m'as dupée pour m'épouser. J'ai fini par l'accepter parce que j'ai compris que tu le faisais pour me protéger. Et peut-être aussi par, disons, par espièglerie, à ta manière. Je t'aimais. Et je me sentais flattée, que tu veuilles nous voir unis aux yeux des tiens. Mais tu as raison lorsque tu dis que je n'ai jamais considéré notre mariage comme l'égal de celui qu'aurait été un mariage humain à l'église. Et d'ailleurs, la seule fois où j'en ai parlé, tu t'es moqué.

Incapable de m'exprimer ses pensées de façon claire, il a fait un grand geste et j'ai levé la main de nouveau.

— Je vais être complètement honnête avec toi. Laisse-moi finir, et après, tu pourras dire tout ce que tu voudras. Je t'ai aimé pendant des mois, avec… avec ardeur, et dévotion. Mais je ne vois aucune issue pour nous deux. Lorsque tu dis que tu pensais trouver le moyen pour nous de rester ensemble, il est complètement évident que c'est de la connerie pure. Tu sais très bien que jamais je ne quitterai tout pour vivre un semblant de vie, en tant que simple maîtresse, récoltant des miettes de sexe de temps en temps, constamment sur le qui-vive en attendant que Freyda me découvre et me tue. À subir la même humiliation que ce soir, encore et encore.

— J'aurais dû me douter que tu ne quitterais jamais Sam, a dit Eric d'un ton lourd d'amertume.

— Laisse Sam en dehors de ça. On parle de toi et moi, là.

— Tu n'as jamais cru que nous serions amants pour l'éternité. Tu étais certaine qu'un jour, je te quitterais, quand tu serais vieille.

J'ai considéré ses paroles un instant.

— Moi, j'essaie d'être honnête. Tu devrais en faire autant : tu n'as jamais envisagé ne serait-ce qu'une seule seconde de rester avec moi quand je serais vieille. Tu as toujours supposé, depuis le début, que tu me ferais passer de l'autre côté. Alors que je t'avais toujours dit que je ne voulais pas devenir un vampire.

Nous avions bouclé la boucle. La conversation était parvenue à son terme. J'ai fait un pas en arrière et j'ai fermé la porte de la véranda. Pour mettre fin à la douleur, j'ai prononcé quelques mots :

— Je te retire ton invitation.

Je suis retournée à l'intérieur, et je n'ai pas regardé par les fenêtres. L'amour que nous avions eu l'un pour l'autre s'était brisé pour toujours et s'est vidé de son sang, quelque part sur les marches, derrière ma maison.

De toutes les horreurs de la journée – le meurtre d'Arlene et le tollé qu'il avait provoqué, l'épisode au *Fangtasia*, encore plus dur –, cette conversation avec Eric avait été la pire épreuve de toutes. J'étais assise dans mon séjour, au fond du fauteuil préféré de Gran, les yeux dans le vide, les mains sur les genoux. Pleurer, crier, fracasser quelque chose, céder à la nausée... J'hésitais entre toutes les options mais je suis restée immobile comme un sphinx, l'esprit bouillonnant de pensées et d'images.

J'étais certaine d'avoir fait la bonne chose, même si je regrettais cruellement certaines de mes paroles. Pourtant, aucune d'entre elles n'était fausse. L'heure qui a suivi son départ m'a fait affreusement souffrir.

Comment ne pas aimer Eric ? Même mort, il débordait d'une vitalité unique que peu d'hommes vivants possédaient. Intelligent, avisé, protecteur, guerrier de renom, il était plein de joie de vivre – ou peut-être devrais-je dire, de « joie de mort ». Il avait un sens de l'humour et de l'aventure que j'avais trouvé incroyablement attirant. Sans compter qu'il était... sexy, et même plus que sexy. Avec un corps à tomber, qu'il maniait merveilleusement.

Malgré tout, même pour lui, jamais je ne voudrais devenir vampire. J'étais un être humain et j'adorais ça. J'adorais le soleil et le jour. Pouvoir m'étirer sur une chaise longue dans mon jardin, environnée de lumière. Et même si je n'étais pas une bonne croyante, j'étais chrétienne. Je ne savais pas ce que mon âme deviendrait si j'étais vampirisée et je ne voulais pas prendre ce risque-là – surtout que j'avais commis des actes assez terribles. Il me fallait quelques années pour me racheter.

Eric n'était en aucun cas responsable de ces transgressions, qui m'appartenaient à moi seule. Je refusais toutefois de passer le restant de ma vie de cette façon-là. Je voulais avoir le temps de reconnaître le fait que j'aie pris des vies, d'accepter la violence que j'avais vue et celle que j'avais exercée, et je voulais devenir une personne meilleure – je ne savais d'ailleurs pas encore comment m'y prendre.

J'étais bien certaine d'une chose cependant : être la maîtresse cachée d'Eric ne me conduirait pas sur ce chemin-là.

Je me suis imaginée dans un petit appartement au fin fond de l'Oklahoma, sans famille, ni amis ; à patienter des jours entiers et des nuits interminables qu'Eric puisse voler une ou deux heures et les passer avec moi ; à craindre à chaque instant que la reine me retrouve et me tue... ou pire encore. Si Eric me vampirisait, ou demandait à Pam de le faire, du moins mes journées seraient-elles assurées. Je serais morte, et je reposerais à l'intérieur d'un petit espace sombre. Je passerais peut-être mes nuits à traîner avec Pam et Karin. Nous, les trois blondes, nous serions au service d'Eric, guettant ses moindres désirs. Pour l'éternité. Un frisson d'horreur m'a secouée. Devant mes yeux passaient une image de Karin, Pam et moi, tapies dans un château gothique, telles les femelles de Dracula, épiant l'arrivée d'un passant imprudent... C'était tout simplement insupportable. J'en viendrais certainement à vouloir me suicider avec un pieu – et sans doute qu'après un ou deux ans, Pam serait ravie de m'aider. Et que se passerait-il si Eric m'ordonnait de tuer quelqu'un, quelqu'un que j'aimais ? Je serais obligée de lui obéir.

J'ai tremblé de nouveau, épouvantée.

Je n'en avais pas fini, de mes réflexions, mais soudain, l'épuisement le plus total m'a submergée. Je n'aurais jamais cru que je puisse aller au lit et fermer les yeux après une journée pareille, mais mon corps n'était pas de cet avis et je l'ai laissé prendre les commandes.

Peut-être qu'en me réveillant je regretterais tout ce que j'avais dit. Que je me traiterais d'idiote et que je ferais mes valises avant de partir pour l'Oklahoma. Mais pour le moment, je devais lâcher prise. Tandis que je me démaquillais, je me suis souvenue d'une promesse que j'avais faite. Au lieu d'appeler Sam et de devoir répondre à ses questions, je lui ai envoyé un texto : « rentrée sans pb, dur mais terminé ».

J'ai dormi d'un sommeil sans rêves et me suis réveillée au son de la pluie.

La police était à ma porte. On m'a arrêtée pour meurtre.

Ailleurs, dans un motel sur l'autoroute
à vingt-cinq kilomètres de Bon Temps

L'homme longiligne était allongé sur le lit double, les mains jointes sur le ventre, avec un air de satisfaction suprême.

— Louanges à Dieu, déclara-t-il au plafond. Il arrive parfois que les pécheurs soient punis comme ils le méritent.

Son compagnon l'ignora. L'homme moyen était de nouveau au téléphone.

— Oui, c'est confirmé. Elle a été arrêtée. Est-ce qu'on en a terminé cette fois-ci ? Si nous restons plus longtemps, nous allons nous faire repérer. Et dans le cas de mon compagnon…

Il jeta un œil sur l'autre lit. L'homme longiligne s'était levé pour aller à la salle de bains, refermant la porte derrière lui. L'homme moyen poursuivit à voix basse :

— Lui, on le reconnaîtra. Nous n'avons pas pu utiliser la caravane parce que la police allait forcément la fouiller et il ne fallait pas laisser la moindre trace, même avec la police de Bon Temps. Nous changeons de motel toutes les nuits.

La voix mâle au timbre si particulier répondit :

— Je serai là demain. Nous parlerons.

— Face à face ?

L'homme moyen s'était exprimé d'un ton neutre. Cependant, certain d'être seul, il permettait à son visage de montrer toute son appréhension.

Il entendit son interlocuteur se mettre à rire, un son rauque qui rappelait plutôt la toux.

— Oui, face à face.

Après avoir raccroché, l'homme moyen fixa le mur pendant quelques minutes. Le tour que prenaient les choses ne lui plaisait pas du tout. Il se demanda s'il se sentait suffisamment inquiet pour renoncer au reste de sa rétribution pour ce contrat.

Rusé, il avait toujours su quand il était temps d'arrêter les frais et de se retirer d'une affaire. C'était ce qui lui avait permis de survivre jusqu'à présent. Son employeur s'acharnerait-il à le retrouver, s'il fuyait ?

La mort dans l'âme, Johan Glassport conclut qu'il le ferait à coup sûr.

Lorsque Steve Newlin émergea de la salle de bains en refermant sa braguette, Glassport était de nouveau en mesure de raconter la conversation, et il le fit sans sourciller ni révéler à quel point il détestait l'idée de rencontrer à nouveau leur donneur d'ordres.

Il n'avait à présent plus qu'une envie : éteindre et se réfugier dans son lit. Mais Newlin n'en finissait plus de bavasser.

Il était d'humeur excellente. Car il rêvait à un certain nombre de choses qui pourraient arriver à la Stackhouse pendant qu'elle était en prison. Aucune de ces aventures n'était plaisante et certaines étaient d'ordre pornographique. Dans son esprit, cependant, elles sortaient tout droit de ce que sa Bible personnelle décrivait comme la damnation et les flammes de l'enfer.

9

Je n'aurais jamais cru qu'un jour viendrait où je me réjouirais de la mort de ma grand-mère. Ce matin-là, c'était pourtant le cas. Pauvre Gran – ça l'aurait tuée, de me voir interpellée et poussée dans une voiture de police.

Je n'avais jamais tenté l'expérience du bondage, et je savais désormais que je ne le ferais jamais. Je ne supporte pas les menottes.

Lorsque Alcee Beck m'a dit qu'il m'arrêtait pour meurtre, mon esprit s'est mis à bourdonner de platitudes : *Je vais me réveiller d'un moment à l'autre. Quand j'ai entendu la sonnette, je ne me suis pas vraiment réveillée. Je rêvais, c'est tout. Ceci n'est qu'un rêve, car ça ne peut pas être réel.* Ce qui m'a convaincue que je ne dormais pas ? L'expression peinte sur les traits d'Andy Bellefleur. Il se tenait derrière Alcee avec un air accablé. J'entendais clairement ses pensées : pour lui, je ne méritais pas cette arrestation, surtout avec le peu de preuves dont ils disposaient. Alcee Beck avait dû déployer des trésors de persuasion pour convaincre le shérif.

Le cerveau d'Alcee me paraissait très étrange. Il était noir. Je n'avais jamais rien vu de tel et il m'échappait totalement, ce qui ne présageait rien de bon. La seule chose que je discernais, c'était sa détermination à me jeter en prison. Pour lui, j'aurais pu aussi bien avoir le mot « coupable » tatoué sur le front en majuscules.

Quand Andy m'a passé les menottes, j'ai laissé échapper mon amertume.

— J'imagine que je ne suis plus invitée à la Baby Shower de Halleigh...

— Ooooh, Sookie...

Son exclamation désolée ne m'apaisait pas, même si je dois reconnaître tout de même qu'il était profondément gêné.

— Tu sais très bien que je n'ai jamais fait de mal à Arlene, lui ai-je dit d'un ton égal.

Je conservais une mine sévère et fermée et j'étais fière de moi, car à l'intérieur je mourais d'humiliation et d'horreur.

Andy a eu l'air de vouloir dire quelque chose (*j'espère que non mais il y a un petit indice qui dit le contraire mais ça ne suffit pas je ne sais pas comment Alcee a pu obtenir le mandat*), puis il a secoué la tête.

— Je suis obligé de faire ça.

L'impression d'irréel s'est prolongée pendant toute la procédure de saisine.

Quand ils m'ont amenée, mon frère était devant la porte de la prison, car les tam-tams de la rumeur l'avaient averti immédiatement. Il avait la bouche ouverte mais, avant qu'il n'ait pu sortir toutes les paroles furieuses qui se pressaient dans son cerveau, je l'ai interrompu :

— Jason, appelle Beth Osiecki et dis-lui de venir ici aussi vite que possible. Va chez moi, trouve le numéro de Desmond Cataliades et téléphone-lui aussi. Et dis à Sam que je ne peux pas venir au travail demain, ai-je ajouté en toute hâte, tandis qu'on me poussait à l'intérieur au pas de charge, et qu'on lui fermait la porte au nez. Pauvre chéri.

Si les choses étaient arrivées une ou deux semaines plus tôt, j'aurais su qu'Eric ou même peut-être mon arrière-grand-père Niall, prince des Faé, me sortirait de là en un rien de temps. Mais j'avais coupé les ponts avec le premier et le second s'était enfermé à tout jamais en Faérie, pour des raisons compliquées.

Il me restait Jason.

Chaque personne que j'ai vue pendant la procédure m'était familière. C'était l'expérience la plus humiliante de toute ma vie – ce qui n'est pas peu dire. J'ai découvert qu'on m'accusait d'homicide au second degré, c'est-à-dire de meurtre. Je savais, d'après mes discussions avec Kennedy Keyes sur la peine qu'elle avait purgée, que je risquais la perpétuité.

La couleur orange ne me va pas du tout.

Certes, il y a pire dans la vie que l'humiliation et le fait de porter un uniforme de prisonnier – peu seyant, j'insiste. Mais de mon côté, la coupe était pleine. Elle débordait, même. J'avais soif de bonté et de compassion. Je me sentais si mal que j'ai été contente de voir la porte de la cellule se refermer sur moi. Je croyais que je serais seule, mais non ! Jane Bodehouse – il a fallu que ce soit elle – était allongée sur le lit du bas et ronflait, indifférente à tout ce qui l'entourait. Elle avait dû vivre encore quelques aventures après la fermeture du *Merlotte*.

Soulagée qu'elle soit inconsciente, j'ai eu largement assez de temps pour m'adapter à mon nouvel environnement. Et après dix minutes d'observation, je m'ennuyais à mourir. Si on m'avait demandé ce qu'on pouvait ressentir à demeurer assis sans travail, sans livre, sans télévision, sans même un téléphone, j'aurais éclaté de rire, car je ne pouvais pas me représenter une telle situation.

L'ennui, doublé de mon incapacité à fuir mes craintes, m'écrasait de tout son poids. Jason avait-il souffert à ce point, lorsqu'il était en détention ? Il n'aimait pas lire – ni vraiment réfléchir, d'ailleurs. La prochaine fois que je le verrais, je lui demanderais comment il s'en était sorti.

Mon frère et moi avions désormais plus de choses en commun que nous n'en avions jamais eu : nous étions tous les deux des taulards.

Lui aussi, on l'avait arrêté pour meurtre et, comme moi, il était innocent malgré les preuves du contraire. Pauvre Gran ! Elle aurait été anéantie. J'espérais de toutes mes forces qu'elle ne pouvait pas me voir de là-haut.

Jane ronflait toujours, mais son visage familier me réconfortait dans une certaine mesure. J'ai profité de son sommeil pour utiliser les toilettes – ma vie comporterait désormais de nombreux désagréments, alors autant les retarder le plus possible.

Je n'avais jamais passé une seule minute dans une cellule. L'endroit était horrible. Minuscule, sommaire et délabré, avec un sol de béton et des couchettes superposées. Après un temps, j'en ai eu assez d'être accroupie par terre et je me suis hissée, à grand-peine, sur le lit du haut. J'ai repensé aux visages que j'avais aperçus au passage dans les autres cellules : surpris, curieux, détachés, durs. Hommes et femmes, je les avais presque tous reconnus – des paumés, comme Jane, mais également des êtres profondément mauvais.

Terrassée par la peur, j'avais du mal à respirer.

Et le pire – peut-être pas le pire, mais c'était vraiment affreux – c'était que j'étais coupable. Oh, pas de la mort d'Arlene. Mais j'avais tué d'autres personnes, et j'en avais vu se faire tuer par d'autres. Je ne savais même pas si je me souvenais de chacune d'entre elles.

Paniquée, j'ai rassemblé mes esprits du mieux que je pouvais pour me souvenir de leurs noms et de la façon dont elles étaient mortes. Plus j'essayais, et plus les souvenirs s'embrouillaient. Je voyais les visages des gens qui avaient péri sous mes yeux sans que j'en sois responsable. Mais également ceux d'êtres, humains ou non, auxquels j'avais ôté la vie. Le faé Murray, par exemple, et le vampire Bruno. Ou encore la renarde Debbie Pelt. Ils m'avaient attaquée et je m'étais simplement défendue. Je me répétais que c'était normal. Malgré tout, ma conscience repassait la scène de leurs derniers instants devant mes yeux, m'informant ainsi qu'il n'était pas tout à fait inapproprié que je me retrouve ici, en prison.

Je n'étais jamais descendue aussi bas de toute ma vie. J'avais abouti à certaines conclusions sur ma façon de vivre et j'avais bien trop de temps pour réfléchir aux raisons qui m'avaient fait atterrir ici. Après ces premières heures déjà éprouvantes, la situation est devenue carrément désastreuse. Car Jane s'est réveillée.

En premier lieu, son corps s'est débarrassé de ce qu'elle avait ingurgité. De plusieurs façons. Vu le manque total d'intimité, l'expérience fut particulièrement écœurante. Après avoir survécu à cette phase, Jane était si malheureuse et mal en point que ses pensées lui cognaient dans la tête, vibrant de douleur et de remords : elle ne se laisserait plus aller à boire autant, son fils ne serait plus obligé d'aller la chercher, ce soir même, elle réduirait le nombre de bières et de shots... Ou alors demain, puisqu'elle se sentait si mal aujourd'hui. Oui, demain, ce serait bien plus pratique.

J'ai enduré plusieurs cycles de ce style, verbalisés ou non, avant que Jane ne réagisse au fait qu'elle avait une compagne de cellule et que ce n'était pas l'une de ses connaissances habituelles.

— Sookie ? Qu'est-ce que vous fichez ici ?

Dieu sait qu'elle s'était purgée de toutes ses toxines, mais malgré cela, elle me semblait toujours aussi patraque.

— Moi non plus, je n'en reviens pas. Ils sont persuadés que j'ai tué Arlene.

— Alors elle est vraiment sortie de cabane ! Je l'ai vraiment vue. C'était pas hier soir, mais le soir d'avant. Je croyais que c'était un rêve, parce que j'étais sûre qu'elle était derrière les barreaux.

— Vous l'avez vue ? Ailleurs qu'au *Merlotte* ?

Car dans mes souvenirs, Jane ne s'était pas trouvée au bar lorsque Arlene était venue me parler.

— Ouais, j'allais vous le dire hier, mais je me suis laissé distraire par ces histoires de plainte.

— C'était où, Jane ?

— Où je l'ai vue ? Attendez…

L'effort était visiblement conséquent. Elle a passé les mains dans ses cheveux emmêlés.

— Elle était avec deux gars.

Les deux amis qu'Arlene avaient mentionnés, probablement.

— C'était quand ?

Je lui parlais d'une voix très douce, parce que je ne voulais pas la distraire. Moi aussi, d'ailleurs, j'avais du mal à garder le fil de mes pensées : après le réveil nauséabond de Jane, les relents insoutenables flottaient toujours autour de nous…

Je lisais sous son crâne qu'elle peinait à se souvenir du lieu et de l'heure de l'incident, et qu'elle aurait préféré sombrer de nouveau dans l'hébétude. D'une nature généreuse pourtant, elle a persévéré, trébuchant parmi ses souvenirs, avant de parvenir soudain à ses fins.

— Je l'ai vue derrière chez… euh… vous vous souvenez, ce grand mec qui réparait les motos ?

J'ai tout fait pour garder mon calme et paraître naturelle.

— Tray Dawson. Il avait un atelier de mécanique et une maison à la limite entre Court Street et Clarice Road.

C'était également à côté de chez Brock et Chessie Johnson, qui hébergeaient Coby et Lisa. Il n'y avait que des bois derrière ces maisons construites tout au bout de la rue, ce qui en faisait un endroit très isolé.

— Ouais. Elle était là-bas, derrière chez lui. C'est fermé là-bas depuis longtemps, maintenant, alors je me demande bien ce qu'elle y faisait.

— Vous connaissiez les types avec qui elle était ? ai-je demandé d'une voix étranglée par les efforts que je déployais pour ne pas céder aux miasmes ambiants.

— Non, jamais vus. Y en a un qu'était super-grand et tout maigre, et pour l'autre, je ne peux rien dire de précis, il était banal.

— Mais comment ça se fait, que vous les ayez vus ?

Elle n'avait même plus assez d'énergie pour prendre l'air gêné. Elle s'est contentée d'une pointe de regret.

— Eh bien, ce soir-là, je pensais aller à la maison de retraite pour voir Tante Martha, mais je me suis arrêtée chez moi, en chemin, pour boire un petit verre. Alors après, quand je suis arrivée là-bas, on m'a dit que c'était fermé, que c'était trop tard pour les visites. Et je suis tombée sur Hank Clearwater – vous savez, l'homme à tout faire ? Il venait de voir son papa. Lui et moi, on se connaît depuis toujours et il a dit qu'on pouvait se boire un petit coup dans sa voiture, et puis, vous savez comment c'est... enfin on s'est dit que ça serait mieux d'aller se garer ailleurs, pour être plus tranquilles. Il nous a menés sur le chemin dans les bois en face de la maison, vous savez, là où les gamins font du quad. De là, on voit l'arrière des maisons de Clarice Road. Elles ont toutes des projecteurs de sécurité, pour la nuit. Comme ça, on voyait mieux ce qu'on faisait ! a-t-elle conclu en pouffant.

J'ai enchaîné rapidement, n'ayant aucune envie d'imaginer Jane avec Hank.

— Alors c'est comme ça que vous avez pu apercevoir Arlene...

— C'est ça. Et je me suis dit : « C'est dingue, c'est Arlene ! Elle est sortie, alors qu'elle a essayé de tuer Sookie, qu'est-ce que c'est, cette histoire ? » Les hommes, ils étaient tout près d'elle. Elle leur a donné quelque chose, et puis ensuite, Hank et moi, on s'est mis à... parler, et je les ai plus jamais revus. Quand j'ai relevé la tête, ils avaient disparu.

L'information de Jane revêtait des aspects plus que douteux. D'un côté, elle pouvait m'aider à m'innocenter ou au moins à donner des raisons de mettre ma culpabilité en question. D'un autre côté, Jane n'était pas ce qu'on pouvait appeler un témoin fiable. Son témoignage serait facile à mettre en pièces.

Un gros soupir m'a échappé. Tandis que Jane se lançait dans un monologue interminable sur sa longue amitié avec Hank Clearwater (à qui je ne pourrais plus jamais donner de travail de plomberie), j'ai réfléchi de mon côté.

Mon témoin, Karin la Massacreuse, ne se lèverait qu'à la nuit tombée, ce qui, à cette saison, ne se produirait que très tard. Karin serait un bien meilleur témoin que Jane car elle était manifestement très fine et en pleine possession de ses moyens. Seulement, elle était morte. Le fait d'appeler un vampire à confirmer votre alibi n'était pas du meilleur effet. Bien qu'ils soient désormais citoyens des États-Unis, on ne traitait pas les vampires comme des êtres humains, loin de là. Je me suis demandé si la police se donnerait la peine d'interroger Karin ce soir. Se pouvait-il même qu'on lui ait envoyé quelqu'un très tôt ce matin, avant qu'elle se couche pour la journée ?

J'ai réexaminé ce que Jane m'avait raconté. Un grand homme maigre et un homme banal – ils n'étaient pas du coin, sinon elle les aurait reconnus. Deux étrangers donc,

172

avec Arlene. Non loin de la maison où séjournaient ses enfants. Tard, le soir du meurtre. Ça, c'était du nouveau.

Vêtu d'un uniforme tout propre et bien repassé, Kevin nous a apporté le déjeuner une heure plus tard. Un sandwich de baloney, de la purée et des tomates. Kevin m'a regardée avec autant de dédain que j'en avais pour le repas.

— Kevin, arrête ça tout de suite ! Je n'ai pas tué Arlene. Pas la peine de me regarder comme ça. Toi, tu n'es même pas capable de dire à ta mère avec qui tu vis.

Il est devenu cramoisi et j'ai regretté mes paroles immédiatement.

Kevin et Kenya avaient emménagé ensemble depuis un an, et pratiquement toute la ville était au courant. La mère de Kevin pouvait néanmoins faire semblant de ne pas le savoir, car Kevin ne le lui avait jamais officiellement annoncé. Kenya était une fille très bien. Seulement, pour la mère de Kevin, elle n'était pas de la bonne couleur pour être avec son garçon.

— Tu la fermes, Sookie !

Kevin ne m'avait jamais rien dit de méchant ni d'impoli de toute sa vie. J'ai compris soudain qu'il ne me voyait plus de la même façon, maintenant que j'étais habillée en orange. J'avais changé de statut.

Je me suis levée et je l'ai dévisagé à travers les barreaux. Longtemps. Il a rougi encore plus fort. Ce n'était pas la peine de lui raconter l'histoire de Jane. Il n'écouterait pas.

Alcee Beck est revenu aux cellules dans l'après-midi. Heureusement qu'il n'avait pas la clé de la nôtre sur lui ! Il s'est posté devant, déversant des flots de rage silencieuse. Ses gros poings se serraient convulsivement, déclenchant en moi une certaine angoisse – non seulement il souhaitait me voir condamnée pour meurtre, mais en plus il mourait d'envie de se ruer sur moi et de me démolir. Il avait peine à se retenir.

Le nuage noir dans son cerveau me semblait légèrement moins épais et ses pensées s'en écoulaient par filets ténus.

— Alcee, je crois que vous savez que je n'ai pas fait ça. Jane peut dire qu'Arlene a rencontré deux hommes ce soir-là.

Alcee ne m'appréciait pas, pour des raisons à la fois personnelles et professionnelles. En dépit de son antipathie à mon égard, je ne croyais pourtant pas qu'il me ferait du mal. La corruption et les pots-de-vin faisaient partie de son quotidien dans une certaine mesure, mais on ne l'avait jamais soupçonné d'être un justicier. Je savais qu'il n'avait pas eu d'aventure avec Arlene et cela pour deux raisons : d'une part, il aimait sa femme, Barbara, bibliothécaire ici à Bon Temps, et d'autre part, Arlene avait été raciste.

Au son de ma voix, le lieutenant, impassible, n'avait pas réagi. Pourtant, j'ai discerné quelques questions qui commençaient à émerger à la surface de son cerveau, et qui remettaient en question le bien-fondé de ses actes. Il s'en est allé, le visage toujours plein de colère.

Il y avait quelque chose de tout à fait anormal chez lui. Et soudain, j'ai eu une illumination : Alcee se comportait comme quelqu'un qu'on aurait ensorcelé ou possédé. Enfin une pensée intéressante et inédite. Et j'avais tout le temps de la disséquer à l'infini.

Les heures suivantes ont passé avec une lenteur insupportable. Quand on se rend compte que la chose la plus intéressante de toute la journée, c'est sa propre arrestation, là, on se sent assez mal. La gardienne des femmes, Jessie Schneider, est venue d'un pas nonchalant expliquer à Jane que son fils ne pouvait pas venir la chercher avant le lendemain. À moi, elle n'a rien dit, mais cela ne changeait rien. Elle m'a regardée longuement, avant de

174

secouer la tête et de s'éloigner vers son bureau. Elle n'avait jamais rien entendu contre moi, et le fait que je finisse en prison, alors que j'avais eu une grand-mère si respectable et si gentille, l'attristait profondément. Moi aussi, j'étais attristée…

Un détenu de confiance nous a apporté le dîner – une réédition du déjeuner. Le seul point positif, c'était que les tomates étaient fraîches, puisqu'il y avait un jardin ici. Jamais je n'aurais cru que je puisse m'en lasser, mais entre ma propre production foisonnante et les repas de prison, j'attendais la fin de la saison avec impatience.

Dans notre cellule, il n'y avait pas de fenêtre. Il y en avait une dans le couloir, juste en face, très haut sur le mur. Lorsqu'elle s'est assombrie, mes pensées se sont concentrées sur Karin. J'ai prié de toutes mes forces pour que la police la contacte, si elle ne l'avait déjà fait, qu'elle dise la vérité, et que cette vérité me libère. Malgré l'extinction des feux, je n'ai pas beaucoup dormi. Jane ronflait, et du côté des hommes quelqu'un a hurlé sans discontinuer de minuit à 1 heure du matin.

L'arrivée du matin et du soleil, qui s'est montré à la fenêtre, m'a inondée d'un vif soulagement. Le bulletin météo avait prévu du beau temps pour ce lundi, ce qui impliquait un retour des températures élevées. Fort heureusement, la prison était climatisée, ce qui m'a empêchée de tuer Jane par exaspération. J'ai pourtant failli, à plusieurs reprises.

Je suis restée assise en tailleur sur la couchette du haut, m'efforçant de ne penser à rien. Puis Jessie Schneider est venue nous chercher.

— Vous êtes déférées au parquet maintenant, nous a-t-elle annoncé après avoir ouvert la porte. Allez…

J'avais craint qu'on ne nous mette des entraves aux chevilles, mais j'ai eu tort. On nous a malgré tout menottées.

— J'aurai le droit de rentrer quand, Jessie ? a demandé Jane. Hé, tu sais que Sookie, elle a rien fait à Arlene. Moi j'ai vu Arlene avec des hommes.

— Mais bien sûr. Et tu t'en es souvenue quand ? C'est Sookie, qui te l'a rappelé ?

Jessie, une grande et robuste femme qui avait la quarantaine, ne semblait nous en vouloir ni à l'une ni à l'autre. Elle avait simplement tellement l'habitude qu'on lui mente qu'elle ne croyait rien de ce qu'un détenu pouvait lui raconter et pas grand-chose de ce qu'on lui disait d'une manière générale.

— Allez, Jessie, sois pas vache ! Je l'ai vue, je t'assure ! Mais je ne connaissais pas les hommes. Tu devrais laisser partir Sookie. Et puis moi aussi.

— Je dirai à Andy que tu t'es souvenue de quelque chose.

Je voyais bien qu'elle n'accordait aucun poids aux paroles de Jane.

Nous sommes sorties par une porte latérale pour entrer directement dans le fourgon. Jessie tirait deux autres prisonnières : Ginjer Hart (l'ex-épouse de Mel Hart), une panthère qui avait la mauvaise habitude de faire des chèques en bois, et Diane Porchia, agent d'assurances. Elle avait déjà été prise pour escroquerie, mais je n'avais plus vraiment fait attention à son cas. Hommes et femmes étaient transférés séparément. C'est Jessie, accompagnée de Kenya, qui nous a convoyées jusqu'au palais de justice. Morte de honte d'être reconnue dans une telle posture, je n'ai pas regardé par la fenêtre.

Lorsque nous nous sommes présentées dans la salle d'audience, l'assemblée s'est tue. J'ai évité de tourner les yeux vers les spectateurs, mais lorsque l'avocat Beth Osiecki a agité la main pour obtenir mon attention, je me suis presque effondrée en larmes de soulagement.

Elle était assise au premier rang. C'est alors que j'ai remarqué un visage familier derrière son épaule.

Tara était installée derrière les fauteuils réservés aux avocats. JB l'accompagnait, avec les deux bébés dans leurs nacelles.

Derrière eux se trouvait Alcide Herveaux, chef de meute des Loups de Shreveport et patron d'AAA Accurate Surveys. À côté de lui, mon frère Jason et son chef de meute Calvin Norris. Puis Hoyt Fortenberry, son meilleur ami et témoin de mariage. Chessie Johnson, qui avait recueilli les enfants d'Arlene, s'entretenait à voix basse avec Kennedy Keyes et son homme, Danny Prideaux, qui travaillait au magasin de bricolage ainsi que chez Bill, comme assistant de jour. Et juste à côté de lui, j'ai aperçu celui d'Eric, à savoir Mustapha Khan, d'allure toujours aussi menaçante, avec son copain Warren, qui m'a adressé un timide sourire. Terry Bellefleur se tenait debout dans le fond en compagnie de son épouse Jimmie, et s'agitait en passant d'un pied sur l'autre. Maxine Fortenberry a fait son entrée d'un pas lourd et imposant, son visage déformé par la fureur et l'indignation. Elle avait amené une autre amie de Gran, Everlee Mason. C'était la première fois que Maxine mettait le pied au tribunal et, nom de Zeus, ils allaient voir ce qu'ils allaient voir !

Pendant un instant, je me suis sentie abasourdie. Que faisaient tous ces gens ici ? Qu'est-ce qui les avait amenés ici, en même temps que mon audience ? Quelle incroyable coïncidence...

Puis j'ai entendu leurs pensées et j'ai compris que leur présence ne devait rien au hasard. Ils étaient là pour moi.

Les yeux soudain brouillés de larmes, j'ai suivi Ginjer Hart tandis qu'elle entrait dans le box des accusés. La couleur orange ne m'allait pas, mais sur Ginjer, c'était encore pire, ses cheveux rouge vif offrant un contraste

177

mal venu avec la teinte fluo de son ensemble. Diane Porchia, elle, s'en sortait plutôt bien. Mais pour moi, tout cela n'avait aucune importance et je m'efforçais d'oublier ces circonstances. J'étais bouleversée par la présence de mes amis, horrifiée qu'ils m'aient vue en menottes, pleine d'espoir à l'idée de sortir… et terrifiée de devoir rester.

Ginjer a été renvoyée en détention jusqu'au procès, car personne ne s'est montré pour payer sa caution. Je me suis posé des questions sur la présence de Calvin Norris, son chef, mais j'ai su après qu'il s'agissait du troisième délit de Ginjer. Calvin l'avait prévenue lors des deux premiers que sa patience avait des limites. Diane Porchia, elle, a obtenu sa libération sous caution. Son mari, un homme triste et usé, patientait au dernier rang.

Enfin, mon tour est arrivé et je me suis avancée en levant le regard vers le juge, une femme au regard bienveillant et particulièrement intelligent. Son badge indiquait « Juge Rosoff ». Elle devait avoir la cinquantaine. Elle portait ses cheveux en chignon classique et de grosses lunettes qui lui donnaient un air de chihuahua.

Après avoir examiné les papiers devant elle, elle a pris la parole.

— Je vous fais lecture de votre acte d'accusation dans l'affaire du meurtre d'Arlene Daisy Fowler. Vous êtes accusée de meurtre, et vous encourez la prison à vie. Je vois que votre avocat est présent. Maître Osiecki ?

Beth Osiecki a inspiré profondément, et j'ai compris brutalement que c'était une première, pour elle. J'avais si peur que j'ai à peine entendu les échanges entre la juge et l'avocat. Je suis revenue sur terre lorsque la juge a déclaré qu'elle n'avait jamais vu autant d'amis venir soutenir un accusé. Beth lui a dit qu'au vu du peu de preuves qui me liaient au meurtre d'Arlene, il convenait de me libérer sous caution.

178

La juge s'est tournée vers le procureur, Eddie Cammack. Le personnage ne mettait jamais un pied au *Merlotte*, fréquentait l'église Baptiste du Tabernacle et élevait des chats Maine Coon. Il a pris l'air aussi horrifié que si on lui suggérait de relâcher Charles Manson[1].

— Madame la Présidente, Mlle Stackhouse est accusée d'avoir tué une femme qui fut son amie pendant de nombreuses années, une femme qui avait des enfants et...

N'ayant plus rien à dire de positif sur Arlene, Eddie a hésité un instant avant de reprendre.

— Le Lieutenant Beck me dit que Mlle Stackhouse avait un motif sérieux de vouloir la mort d'Arlene Fowler. J'ajoute qu'on a retrouvé l'écharpe de Mlle Stackhouse sur le cou de la victime, derrière le lieu de travail de Mlle Stackhouse.

Fouillant l'assemblée du regard, à la recherche d'Alcee Beck, je l'ai finalement repéré. Il fixait la juge et ses yeux lançaient des éclairs, comme si quelqu'un avait proposé de fouetter son épouse Barbara Beck sur la pelouse du palais de justice. La juge l'a effleuré d'un œil avant de le chasser de son esprit.

— A-t-il été prouvé qu'il s'agisse bien de l'écharpe de Mlle Stackhouse ? a demandé la juge.

— Elle avoue que l'écharpe ressemble à l'une des siennes.

— Quelqu'un a-t-il vu Mlle Stackhouse la porter récemment ?

— Nous n'avons encore trouvé personne mais...

— Personne n'a vu Mlle Stackhouse en compagnie de la victime aux environs de l'heure du meurtre. Les preuves matérielles sont insuffisantes. Il me semble en

---

1. Né en 1934, Charles Manson est un tueur en série américain tristement célèbre. Parmi ses victimes se trouvait notamment la comédienne Sharon Tate.

outre qu'un témoin confirme à quel endroit précis se trouvait Mlle Stackhouse pendant la nuit du meurtre ?

— Oui mais...

— Libération sous caution accordée. La caution se monte à trente mille dollars.

Yesss ! Grâce au legs de Claudine, je disposais bien de cette somme. Mais non – le chèque avait été bizarrement gelé. Merde. Mon esprit passait les alternatives en revue à toute vitesse lorsque j'ai entendu la juge reprendre :

— Monsieur Khan, vous vous portez caution pour cette femme ?

Mustapha Khan s'est levé. Regrettant sans doute de se trouver ici (car il avait eu des démêlés sérieux avec la justice), il arborait sa panoplie complète de Blade : pantalon et gilet sans manches en cuir noir (comment pouvait-il supporter cela par une chaleur pareille), tee-shirt noir, lunettes noires et crâne rasé. Épée, fusils et lames multiples n'étaient pas en évidence, mais je savais qu'il les avait dissimulés quelque part à portée de main.

— C'est mon boss qui le fait. Je suis ici pour représenter ses intérêts : il est vampire et ne peut venir de jour.

Ses paroles détachées indiquaient un ennui profond.

— Eh bien ! s'exclama la Juge Rosoff, manifestant un amusement discret. C'est une première. Très bien. Votre caution est donc fixée à trente mille dollars, mademoiselle Stackhouse. Étant donné que votre famille, votre foyer et votre lieu de travail se trouvent ici et que vous n'avez jamais résidé ailleurs, j'estime que vous présentez un risque de fuite peu élevé. En outre, vous semblez bénéficier d'un soutien solide parmi la population.

Elle a étudié de nouveau les papiers et hoché la tête. Pour elle, il n'y avait aucune hésitation.

— Vous êtes libérée sous caution dans l'attente de votre procès. Jessie, veuillez ramener Mlle Stackhouse à la prison et suivre la procédure de libération.

Naturellement, j'ai dû attendre que tout le monde, y compris les détenus masculins, passe devant la juge. Je luttais contre l'envie presque irrésistible de bondir de ce banc où j'étais assise avec les autres. J'ai même failli tirer la langue à Alcee Beck – lequel semblait au bord de la crise cardiaque.

Andy Bellefleur était entré se poster aux côtés de son cousin Terry. Ce dernier lui a chuchoté quelque chose à l'oreille. Il lui expliquait que j'avais eu ma liberté sous caution, et Andy a eu l'air soulagé. Terry lui a donné un coup dans le bras – un peu rude, d'ailleurs.

— Je te l'avais bien dit. T'es qu'un con, a-t-il ajouté tout haut.

— Hé, c'était pas moi ! a rétorqué Andy, un peu trop fort.

— Messieurs Bellefleur, un peu de tenue, je vous prie.

Ils ont réagi aussitôt en se mettant au garde-à-vous et un sourire est venu flotter aux lèvres de la juge.

Une fois tous les cas examinés, cette dernière a donné un signe du menton, signalant à Jessie Schneider et Kenya qu'elles pouvaient nous reconduire au fourgon. Peu après, les détenus masculins étaient chargés dans le car municipal et le convoi est reparti vers la prison.

Une heure plus tard, j'avais récupéré mes propres vêtements et je marchais au soleil. J'étais une femme libre et mon frère m'attendait.

— Le jour où tu es venue me chercher, quand on m'a jeté en cabane, je ne savais pas que je pourrais te rendre la pareille.

J'ai fait la grimace, car moi non plus je ne l'aurais jamais imaginé.

— Mais me voilà, je suis venu chercher ma sœur à la sortie du violon. Alors, t'as aimé les toilettes ?

— Tellement que j'ai l'intention de faire installer les mêmes chez moi, pour me rappeler le bon temps.

Mon frère étant ce qu'il est, il a persévéré pendant quelques minutes – on m'appelait maintenant la Taularde, sur Facebook, on avait incrusté des barreaux sur ma photo. Et ainsi de suite…

— Et Michele ? ai-je demandé une fois son stock de commentaires humoristiques épuisé.

Nous avions passé une bonne partie de nos vies ensemble, et Jason a compris ce que je voulais dire à demi-mot.

— Elle n'a pas pu quitter son boulot. Elle aurait voulu venir, mais son boss a refusé, m'a-t-il répondu en me regardant droit dans les yeux pour que je sache bien qu'il ne mentait pas – ce qui ne changeait rien, puisque je lisais dans son cerveau à livre ouvert, mais l'intention était là.

J'ai hoché la tête, prête à croire que Michele m'avait crue innocente.

— La dernière fois qu'on a parlé d'Eric, vous étiez plutôt en froid. Mais il doit vraiment avoir le béguin, pour avoir payé ta caution. C'est une sacrée somme…

— Moi aussi, je suis plutôt surprise.

Et même abasourdie. En principe, lorsque Eric était en colère contre moi, il ne se gênait pas pour me le faire sentir. À une occasion même, ayant décidé que je me montrais trop délicate quant au fait d'avoir massacré une poignée d'ennemis dans un bain de sang, il m'avait mordue pour se nourrir, sans se donner la peine d'effacer la douleur. J'avais laissé passer l'incident sans faire une scène – grossière erreur de ma part – mais je n'avais pas oublié. Après notre confrontation si éprouvante, au cours de la nuit qui avait précédé mon arrestation, je ne m'étais pas attendue à ce qu'il se montre aussi magnanime. Un geste aussi sentimental ne lui ressemblait d'ailleurs absolument pas, et j'avais un certain nombre de questions à poser à Mustapha. Mais je ne le voyais nulle part. Et Sam non plus, ce qui me surprenait bien plus.

182

— Alors tu veux aller où, sœurette ?

Jason s'efforçait de ne pas avoir l'air pressé, mais il était grand temps pour lui de reprendre le travail – pour pouvoir venir au tribunal, il avait largement rallongé sa pause déjeuner.

— Chez moi, ai-je répondu après un instant de réflexion. Je voudrais me doucher et me changer. Et ensuite, je crois, je vais aller au boulot. Si Sam veut bien de moi. Parce qu'avec ce qui vient d'arriver, ce ne sera peut-être pas bon pour les affaires, si je viens.

— Tu veux rire ? Il est devenu dingue, quand il a appris qu'on t'avait arrêtée.

Jason se méprenait parfois sur la nature de mon talent : il s'étonnait que je ne sois pas au courant de ce qui s'était passé durant mon absence.

— C'est vrai ?

— Ben oui ! Dimanche, il s'est précipité au poste pour hurler sur Andy et Alcee. Et il a dû appeler la prison au moins un million de fois pour savoir comment tu allais. En plus, il s'est renseigné auprès de la juge pour savoir qui était le meilleur pénaliste de la région. Au fait, Holly a repris tes services pendant tes absences, rien que pour avoir un peu plus de cash en prévision du mariage. Elle te fait dire de ne pas t'inquiéter, elle n'a pas l'intention de reprendre sa place.

En arrivant sur Hummingbird Road, j'ai compris que j'étais réellement libre. Je n'étais pas certaine de me remettre un jour de l'humiliation accablante de l'arrestation et de mon court séjour derrière les barreaux. Sans doute que lorsque j'aurais récupéré un peu, je me rendrais compte que j'avais appris une leçon que Dieu m'avait envoyée.

Pendant quelques instants, j'ai repensé au Christ, qu'on avait traîné dans les rues et bombardé de détritus avant de le juger en place publique. Et de le crucifier.

183

Je ne me comparais pas à lui, loin de là, mais il m'est venu à l'idée que moi, j'avais fait les choses à l'envers : j'avais failli me faire crucifier avant d'être arrêtée. Nous avions quelque chose en commun, Jésus et moi ! J'ai rejeté cette pensée loin de moi en toute hâte. Non seulement elle tenait de l'exagération pure et simple, mais en plus, elle avait quelque chose de blasphématoire.

J'ai décidé de me concentrer plutôt sur ma liberté retrouvée.

Première priorité : une bonne douche. Je voulais à tout prix me débarrasser de l'odeur de la prison, d'autant que je ne m'étais pas lavée depuis samedi matin. Si j'étais repartie en cellule, j'aurais pu me doucher avec les autres détenues, miam !

Jason était resté silencieux durant le trajet, mais son cerveau n'était pas resté inactif. Il était content que Michele ait bien réagi à mon arrestation. Si elle m'avait crue coupable, la situation n'aurait pas été simple à gérer, et il aurait peut-être même fallu retarder le mariage. Jason tenait vraiment à se marier.

— Dis à Michele de venir voir ma tenue de demoiselle d'honneur quand elle veut, lui ai-je dit lorsqu'il s'est garé derrière chez moi.

Il m'a regardée sans comprendre.

— Celle que j'ai achetée pour aller à ton mariage, ai-je précisé. Je l'appelle un peu plus tard.

Il avait l'habitude que je me branche sur ses pensées.

— D'accord, Sook. Repose-toi aujourd'hui. J'ai toujours cru que tu étais innocente. Et en plus, elle méritait bien ce qui lui est tombé dessus.

— Merci, Jason.

J'étais vraiment touchée – et naturellement, je savais qu'il était sincère.

— Appelle-moi si tu as besoin de moi !

Puis il est reparti travailler. J'étais tellement heureuse de mettre ma clé dans la serrure et de me retrouver enfin chez moi que j'ai failli m'effondrer en larmes. Après la promiscuité abominable que j'avais endurée, je goûtais à la solitude avec délices.

Mon répondeur clignotait furieusement, et j'étais certaine que j'avais reçu des mails. Mais la douche venait en premier.

Tandis que je m'épongeais les cheveux avec une serviette, j'ai regardé le paysage qui miroitait dans l'air brûlant. Tout semblait de nouveau poussiéreux, mais grâce à la pluie récente je ne serais pas obligée d'arroser tout de suite. Après mon séjour en cellule, j'avais très envie de me retrouver dans mon jardin, que je trouvais encore plus beau que jamais auparavant. La végétation luxuriante avait pris encore plus d'ampleur pendant mon absence.

J'avais besoin de me sentir séduisante et je me suis maquillée. J'ai badigeonné mes jambes fraîchement rasées de lotion hydratante et je me suis aspergée de quelques gouttes de parfum. Voilà qui était mieux. À chaque seconde qui passait, je récupérais mon identité un peu plus : Sookie Stackhouse, télépathe et copropriétaire d'un bar, prenait le dessus, tandis que Sookie la Taularde disparaissait.

Ensuite, j'ai appuyé sur le bouton de mon répondeur et j'ai écouté les messages de toutes les personnes qui croyaient qu'on n'aurait jamais dû m'arrêter : Maxine, India, la mère de JB du Rone, le pasteur Jimmy Fullenwilder, Calvin, Bethany Zanelli – notre coach de softball au secondaire – et au moins sept autres. J'étais touchée qu'ils se soient donné la peine d'exprimer leurs encouragements ; pourtant, j'aurais bien pu ne jamais les entendre. Je me demandais si je devais leur envoyer un mot de remerciements. Ma grand-mère, elle, l'aurait fait.

Puis j'ai entendu la voix de Kennedy qui m'informait que Sam avait dit que je ne devais pas venir travailler aujourd'hui et que je devais me reposer. Le voyant du compteur indiquait qu'il me restait encore un message. C'était une voix d'homme étrangère.

— Vous n'aviez pas le droit de me retirer ma dernière chance. Vous allez me le payer, je vous le promets.

Le numéro ne me disait rien. Étais-je choquée par la malveillance qui perçait dans la voix ? Oui. En revanche, je n'étais pas surprise. Je sais comment sont les gens. J'entends leurs pensées chaque jour. Je ne pouvais pas lire dans le cerveau d'une personne qui m'avait laissée quelques mots sur une machine, mais je reconnaissais parfaitement la détermination absolue qui animait mon interlocuteur anonyme.

À mon tour de passer un appel.

— Andy, il faut que tu viennes chez moi écouter quelque chose. Tu n'as peut-être pas envie, mais si je suis en danger, tu es obligé de me protéger, n'est-ce pas ? Je n'ai pas perdu ça, quand on m'a arrêtée ?

— Sookie, a fait Andy avec un soupir épuisé. J'arrive.

— Et rends-moi un service, tu veux bien ? Ça va te sembler bizarre, et je sais que tu n'auras pas envie de le faire, mais il faut que tu demandes à Alcee de faire le ménage dans sa voiture.

Un fragment de souvenir m'était revenu alors que je m'ennuyais tant en cellule : la voiture d'Alcee, garée à la lisière du bois. Le mouvement furtif que j'avais repéré du coin de l'œil. Le fait qu'Alcee se soit si frénétiquement acharné à me faire arrêter et accuser. *Comme s'il était ensorcelé*, m'étais-je dit.

J'en étais désormais certaine.

10

Je suis allée au *Merlotte* dès le lendemain matin. D'un côté, c'était une action tellement normale que mes préparatifs me semblaient tout à fait anodins. De l'autre, étant donné que j'avais passé mon temps en cellule à me dire que je n'y mettrais peut-être plus jamais les pieds, je me sentais très angoissée à l'idée de me montrer en public, surtout après une accusation aussi monstrueuse.

Andy Bellefleur avait écouté le message de menace sur mon répondeur et emporté la petite cassette avec lui – je regrettais de ne pas avoir été assez maligne pour en faire une copie. Je n'avais pas eu besoin de lui demander s'il avait transmis mon conseil à Alcee. Ses pensées m'avaient révélé qu'il ne l'avait pas fait. Il était déjà en mauvais termes avec lui car il avait insisté sur le fait qu'on ne devait pas m'arrêter, tandis qu'Alcee fonçait tête baissée pour obtenir le contraire. Je devrais donc m'en charger moi-même.

Après ce que Jason m'avait raconté sur le comportement de Sam à l'annonce de mon arrestation, j'avais imaginé qu'il me réserverait un accueil enthousiaste. Et d'ailleurs, j'étais un peu étonnée qu'il ne m'ait pas appelée la veille au soir. En l'apercevant derrière son comptoir, j'ai eu un grand sourire et je me suis dirigée vers lui pour le serrer dans mes bras.

Il m'a dévisagée longuement et j'ai perçu des vagues d'émotions contradictoires. Son visage s'est éclairé un instant comme s'il était animé de feux d'artifice, avant de se fermer brutalement. Il m'a tourné le dos et s'est mis à essuyer un verre avec frénésie. Il le serrait si fort entre ses doigts que c'était un miracle qu'il ne se brise pas.

L'incompréhension la plus complète m'est tombée dessus. Son attitude me blessait profondément. Je pouvais détecter qu'il ne m'en voulait pas. Malgré tout, il était très en colère, pour une raison que j'ignorais. Tout le reste du personnel m'a accueillie à bras ouverts et au moins six clients sont venus vers moi. Mais Sam a continué à m'éviter comme la peste.

— La prison, ce n'est pas contagieux, lui ai-je fait remarquer avec sarcasme après quelques allers-retours entre le passe-plats et la salle.

Il s'était détourné pour examiner la liste des numéros de téléphone d'urgence comme si elle comportait de nouvelles informations et qu'il devait à tout prix les mémoriser dans les cinq prochaines minutes.

— Je... je sais, a-t-il répondu comme s'il avait voulu dire autre chose. C'est bien, que tu sois là.

An' Norr est arrivée pour prendre un pichet de bière, interrompant ainsi notre conversation. « Conversation » étant un bien grand mot. Je suis retournée à mes tables en fulminant. Je mourais d'envie de savoir ce que pensait Sam, et ce n'était pas la première fois. Mais Sam était un métamorphe et je ne percevais que son humeur morose et exaspérée.

Nous étions donc tous les deux dans le même cas.

En revanche, si nos clients se sentaient effrayés d'être servis par une femme qu'on avait accusée de meurtre, ils ne le montraient pas. Il faut dire qu'ils avaient l'habitude de Kennedy : elle avait purgé une peine en prison pour avoir tué son ex-petit ami, qui la maltraitait brutalement.

Décidément, Sam semblait se spécialiser dans la réinsertion sociale...

Je ne sais pourquoi, mais le fait de penser à Kennedy m'a rassérénée. D'autant plus qu'elle avait fait partie de ceux qui avaient eu la gentillesse de venir au tribunal, la veille. Quelques heures plus tard, elle a fait son entrée, accompagnée de son homme, Danny Prideaux. Comme toujours, elle donnait l'impression qu'elle venait tout juste d'arriver pour s'enregistrer à un concours de beauté : tirée à quatre épingles de la tête aux pieds et mise en valeur par un haut turquoise et chocolat, assorti d'un short marron et de jolies sandales bleu-vert qui lui donnaient quelques centimètres supplémentaires. Jamais je ne m'en lasserais...

Après avoir marqué une pause pour qu'on remarque sa présence (une habitude inconsciente), elle a traversé la salle en quelques pas pour m'enserrer dans ses bras avec férocité. C'était une première. Apparemment, nous étions désormais comme sœurs. Ce qui ne me mettait pas vraiment à l'aise, mais il aurait été mal venu que je me dérobe. Je lui ai donc retourné son geste affectueux en la remerciant pour sa sollicitude.

Kennedy et Danny étaient venus prendre un verre avant que Danny s'en aille pour son deuxième job, chez Bill. Danny m'a expliqué qu'il voyait Bill un soir sur deux pour prendre ses ordres et faire son rapport. Aujourd'hui, il allait accueillir des ouvriers.

— Alors il te fait travailler dur ?

Je me demandais de quelle façon Bill pouvait bien occuper Danny à ce point.

— Oh, ça peut aller, a dit Danny, les yeux rivés sur Kennedy. Je ne travaillais pas au magasin aujourd'hui, alors je vais voir les gars de la sécurité pour leur

189

montrer où Bill veut faire mettre les capteurs. Après, je n'ai plus qu'à attendre pendant qu'ils s'en occupent.

J'ai trouvé étrange que Bill se fasse installer un système d'alarme, équipement qui me semblait plus approprié pour des êtres humains que pour des vampires. Et d'ailleurs, dès que la banque aurait dédouané le chèque de Claudine, je me pencherais certainement sur la question – chez moi en tout cas, elle se posait sérieusement.

Puis Kennedy nous a détaillé une séance d'épilation du maillot qu'elle s'était offerte à Shreveport, et la vie professionnelle de Danny a été supplantée par ce sujet fascinant. Plus tard, je me suis retrouvée à me demander si Bill avait eu une raison particulière de prendre de telles précautions. C'était lui mon voisin le plus proche. Je ne devais pas oublier que les autres aussi pouvaient avoir des problèmes. Aurait-on tenté de pénétrer chez lui ?

Par ailleurs, c'était un immense soulagement de penser enfin à autre chose que mon bref épisode carcéral et ma rupture.

— Et qu'est-ce qu'il dit, ton vampire, au sujet de cette accusation de meurtre ? a demandé soudain Kennedy.

Elle tombait à pic.

— Apparemment, c'est lui qui a payé ma caution. Mais je crois que c'était en souvenir du bon vieux temps.

Et je l'ai regardée droit dans les yeux. Le message était clair.

Après un instant, elle a compris tout en absorbant la profondeur de ma douleur et s'est exclamée.

J'ai haussé les épaules en silence. Et j'ai entendu Kennedy se demander si j'allais me remettre avec Bill Compton, maintenant que j'avais perdu mon second amant vampire.

C'était un cheminement de pensée naturel, chez elle, et j'ai ressenti une bouffée d'affection pour la jeune femme. Je lui ai tapoté la main avant d'aller rejoindre mes clients.

Vers 19 heures, la fatigue m'est tombée dessus. J'avais fait le premier service, poursuivant sur le second, et nous étions mardi : il ne restait plus énormément de clients. Je suis allée derrière le comptoir pour parler avec Sam, qui s'agitait de manière tout à fait inhabituelle.

— Je vais y aller, Sam, parce que je ne tiens plus debout. Ça te va ?

Toute sa posture m'indiquait à quel point il était tendu. Mais ce n'était pas à moi qu'il en voulait.

— Je ne sais pas qui t'a mis dans un tel état, mais à moi, tu peux le dire.

Et je l'ai regardé droit dans les yeux.

— Sook, je... a-t-il commencé avant de s'interrompre, puis de reprendre. Tu sais que je suis là si tu as besoin de moi, Sook. Je te soutiens et je surveille tes arrières.

— Eh bien, j'ai eu un message vraiment flippant sur mon répondeur. Ça m'a vraiment flanqué la frousse.

J'ai fait la grimace pour lui montrer que je n'aimais pas me montrer si craintive.

— Je n'ai pas reconnu le numéro, ai-je poursuivi, et Andy a dit qu'il allait voir ça. Alors avec tout ce qui m'arrive, ça me fait vraiment du bien que tu dises ça. C'est vraiment important pour moi. Tu as toujours été là pour moi.

— Non. Pas toujours. Mais maintenant, oui.

— D'accord...

Il avait quelque chose sur le cœur mais s'obstinait à rester fermé comme une huître.

— Rentre donc chez toi et repose-toi, m'a-t-il conseillé en posant la main sur mon épaule.

J'ai réussi à rassembler mes forces pour lui offrir un sourire.

— Merci, Sam.

Il faisait encore affreusement chaud quand j'ai quitté le *Merlotte*, et je suis restée cinq bonnes minutes avec les portières ouvertes avant de pouvoir grimper dans ma voiture. Je dégoulinais de sueur, sensation ô combien désagréable, et j'attendais avec impatience de pouvoir me changer dès que je serais rentrée. Tandis que je patientais, j'ai cru apercevoir un mouvement du coin de l'œil, dans les arbres.

Au début, j'ai cru que c'était la lumière du soleil qui se reflétait sur le chrome de ma voiture, mais ensuite, j'ai eu la certitude que j'avais bien vu quelqu'un dans les bois.

Personne n'avait de raison légitime de se trouver là-bas. Derrière le *Merlotte*, sur l'autre rue, se trouvait la petite église catholique ainsi que trois entreprises : une boutique de cadeaux, une banque et une compagnie d'assurances. Aucun de leurs clients n'aurait eu l'idée d'aller se tapir à la lisière des bois, surtout un soir de semaine et par cette chaleur. Pendant une quinzaine de secondes, j'ai hésité sur la conduite à tenir : battre en retraite dans le bar, monter en voiture comme si je n'avais rien vu, ou me précipiter dans les bois pour me ruer sur la personne qui me guettait ? Malgré toute ma colère contenue, je n'avais pas suffisamment d'énergie pour l'alternative précipitation. Je ne voulais rien demander à Sam, qui en avait déjà tant fait et se comportait si bizarrement.

Je me suis donc décidée pour l'option deux, en y ajoutant toutefois un élément : j'ai appelé Kenya. Elle a répondu tout de suite, ce qui m'a rassurée sur son opinion de moi car elle connaissait mon numéro.

— Kenya, je quitte le *Merlotte*, là, mais il y a quelqu'un derrière, qui rôde dans les arbres. Je ne sais absolument pas ce qu'on peut vouloir faire là-bas, parce qu'il n'y a rien, à part le mobile home de Sam. Mais je ne veux pas m'en occuper toute seule.

— Excellente idée, Sookie, a-t-elle rétorqué avec un certain cynisme. Vu que tu n'es pas armée, et que tu n'es pas flic – au fait, c'est bien vrai, que tu n'es pas armée ?

Dans notre coin, beaucoup détiennent une arme à feu et presque tout le monde conserve ce qu'on appelle une carabine à bestioles, car on ne sait jamais : un raton laveur enragé peut s'aventurer sur votre territoire n'importe quand. Pour ma part, j'avais mon Benelli et la vieille carabine à bestioles de mon père. Ce qui fait que la question de Kenya n'était pas si insensée.

— Je ne porte pas d'arme sur moi, ai-je précisé.

— Bon, on va venir voir ça. Tu as eu raison de nous appeler.

C'était agréable à entendre : un officier de police pensait que j'avais fait quelque chose de bien.

J'ai pris mon courrier au passage avant de remonter le chemin. Je ne pensais à rien de particulier. J'étais toujours excitée à l'idée de manger ma propre nourriture, après les mixtures infâmes qu'on nous avait servies en prison. J'étais consciente que la commune n'avait pas grand-chose comme budget pour nourrir les détenus, mais tout de même.

Malgré mon enthousiasme, j'ai examiné les alentours avec attention avant de descendre de voiture, clés en main. Je savais d'expérience qu'il valait mieux se montrer prudent et ridicule que de se faire assommer, kidnapper, ou d'autres choses encore, selon ce que l'ennemi du jour pouvait avoir en tête.

À toute vitesse, j'ai monté les escaliers, traversé la véranda et déverrouillé la porte de derrière.

Avec une certaine appréhension, j'ai gagné mon séjour et appuyé sur le bouton du répondeur. La voix d'Andy Bellefleur s'est élevée dans le silence.

— Sookie, on a repéré l'appel. Il a été passé d'une maison de La Nouvelle-Orléans, dont le propriétaire s'appelle Leslie Gelbman. Ça te dit quelque chose ?

Je l'ai rappelé immédiatement.

— J'ai des connaissances, là-bas, mais ce nom m'est totalement étranger.

Et dans mon entourage, personne ne m'aurait passé un tel appel.

— La maison Gelbman est en vente. Quelqu'un y est entré par effraction. Le téléphone était toujours connecté et c'est comme ça qu'on s'y est pris pour t'appeler. Je suis désolé qu'on n'ait pas retrouvé le coupable. Tu as une idée, sur ce qui a pu motiver l'incident ?

Sa sincérité évidente me réchauffait le cœur. Mon opinion sur lui vacillait constamment et, à mon avis, c'était réciproque.

— Merci, Andy. Non, j'ai beau réfléchir, mais rien de ce que j'ai pu faire ne correspond à ce message. Tu as donné le mien à Alcee ? ai-je ajouté après une pause.

— Ah, euh... Non, Sookie. Alcee et moi, on n'est pas en très bons termes. Il est toujours...

Andy s'est tu et j'ai compris. Alcee Beck était toujours persuadé que j'étais coupable et furieux qu'on m'ait relâchée. Était-ce lui que j'avais aperçu dans les bois derrière le *Merlotte* ? Jusqu'où son ressentiment pouvait-il le pousser ?

— Ne t'inquiète pas, Andy, je comprends. Et merci d'avoir vérifié, pour l'appel. Dis bonjour à Halleigh de ma part.

Après avoir raccroché, je me suis demandé à qui je pouvais m'adresser pour m'aider à gérer cette situation désagréable. Jason n'avait pas eu de réponse, lorsqu'il avait appelé Maître Cataliades. J'ai ressorti mon carnet d'adresses pour retrouver le numéro de l'avocat mi-démon, et je l'ai composé.

— Oui ? a fait une petite voix.

— Diantha, c'est Sookie.

— Oh ! Qu'estcequit'estsarrivé ?

Diantha parlait toujours à toute vitesse, les mots à peine distincts les uns des autres.

— Comment tu sais qu'il s'est passé quelque chose ? Essaie de me parler plus lentement.

Elle a repris en s'efforçant d'énoncer clairement ses paroles.

— Tonton fait ses valises pour venir te voir. Il a appris des choses qui l'ont rendu tout inquiet. Il a ressenti un pincement de peur. D'habitude, ça ne trompe pas, quand tonton a un pincement. Et il dit qu'il a de sérieuses raisons professionnelles pour te parler. Il serait bien venu plus tôt mais il a dû rencontrer des personnes qui sont plutôt insaisissables. C'estçaquetuvoulais ? a-t-elle conclu en relâchant sa respiration.

J'étais assez tentée d'éclater de rire mais je me suis abstenue car je ne voulais pas la vexer.

— Son pincement ne l'a pas trompé : on m'a arrêtée pour meurtre.

— Lemeurtred'unerousse ?

— Ouaip. Comment tu as su ? Encore un pincement ?

— Tacopinesorcièreaappelé.

J'ai décomposé la phrase pour la comprendre.

— Amelia Broadway.

— Elleaeuunevision.

Waouh. Amelia devenait de plus en plus puissante.

— Monsieur Cataliades est là ? ai-je alors demandé à Diantha.

Après un silence, une voix agréable s'est fait entendre.

— Mademoiselle Stackhouse. Qu'il est plaisant de vous entendre, malgré les circonstances. Je pars pour chez vous d'ici peu. Avez-vous besoin de mes services en tant qu'avocat ?

— Je suis en liberté sous caution, pour l'instant. J'étais assez pressée, alors j'ai appelé Beth Osiecki, avocate à Bon Temps, lui ai-je expliqué avec un ton d'excuse. J'ai bien pensé à vous, mais je n'ai pas eu assez de temps. J'espère que vous accepterez de vous joindre à elle ?

Maître Cataliades avait nécessairement plus d'expérience que Beth Osiecki, qui n'avait jamais plaidé dans une affaire criminelle.

— Je la verrai lorsque je serai à Bon Temps. Si vous souhaitez que je vous rapporte quoi que ce soit de La

Nouvelle-Orléans, comme des beignets ou autre chose, n'hésitez pas à me le demander.

— Diantha me dit que vous alliez faire le voyage de toute façon ? ai-je demandé en hésitant, redoutant l'explication. Naturellement, je suis très contente que vous veniez me voir, et vous pouvez séjourner chez moi, mais il faudra que je travaille, une partie du temps.

Car, associée ou non, je ne voulais plus m'absenter du *Merlotte*. De plus, je préférais travailler plutôt que réfléchir. J'avais eu largement le temps de réfléchir après avoir ressuscité Sam, et ça n'avait rien apporté de bon.

— J'entends parfaitement, m'a répondu l'avocat. Je crois important que nous séjournions chez vous.

— Nous ? Diantha vous accompagne ?

— Très probablement. Ainsi que votre amie Amelia et peut-être même son jeune homme. D'après Amelia, vous avez grandement besoin d'aide. Son père l'a appelée, car il avait vu un article à votre sujet, dans le journal.

Je ne croyais pas un seul instant à cette sollicitude apparente : je n'avais rencontré Copley Carmichael qu'à une seule occasion, et par ailleurs il entretenait des relations très houleuses avec sa fille.

— Comme c'est gentil, me suis-je exclamée en m'efforçant de paraître sincère. Au fait, Maître, connaissez-vous quelqu'un du nom de Leslie Gelbman ?

— Non. Pourquoi ?

Je lui ai raconté tout l'incident de l'appel, sans oublier ce qu'Andy avait découvert.

— Intéressant et troublant. Je passerai devant cette maison avant notre départ.

— Quand pensez-vous arriver ?

— Demain matin. D'ici là, je vous recommande la prudence la plus extrême.

— Je ferai mon possible, l'ai-je rassuré avant de raccrocher.

196

Le temps que je dîne d'une salade et que je me douche, le soleil s'était couché. J'étais vêtue d'une seule serviette drapée sur la tête, lorsque le téléphone a sonné. J'ai pris l'appel dans ma chambre.

— Sookie, a fait la voix fraîche et apaisante de Bill. Comment te portes-tu ce soir ?

— Impeccable, merci. Mais je n'en peux plus, je suis vraiment fatiguée.

L'allusion manquait de subtilité. Allait-il prendre la perche ?

— Cela te gênerait-il énormément si je passais chez toi juste pour un instant ? J'ai un visiteur avec moi. Tu l'as déjà rencontré, c'est un écrivain.

— Ah, c'est celui qui est venu ici avec les parents de Kym Rowe, c'est ça ? Harp quelque chose ?

Ce n'était pas un bon souvenir.

— Harp Powell. Il écrit un livre sur la vie de Kym.

Biographie d'une métamorphe de sang-mêlé : la courte vie d'une jeune stripteaseuse. Mais comment Harp Powell pouvait-il transformer la brève et déprimante histoire de Kym Rowe en or littéraire ? Quant à Bill, il avait une haute opinion de tout écrivain, même d'un vulgaire scribouillard tel que Harp Powell.

Bill a insisté d'une voix douce.

— Cela ne prendrait que quelques minutes, tu veux bien ? Je sais que ces derniers jours ont été éprouvants.

C'était certainement Danny Prideaux qui lui avait raconté les derniers rebondissements.

— Bon, d'accord. Donne-moi dix minutes, et ensuite vous pouvez venir pour un petit moment.

Lorsque mon arrière-grand-père Niall avait quitté l'univers des humains, il avait insufflé de la magie en énormes quantités dans ma terre. Pourtant, j'aurais échangé chacune des plantes pour un sort de protection efficace, rien qu'un. Trop tard pour me désoler ! Niall avait ramené mon affreux cousin Claude avec lui en Faérie, afin de le punir – il avait comploté une rébellion et tenté de me voler. À sa place, il m'avait laissé toutes les tomates. La dernière personne qui avait posé des boucliers sur ma maison, c'était l'elfe Bellenos. Ce dernier, qui n'avait que dédain pour les sorts des autres, était fier de ses propres aptitudes, mais je ne lui faisais pas vraiment confiance. De toute façon, je préfère largement être armée d'un fusil plutôt que de magie – je suis américaine. Mon Benelli était rangé dans le placard à manteaux à côté de la porte d'entrée, et la carabine à bestioles de mon père, dans la cuisine. Nous venions tout juste de la retrouver : lorsque Michele et Jason avaient vidé tous les placards de Jason pour préparer l'emménagement de Michele, ils avaient découvert une foule de choses oubliées, dont la robe de mariée de ma mère.

J'ai aperçu la robe en question au fond de mon armoire tandis que je cherchais quelque chose à porter pour mes visiteurs importuns. Chaque fois que je posais les yeux sur les froufrous, j'étais frappée de nouveau par les différences criantes qui avaient existé entre ma mère et moi. Mais je regrettais toujours aussi profondément de ne pas l'avoir connue en tant qu'adulte.

Je me suis secouée, sortant un tee-shirt et un jean. Je ne me suis pas donné la peine de me maquiller, et lorsque je suis allée ouvrir, mes cheveux étaient encore humides. Bill m'avait déjà vue en toute intimité et je me moquais éperdument de ce que Harp Powell pouvait bien penser de moi.

Le reporter a failli trébucher dans sa hâte à pénétrer chez moi. Il semblait très agité.

— Vous avez vu ça ?

— Vu quoi ? Au fait, bonjour. « Merci, mademoiselle Stackhouse, de m'avoir invitée chez vous à la fin d'une longue et traumatisante journée. »

Mon sarcasme, qui n'avait pourtant rien de subtil, lui a échappé entièrement.

— Nous nous sommes fait arrêter dans les bois par une femme vampire ! s'est-il exclamé avec animation. Elle était d'une beauté ! Et elle voulait savoir ce que nous allions faire chez vous, et si nous étions armés ! C'était comme de passer la douane à l'aéroport.

Waouh. D'enfer, même. Karin était postée dans mes bois ! J'avais bien un système de sécurité, finalement, et pas seulement magique. Une patrouille de nuit pour moi toute seule, et assurée par une vampire, avec ça !

— C'est l'amie d'un ami, ai-je précisé avec un sourire, que Bill m'a rendu.

Il avait fière allure, ce soir, vêtu d'un pantalon de ville noir et d'une chemise à carreaux, le tout bien repassé. S'en était-il chargé lui-même ? À mon avis, non. C'était certainement à Danny qu'il avait confié la tâche d'emporter ses vêtements au pressing. En revanche, Harp Powell portait un short en toile et une chemise usée datant d'un autre âge, formant ainsi un contraste saisissant.

Par politesse, j'ai offert à boire à mes visiteurs. Harp a avoué qu'il apprécierait un verre d'eau et Bill a accepté une bouteille de TrueBlood. Étouffant un soupir, j'ai préparé de l'eau et des glaçons pour Harp, tout en réchauffant du sang pour Bill, avant de leur rapporter le tout au salon.

J'aurais dû également leur faire un peu de conversation mais je n'avais plus un mot anodin en stock. Je me suis contentée de rester assise, les jambes croisées et les mains jointes sur un genou, tandis qu'ils savouraient leurs premières gorgées et trouvaient une position plus confortable sur le canapé.

— Je t'ai appelée, dimanche soir, a lancé Bill, ouvrant la route au bavardage. Tu devais être sortie.

— Ah, euh, non. Pas du tout, ai-je répliqué avec un regard appuyé.

Il m'a fixée. Il est champion pour ça.

— Tu sais où j'étais, pourtant, ai-je poursuivi, tentant la discrétion.

— Non, je ne le sais pas.

Et merde. Pourquoi Danny n'était-il pas plus bavard ?

— J'étais en prison. Pour avoir tué Arlene.

Sur leurs visages s'est peinte la surprise la plus totale. On aurait pu croire que je venais de leur montrer mon derrière. C'en était presque drôle. Voyant qu'ils ne m'avaient pas comprise, j'ai reprécisé les choses.

— Mais je ne l'ai pas fait. On m'en accuse, c'est tout.

Avec sa serviette, Harp s'est tamponné la moustache – qui aurait eu bien besoin d'être rafraîchie.

— Très sincèrement, j'adorerais en savoir plus, là-dessus.

Eh oui, il était sincère, jusqu'au bout des ongles.

— Vous n'enseignez plus ?

Après l'avoir rencontré la dernière fois, j'avais fait des recherches à son sujet sur Google. De son côté, Bill m'avait expliqué qu'il était professeur dans l'enseignement supérieur et qu'il avait publié quelques livres chez un éditeur universitaire, des romans historiques de portée régionale. Il avait sorti récemment des mémoires de vampires, replacés dans leur contexte historique.

— Non, j'écris à plein temps, maintenant, m'a-t-il répondu en souriant. J'ai tout laissé tomber.

— On vous a viré.

Ma remarque l'a pris par surprise, mais pas autant que Bill. Ce qui ne m'étonnait pas.

— En effet. Ils ont dit que toute mon énergie passait dans les biographies des vampires, s'est justifié Harp. Mais je crois plutôt que c'est parce que j'ai gagné l'amitié de quelques vampires.

Il essayait de faire appel à mon attirance pour les vampires.

— Le semestre dernier, je donnais des cours du soir en journalisme à Clarice, et j'ai demandé à mes amis

200

morts-vivants de nous rendre visite. Mes collègues se sont plaints à mon supérieur, mais les étudiants, eux, étaient tout à fait fascinés.

— Et quel rapport avec la rédaction d'article ?

— Cela fournit à mes étudiants un contexte plus riche, dans lequel ils peuvent puiser pour écrire. Je leur donne ainsi une vue plus large sur le monde et une palette d'émotions plus étendue.

— Vous êtes accro aux vamp's, ai-je conclu en roulant les yeux à l'intention de Bill. Vous êtes tout simplement un fangbanger littéraire.

Tout était là, dans la tête de Harp : le désir insatiable, la fascination, le plaisir pur qu'il prenait à se trouver avec Bill ce soir même. Même moi, je l'intéressais, tout simplement parce qu'il avait réussi à déduire que j'avais couché avec des vampires. Il avait également l'impression qu'il y avait chez moi quelque chose d'étrange et de surnaturel. Il n'avait pas encore très bien compris de quelle manière j'étais différente, mais il savait que je l'étais. J'ai incliné la tête de côté tout en examinant ses pensées. Lui aussi, il était différent. Une toute petite goutte de sang faé, peut-être ? Ou bien de démon ?

Je me suis penchée pour lui prendre la main et il a ouvert des yeux grands comme des soucoupes tandis que je farfouillais sans gêne sous son crâne. Je n'y ai rien trouvé d'anormalement vulgaire ou salace. J'ai décidé de poursuivre pour faire plaisir à Bill.

— Bon, ai-je conclu en lâchant sa main. Pour quelle raison êtes-vous ici, Monsieur l'écrivain ?

— Qu'est-ce que vous venez de faire ? m'a-t-il interrogé, à la fois excité et méfiant.

— Je viens tout simplement de décider de répondre à vos questions. Alors allez-y. Vous vouliez savoir quoi ?

— Qu'est-il arrivé à Kym Rowe ? Quelle est votre vision des choses ?

Je connaissais la vérité. Et j'avais vu la meurtrière de Kym se faire décapiter.

— Ma vision, c'est que Kym Rowe était une jeune femme malheureuse et pas très à cheval sur les principes. En plus, elle avait des problèmes de finances. D'après ce que j'ai compris, ai-je continué prudemment, quelqu'un a loué ses services pour qu'elle séduise Eric Northman. La même personne l'a assassinée dans le jardin d'Eric. Apparemment, cette personne a tout avoué à la police avant de quitter le pays. La mort de Kym Rowe n'avait aucun sens et je la trouve vraiment triste.

Je ne comprenais vraiment pas ce que Bill pouvait tirer d'une telle association. Il vénérait tant le mot écrit qu'il était devenu aveugle devant les habitudes intrusives et indiscrètes de Harp. Du vivant de Bill, les livres étaient des objets rares et précieux. Ou alors, Bill avait-il besoin d'un ami, au point de choisir Harp ? J'aurais voulu vérifier le cou de ce dernier, pour voir s'il avait des marques de crocs, mais avec son col, c'était impossible. Merde.

— Ça, c'est la version officielle, a réagi Harp en avalant une grande gorgée. Mais il semblerait que vous en sachiez plus.

— Qui vous a dit ça ?

J'ai lancé un regard à Bill, qui a secoué la tête imperceptiblement pour montrer son innocence.

— Si vous pensez que moi, j'ai une histoire différente à vous raconter, vous vous trompez sérieusement.

Il a fait machine arrière.

— Non, non ! Je voudrais juste avoir un autre point de vue, pour affiner l'image que je me fais de sa vie. C'est tout. C'était comment, d'être présente, ce soir-là, à la réception, et de voir Kym pendant ses dernières minutes ?

— C'était immonde, ai-je dit sans réfléchir.

— Parce que votre petit ami, Eric Northman, a bu le sang de Kym Rowe ?

Ben tiens ! Ça, tout le monde le savait. Ce qui ne signifiait pas que j'appréciais le souvenir.

J'ai continué d'un ton égal.

— La soirée n'était pas mon genre. C'est tout. Je suis arrivée en retard, et je n'ai pas aimé ce que j'ai trouvé en entrant.

— Pourquoi pas vous, mademoiselle Stackhouse ? Enfin, pourquoi n'a-t-il pas bu à votre cou ?

— Monsieur Powell, cela ne vous regarde en rien.

Il s'est penché loin en avant, s'efforçant de m'inviter à la confidence.

— Sookie, j'essaie d'écrire la vie de cette pauvre fille. Pour lui rendre honneur, chaque détail compte.

— Monsieur Powell – Harp. Elle est morte. Elle ne saura jamais ce que vous écrivez sur elle. L'honneur, ça ne fait plus partie de ses préoccupations.

— Ce que vous dites, c'est que ce sont les vivants qui comptent, et pas les morts.

— Dans ce cas précis, oui, en effet, c'est ce que je dis.

— Alors il y a bien des secrets que vous connaissez, sur sa mort ! s'est-il exclamé en se rengorgeant.

Si j'avais eu assez d'énergie, j'aurais levé les bras au ciel.

— Je ne sais pas ce que vous essayez de me faire dire. Elle est venue à la soirée, Eric a bu à son cou, elle a quitté la soirée. Et la police me dit que la femme dont ils refusent de publier le nom a avoué qu'elle avait étranglé Kym.

J'ai marqué une pause en repensant aux détails que j'avais gardés en mémoire.

— Elle portait une robe vert et rose, assez criarde, plutôt décolletée, avec des bretelles toutes fines. Et des sandales à talons hauts. Je ne me souviens pas de leur couleur.

Elle n'avait pas porté de dessous, mais c'était là un détail que je n'allais pas évoquer.

— Et vous lui avez parlé ?

— Non.

Du moins, je ne me souvenais pas de lui avoir parlé directement.

— Mais ce comportement, cette histoire de sang, ça vous a vexée. Vous n'avez pas apprécié qu'Eric Northman se nourrisse de Kym.

Et merde ! Tant pis pour la politesse ! Bill avait posé sa bouteille et glissé vers le bord du canapé, manifestement prêt à bondir.

— La police m'a soumise à des interrogatoires extrêmement détaillés. Je ne veux plus jamais, jamais parler de Kym Rowe.

— Et est-il vrai, a-t-il continué comme s'il ne m'avait pas entendue, que même si les flics disent que la meurtrière de Kym a tout avoué au téléphone, elle est peut-être morte, elle aussi ? Vous détestiez Kym Rowe et elle est morte. Vous détestiez Arlene Fowler et elle est morte. Qu'en est-il de Jannalynn Hopper ?

Les yeux de Bill se sont comme illuminés de l'intérieur, semblables à des torches aux flammes brunes. Il a soulevé Harp par le col avant de le traîner dehors au pas de charge – c'en était presque drôle, mais la colère et la peur ne laissaient aucune place à l'humour.

— J'espère bien que c'est fini, entre Bill et les écrivains, ai-je énoncé à voix haute.

J'aurais adoré aller me coucher, mais je savais que Bill allait revenir. Je ne me trompais pas et il a frappé dix minutes plus tard. Seul.

Je l'ai fait entrer et il a posé les yeux sur ma mine exaspérée.

— Je suis profondément désolé, Sookie. Je ne savais rien de tout cela : ni que Harp avait été renvoyé, ni qu'il faisait une fixation sur les vampires, ni que tu avais été arrêtée. Il va falloir que j'aie une petite conversation avec Danny. Il faut absolument qu'il me tienne au courant de ce qui se passe dans les environs. Que puis-je faire pour t'aider ?

— Si tu pouvais découvrir qui a tué Arlene, ça m'aiderait grandement.

Il est tout à fait possible que j'aie laissé percer une pointe de sarcasme dans ma remarque.

— C'était mon écharpe, qu'on a retrouvée autour de son cou, tu comprends.

— Et malgré tout, accusée d'un tel crime, tu es sortie ?

— D'une part, il n'y avait absolument aucune preuve formelle me rattachant au meurtre. Et d'autre part, Eric a envoyé Mustapha pour payer ma caution. Je n'y comprends rien. Nous ne sommes plus mariés, et il part avec Freyda. Pourquoi se soucie-t-il de moi ? Je ne crois pas qu'il me déteste, mais une somme pareille…

— Mais évidemment, qu'il ne te déteste pas, a commenté Bill d'un air distrait, comme si une pensée soudaine venait de le frapper. Je suis en contact avec le *Fangtasia*, et je m'étonne qu'il ne m'ait pas encore convoqué. Je pense qu'il serait judicieux que je rende visite à notre shérif… ne serait-ce que pour savoir à quel moment il nous quitte.

Il est resté immobile, plongé dans ses réflexions, pendant un long moment.

— Qui sera le prochain shérif ? a-t-il alors demandé tout haut, toute sa posture indiquant une tension extrême.

Entre ma rupture et mes démêlés judiciaires, je ne m'étais pas vraiment penchée sur cet aspect des choses…

— Bonne question, ai-je répondu sans grand intérêt. Surtout n'oublie pas de me prévenir quand tu connaîtras la réponse. J'imagine que Felipe nommera quelqu'un de chez lui.

Ce qui pourrait nettement compliquer ma vie. Mais je m'en inquiéterai plus tard, lorsque j'en aurai la force.

— Bonne nuit, mon cœur, m'a souhaité Bill, à ma grande surprise. Je suis content de voir que Karin mérite si bien son salaire. Je ne m'attendais pas à ce qu'Eric la poste chez toi à perpétuité.

— Moi non plus, mais j'apprécie énormément.

— J'ai cru que Harp était un gentleman. Je me suis trompé.

— Ce n'est pas grave.

Lourdes de sommeil, mes paupières se fermaient d'elles-mêmes.

Il m'a embrassée sur les lèvres.

J'ai ouvert les yeux brusquement et il a fait un pas en arrière. Ma respiration s'était bloquée dans ma gorge. Bill avait toujours embrassé comme un dieu. Mais je n'allais rien recommencer avec lui. J'ai reculé aussi, laissant la porte moustiquaire se refermer entre nous.

— Dors bien.

Et Bill s'est éloigné, traversant le jardin à la vitesse de l'éclair pour gagner les bois sans un bruit.

Cependant, il s'est arrêté net à la lisière. Quelqu'un s'était avancé vers lui.

J'ai distingué de loin le flot d'une longue chevelure pâle. Karin et Bill étaient en grande conversation. Pourvu que Harp Powell ne tente pas de revenir interviewer Karin... J'avais connu un homme qui était devenu accro à une femelle vampire. Il avait eu une triste fin.

Puis j'ai bâillé et le reporter a disparu de mon esprit. J'ai vérifié les fermetures de toutes mes portes et chacune de mes fenêtres, et je me suis traînée dans mon lit.

11

Quand je me suis levée, il tombait une pluie torrentielle – *fabuleux ! Pas d'arrosage aujourd'hui !* – et j'étais toujours fatiguée. Je me suis rendu compte que je ne savais pas à quelle heure je prenais mon service, que je n'avais plus d'uniforme propre et que j'étais à court de café. En plus, je me suis cogné un orteil contre la table de la cuisine. Très agaçant, certes, mais mieux que de se faire arrêter pour meurtre ou de se réveiller en cellule.

J'ai décidé de m'épiler les sourcils pendant que les uniformes tournaient dans le sèche-linge. L'un des poils était curieusement clair et je l'ai arraché pour mieux l'examiner. Était-il réellement gris ?

J'ai rajouté une couche de maquillage et, une fois mes nerfs calmés, j'ai appelé mon patron et associé.

— Sam, je ne sais plus quand je dois venir.

— Sookie, m'a-t-il répondu d'un ton des plus étranges. Écoute, reste donc chez toi aujourd'hui. Tu as été formidable hier, mais tu dois te reposer et prendre soin de toi.

— Mais je veux travailler, ai-je énoncé lentement, réfléchissant à toute vitesse pour essayer de comprendre ce qui arrivait à mon ami.

— Sook... aujourd'hui – non, ne viens pas.

Et il a raccroché.

Je me suis demandé si le monde entier devenait fou ou si c'était moi qui perdais l'esprit. Je restais là, mon téléphone à la main, avec un air probablement crétin à souhait (mais personne n'était là pour le voir, c'était donc pardonnable), lorsqu'il s'est mis à vibrer. J'ai lâché un cri et failli le jeter de l'autre côté de la pièce. Puis je me suis ressaisie et l'ai portée à mon oreille. C'était Amelia Broadway.

— On sera là d'ici à une heure environ. C'est Monsieur C, qui m'a demandé de te prévenir. On a déjà pris notre petit-déjeuner, alors ne t'inquiète pas de ça.

J'avais complètement oublié que mes amis de La Nouvelle-Orléans arrivaient ce matin – ce qui montre bien que je n'étais pas dans mon état normal.

— Vous êtes combien, finalement ?

— Moi, Bob, Diantha, Monsieur C et une vieille connaissance. Tu verras, ce sera une sacrée surprise !

Sur ce, elle a coupé.

Je déteste les surprises. Mais au moins, j'avais quelque chose à faire. Au premier, le lit de l'ancienne chambre de Claude était déjà refait de neuf. Dans l'ancien grenier, qui était désormais une grande chambre vide avec une armoire énorme, j'ai mis le matelas gonflable que j'avais acheté pour Dermot. Puis, dans le petit salon, j'ai installé le lit d'appoint qu'avait utilisé Dermot avant d'avoir le matelas. Après avoir terminé les préparatifs de l'étage, je me suis assurée que la salle de bains du couloir en bas était toujours propre, puis que la chambre d'amis en face de la mienne était prête et la cuisine impeccable. Et puisque je n'allais pas au travail, je me suis mise « en civil » : short noir à pois blancs et tee-shirt blanc.

Bien. Ah ! Les repas ! Je ne savais pas combien de temps ils allaient rester chez moi et Maître Cataliades avait un coup de fourchette plutôt vigoureux. J'allais devoir y réfléchir d'un peu plus près.

Lorsque j'ai entendu la voiture remonter l'aller, j'avais toujours des sentiments partagés sur l'arrivée de la petite compagnie. Amelia et moi n'étions pas en très bons termes, depuis notre dernière discussion, même si la réconciliation s'amorçait par e-mail. Maître Cataliades avait toujours quelque chose d'intéressant à dire, mais il s'agissait rarement de bonnes nouvelles. Diantha, elle, disposait d'un véritable trésor de talents inattendus. Et je n'oubliais pas l'invité mystère.

Amelia s'est précipitée à l'intérieur la première, son chemisier moucheté de gouttelettes de pluie et son ami Bob sur les talons. Celui-ci détestait particulièrement la pluie et je ne savais pas si c'était inné ou parce qu'il avait passé du temps dans la peau d'un chat.

Diantha est arrivée en dansant, sa silhouette frêle soulignée de vêtements moulants de couleurs vives. Maître Cataliades, vêtu de son habituel costume noir, a monté les marches derrière elle de son pas lourd mais étrangement rapide, pour quelqu'un de sa stature imposante.

Le dernier à entrer, c'était Barry Le Groom, anciennement connu sous le nom de Barry Horowitz.

Plus jeune que moi, Barry était le premier télépathe que j'avais rencontré. Maître Cataliades était son arrière-arrière-grand-père, mais je n'étais pas certaine que Barry en soit conscient.

Tout comme Amelia et moi, Barry et moi étions un peu en froid lorsque nous nous étions séparés la dernière fois, dans un hôtel de Rhodes. Mais nous avions survécu ensemble à une terrible aventure, ce qui avait forgé entre nous un lien indestructible – surtout que nous partagions le même handicap. Aux dernières nouvelles, il travaillait pour Stan, Roi du Texas – ou plutôt pour son lieutenant Joseph Velasquez, très certainement, car Stan avait été gravement blessé lors de l'attentat de Rhodes.

Barry avait pris de la maturité. Il avait complètement perdu sa gaucherie attendrissante. Tout en longueur, il semblait désormais animé d'une certaine… profondeur. Je lui ai tendu une serviette pour se sécher le visage, et il s'est frotté énergiquement.

Comment tu vas ? lui ai-je demandé.

C'est une longue histoire. Plus tard, a-t-il répliqué.

— Comme tu voudras, lui ai-je répondu à voix haute en me détournant pour accueillir mes autres visiteurs.

Le premier contact avec Amelia a été une embrassade timide. Nous pensions toutes les deux à notre dispute, ici même, lorsqu'elle avait dépassé les limites en se mêlant de ma vie privée. J'ai noté qu'elle s'était légèrement arrondie depuis.

— Écoute, voilà, a-t-elle commencé. Il faut que ça sorte. Je te l'ai déjà dit, et je veux te le dire encore une fois. Je te demande pardon. J'avais tellement de succès, en tant que sorcière, que j'ai eu l'impression que je pouvais diriger ta vie. Et j'en suis consciente, je suis allée nettement trop loin. Je ne recommencerai pas. J'essaie de me racheter de tous les côtés. J'ai même tenté de reconstruire une relation avec mon père, même s'il ne tourne pas comme je l'aurais imaginé, et j'apprends à contrôler mes impulsions.

Je l'ai dévisagée avec attention, légèrement troublée par ce que je percevais chez elle. Amelia avait toujours diffusé ses pensées avec une clarté exceptionnelle, et cela n'avait pas changé. De son cerveau émanaient de véritables déferlantes de sincérité. Elle redoutait terriblement que je ne la rejette. Elle n'avait pas pour autant perdu sa haute opinion d'elle-même, ce qui me semblait néanmoins justifié, dans une certaine mesure. Mais il y avait également une vibration supplémentaire.

— Allez, on va essayer de repartir de zéro, l'ai-je rassurée.

Nous avons échangé un sourire incertain, puis je me suis tournée vers son compagnon.

210

— Bob, tu vas bien ?

Bob n'était pas très grand. Si j'avais dû choisir deux expressions pour le décrire, j'aurais choisi « super brun », et « complètement geek ». Néanmoins, à l'instar de Barry, Bob avait changé. Il avait pris du poids, ce qui lui allait très bien, contrairement à sa maigreur coutumière. Je constatais en outre qu'Amelia avait repris sa garde-robe en main, dont ses lunettes, qui lui donnaient un look plus européen et sophistiqué.

— Dis donc, tu es beau comme un prince, ai-je ajouté.

Ses lèvres minces se sont relevées, lui donnant un charme surprenant.

— Merci, Sookie. Tu n'es pas mal non plus, a-t-il ajouté en jetant un œil à ses habits. Amelia a estimé que je devais faire une mise à jour.

Je ne parvenais toujours pas à comprendre comment Bob avait pu pardonner à Amelia de l'avoir transformé en chat alors qu'elle ne connaissait pas le sort inverse. Initialement, d'ailleurs, après son retour à la forme humaine et plein d'horreur pour ce qu'elle lui avait fait, il avait pris ses jambes à son cou pour rechercher ce qui lui restait de famille. Mais il était revenu auprès d'elle.

— Ma chère Sookie, s'est exclamé Desmond Cataliades, et j'ai serré le démon dans mes bras.

C'était un effort pour moi. Mais quand on est amis, ça se fait. Rien qu'à le toucher, je savais qu'il n'était pas humain. Pourtant, avec son apparence joviale, son corps tout rond, son cheveu rare et brun, ses yeux noirs et son visage joufflu, il semblait tout à fait normal. Malgré tout, au toucher, il avait quelque chose de caoutchouteux. Pendant qu'il avait les bras autour de moi, il a pris une profonde inspiration et j'ai dû me contrôler pour ne pas sursauter. Naturellement, il le savait parfaitement. Il dissimulait très habilement le fait qu'il lisait dans les esprits, tout comme moi. C'était lui qui avait fait de moi ce que j'étais. Ainsi que de Barry.

— SalutSookie. Pipitoutdesuite. Salledebains ? m'a
saluée Diantha.

— Bien sûr. Dans le couloir, là-bas.

Et la voilà repartie à toutes jambes, elle aussi trempée
par la pluie.

Pendant quelques instants, tout le monde s'est affairé
alors que je distribuais des serviettes et assignais des
chambres à chacun : Bob et Amelia en bas, Monsieur C
et Diantha dans la chambre de Claude et le petit salon
du premier, et Barry sur le matelas gonflable de l'ancien
grenier. Ma maison bruissait du brouhaha des voix, des
pieds qui montaient et descendaient, des portes qui
s'ouvraient et se fermaient sans discontinuer, bref, de
vie. C'était bon. Claude et Dermot n'avaient pas été les
meilleurs locataires – surtout Claude, le traître. Malgré
tout, les sons de leur présence me manquaient. Et surtout, je regrettais le sourire de Dermot ainsi que sa
bonne volonté et son envie de m'aider. Je venais tout
juste de l'admettre.

— Tu aurais dû nous mettre là-haut et installer l'avocat en bas, a protesté Amelia.

— Oui, mais tu dois te ménager, pour le bébé.

— Hein ?

— Pour le bébé, ai-je répété avec impatience. J'ai cru
que ce serait mieux pour toi, de ne pas monter et descendre les escaliers toute la journée. En plus, c'est
mieux si tu es à côté des toilettes, la nuit. Enfin pour
Tara, c'était comme ça en tout cas.

Après un moment sans réponse de sa part, je me suis
écartée de la cafetière pour constater qu'elle me regardait étrangement, et que Bob en faisait autant.

— Tu es en train de me dire, a énoncé Amelia à mi-
voix, que je suis enceinte ?

Là, j'avais mis les pieds dedans, et j'étais coincée.

— Oui, ai-je acquiescé faiblement. Je perçois ses ondes
cérébrales. Tu as désormais un petit pensionnaire. C'est

la première fois que je perçois un bébé aussi tôt. Je me suis trompée peut-être... Barry ?

Il venait d'entrer et avait entendu la fin de notre échange.

— Bien sûr que tu as raison. Je croyais que tu savais, a-t-il dit à Bob, qui nous regardait, hébété, comme s'il venait de recevoir un coup de pied dans le ventre. Enfin...

Ses yeux allaient de l'un à l'autre.

— J'étais pourtant sûr que vous étiez au courant tous les deux. Vous êtes sorcière et sorcier, OK ? À mon avis, c'est pour ça qu'on sent le bébé aussi rapidement. J'ai cru que vous ne vouliez pas en parler pour l'instant. Je voulais juste me montrer discret...

— Allez viens, Barry. On va les laisser tranquilles, ils ont sûrement des choses à se dire.

Je l'ai pris par la main pour l'entraîner vers la salle de séjour, abandonnant la cuisine aux futurs parents. D'en bas, on entendait la voix de basse de mon parrain qui parlait à sa nièce. Barry et moi étions donc seuls pour l'instant.

— Alors, qu'est-ce que tu deviens ? ai-je demandé à mon confrère télépathe. La dernière fois qu'on s'est vus, tu avais l'air de m'en vouloir. Mais finalement, te voilà.

Il a pris l'air triste et un peu gêné.

— Je suis retourné au Texas. Stan a mis très longtemps à se remettre, alors j'étais sous les ordres de Joseph Velasquez. Il avait du mal à contrôler la situation. Il menaçait tout le monde de ce qui se passerait quand Stan serait de retour en pleine forme. Comme une maman qui prévient ses enfants que leur père va revenir et leur mettre une fessée. Pour finir, un vamp' du nom de Brady Burke s'est glissé dans la crypte de guérison – ne me demande pas comment – et a poignardé Stan avec un pieu. Les partisans de Brady ont attaqué Joseph aussi, mais il les a vaincus. Il les a tous exposés au soleil, puis il a massacré les copains humains de Brady.

— Joseph a estimé que tu aurais dû l'avertir.

Barry a hoché la tête.

— Ouais. Et il avait raison. Je savais que quelque chose se tramait, mais je ne savais pas quoi exactement. J'étais copain avec une fille, Erica, l'une des donneuses de Brady.

— Copains ?

— OK, je couchais avec Erica. Joseph en a déduit que j'aurais dû être au courant.

— Et ?

Il a soupiré et détourné le regard.

— Oui, je me doutais qu'ils préparaient un truc, mais comme je ne savais pas exactement quoi, je n'en ai pas parlé à Joseph. J'étais certain qu'il se précipiterait sur Erica pour l'obliger à parler. J'étais loin de penser qu'il s'agissait d'un changement de régime – ou alors je ne voulais pas y croire.

— Qu'est-ce qui lui est arrivé, à Erica, finalement ?

— Elle est morte. Je n'étais même pas encore au courant du coup.

Sa voix trahissait toute la profondeur du mépris qu'il avait pour lui-même.

— Nous avons nos limites, ai-je réagi. Nous ne pouvons pas lire les choses très précisément dans chaque cerveau, à chaque minute. Tu sais très bien que les gens ne pensent pas en phrases. Le genre « Je vais aller à la banque aujourd'hui à 10 heures, et quand j'y serai, je me mettrai dans la file d'attente du guichet de Judy Murello, et ensuite, je vais sortir mon .357 Magnum et je vais braquer la banque », eh bien non, ce n'est pas comme ça que ça se passe.

— Je sais bien.

L'ouragan sous son crâne s'est apaisé très légèrement.

214

— Mais Joseph s'est mis dans la tête que si je ne lui ai pas dit, c'était à cause de ma relation avec Erica. Maître Cataliades est arrivé, il sortait de nulle part, je ne sais pas pourquoi. Et je me suis retrouvé à partir avec lui. Je ne sais pas pourquoi il m'a sauvé. Joseph a très clairement fait savoir que je ne travaillerais plus jamais pour des vampires – il prévient toute la communauté.

Manifestement, Monsieur C n'avait toujours rien dit à Barry de leur parenté.

— Tu crois qu'Erica était au courant, pour le plan de Brady ?

— Eh oui, a confirmé Barry, d'un ton triste et las. Je suis certain qu'elle en savait assez pour me prévenir, mais elle ne l'a pas fait. Et moi, je n'ai jamais rien détecté chez elle. À mon avis, elle l'a amèrement regretté, avant de mourir. Mais elle est morte de toute façon.

— C'est dur.

Tout à fait insuffisant, mais sincère.

— Dans le genre dur, j'ai appris que ton vampire allait se marier avec quelqu'un d'autre ?

Quel habile changement de sujet…

— Tout Vampireland est au courant, je suppose ?

— Ça, c'est sûr. Freyda est un parti exceptionnel. Depuis qu'elle a fait savoir qu'elle cherchait un consort, ils se marchent tous dessus pour en avoir un morceau. Le pouvoir, la beauté, l'argent et tout le potentiel de l'Oklahoma – les casinos, et les puits de pétrole. Avec le soutien d'un mec comme Eric – parce qu'il déchire, quand même – elle va se tailler un empire.

— Eh ben ce sera super, ai-je conclu avec autant de lassitude et de tristesse qu'il en avait manifesté un peu plus tôt.

Barry semblait très au fait des potins de l'univers des vampires, bien plus que je ne l'avais jamais été. Peut-être que j'avais évolué parmi les vampires et non avec eux véritablement. Qu'Eric n'avait pas tout à fait tort, lorsqu'il m'accusait d'avoir des préjugés contre leur culture. Cependant, il était dans la nature des vampires d'exploiter les humains et j'étais donc soulagée de ne rien avoir dit à Eric au sujet de Hunter, le fils de ma cousine Hadley.

— Ah parce qu'on est trois, maintenant ? a demandé Barry.

Sa question m'a atteinte comme un coup dans l'estomac. J'avais tellement l'habitude d'être la seule télépathe. En un clin d'œil, j'étais sur lui, mon visage tout contre le sien, la main agrippée à son tee-shirt.

— Tu dis un seul mot là-dessus à qui que ce soit, et je te promets que tu auras de la visite franchement pas cool, un de ces soirs.

Chaque parcelle de mon être était tendue par cette volonté. Mon petit cousin resterait en sécurité, même si c'était moi qui devais jouer les visiteurs pas cool. Il n'avait que cinq ans. Pas question de le laisser se faire kidnapper puis manipuler pour devenir l'esclave d'un roi ou d'une reine vampire. Quand on était télépathe, c'était déjà dur d'atteindre l'âge adulte. Mais si le reste du monde se mettait à vous pourchasser pour pouvoir vous exploiter, on dépassait les limites du supportable.

— Eh, arrête ça ! s'est exclamé Barry, furieux. Je suis venu ici pour t'aider, pas pour aggraver les choses. Cataliades est sûrement au courant.

— Tout ce que je te demande, c'est de te taire au sujet de Hunter. Tu sais très bien à quel point c'est important. Pour Maître Cataliades, je n'ai pas peur qu'il en parle à qui que ce soit.

— Bon, d'accord, a répondu Barry tout en se relâchant très légèrement. Tu peux me faire confiance. Je sais à quel point c'est dur, quand on est gosse. Je te jure que je tiendrai ma langue.

Il soufflait fort, pour expulser toute son agitation, et je l'ai imité.

— Tu sais qui j'ai vu, il y a dix jours, à La Nouvelle-Orléans ?

Il parlait à voix si basse que j'ai dû me pencher vers l'avant pour l'entendre, levant mes sourcils pour l'encourager à poursuivre.

Johan Glassport, a-t-il précisé en silence.

J'ai senti un frisson redescendre dans mon dos.

Johan Glassport était avocat. J'ai connu tout un tas d'avocats très bien. Mais lui, c'était un sadique, doublé d'un meurtrier. Évidemment, quand on a pignon sur rue, on s'en tire très bien et c'était son cas. La dernière fois que je l'avais croisé, c'était à Rhodes, lui aussi. D'après ce que j'avais appris, il avait fui au Mexique pour se cacher après l'explosion. On l'avait d'ailleurs aperçu à la télévision, parmi les survivants hébétés, et il avait probablement craint d'être reconnu. À mon avis, il devait y avoir un certain nombre de personnes qui l'avaient en horreur.

Il t'a vu ? lui ai-je demandé.

— Je ne crois pas. *Il était dans un tram et j'étais sur le trottoir.*

— Ce n'est jamais bon, de tomber sur Johan, ai-je marmonné. Je me demande bien pourquoi il est revenu aux États-Unis.

— J'espère qu'on n'aura jamais besoin de le découvrir. Et je vais te dire autre chose. C'était vraiment bizarre. Le cerveau de Glassport était opaque.

— Tu l'as dit à Maître Cataliades ?

Oui. Il n'a pas dit un mot. Mais il a pris l'air sinistre. Encore plus sinistre que d'habitude.

— En effet, je l'ai même rencontré, a coupé Desmond Cataliades en surgissant brusquement comme si souvent. Ces temps-ci, d'ailleurs, La Nouvelle-Orléans regorge de créatures inattendues. Nous y reviendrons.

Glassport m'a déclaré avoir des affaires à régler en Louisiane. Quelqu'un aurait retenu ses services. Ce quelqu'un disposerait de fonds conséquents et souhaiterait conserver l'anonymat. Glassport a même mentionné avoir quitté le pays quelque temps pour recruter pour son compte.

— Et qui donc ?

— En principe, j'aurais dû pouvoir vous le dire. Cependant, comme Barry le faisait remarquer, Glassport s'est procuré un sort de protection quelconque, peut-être d'origine faé. Je n'entends pas ses pensées.

— Je ne savais pas que ça se vendait ! me suis-je exclamée, surprise. Ça doit être très difficile à créer, non ?

— Aucun humain n'en est capable. Seule une poignée d'êtres surnaturels le peut.

Nous échangions des regards atterrés lorsque Amelia est sortie de la cuisine avec Bob, main dans la main.

— Oh, c'est tellement mignon de votre part, mais ce n'est pas la peine de vous inquiéter ! Maintenant qu'on s'est remis de la surprise, Bob et moi, on est heureux comme tout, pour le bébé !

Leur bonheur faisait plaisir à voir. J'aurais pourtant préféré poursuivre la conversation au sujet de l'avocat véreux. Sa présence en Louisiane n'augurait rien de bon.

Déroutée par notre réaction, Amelia nous a lancé un regard hésitant.

— Amelia et Bob attendent un bébé ! ai-je précisé avec un grand sourire à Maître Cataliades, qui, naturellement, le savait déjà.

Très gentiment, il a fait de son mieux pour paraître à la fois surpris et ravi.

— Oui, Monsieur C, je suis enceinte ! On va l'élever ensemble, cet enfant. Attendez un peu que je le dise à mon père – ça va l'énerver à un point, qu'on ne soit pas mariés !

Elle semblait particulièrement enchantée à l'idée d'agacer le personnage en question, qui abusait continuellement de son autorité.

— Amelia, suis-je intervenue en cédant à une impulsion soudaine. Bob n'a pas de vrai père avec qui partager cet enfant. Peut-être que le bébé apprécierait d'avoir un grand-père.

Allait-elle m'insulter ? Interloquée, elle a marqué une pause malgré tout. Après un mouvement de colère initial, son esprit a pris une teinte plus mature et réfléchie.

— Je vais y penser, m'a-t-elle assuré, ce qui me suffisait amplement. Mon père a beaucoup changé ces derniers temps.

J'ai entendu sa pensée silencieuse : *et il y a quelque chose que je ne comprends pas*. À mon tour d'être troublée.

— Ce que vous venez de dire est très intéressant, a fait remarquer mon parrain. Parlons donc des raisons pour lesquelles nous sommes rassemblés ici. J'aurais pu vous en parler pendant notre trajet, mais d'une part, je m'assurais constamment que nous n'étions pas suivis, ce qui occupait toute mon attention, et d'autre part, je ne voulais pas avoir à répéter le tout pour Sookie.

Nous nous sommes donc tous installés dans la salle de séjour. Diantha m'a aidée à préparer et distribuer boissons, biscuits et serviettes en papier – il m'en restait des tonnes après la Baby Shower que j'avais organisée pour Tara. Personne n'a semblé se soucier des motifs de hochets jaunes et verts. En tout état de cause, question décor de serviettes, je n'ai jamais rien vu qui convienne à une réunion au sommet entre démons, sorciers et télépathes.

Maître Cataliades a pris les rênes de l'assemblée.

— Avant de mettre au point notre ligne de conduite quant à la question principale – à savoir l'accusation dont Sookie fait l'objet – nous devons aborder un autre sujet. Miss Amelia, je vais vous demander de limiter la nouvelle de votre grossesse à ce groupe, du moins pour l'instant. Je sais à quel point vous devez brûler de l'annoncer à vos proches, mais je vous prie instamment de ne pas l'évoquer dans vos conversations téléphoniques ou vos textos, insista-t-il en s'efforçant de sourire d'une façon rassurante.

Amelia se sentait pourtant surprise et inquiète, deux émotions qui formaient un mélange insolite dans son visage frais et naïf. Bob, lui, a baissé les yeux. Contrairement à sa compagne, il comprenait parfaitement ce que Maître Cataliades voulait dire.

— Pendant combien de temps ? a demandé la jeune sorcière.

— Juste un jour ou deux. Ce n'est pas si long, je pense, si ?

Maître Cataliades maintenait son sourire bien en place.

— Bon, d'accord, a cédé Amelia après un regard à Bob, qui lui avait donné son accord d'un signe de tête.

— Bien ! Venons-en maintenant au meurtre d'Arlene Fowler, a repris Maître Cataliades, comme s'il venait d'annoncer que les bénéfices avaient fait un bond au cours du dernier trimestre.

L'avocat avait manifestement connaissance d'un grand nombre de détails, sans pour autant nous les communiquer, ce qui me dérangeait. En prononçant le mot « meurtre », néanmoins, il avait attiré toute mon attention.

— Veuillez nous relater tout ce que vous savez de feu Mme Fowler et nous narrer votre rencontre après sa sortie de prison, m'a demandé le démon.

Je me suis exécutée.

12

Il m'a fallu un temps incroyable pour raconter l'épopée Arlene, sans oublier les inquiétudes que m'inspirait Alcee Beck, tandis que Bob, Amelia, Barry, Diantha et Maître Cataliades ponctuaient mon récit de remarques, d'idées et de questions incessantes.

L'attention d'Amelia était monopolisée par les deux hommes mentionnés par Arlene, très certainement les mêmes que ceux que Jane avaient aperçus derrière la maison vide de Tray Dawson. Elle a proposé de leur asséner un sort de vérité pour découvrir ce qu'Arlene leur avait donné. Elle s'est montrée évasive sur la façon dont elle comptait retrouver leur trace, tout en nous assurant qu'elle avait quelques idées là-dessus. Malgré ses efforts pour paraître détachée, elle tremblait presque d'enthousiasme.

Bob, lui, aurait voulu contacter une voyante qu'il connaissait à La Nouvelle-Orléans et demander à la police de lui permettre de toucher l'écharpe. Je lui ai dit qu'il n'en était pas question.

Barry estimait que le mieux serait de parler aux gamins d'Arlene ainsi qu'à Brock et Chessie Johnson, pour découvrir si Arlene avait évoqué ses intentions.

Pour Diantha, nous devions dérober l'écharpe, ce qui éliminerait ainsi toute preuve contre moi. Je dois avouer que cette alternative me tentait. Je savais que je n'étais pas coupable. Et je savais que la police ne cherchait pas dans la bonne direction. Naturellement, je souhaitais que le meurtrier d'Arlene soit retrouvé mais, plus que tout, ce que je voulais, c'était ne plus jamais retourner en prison. Jamais. De toute ma vie.

Diantha suggérait également de fouiller la voiture d'Alcee.

— S'il y a un objet magique, je le reconnaîtrai tout de suite.

C'était une évidence. Le problème, c'était qu'une jeune femme blanche filiforme et bizarrement vêtue, occupée à fureter dans le véhicule d'un officier de policer afro-américain, ça risquait d'attirer quelque peu l'attention.

Pour Desmond Cataliades, le dossier contre moi ne tenait pas vraiment, d'autant plus que j'avais un témoin qui pouvait confirmer qu'à l'heure du meurtre je me trouvais chez moi, dans mon lit.

— Il est regrettable que votre témoin soit non seulement une vampire, mais de plus nouvellement arrivée et soumise à l'autorité de votre ancien amant. Cependant, a-t-il poursuivi, ce témoignage vaut mieux que son contraire, et je dois lui parler rapidement.

— Si elle suit le schéma habituel, elle sera dans mes bois ce soir, l'ai-je informé.

— Êtes-vous convaincue que le Lieutenant Beck est victime d'un sortilège ?

— Absolument, même si je n'ai pas compris tout de suite. J'ai essayé de persuader Andy Bellefleur d'inciter Alcee à inspecter sa voiture, dans l'espoir qu'il tombe sur un charme – ou un fétiche, je ne sais pas comment vous appelez ça. Visiblement, ça ne va pas fonctionner.

Alors si on peut penser à un moyen de sortir le grigri de là, ce serait bien. Je crois que les choses iraient mieux pour moi à partir de là.

Et Dieu sait que j'en avais besoin. J'ai lancé un œil à la pendule. Il était 13 heures.

— Amelia, nous devons parler de certaines choses, a dit Maître Cataliades, provoquant un regard angoissé chez mon amie. Mais allons tout d'abord nous restaurer en ville. Toutes ces palabres nous ont creusé l'appétit.

Nous nous sommes tous entassés dans la fourgonnette que l'avocat avait louée, pour gagner Bon Temps et le *Lucky Bar-B-Q*. Une fois installée, je me suis aperçue que notre groupe attirait un peu trop l'attention. Bien sûr, mon apparition a suscité un peu de brouhaha discret, mais je m'y étais attendue. Celle qui appelait tous les regards, c'était Diantha : elle ne s'était jamais habillée comme un être humain car elle n'en était pas un. Sa tenue du jour se composait aujourd'hui des éléments suivants : legging vert, tutu cerise, justaucorps orange et bottes de cow-boy. Assez audacieux.

Elle souriait énormément, ce qui arrangeait bien les choses.

Sans compter les choix vestimentaires pour le moins discutables de Diantha, nous formions malgré tout un groupe hétéroclite.

Par chance, notre serveur était un étudiant du nom de Joshua Bee, cousin lointain de Calvin Norris. Il n'était pas panthère mais, grâce à ses liens de parenté avec le clan Norris, il était au courant de bien des choses dont les humains ne savaient généralement rien. Loin d'être effrayé, il s'est montré rapide et poli – un véritable soulagement.

Une fois les commandes passées, Maître Cataliades a évoqué la reconstruction post-Katrina qui progressait à La Nouvelle-Orléans.

— Le père d'Amelia joue un grand rôle. Le nom de Copley Carmichael figure sur nombre de contrats. Surtout ces derniers temps.

— Il avait des problèmes, est intervenu Bob à mi-voix. On en a même parlé dans le journal. Comme il ne s'entend pas bien avec Amelia, on ne le voit pas souvent. Mais on était plutôt inquiets. Et depuis le nouvel an, apparemment, la tendance s'est totalement inversée.

— En effet. Nous en parlerons dans un endroit plus discret, a fait Maître Cataliades.

Amelia a pris un air inquiet mais s'est inclinée sans difficulté.

Je savais, d'après ses pensées contradictoires et tourmentées, qu'elle n'avait aucune envie de savoir que son père ne préparait rien de bon. Elle le soupçonnait et le redoutait déjà. Elle et son père avaient beau s'affronter sur de nombreux sujets, elle l'aimait. La plupart du temps.

Diantha s'occupait à faire des berceaux avec un bout de ficelle qu'elle avait tiré de sa poche, Barry et l'avocat débattaient de l'origine du mot « barbecue », et je m'efforçais de trouver un sujet de conversation anodin, lorsqu'un vieil ami à moi a fait son entrée.

Le silence s'est abattu sur la salle. John Quinn n'était pas quelqu'un qu'on pouvait ignorer. Bon, évidemment, Quinn était tigre-garou. Mais même si l'on n'était pas au courant (et peu de gens l'étaient), on ne pouvait que le remarquer. C'était un homme de haute stature à la peau mate, avec des reflets mauves dans ses yeux bruns. Vêtu d'un haut moulant assorti à ses yeux et d'un short kaki, il était spectaculaire. Parmi mes conquêtes, c'était le seul homme qui faisait son âge.

Je me suis levée d'un bond pour aller le serrer contre moi et l'inviter à notre table. Il a tiré une chaise entre Maître Cataliades et moi et j'ai pris la parole.

224

— Vous devez vous connaître tous plus ou moins. Barry, tu as rencontré Quinn à Rhodes, il me semble. Amelia, toi et Bob, vous l'avez connu à La Nouvelle-Orléans. Quinn, je pense que tu as déjà fait la connaissance de Desmond Cataliades et de sa nièce Diantha.

Quinn a distribué des signes de tête à la ronde. Diantha a abandonné sa ficelle pour le dévisager avec intensité et quant à l'avocat mi-démon, qui savait que Quinn était un prédateur de taille plus que respectable, il s'est mis en alerte, tout en restant parfaitement cordial.

— Je suis allé chez toi d'abord, m'a informée Quinn. Je n'ai jamais vu des fleurs aussi belles en plein milieu de l'été. Et tes tomates ! Elles sont énormes, c'est dingue !

C'était comme si nous nous étions vus la veille et j'ai ressenti une bouffée de tendresse réconfortante, comme chaque fois que je me trouvais en sa compagnie.

— Avant de partir, mon arrière-grand-père a inondé de magie le sol autour de la maison. Je crois que le sort était conçu pour que mes terres soient florissantes ! En tout cas, c'est le résultat. Mais comment va Tij ?

— Tout va bien, a-t-il répondu avec un large sourire qui illuminait son visage. Le bébé grandit à toute allure. Tu veux voir une photo ?

— Bien sûr.

Quinn a sorti son portefeuille pour en extraire un cliché d'échographie. Les deux marqueurs indiquaient les extrémités du fœtus, m'a-t-il expliqué. Tara m'avait montré toutes ses échographies et l'enfant me semblait très avancé, à ce stade de la grossesse.

— Dis-moi, Tij va accoucher bien plus tôt qu'une femme ordinaire, non ?

— Absolument. C'est une caractéristique propre aux tigresses. Et c'est aussi pour cela que pour mener leur grossesse à terme, les mères vont à l'écart. Même du père, a-t-il ajouté d'un air maussade. Au moins, elle m'envoie des mails régulièrement.

Ah. Inutile de s'attarder sur le sujet.

— Je suis vraiment contente de te voir, Quinn, ai-je fait en lançant à Maître Cataliades un regard appuyé.

Il ne s'était toujours pas détendu, et les yeux écarquillés de Diantha ne signifiaient pas qu'elle ait l'intention de sauter sur Quinn pour le violer, mais plutôt qu'elle envisageait de lui découper la panse avec son poignard, dès que l'occasion se présenterait. Diantha n'appréciait pas les prédateurs.

— Qu'est-ce qui t'amène à Bon Temps ? ai-je poursuivi en posant la main sur son bras.

Cet homme est mon ami, ai-je énoncé silencieusement à l'intention de Maître Cataliades, qui a approuvé d'un léger mouvement, sans pour autant détourner le regard.

— Je suis venu pour t'aider, a répondu Quinn. Sam a fait savoir sur notre mur que quelqu'un t'en voulait. Tu es amie de la meute de Shreveport, l'amie de Sam et la mienne. De plus, l'écharpe qui a été utilisée pour tuer la dame était un cadeau des Loups.

Sam avait largement enjolivé l'histoire de l'écharpe. Les Loups me l'avaient « offerte » en me bandant les yeux pour que j'ignore où ils m'avaient emmenée – c'était d'ailleurs la première fois que j'en rencontrais. J'avais l'impression que c'était il y a si longtemps ! Pendant une seconde, j'ai eu peine à croire qu'il avait jamais eu un moment dans ma vie où le monde des SurNat m'était inconnu. Je me trouvais assise au restaurant avec une sorcière, un sorcier, deux mi-démons, un télépathe et un tigre-garou.

— Sam a toujours été l'un de mes bons amis, ai-je fait remarquer.

Je me demandais pourtant quelle mouche avait piqué l'ami en question : il avait déployé tous ses efforts pour qu'on me vienne en aide, mais il ne pouvait pas me regarder en face. Il y avait décidément quelque chose de pourri dans le royaume de Bon Temps.

— La page des SurNat doit déborder de nouvelles !
Quinn a opiné du chef.

— Oui, et Alcide s'est manifesté, lui aussi, alors je suis
passé le voir en chemin. Il veut savoir s'il peut envoyer
quelqu'un de sa meute chez toi pour suivre les éventuelles pistes olfactives. Je lui ai dit que j'en étais parfaitement capable, mais il insiste pour que les Loups
viennent t'aider. On part du principe que l'écharpe a été
volée chez toi ?

À notre table, chacun écoutait attentivement, même
les démons. Ils avaient fini par accepter le fait que
Quinn soit mon ami.

— C'est ce que je crois, oui. Sam se souvient de l'avoir
vue dans mes cheveux à l'église et c'était forcément à un
enterrement, il y a des mois. Je suis pratiquement certaine que je l'ai aperçue quand j'ai fait mes tiroirs la
semaine dernière. Je pense que j'aurais remarqué son
absence en tout cas.

Amelia est intervenue.

— Pour ça, je peux t'aider. Je connais un sort qui peut
encourager ta mémoire, surtout si nous avons une
photo de l'écharpe.

— À mon avis, je n'en ai pas. Mais je peux la dessiner.
Elle est décorée de motifs de plumes.

La première fois que je l'avais portée et malgré les
teintes qui se rapprochaient tant de la livrée des paons,
je n'avais pas remarqué que les couleurs chatoyantes
représentaient des plumes. Ce simple morceau de tissu
que l'on m'avait offert allait peut-être me coûter ma vie
ou ma liberté...

— Ça pourrait fonctionner, a répondu Amelia.

— Alors je vais essayer, lui ai-je promis avant de me
tourner vers Quinn. Les Loups peuvent venir renifler
ma maison n'importe quand. Mais je suis un peu mania-
que, côté ménage, alors je ne sais pas ce qu'ils pourront
détecter.

— Moi, je vais fouiller tes bois, a annoncé Quinn.

Ce n'était pas une question.

— Mais Quinn, il fait tellement chaud. Et les serpents...

Ma voix s'est éteinte d'elle-même en croisant ses yeux. Quinn n'avait peur ni de la chaleur, ni des serpents, ni de quoi que ce soit.

Nous avons partagé notre repas dans une atmosphère conviviale – il sentait si bon que Quinn s'est commandé un sandwich pour nous accompagner. Je m'étais lourdement trompée à penser que seul Jason était de mon côté. J'étais éperdue de reconnaissance envers mes amis rassemblés là, pour moi.

Une fois le déjeuner terminé, nous sommes allés au supermarché pour acheter de quoi préparer le dîner. À mon grand soulagement, Maître Cataliades et Diantha sont allés faire le plein pendant ce temps-là – les imaginer dans les rayons dépassait mes forces. J'ai partagé la liste des courses pour gagner du temps.

Tandis que nous remplissions notre chariot, Quinn, qui travaillait dans l'événementiel, me racontait comment une soirée qu'il avait organisée pour des Loups avait dégénéré en bagarre générale. Je riais à gorge déployée lorsque, au détour d'une allée, nous sommes tombés sur Sam.

Après son comportement étrange au bar et au téléphone, je ne savais pas vraiment comment l'aborder, mais j'étais contente de le voir. Sa morosité manifeste s'est aggravée lorsque je lui ai rappelé qui était Quinn.

— Ouais, bien sûr, je me souviens de toi, a-t-il fait avec un sourire forcé. Tu es venu donner ton soutien moral à Sookie ?

— Moral ou autre, tout ce qu'elle veut, a répondu Quinn, ce qui n'était pas forcément très adroit.

— Sam, ai-je coupé rapidement, tu vois qui est Maître Cataliades ? Il m'a amené Diantha, Barry, Amelia et

Bob. Tu te souviens sûrement d'eux – Bob était sans doute un chat, la dernière fois que tu l'as vu. Alors passe nous voir !

— Je ne les ai pas oubliés, m'a-t-il répondu, les dents serrées. Mais je ne peux pas passer.

— Mais qu'est-ce qui t'en empêche ? J'imagine que Kennedy a pris le bar, non ?

— Oui, c'est elle qui s'en occupe cet après-midi.

— Alors viens, quoi !

Il a fermé les yeux et les mots se cognaient contre son crâne pour sortir, mais en vain.

— Je ne peux pas, a-t-il répété avant de s'éloigner avec son chariot et de quitter le magasin.

— Qu'est-ce qu'il a ? s'est étonné Quinn. Je ne le connais pas très bien mais il a toujours été derrière toi, Sookie. Il fait partie de ta vie. Il y a quelque chose qui le force à s'effacer.

Perturbée, je suis restée muette. Tandis que nous passions en caisse, je ressassais la situation avec Sam. Il voulait venir chez moi, mais il ne le pouvait pas. Parce que… Enfin pourquoi ne pas faire quelque chose alors qu'on en a envie ? Parce qu'on vous en empêche.

— Il a fait une promesse à quelqu'un, ai-je marmonné. C'est forcément ça.

Bernie ? Je pensais qu'elle m'appréciait mais j'avais pu me tromper. Elle estimait peut-être que je n'apporterais que des problèmes à son fils. Eh bien si Sam s'était engagé à m'éviter, auprès d'elle ou de quelqu'un d'autre, je ne pouvais pas y faire grand-chose. Je m'en inquiéterais plus tard, dès que je le pourrais. Entre-temps pourtant, cela me faisait mal.

De retour à la maison, nous avons tout rangé avant de reprendre nos places dans le séjour. Guère habituée à rester assise, je me sentais un peu agitée. Quinn s'est approprié le dernier siège disponible, un vieux fauteuil défoncé que j'avais toujours eu l'intention de changer, sans aller jusqu'au bout de la démarche. Je lui ai lancé un coussin qu'il a fourré derrière son dos pour trouver un peu de confort – vaine tentative.

— J'ai des choses à vous dire, a commencé Maître Cataliades. Et plus tard, je devrai m'entretenir en privé avec Sookie. Pour l'heure, je me vois forcé de vous apprendre ce que je soupçonnais et ce que j'ai vu.

L'affaire semblait grave et nous étions suspendus à ses lèvres.

— J'avais entendu dire qu'un diable se trouvait à La Nouvelle-Orléans, a-t-il annoncé.

— Le Diable ? Ou un diable ? a demandé Amelia.

— C'est une question fort judicieuse. En l'occurrence, un diable. Le Diable lui-même n'apparaît que très rarement – il déplace les foules, comme vous pouvez l'imaginer.

Nous n'avions rien à dire sur le sujet et personne n'a pipé mot. Diantha, elle, s'est esclaffée, comme si elle se rappelait un fait particulièrement drôle. De mon côté, je n'avais aucune envie d'en savoir plus.

— Voici le détail le plus intéressant, a repris l'avocat. Le diable en question a dîné avec votre père, miss Amelia.

Son visage a blêmi.

— Vous vous payez ma tête ? a-t-elle soufflé.

— Je peux vous assurer que l'idée ne me viendrait pas à l'esprit, a-t-il répondu, marquant ensuite une pause pour qu'elle puisse digérer la mauvaise nouvelle. Je sais que vous n'êtes pas proche de votre père. Je me permets de vous annoncer que lui et son garde du corps ont conclu un pacte avec le diable.

Là encore, je me suis abstenue de tout commentaire. C'était à Amelia de réagir. Son propre père…

— J'aimerais pouvoir dire que jamais il ne ferait quelque chose d'aussi stupide. Mais je n'y crois pas un seul instant. Je sais qu'il le ferait sans hésiter s'il avait l'impression de perdre des affaires et du pouvoir. Ah, d'accord… Alors les articles d'il y a quelques mois disaient vrai. Et le brusque redressement de la situation n'a rien de miraculeux. D'ailleurs, le mot ne convient pas. Les miracles sont d'origine divine. Comment appelle-t-on un miracle pratiqué par un diable ?

Toujours silencieux, Bob lui a pris la main.

— Au moins, il ne savait pas que j'étais enceinte, alors il n'a pas promis notre enfant au diable, lui a-t-elle fait remarquer.

Il y avait quelque chose de sauvage dans sa voix. Elle n'était au courant de sa grossesse que depuis quelques heures, mais déjà, son rôle de mère avait pris le dessus.

— Vous aviez raison de me dire de ne pas parler du bébé à qui que ce soit, même par téléphone ou texto.

Maître Cataliades a hoché la tête, la mine grave.

— Je vous communique ces nouvelles bouleversantes car vous devez tout savoir, avant de le revoir. Une fois que l'on a signé un contrat avec un diable, n'importe lequel, on commence à changer. Car on a renoncé à son âme. Il n'y a aucune rédemption possible. Par consé-quent, rien ne peut vous encourager à faire mieux et vous racheter. Même si l'on ne croit pas en la vie éter-nelle, le chemin ne mène désormais que vers le bas.

Le démon en savait bien plus que moi, mais pour ma part j'étais convaincue que Dieu pouvait toujours nous ramener sur le droit chemin, celui de la rédemption. Ce n'était toutefois ni le lieu ni le moment de parler reli-gion. Je devais avant tout glaner des informations :

— Alors… Je ne suis pas en train d'essayer de tout rapporter à moi, je ne suis pas le centre du monde. Mais êtes-vous en train de dire que c'est M. Carmichael qui essaie de me faire jeter en prison ?

— Non, a affirmé l'avocat, et j'ai poussé un soupir de soulagement. Je crois que c'est quelqu'un d'autre qui s'y attache.

Mon soulagement s'est évanoui en un clin d'œil. Avais-je donc tant d'ennemis ?

— Toutefois, a-t-il poursuivi, je sais de source sûre que Copley Carmichael a demandé au diable de lui procurer un cluviel dor.

J'ai laissé échapper une exclamation de surprise.

— C'est impossible ! Il ne savait pas qu'une telle chose pouvait exister !

Puis j'ai braqué mon regard sur Amelia. Et je me suis mordu la joue pour ne pas exploser de colère. Elle a pris un air catastrophé et je me suis forcée à tenir compte du fait qu'elle passait une journée particulièrement difficile.

— C'est ma faute... Sookie m'avait demandé de faire des recherches là-dessus... Et d'habitude, on n'avait pas de sujet de discussion... Il ne croyait pas que j'étais une vraie sorcière. Il a toujours montré qu'il me trouvait ridicule. Jamais je n'ai supposé que... Comment j'aurais pu... Penser que...

Sa voix s'est éteinte et Bob a passé le bras autour d'elle pour la réconforter.

— C'est tout à fait normal, Amelia. Tu ne pouvais pas imaginer qu'il te prendrait au sérieux pour une fois.

Un silence gêné s'est abattu sur notre petit groupe. Je m'efforçais toujours de me contrôler et on m'a laissée tranquille.

Petit à petit, alors qu'Amelia s'était mise à pleurer, j'ai lâché les accoudoirs de mon fauteuil – presque surprise de ne pas y avoir laissé de trous. Je n'allais pas me précipiter vers elle pour la consoler car je lui en voulais encore de ne pas savoir tenir sa langue. Mais je devais bien la comprendre. La discrétion n'avait jamais été son fort et la relation avec son père avait toujours été fortement ambivalente. Il n'était pas si étonnant qu'elle ait tenté de susciter son intérêt pendant l'un de leurs rares tête-à-tête. Et quoi de plus fascinant qu'un cluviel dor...

232

J'étais certaine d'une chose cependant : si mon amitié avec Amelia survivait, je ne partagerais plus rien d'important avec elle. Rien de plus qu'une recette de cuisine ou une prédiction sur la météo à venir. Elle avait outrepassé ses droits, encore une fois.

Agacée par ses larmes de repentir, j'ai repris la parole.

— Bien. Donc, il savait que j'avais un cluviel dor et il le voulait. Et ensuite ?

— Je ne sais pour quelle raison le diable devait un service à Copley. Manifestement toutefois, c'est le cluviel dor que Copley a exigé en paiement et il a dirigé le diable vers vous. Cependant, vous avez utilisé le talisman avant que le diable ne puisse vous l'arracher. Fort heureusement pour nous tous. Copley a subi un échec, une situation à laquelle il n'est pas accoutumé, du moins pas depuis le nouvel an. Il estime que vous êtes responsable et vous en veut.

— Mais vous ne croyez tout de même pas qu'il tuerait Arlene pour me faire porter le chapeau, si ?

— Il l'aurait fait s'il y avait pensé. Cependant, je crois que c'est un stratagème trop tortueux, même pour lui. Non, il s'agit là d'un esprit plus fin et subtil, qui souhaite vous voir souffrir en prison pendant de nombreuses années. Alors que Copley Carmichael, lui, est fou de rage et veut vous atteindre de manière plus directe.

— Sookie, je suis désolée.

Amelia avait repris ses esprits et s'était redressée avec dignité, malgré les larmes qui coulaient encore sur ses joues.

— Je n'ai mentionné le cluviel dor qu'une seule fois au cours d'une conversation avec Papa. Je ne sais pas où il a trouvé le reste des infos. Apparemment, je ne suis pas douée pour être ton amie, même si j'essaie de toutes mes forces et même si je t'adore.

Aucune réponse appropriée ne m'est venue à l'esprit et Bob m'a fixée d'un regard furibond par-dessus la tête de sa compagne. Il voulait que je dise un mot pour tout arranger. Je ne voyais pas comment.

— Je vais faire tout ce que je peux pour t'aider, a continué mon amie. Et c'est pour cela que j'étais venue de toute façon. Mais je vais m'y atteler encore plus.

J'ai respiré à fond.

— Je sais que tu le feras, Amelia. Tu es une sorcière très puissante, et je suis certaine qu'on va s'en sortir.

Pour l'instant, j'étais incapable de faire mieux.

Elle m'a adressé un sourire larmoyant et Quinn lui a tapoté le bras. Quant à Diantha, elle semblait s'ennuyer à mourir – les émotions, ce n'était pas son domaine. Il en allait sans doute de même pour Maître Cataliades car il a repris la direction des opérations.

— Bien. Maintenant que ce petit obstacle est surmonté, permettez-moi de passer à une autre question, qui présente ma foi quelque intérêt.

Nous avons tous fait de notre mieux pour sembler attentifs.

Contre toute attente, il a clôturé la réunion.

— Nous avons encore beaucoup à nous dire, mais lorsque je regarde autour de moi, je vois des personnes fatiguées, qui ont besoin de récupérer. Reprenons demain. Certains d'entre nous doivent en outre accomplir quelques petites tâches ce soir ou cette nuit.

Amelia et Bob sont allés s'enfermer dans leur chambre, ce qui a largement allégé l'atmosphère. Barry m'a demandé s'il pouvait emprunter mon ordinateur car il n'avait pas apporté son portable. J'ai acquiescé tout en lui interdisant de communiquer sa position à qui que ce soit. C'était peut-être paranoïaque à l'extrême, mais j'estimais que j'avais de bonnes raisons de l'être. L'avocat et sa nièce sont montés à l'étage pour passer des appels professionnels.

Quinn et moi sommes sortis nous promener, pour être tranquilles tous les deux. Il m'a raconté que lorsque Tij lui avait annoncé qu'elle ne le verrait plus pendant un certain temps, il avait pensé à reprendre sa liberté. Malgré tout, il n'avait pas pu. Il allait avoir un petit avec Tij et se sentait lié à elle, même si elle le tenait à l'écart. Il souffrait du fait qu'elle refuse de le laisser participer à l'éducation du petit et qu'elle s'accroche aux traditions anciennes avec autant de détermination et de férocité.

— Et ta sœur Frannie, tu as eu des nouvelles ? ai-je demandé en espérant que je n'évoquais pas là un autre sujet douloureux.

À la vue de son sourire, je me suis sentie plus légère.

— Elle s'est mariée, figure-toi. Incroyable, non ? Quand elle s'est enfuie, j'ai cru que je l'avais perdue pour toujours. Qu'elle finirait sur le trottoir et droguée. Mais dès qu'elle s'est détachée de Maman et moi, elle s'est trouvé un boulot, comme serveuse dans un café, au Nouveau-Mexique. Elle a rencontré un type, au café, qui travaille dans le tourisme. Et en un rien de temps ils se sont mariés. Pour l'instant, tout va bien. Et toi, ton frère ?

— Il se marie avec une fille qui n'est pas SurNat. Mais je crois qu'elle l'aime comme il est, et qu'elle n'en attend pas plus qu'il ne peut donner.

Les possibilités émotionnelles et intellectuelles de mon frère étaient assez limitées, même s'il faisait des progrès. Tout comme Frannie, Jason avait récemment beaucoup mûri. Lorsqu'il était devenu panthère par morsure, sa vie avait pris un tournant chaotique. Il semblait y avoir remis de l'ordre.

En dehors de nos familles respectives, Quinn et moi n'avons pas vraiment abordé d'autre sujet en particulier – c'était une promenade agréable et détendue, même dans la chaleur humide qui avait remplacé la pluie. Et Quinn ne m'a posé aucune question sur ma relation avec Eric, ce qui m'allait parfaitement.

— Quand j'aurai patrouillé dans tes bois, qu'est-ce que je peux faire d'autre pour toi ? m'a-t-il demandé soudain. Je ne veux pas passer mon temps à rester assis et écouter des trucs gênants, tu comprends.

— Oui, je dois dire que c'était plutôt affreux. Il n'y a rien à faire, avec Amelia. On s'efforce vraiment d'entretenir notre amitié, mais il arrive toujours quelque chose pour tout mettre par terre.

— Ça c'est parce qu'elle ne sait pas tenir sa langue.

J'ai haussé les épaules. C'était dans la nature d'Amelia. Tout à coup, Quinn m'a enlacée. Lui avais-je envoyé les mauvais signaux ?

— Écoute, Sookie, a-t-il murmuré en me dévisageant avec tendresse. Je ne veux pas te faire peur, mais il y a quelqu'un dans les bois, qui suit le chemin parallèle au nôtre. Tu as une idée de qui ça peut être ? Tu peux savoir s'il est armé ?

Il parlait calmement et je me suis efforcée de l'imiter. J'ai eu un mal fou à ne pas me retourner pour fixer les arbres.

Je me suis obligée à lui retourner son sourire.

— Je ne détecte rien du tout. Pas humain, donc, autrement j'aurais sa signature mentale. Pas un vamp' non plus, parce qu'il fait jour.

Quinn a relâché sa respiration avant d'en reprendre une.

— À mon avis, a-t-il chuchoté, ça doit être un faé. C'est ce que je flaire. Il y a tellement d'odeurs dans l'air, après la pluie…

J'ai modifié mon expression – car il ne serait pas naturel que je lui sourie bêtement pendant si longtemps – tout en lui répondant.

— Mais les faé sont tous partis. C'est ce que mon arrière-grand-père m'a dit, en tout cas.

— Je crois qu'il se trompait. On va faire demi-tour pour rentrer, comme si de rien n'était.

J'ai pris la main de Quinn et je l'ai balancée avec enthousiasme. Je me sentais vraiment bête, mais j'avais besoin de faire quelque chose de physique pendant que je sondais les bois. J'ai fini par découvrir la présence mentale de la créature tapie dans la végétation qui, grâce à Niall, facilitait amplement les parties de cache-cache.

— Tu crois qu'il va nous tirer dessus ? ai-je demandé en souriant.

Je lui balançais toujours la main comme une petite fille qui se promène avec son grand-père.

— Je ne flaire pas de fusil. Arrête de nous secouer comme ça, je peux avoir besoin de bouger rapide.

Je l'ai lâché immédiatement, plutôt embarrassée.

— On va essayer de rentrer à la maison, sans se faire tuer, d'accord ?

La créature qui nous traquait n'a cependant rien tenté. Nous avons traversé la véranda en nous demandant à chaque seconde si quelque chose de terrible allait survenir, nous avons ouvert la porte et sommes rentrés avant de la refermer derrière nous. Et rien. C'en était presque décevant. Une véritable douche froide.

Barry avait décidé de faire des hamburgers et de les griller dans le jardin de derrière. Il était en train d'incorporer à la viande des oignons émincés, du sel parfumé et des poivrons verts hachés, pour former les burgers. Lorsque nous avons pénétré soudain dans la cuisine pour nous baisser aussitôt, il a sursauté.

— Mais qu'est-ce qui vous arrive ?

— Il y avait quelqu'un, là-bas, lui ai-je expliqué.

Il s'est accroupi, lui aussi, fermant les yeux pour se concentrer.

— Aucune idée, Sookie, a-t-il fait après un instant. Je ne sais pas ce que c'était, mais ce n'est plus là.

— Ça sentait comme un faé, a insisté Quinn.

— Il n'y en a plus, a dit Barry. Enfin, d'après les vampires du Texas. Ils ont disparu et ils n'ont rien laissé derrière eux.

— Ils sont tous partis, je peux le confirmer, ai-je répété. Donc, soit le flair de Quinn se trompe, soit nous avons un renégat.

— Ou alors, il a été banni, a émis Barry à mi-voix.

— Ou encore, il s'est échappé, a terminé Quinn. Quoi qu'il en soit, qu'est-ce qu'il fait à rôder par ici ?

Je n'avais aucune réponse. Rien d'autre ne s'est produit et nous nous sommes dit que l'affaire était close, du moins pour l'instant. Quinn a décidé de retarder sa patrouille jusqu'au soir – ce n'était pas utile de l'effectuer dans l'immédiat.

Nous sommes donc revenus à des préoccupations plus terre à terre. J'ai commencé à trancher des tomates pour les hamburgers, puis une pastèque. Quinn a proposé de couper les pommes de terre pour en faire des frites. Il en avait mis cinq kilos dans le chariot et je dois avouer que j'étais assez soulagée de constater qu'il avait un plan pour les utiliser.

À nous trois, le dîner s'est rapidement préparé. J'ai fait semblant de ne pas remarquer que Quinn engouffrait un burger cru, et Barry s'est hâté d'emporter les autres vers le barbecue. J'ai mis des haricots sauce tomate à gratiner tandis que Quinn s'occupait de la friture.

Lorsque je suis allée appeler la maisonnée pour passer à table, j'avais l'impression de diriger une pension de famille.

13

Le dîner s'est remarquablement bien passé. J'ai sorti les deux chaises pliantes de ma grand-mère et il y avait juste assez de place pour tout le monde autour de ma table de cuisine.

Les yeux rougis, Amelia avait retrouvé son calme, et Bob la réconfortait à tout moment en recherchant son contact physique. Maître Cataliades nous a annoncé que Diantha et lui s'étaient souvenus d'une affaire qu'ils devaient régler en ville, et une fois le dîner terminé, ils se sont éclipsés.

Nous avons tous débarrassé et rangé la cuisine ensemble. Après quoi, Barry s'est installé confortablement dans un fauteuil, les pieds posés sur un autre, et s'est concentré sur sa liseuse. Bob et Amelia se sont pelotonnés ensemble sur le canapé pour regarder une rediffusion de *Terminator* – très romantique. Et après avoir consommé trois burgers – cuits cette fois-ci – et une montagne de frites, Quinn est parti à longues enjambées pour parcourir les bois. En vain : après une heure, sale et découragé, il est rentré me faire son rapport. Il avait senti deux vampires (Bill et Karin, selon toute probabilité), et un très léger parfum de faé. Il n'y avait rien d'autre à découvrir et il m'a annoncé qu'il rentrait à son motel, du côté de l'autoroute.

Je me sentais coupable de ne pas avoir de lit à lui proposer, et je lui ai proposé de payer sa note. Le regard dont il m'a gratifiée aurait décapé la peinture d'une pièce tout entière.

Les deux démons sont rentrés après la nuit alors que je lisais tranquillement. Ils avaient l'air mécontent. Après m'avoir souhaité une bonne nuit, ils se sont retirés bruyamment à l'étage.

Tout le monde étant désormais couché, j'ai estimé que ma journée était officiellement terminée. Je l'avais trouvée plus que longue.

Un être humain est toujours doué pour mettre sa propre sérénité en lambeaux, et c'est ce que j'ai fait cette nuit-là. Des amis avaient accouru de loin pour m'aider – et sans rien attendre en retour. Mais celui qui m'inquiétait, c'était celui qui n'était pas venu. Sam. Je n'y comprenais rien. Pas plus que je ne comprenais pourquoi Eric avait payé ma caution alors que je n'étais plus sa femme. Ni même sa petite amie.

Il avait nécessairement eu une bonne raison de m'avoir rendu un si grand service.

Étais-je en train de l'accuser de manquer de générosité et d'être insensible ? Dans certains aspects de sa vie, et envers certaines personnes, ce n'était absolument pas le cas. Cependant, Eric était un vampire pragmatique. Qui allait de plus devenir consort d'une reine. Étant donné que Freyda avait manifestement exigé d'Eric qu'il me répudie s'il voulait l'épouser – ce que je pouvais comprendre car j'en aurais fait autant à sa place – il me semblait inconcevable qu'elle accepte qu'Eric consacre une somme aussi énorme à ma mise en liberté. Le geste avait-il fait l'objet d'une négociation ? « Si tu me laisses payer la caution de mon ancienne femme, j'accepte de toucher moins d'argent de poche pendant un an. » Ou quelque chose du genre – ils avaient peut-être même négocié le nombre de fois où ils coucheraient ensemble... Des images affreusement déprimantes me passaient devant les yeux. La belle Freyda et mon Eric... qui n'était plus « mon » Eric.

Empêtrée dans ce labyrinthe émotionnel, j'ai fini malgré tout par céder au sommeil.

Je me suis réveillée avec vingt minutes de retard, soudain consciente que ma maison était pleine d'invités. Des cerveaux démarraient tout autour de moi. Je me suis propulsée hors du lit, dans la douche puis dans la cuisine à la vitesse de l'éclair. Ensuite, j'ai préparé des pancakes et du bacon, enclenchant la cafetière et sorti des verres pour le jus de fruits. J'ai entendu Amelia céder à ses nausées dans la salle d'eau et j'ai envoyé Diantha, encore tout ensommeillée, dans la mienne, pour gagner du temps.

Au fur et à mesure que les pancakes étaient prêts, je les faisais glisser directement dans les assiettes pour que mes convives puissent les déguster tout chauds. Et pour ceux que ça ne tentait pas, j'ai sorti tous les fruits que j'avais.

Maître Cataliades adorait les pancakes et Diantha n'était pas loin derrière lui, question appétit. J'ai donc préparé un saladier de pâte supplémentaire. Ensuite, j'ai lavé la vaisselle avec Bob, avant d'aller faire mon lit.

J'étais par conséquent très occupée. Cependant, malgré mes mains qui s'affairaient et mon esprit qui jouait les chefs d'orchestre, j'en revenais toujours au fait que Sam ne m'avait pas donné de nouvelles.

Je lui ai envoyé un e-mail.

J'ai trouvé ce moyen pour pouvoir choisir mes mots très précisément. Et j'y ai mis un certain temps.

« Sam, je ne sais pas pourquoi tu refuses de me parler, mais je voulais que tu saches que je viendrai travailler au bar dès que tu auras besoin de moi. S'il te plaît, dis-moi comment tu vas. »

J'ai relu mon message plusieurs fois et j'ai estimé qu'il plaçait la balle dans le camp de Sam assez clairement. Il était parfait. J'ai tout gâché en tapant « Tu me manques » avant de cliquer sur « Envoyer » à toute vitesse.

Depuis des années, j'entretenais avec Sam une relation globalement heureuse, sans aucun effort. Je venais même de faire un sacrifice pour lui. Et nous en étions réduits à des mails et des silences mystérieux.

C'était difficile à comprendre.

Quelques minutes plus tard, je tentais d'expliquer l'histoire à Amelia, qui m'avait surprise en train de fixer mon écran comme si je voulais le forcer à me parler.

— Qu'est-ce que tu as sacrifié pour lui ? a-t-elle demandé en me dévisageant de ses grands yeux bleus.

Lorsqu'elle était dans le bon état d'esprit, Amelia était douée pour écouter. Bob se rasait dans la salle d'eau, Barry faisait du yoga dans le jardin, et les démons discutaient avec animation à la lisière des bois. Je pouvais donc me permettre de parler franchement.

— J'ai renoncé à garder Eric auprès de moi. Pour sauver la vie de Sam.

Elle a ignoré cet élément énormissime pour aller directement à ce qui faisait mal.

— Si tu es obligée d'employer de la magie pour garder quelqu'un avec toi, est-ce que ça en vaut vraiment la peine ?

— Je n'y ai pas pensé de cette façon. Mais pour Eric, c'était clair. C'est un type très fier, et son créateur a mis les choses en route pour le marier à Freyda, sans le consulter.

— Et comment tu sais tout ça ?

— Quand il a fini par me l'avouer, il semblait... vraiment désespéré.

Amelia m'a considérée avec pitié, comme si j'étais la plus grande idiote de la terre entière.

242

— Mais tu penses bien ! Personne ne rêve de passer de l'état de shérif dans un trou comme la Louisiane à celui de consort d'une superbe reine qui n'attend qu'une chose, le mettre dans son lit. Et pourquoi il a fini par te le dire ?

— Eh bien, c'est Pam, qui a insisté, ai-je avoué, soudain submergée par le doute. Mais s'il ne me l'a pas dit tout de suite, c'est qu'il essayait de trouver un moyen de rester avec moi.

— Je ne dis pas le contraire.

Amelia n'avait jamais été douée pour le tact, et je voyais bien qu'elle faisait de gros efforts.

— Parce que tu es vraiment géniale, a-t-elle poursuivi. Mais, tu sais, chérie... Pour Eric, le plus important, c'est Eric. Et c'est pour ça que j'ai tout fait pour encourager Alcide. J'étais certaine qu'Eric te briserait le cœur. Ou qu'il te ferait passer de l'autre côté.

Sans le vouloir, j'ai sursauté.

— Oh non ! C'est ce qu'il voulait faire ! Mais quel connard ! Il t'aurait arrachée à nous ! Eh ben on a de la chance, qu'il t'ait simplement brisé le cœur !

Elle écumait de rage.

— Pour être parfaitement sincère, ai-je rectifié, je ne crois même pas que ce soit le cas. Je suis triste et déprimée, mais le monde ne s'est pas écroulé comme lorsque j'ai découvert le grand secret de Bill.

— Pour Bill, c'était la première fois, que tu apprenais qu'on t'avait trahie, c'est bien ça ?

— Personne n'en avait eu la possibilité avant lui, ai-je précisé, en considérant cet épisode sous un nouvel angle. Avec les humains, je sais toujours si on me ment. Du moins, j'en perçois assez pour me méfier et ne pas croire tout ce qu'on me raconte. Bill, c'était mon premier, au lit. Et c'était le premier à qui j'ai dit « je t'aime ».

— Peut-être que tu commences à prendre l'habitude qu'on te mente constamment, a déclaré Amelia d'un ton énergique, comme pour me dynamiser.

C'était une remarque typique et je n'ai pu m'empêcher de lui sourire. Elle s'est rendu compte de la portée de cette phrase et s'est mise à rougir.

— Tu as raison, c'était un peu moyen, ça. Je suis désolée.

J'ai écarquillé les yeux et levé les mains pour mimer l'ahurissement.

— Bob me dit que je devrais revoir ma façon de communiquer avec les gens. D'après lui, je suis un peu trop directe.

Je me suis retenue de sourire trop largement.

— Tout bien considéré, c'est plutôt bien, que Bob soit dans ta vie...

— Surtout maintenant que je suis enceinte, a-t-elle ajouté en me lançant un regard anxieux. Tu es certaine qu'on va être parents ? Je veux dire, enfin, je sentais bien que mon corps ne fonctionnait plus tout à fait normalement, et j'avais l'impression d'avoir pris un peu de poids. Mais je ne pensais pas à une grossesse. Pas un seul instant. Je croyais tout simplement que mes hormones me jouaient des tours. Je pleure tout le temps !

— Ce n'est pas parce que tu es une sorcière que tu vas échapper au blues, tu sais...

— Ce sera un bébé fabuleux, c'est moi qui te le dis, a-t-elle conclu d'un air heureux.

14

Maître Cataliades est passé dans le séjour pour nous expliquer qu'il avait eu Beth Osiecki au téléphone et qu'il allait la rencontrer pour étudier mon dossier. Diantha est partie avec lui – je n'avais aucune idée du rôle qu'elle allait jouer pendant la réunion, et elle ne m'en a pas dit un mot. Barry a décidé d'en profiter pour les accompagner en ville et louer sa propre voiture. Il avait également appelé Chessie Johnson pour s'assurer qu'elle serait chez elle et disposée à discuter avec lui.

Barry était accoutumé à une certaine sorte d'écoute : il entendait les pensées des gens tandis qu'ils étaient en conversation avec d'autres. Il écoutait aux portes, en quelque sorte. Dans ce cas précis, c'était lui qui allait poser les questions, et il se sentait nerveux. Je lui avais donné autant d'informations que je le pouvais sur le couple Johnson ainsi que sur Lisa et Coby. Il s'était préparé une liste de points importants : qui Arlene avait-elle eu l'intention de rencontrer ? Où logeait-elle en sortant de prison ? Avec qui avait-elle parlé ? Qui avait payé sa caution ainsi que les services du nouvel avocat ?

— Si tu le peux, lui ai-je demandé d'un ton grave, essaie de savoir ce qui va arriver aux enfants. Ils en ont bavé et ça me rend malade.

Barry voyait ce que j'avais sous mon crâne et il a acquiescé, les traits sérieux.

De son côté, Bob avait contacté une voyante, même si je n'en voyais pas l'utilité, puisque nous n'avions pas encore récupéré l'écharpe. Il était cependant certain que cela ne poserait aucun problème. La voyante en question, une habitante de Baton Rouge du nom de Delphine Oubre, arriverait à Bon Temps dès le lendemain matin.

— Mais qu'est-ce qu'elle pourra faire ?

J'aurais voulu lui manifester de la gratitude, mais je crois bien que le message ne passait pas. J'avais dessiné l'écharpe du mieux que je le pouvais et détaillé les motifs ainsi que les couleurs pour Diantha. Car Maître Cataliades s'était montré tout à fait insensible à mes descriptions – « vert canard » et « bleu pétrole » n'évoquaient absolument rien chez lui. Diantha en avait réalisé une autre version en couleur, très proche du souvenir que j'en avais.

— Si j'étais toi, je ne me ferais pas de souci pour ça. Tes démons ont plus d'un tour dans leur poche.

Sur ce, Bob m'a adressé un sourire plein de mystère avant de quitter la pièce d'un pas félin – il avait gardé quelque chose du chat qu'il avait été.

Quant à Amelia, elle faisait des recherches sur des sorts qui permettraient de faire parler les deux inconnus d'Arlene, si nous parvenions à les trouver. Pendant un instant, Pam m'a manqué cruellement. Elle était capable de faire parler n'importe qui, et sans les ensorceler – quoique. Les pouvoirs hypnotiques des vampires pouvaient compter pour de la sorcellerie. De toute façon, Pam préférait l'usage de la force. Pourquoi ne pas l'appeler, d'ailleurs ?

Non. C'était là un mot que je me répétais fermement et très fréquemment ces temps-ci. Il serait préférable pour moi de laisser tomber toute connexion avec les vampires. Naturellement, Bill était mon voisin et je le verrais

246

nécessairement de temps à autre, c'était inévitable. Sans oublier qu'Eric avait laissé quelques affaires dans la cachette de la chambre d'amis. Et que Quinn m'avait raconté qu'il avait flairé deux vamp's dans mes bois, Bill et Karin à coup sûr. Malgré tout, j'allais faire comme s'il y avait un mur entre moi et tous les vampires de la Zone Cinq. Entre moi et tous les vampires du monde entier !

En vérifiant ma messagerie, j'ai constaté que j'avais reçu un mail de Sam. Impatiente, j'ai cliqué sur l'enveloppe. « Viens travailler ce matin. » Rien de plus. J'en avais un également de Quinn. « J'ai cru reconnaître certaines personnes au bar du motel, hier soir. Vais les suivre aujourd'hui. »

Je me demandais de qui il pouvait s'agir, mais j'avais l'impression que les choses avançaient. L'optimisme m'a gagnée et c'est en souriant que je suis allée me doucher.

Lorsque j'ai émergé de ma chambre, prête à partir pour le *Merlotte*, Bob et Amelia se trouvaient dans le jardin de derrière. Ils avaient allumé un petit feu au sein d'un cercle de vieilles briques et scandaient des incantations au-dessus des flammes tout en éparpillant des herbes sur le foyer. Ils ne m'ont pas invitée à les rejoindre et, très franchement, je n'avais aucune envie de leur poser de questions. L'odeur de la magie, que je trouvais très étrange, me rendait nerveuse.

En arrivant au bar, tout était parfaitement normal et personne n'a montré la moindre surprise à me voir apparaître. Il se trouve que nous avons eu énormément de travail. Sam était là, mais chaque fois que nos regards se croisaient, il détournait le sien, comme s'il avait honte de quelque chose. Pourtant, j'aurais pu jurer qu'il était heureux de me voir.

J'ai fini par le coincer dans son bureau. Je bloquais la sortie et, à moins de se réfugier dans ses toilettes minuscules, comme un lâche – ce qu'il n'était pas –, il ne pouvait pas m'éviter.

— Bon allez, déballe.

Il m'a paru presque soulagé, comme s'il avait espéré que j'exige une explication. Il m'a regardée droit dans les yeux, et si j'avais pu grimper dans son cerveau pour y voir plus clair, je l'aurais fait. Maudits métamorphes.

— Je ne peux pas. J'ai juré.

J'ai plissé les yeux en réfléchissant. Jurer, c'était sérieux. Je n'allais tout de même pas le chatouiller jusqu'à ce qu'il craque, ou menacer de retenir ma respiration. Pourtant, je devais absolument savoir ce qui avait changé. J'avais cru que les choses s'arrangeaient, que nous étions en train de revenir à la normale et que Sam avait commencé à se reconstruire.

— Tôt ou tard, il va bien falloir que tu m'expliques, lui ai-je dit sur un ton raisonnable. Ce serait bien, si tu pouvais trouver le moyen de me donner au moins un indice.

— Vaut mieux pas.

— C'est vraiment dommage que tu n'aies pas pu venir hier soir, ai-je déclaré en changeant d'approche. On s'est fait un bon dîner et la maison était pleine à craquer.

— Quinn a passé la nuit chez toi ? a-t-il demandé avec raideur.

— Non, je n'ai pas assez de chambres. Il s'en est trouvé une au motel à côté de l'autoroute. J'aimerais bien que tu sois gentil avec lui. Et avec tous mes invités.

— Et pourquoi tu voudrais que je sois gentil avec Quinn ?

Oups. Un peu de jalousie peut-être ? Aha…

— Parce qu'ils sont tous venus de loin, et qu'ils veulent tous m'aider à blanchir mon nom.

Sam s'est figé.

— Est-ce que tu es en train d'insinuer que je ne t'aide pas autant qu'eux ? Qu'ils se soucient plus de toi que moi ?

Il se sentait manifestement blessé.

— Non. Je ne crois pas ça du tout.

Décidément très susceptible, mon Sam.

— Je me suis demandé un peu pourquoi tu n'étais pas venu à l'audience, au tribunal... ai-je repris d'un ton hésitant.

— Tu crois que j'avais envie de te voir menottée, privée de ta dignité ?

— J'aime à penser que je suis toujours digne, Sam, menottée ou pas.

Et nous nous sommes fixés pendant quelques secondes, aussi furieux l'un que l'autre.

— Mais c'était vraiment humiliant, ai-je conclu.

À ma grande honte, les larmes me sont montées aux yeux.

Il a ouvert ses bras et je l'ai serré dans les miens. Je sentais pourtant un malaise certain chez lui. Le serment qu'il avait fait devait englober le contact physique d'une manière ou d'une autre. Dès que nous nous sommes lâchés, il m'a éloignée de lui et je n'ai pas résisté. Il pensait visiblement que j'allais lui poser d'autres questions, mais je me suis retenue.

Au lieu de cela, je l'ai invité à venir dîner le lendemain. J'avais consulté les fiches horaires et je savais que c'était Kennedy qui assurait le bar à sa place. Sam a accepté, méfiant malgré tout, comme s'il soupçonnait que j'avais une idée derrière la tête. Ce n'était pas le cas. J'avais tout simplement le sentiment que plus je le verrais, plus vite je découvrirais ce qui se passait.

J'avais eu peur que les gens ne m'évitent, puisqu'on m'avait accusé d'avoir tué Arlene. Tandis que je m'occupais de mes tables, cependant, j'ai découvert une réalité à laquelle je ne m'attendais pas. Les gens se souciaient très peu de la mort d'Arlene. Son procès avait déjà sali son honneur. Ce n'était pas que les gens m'aimaient particulièrement. C'était surtout qu'une maman n'avait pas le droit d'attirer son amie dans un piège mortel et de se faire prendre : car cette ligne de conduite plaçait ses enfants en mauvaise posture. J'ai compris peu à peu que j'avais plutôt bonne réputation, malgré le fait que j'étais sortie avec des vampires. J'étais fiable, toujours de bonne humeur et travailleuse, ce qui, pour les habitants de Bon Temps, comptait pour beaucoup. Je fleurissais les tombes de ma famille les jours saints et aux dates anniversaires des décès. En outre, on avait appris je ne sais comment que je m'intéressais activement au petit garçon de ma cousine Hadley. La communauté vivait apparemment dans l'espoir que j'épouse son veuf, Remy Savoy : la cerise sur le gâteau.

En effet... Sauf que Remy et moi n'éprouvions pas la moindre attirance l'un pour l'autre. Je n'avais rompu avec Eric que tout récemment et, pour autant que je le sache, Remy était toujours avec son adorable Erin. J'ai tenté de m'imaginer en train d'embrasser Remy... Non non, rien à faire, ça ne me disait rien du tout.

Toutes ces pensées m'ont occupé l'esprit jusqu'à la fin de mon service. Lorsque j'ai retiré mon tablier et transféré mes tables à India, Sam m'a souri et fait un signe.

En rentrant, j'ai trouvé ma maison vide, ce qui formait un contraste frappant avec la ruche bourdonnante du matin. Mue par une sorte de pulsion, je me suis rendue directement dans ma chambre et me suis perchée sur le bord du lit, juste à côté de ma table de chevet. Grâce à ma récente crise de rangement, tout était impeccablement trié. Dans le tiroir du haut se trouvait tout ce dont je pourrais avoir besoin durant la nuit : lampe torche, mouchoirs en papier, baume à lèvres, paracétamol, trois préservatifs qui dataient de mon aventure avec Quinn, une liste de numéros d'urgence, un chargeur de portable, une vieille boîte métallique (épingles, aiguilles, boutons et trombones), des stylos, un carnet... Bref, un assortiment tout à fait ordinaire.

Le second tiroir, lui, contenait des souvenirs. La balle que j'avais retirée de la chair d'Eric en l'aspirant, à Dallas. Une pierre qui avait atteint Eric à la tête, dans le salon d'une des maisonnettes que Sam louait à des particuliers. Des jeux de clés soigneusement étiquetés – pour chez Eric, Jason et Tara. Quelques articles plastifiés : l'annonce du décès de ma grand-mère, celle de celui de mes parents, et un papier publié l'année où les Lady Falcons avaient gagné le championnat, avec quelques lignes soulignant ma performance. Un médaillon ancien, dans lequel Gran avait conservé une mèche de cheveux de chacun de mes parents. Une vieille enveloppe à patron, qui contenait une lettre de Gran et le sachet de velours qui avait protégé le cluviel dor ; le cluviel dor lui-même, désormais terne et dénué de toute magie. Une lettre que Quinn m'avait écrite lorsque nous étions ensemble. La chemise dans laquelle Sam m'avait adressé le contrat d'association pour le bar – j'avais placé les documents dans un coffre chez mon avocat. Des cartes d'anniversaire et de Noël, et un dessin de Hunter.

J'étais stupide de garder la pierre. Elle était trop lourde et gênait le fonctionnement du tiroir. Je l'ai déposée sur la table de chevet en me promettant de la mettre dans un massif de fleurs dès le lendemain. J'ai sorti les clés d'Eric et les ai emballées dans du papier à bulles pour les lui envoyer. Je me demandais s'il allait mettre la maison en vente. Ou si le prochain shérif y emménagerait. Si c'était Felipe de Castro qui nommait le ou la vampire de remplacement, c'en était fini de ma période de tranquillité – la chasse serait bientôt ouverte. Ou alors, ils m'oublieraient tous… Ce serait trop beau pour être vrai.

Un coup frappé à ma porte de derrière est venu interrompre mes pensées et ce n'était pas un mal. Le chef de meute en personne était venu me voir. Alcide Herveaux semblait très à l'aise et content de lui. Il portait un jean et des bottes, comme d'habitude – un expert en construction ne peut pas se promener en sandales sur les chantiers, dans les fossés et à travers bois. Sa chemise à manches courtes était légèrement trop étriquée pour ses épaules impressionnantes. Si Alcide pratiquait un métier d'une relative simplicité, sa vie personnelle ne manquait pas de complexité. Jusqu'à présent, ses histoires d'amour avaient été désastreuses. Debbie Pelt, une véritable teigne, jusqu'à ce que je la tue ; l'adorable Maria-Star Cooper, qui s'était fait assassiner ; puis Annabelle Bannister, qui l'avait trompé. À une époque, il avait eu un faible pour moi mais j'avais réussi à le convaincre que ce ne serait pas une bonne idée, ni pour lui ni pour moi. À présent, il était avec une Louve du nom de Kandace, nouvellement arrivée dans la région. Sa candidature pour intégration à la meute serait étudiée d'ici à la fin du mois.

— Alors, il paraît qu'on doit trouver la piste de la personne qui t'a volé cette écharpe ?

— J'espère que tu pourras discerner quelque chose. Ça ne tiendrait pas devant un jury mais, de notre côté, ça nous permettrait de retrouver sa trace.

— Ta maison est sacrément propre, a-t-il déclaré en examinant la salle de séjour. Mais je sens qu'il y a eu beaucoup de monde ici dernièrement.

— C'est vrai, j'ai des invités partout. Le meilleur endroit, pour détecter l'odeur d'un étranger, ce serait ma chambre.

— Alors c'est là qu'on va commencer, a-t-il décidé avec un sourire.

Sous son regard vert envoûtant, il avait de belles dents dont la blancheur ressortait sur son visage bronzé. Un sourire à tomber. Mais il n'était pas pour moi.

— Tu veux un verre d'eau ou de citronnade ?

— Peut-être après le boulot.

Sur ce, il s'est déshabillé, pliant soigneusement ses vêtements avant de les poser sur le canapé. Euh... Je me suis efforcée de demeurer impassible. Puis il s'est transformé.

J'avais toujours l'impression que le processus était douloureux, et cela faisait toujours peine à entendre. Malgré tout, Alcide s'est remis en un rien de temps. Le loup magnifique a parcouru mon salon, sa truffe sensible enregistrant toutes les pistes olfactives, avant de les suivre en direction de ma chambre.

Je me suis gardée de le gêner et suis restée assise à mon petit bureau, à nettoyer ma messagerie de tous ses vieux mails. J'étais en train d'effacer tous les spams et autres courriers indésirables lorsqu'une grosse tête de loup est venue se poser sur mes genoux. Il battait de la queue.

Par réflexe, je lui ai caressé la tête. C'est ce qu'on fait en principe, quand un animal du genre canin vous offre sa tête. On lui grattouille les oreilles, le menton, on lui frotte le ventre... euh, en fait, non, pas le ventre, en tout cas pas chez un loup, surtout un mâle.

Alcide m'a gratifiée d'un sourire carnassier avant de se métamorphoser de nouveau en homme – un exercice qu'il effectuait à une vitesse impressionnante. C'était sans doute grâce à son rôle de chef de meute qu'il s'était forgé cette aptitude.

— Tu as repéré quelque chose ? lui ai-je demandé tout en fixant soigneusement mes mains tandis qu'il se rhabillait.

— On a de la chance, tu n'as pas nettoyé ta descente de lit. Je peux te dire qu'il y a une personne qui s'est trouvée là et que je ne connais pas. Ton amie Tara s'est tenue juste à côté de ton lit. Tes deux copains faé aussi, mais c'est normal, ils vivaient là.

— En fait, ils fouillaient ma maison tous les jours, dès que j'avais le dos tourné. Ils cherchaient le cluviel dor.

— C'est triste, que ta propre famille ait fait une chose pareille, s'est désolé Alcide en me tapotant l'épaule. Et qui, encore ? Ah oui, Eric, bien entendu. Et tu sais qui d'autre ? Arlene. Elle portait un charme ou un talisman sur elle, mais c'était bien elle, pas le moindre doute.

— Je ne savais pas que tu l'avais rencontrée ! me suis-je bêtement étonnée.

En réalité, je tombais des nues.

— Elle m'a servie une ou deux fois, au *Merlotte*.

En quelques secondes de cogitation, j'ai compris comment elle s'y était prise.

— À l'époque où on était amies, elle a su où je cachais mes clés, ai-je raisonné, furieuse contre ma propre négligence. Alors avant ou après sa visite au *Merlotte*, elle s'est introduite ici pour prendre l'écharpe. Mais pourquoi ?

— J'imagine qu'on lui a dit de le faire, a fait Alcide en bouclant sa ceinture.

— Quelqu'un l'a envoyée ici pour voler ce qu'on allait employer pour la tuer...

— C'est apparemment ce qui s'est passé. C'est un comble, non ?

Je ne trouvais aucune autre explication.

J'en avais la nausée.

Je me suis reprise malgré tout et me suis empressée de remercier Alcide avant de lui offrir le verre de citronnade que je lui avais promis.

— Comment ça se passe pour Kandace ? Elle s'intègre facilement ?

— Elle s'en sort très bien, m'a-t-il répondu en souriant largement. Elle y va petit à petit, et ils s'habituent à elle.

Kandace avait été une renégate. Elle avait cependant aidé à coincer des renégats bien pires qu'elle. Ces derniers avaient été bannis, alors qu'on lui avait accordé la possibilité de se joindre à la meute. Je ne la connaissais pas bien, mais la grande Louve était la femme la plus calme qu'Alcide ait jamais fréquentée. Elle donnait l'impression qu'après une vie entière passée dans des mers agitées, elle recherchait maintenant des eaux calmes.

— Je suis vraiment contente pour elle et je lui souhaite bonne chance.

— OK. Appelle-moi si tu as besoin de nous, la meute est prête à te soutenir.

— Tu m'as déjà bien aidée.

Deux minutes après son départ, Barry est arrivé dans sa voiture de location. Il avait ramené Bob et Amelia, qui dormait debout. À peine dans la maison, elle s'est dirigée vers sa chambre pour faire la sieste, Bob sur ses talons. Barry a couru en haut pour faire recharger son mobile et, de mon côté, je me suis rendu compte qu'il était temps de préparer le dîner. Ce qui prenait le plus de temps, c'était le steak pané. Je m'en suis occupée en premier et l'ai enfourné pour le garder au chaud. Ensuite, j'ai fait sauter une belle courge jaune avec des oignons, avant de couper des gombos en morceaux et de les enrober de chapelure pour les frire ensuite. Puis j'ai déposé des pâtons sur une tôle à pâtisserie, prêts à enfourner juste avant le dîner. Nous aurions des petits pains tout chauds. J'étais maintenant prête à faire le riz.

Barry s'est avancé dans la cuisine, le nez en l'air et un sourire sur les lèvres.

— Ta journée s'est bien passée ? C'était productif ? lui ai-je demandé.

Il a hoché la tête et m'a répondu silencieusement. *Je vais attendre que tout le monde soit présent, comme ça je ne raconterai l'histoire qu'une fois.*

Pas de problème, lui ai-je répondu en essuyant la farine du plan de travail. Il m'a aidée à laver les casseroles sales. Il semblait parfaitement à l'aise dans les tâches du quotidien, et j'ai compris soudain qu'il gagnait à être connu un peu mieux.

— Je vais dehors pour téléphoner, m'a-t-il annoncé ensuite.

Je savais qu'il voulait aller au-delà de ma portée – oreilles et cerveau. Mais je ne lui en voulais pas. Peu de temps après, Bob a traversé la cuisine pour sortir, refermant la porte moustiquaire avec soin derrière lui.

Quelques minutes plus tard, Amelia est apparue elle aussi, les yeux gonflés de sommeil.

— Bob est allé se promener dans les bois, a-t-elle grommelé. Je vais me passer de l'eau sur le visage.

Maître Cataliades et Diantha ont fait irruption dix minutes après, l'une épuisée et l'autre visiblement d'humeur jubilatoire.

— Je suis follement épris de Beth Osiecki, m'a-t-il annoncé joyeusement. Je vous en parlerai pendant le repas. Je dois tout d'abord me doucher.

Après avoir inhalé les senteurs de la cuisine en connaisseur, il m'a dit à quel point il était impatient de dîner, avant de monter au premier avec Diantha, qui n'avait toujours pas desserré les lèvres. Un peu plus tard, Amelia est sortie de la salle d'eau, laissant sa place à l'avocat. Bob est revenu des bois, trempé de sueur et couvert d'égratignures, un sac d'herbes variées à la main. Il s'est effondré dans une chaise en suppliant qu'on lui donne un grand verre de thé bien glacé, qu'il a vidé d'un trait. Diantha est entrée pour couper un melon miel qu'elle avait acheté en chemin sur un étal en bordure de route. Son parfum sucré a envahi la pièce.

Mon portable a vibré.

— Allô ?

L'eau du riz était en ébullition. J'ai baissé le feu et couvert la casserole, jetant un œil à la pendule. Je l'éteindrais d'ici à vingt minutes.

— C'est Quinn.

256

— Tu es où ? Tu suivais qui ? On va se mettre à table, tu viens ?

— Les deux hommes que j'avais reconnus étaient partis, ce matin. Je crois qu'ils m'ont aperçu et ils ont quitté le motel dans la nuit. J'ai passé toute la journée à essayer de les retrouver, mais rien à faire.

— C'était qui ?

— Tu te souviens de cet avocat...

— Johan Glassport ! ai-je coupé.

— Yep. Comment tu as su ?

— Barry l'a vu à La Nouvelle-Orléans.

— Eh bien il était ici. Avec un mec qui me dit quelque chose, mais je n'arrive pas à mettre le doigt dessus.

— Alors, qu'est-ce que tu vas faire ?

Je regardais la pendule, un peu tendue – j'étais toujours anxieuse lorsque j'organisais un repas. Pour Gran, au contraire, l'affaire avait toujours eu l'air facile.

— Je suis désolé, Sookie, mais j'ai autre chose à t'apprendre. On m'a appelé, et je dois prendre une mission. Mon employeur dit que je suis le seul à pouvoir m'en charger.

— D'accord...

C'est alors que j'ai remarqué le ton de voix qu'il avait employé.

— Tu m'as l'air bien sérieux.

— J'organise une cérémonie de mariage. Pour des vampires.

J'ai respiré à fond.

— En Oklahoma, si j'ai bien compris ?

— Oui. C'est dans deux semaines. Si je ne prends pas l'affaire, je perds mon boulot.

Et il ne pouvait pas se le permettre, surtout qu'il était sur le point d'être père.

— Je comprends, lui ai-je répondu d'un ton égal. Je t'assure. Tu es venu m'aider et c'était adorable de ta part.

— Ça m'ennuie beaucoup de ne pas avoir localisé Glassport. Il est vraiment dangereux.

— S'il est impliqué dans cette histoire, on le saura, ne t'inquiète pas. Merci de m'avoir aidée, Quinn.

Nous nous sommes dit au revoir plusieurs fois, de différentes manières, avant de nous résoudre à raccrocher. À présent, il était grand temps pour moi de préparer la sauce, sinon tout mon repas serait gâché. Il était impératif que je repousse toute pensée sur le mariage d'Eric et Freyda. J'aurais tout le temps de m'y attarder à un autre moment.

Une vingtaine de minutes plus tard, j'étais plus calme, tout était prêt et nous étions attablés.

Seul Bob m'a accompagnée pour dire la prière, mais ce n'était pas grave. Puis chacun s'est servi, les discussions pouvaient démarrer.

Barry a pris la parole en premier.

— Je suis passé voir Brock et Chessie, et j'ai même parlé aux enfants.

— Je sais que tu les as appelés avant d'y aller, mais comment tu t'y es pris, pour les convaincre de te laisser entrer ? a demandé Amelia.

— Je leur ai dit que j'avais connu Arlene et que je voulais leur présenter mes condoléances. Mais après, a-t-il ajouté, sur la défensive, je leur ai dit la vérité : que j'étais un ami de Sookie, et que j'étais convaincu qu'elle n'avait rien à voir dans la mort d'Arlene.

— Ils t'ont cru ? lui ai-je demandé.

— Absolument, a-t-il répondu d'un air assez surpris. Pour eux, matériellement, tu n'as pas pu tuer Arlene : tu es plus petite qu'elle, et ils disent que tu n'aurais pas pu serrer son cou assez fort, ni la fourrer dans la benne. La seule personne qui aurait pu t'aider, d'après eux, c'est Sam. Et il n'aurait jamais mis le corps derrière son propre bar.

258

— J'espère qu'ils ne sont pas les seuls, à avoir tiré les mêmes conclusions, ai-je rajouté.

— Je leur ai dit qu'Arlene ne m'avait pas appelé en sortant de prison, et pour eux, ça s'est passé pareil. C'est ce que je voulais savoir. Elle a débarqué chez eux trois jours avant sa mort, sans prévenir.

— Qu'ont-ils observé sur sa façon d'être, a demandé Maître Cataliades. Était-elle effrayée ? Prenait-elle des airs mystérieux ?

— Ils ont trouvé qu'elle semblait plutôt nerveuse. Elle était impatiente et heureuse de voir ses enfants, mais en même temps elle avait l'air d'avoir peur de quelque chose. Elle a raconté à Chessie qu'elle devait rencontrer des gens mais qu'elle n'était pas censée en parler. Que quelqu'un allait l'aider à payer ses frais judiciaires pour qu'elle se remette à flot et qu'elle puisse s'occuper de ses enfants.

— Ça, c'est une offre qui l'aurait forcément intéressée, c'est certain, ai-je commenté. L'idée de venir au *Merlotte* pour demander du travail, ça ne venait peut-être pas d'elle, mais plutôt de ces inconnus. Parce qu'elle devait bien se douter qu'il y avait peu de chances qu'on la reprenne.

— Les Johnson ne t'ont rien appris de plus ? Ils n'ont pas aperçu les fameux étrangers ?

Amelia bouillait d'impatience, frustrée par ce qu'elle percevait comme un manque d'informations nouvelles.

— Cela confirme ce que Jane Bodehouse a rapporté, suis-je intervenue. Jane a vu Arlene en compagnie de deux hommes, derrière l'ancienne maison de Tray, la veille du soir où on a retrouvé son corps.

Le visage d'Amelia s'est assombri un instant à la mention du nom de Tray Dawson. Ils avaient été proches, et elle avait espéré plus encore. Mais il était mort.

— Pourquoi se donner rendez-vous là-bas ? s'est interrogé Bob. Il me semble que j'aurais préféré un

endroit plus isolé, plutôt que de risquer que le propriétaire de la maison les aperçoive et pose des questions.

— La maison est vide, et l'atelier à côté, c'est pareil. Et
je ne sais pas si Arlene disposait d'une voiture, pour se
déplacer. La sienne est garée chez les Johnson, mais
je ne crois pas qu'elle soit en état de marche. À vol
d'oiseau, ce n'est pas loin du *Merlotte*, en plus, et c'est là
qu'ils allaient l'emmener. Ils ne voulaient pas qu'elle ait
le temps de comprendre ce qui allait se passer.

Mes amis ont étudié mon raisonnement en silence
pendant un long moment.

— Possible, a finalement conclu Bob, récoltant des
hochements de tête approbateurs.

— Comment vont Coby et Lisa ? ai-je demandé à
Barry.

— Ils sont abattus, m'a-t-il répondu d'un ton bref. Ils
ne comprennent rien.

Son cerveau me renvoyait les images des visages
désemparés des gamins. Je me sentais affreusement mal
chaque fois que je pensais à eux.

— Qu'est-ce que leur maman leur avait dit ? a
demandé Amelia à mi-voix.

— Qu'elle allait les emmener vivre avec elle, dans une
belle petite maison. Qu'ils auraient de bonnes choses à
manger et des habits, mais qu'elle ne serait plus obligée
de travailler autant. Qu'elle voulait rester avec eux pour
toujours.

— Et comment elle allait s'y prendre ? Elle le leur a
dit ? s'est étonnée Amelia.

Barry a secoué la tête. Il était écœuré d'avoir dû lire
dans les pensées des petits alors qu'ils avaient tant souffert, et je le comprenais tout à fait, même s'il était loin
de les avoir torturés.

— Le fin mot de l'histoire, c'est qu'Arlene avait l'intention de faire quelque chose pour ces deux hommes, et
que ça allait lui rapporter gros, a terminé Barry.

Maître Cataliades s'est alors adressé à Bob.

— À quel moment votre voyante va-t-elle venir ?

— Demain, dès qu'elle aura nourri ses animaux, je crois.

Bob a tendu sa fourchette pour prendre une seconde part de steak, évitant de justesse de se faire poignarder par celle de l'avocat, qui avait des vues sur le même morceau.

— J'ai ton écharpe, Sookie, a déclaré Diantha, qui mangeait très lentement.

Elle n'était que le pâle reflet d'elle-même et on pouvait même comprendre son élocution. Tous les regards se sont braqués sur elle, pleins d'admiration et de respect. Maître Cataliades la considérait avec affection.

— Je savais qu'elle réussirait !

S'agissait-il là d'une véritable prédiction, ou d'une foi aveugle dans les capacités de sa nièce, je n'en avais pas la moindre idée.

— Mais comment ? a demandé Amelia, toujours très directe.

— Je suis rentrée à l'intérieur du poste de police après avoir vu la grande femme flic.

L'assemblée l'a fixée sans comprendre.

— Elle s'est métamorphosée en Kenya Jones, leur ai-je expliqué. Kenya a été formée pour effectuer la collecte de preuves.

— Nous avons attendu très longtemps, ce matin, au poste, a repris l'avocat. Je devais m'entretenir personnellement avec le Lieutenant Bellefleur ainsi qu'avec le Lieutenant Beck, car je défends désormais vos intérêts, grâce à Mme Osiecki. Au cours de cette attente interminable, nous avons pu découvrir tout un tas d'indices intéressants : l'emplacement du local des preuves par exemple, ainsi que l'identité des personnes agréées pour en sortir des éléments. Diantha est rapide et rusée à souhait !

L'intéressée a eu un faible sourire.

— Comment tu as réussi ? a demandé Amelia, émerveillée.

— J'avais une écharpe dans ma poche, dans un sac en plastique. Elle ressemblait beaucoup à celle que Sookie avait décrite – nous l'avons trouvée chez Tara's Togs. J'ai pris l'apparence de Kenya, et je suis allée au local. J'ai dit au policier en faction que je voulais voir l'écharpe. Le vieux bonhomme me l'a apportée, je l'ai étudiée, et quand il est allé aux toilettes, j'ai fait l'échange. Quand il est revenu, je la lui ai rendue et je suis sortie.

Brisée de fatigue, elle a allongé le bras pour prendre son verre de thé.

— Merci, Diantha, lui ai-je dit avec sincérité, à la fois heureuse qu'elle ait eu tant de courage et désolée qu'elle ait dû faire quelque chose d'illégal.

Ma part citoyenne et respectueuse des lois se désolait que nous soyons en train de traficoter les preuves d'un crime réel. Mon autre part, celle qui s'intéressait à ma survie, éprouvait plutôt un grand soulagement à l'idée que nous allions peut-être découvrir un détail important grâce à l'écharpe – si la voyante valait son salaire, naturellement.

Après avoir reçu les compliments de toute la tablée, Diantha s'est animée un peu plus. Se mouvant toujours avec une certaine lenteur, elle s'est arrangée alors pour ingurgiter tout ce qui se trouvait sur la table, se retenant malgré tout de piquer dans les assiettes des autres. Après quoi, elle avait bien meilleure mine. Manifestement, la métamorphose lui avait coûté une quantité d'énergie phénoménale.

— C'est bien plus difficile, quand elle doit parler et pas simplement se contenter de ressembler à la personne, a expliqué Maître Cataliades à mi-voix.

Il avait lu dans mes pensées.

Il traitait sa nièce avec respect et courtoisie, veillant à ce que son verre de thé glacé soit rempli et que le beurre demeure à sa portée. J'en ai conclu que je ferais bien de rajouter cette denrée à ma liste de courses. Barry avait acheté un gâteau à la pâtisserie. Gran aurait crié au sacrilège mais je n'étais pas aussi fière qu'elle et surtout, je n'avais pas eu une seule seconde pour en faire un. Diantha semblait prête pour le dessert et j'allais le servir dès que nous aurions débarrassé.

Pendant ce temps, j'ai écouté Amelia, dont les pensées m'arrivaient haut et clair, comme toujours. Elle révisait son opinion sur les compétences et l'intelligence de Diantha. Très impressionnée par la fille mi-démon, elle était intriguée par son incroyable élasticité et se demandait si elle transformait son corps ou projetait une illusion. En revanche, le succès de Diantha lui donnait le sentiment qu'elle n'avait pas fait sa part.

— Malheureusement, a-t-elle commencé brusquement, Bob et moi, on n'a pas pu lancer le sort qu'on voulait, puisqu'on n'a pas encore retrouvé ces deux types. Mais quand Barry est venu nous prendre avec sa voiture de luxe, sa vieille Ford toute pourrie, on a fait toutes les locations de Bon Temps. On était prêts à insister pour voir les logements, même s'ils étaient loués, parce qu'on espérait que le propriétaire nous dirait « oh, désolé, on vient juste de louer à deux gars qui viennent de blablabla ». Dans ce cas, on y serait allés. Mais on n'a pas eu la moindre piste.

— C'est une bonne info en soi, ai-je fait remarquer pour apaiser Amelia, vexée de ne pas nous avoir servi les deux inconnus sur un plateau. Ça veut dire qu'ils sont trop rusés pour se baser dans le coin.

— Par contre, est intervenu Bob, nous avons découvert pourquoi tes fleurs et tes tomates poussent aussi bien.

— Ah euh... Super. Et pourquoi ?

— C'est de la magie de faé. Les terres Stackhouse en sont chargées à bloc.

Pour ne vexer personne, je me suis abstenue de leur révéler que je m'en doutais déjà et j'ai repensé au moment où mon arrière-grand-père m'avait serrée dans ses bras pour faire ses adieux. J'avais bien ressenti l'onde de choc provoquée par son pouvoir. J'avais cru néanmoins qu'il s'agissait simplement de sa façon à lui de me dire adieu. Alors qu'en réalité il était en train de nous « bénir », ma maison et moi.

— Oooh, me suis-je donc exclamée, tout attendrie. C'est tellement mignon…

— Il aurait mieux fait de t'installer un cercle de protection géant, a fait Amelia, la mine sombre.

On lui avait retiré la vedette plusieurs fois et, tout en étant raisonnable, elle avait tout de même sa fierté.

— Comment Arlene a-t-elle pu passer tes vieux boucliers ? a-t-elle demandé.

— Alcide croit qu'elle portait un charme sur elle.

Elle a rougi de colère.

— Si elle avait bien un talisman de ce genre, alors une sorcière a mis son nez dans l'histoire et j'ai l'intention de savoir qui ! Je m'en charge.

— Le jardin est magnifique. Gran aurait adoré le voir comme ça, ai-je fait remarquer en souriant, pour changer de sujet.

Ma grand-mère vouait une passion à son jardin, dans lequel elle travaillait sans relâche. Ses fleurs s'épanouissaient tandis que ses bulbes se multipliaient et que l'herbe… Eh bien l'herbe poussait follement à présent, et j'allais devoir la tondre dès le lendemain et, à partir de maintenant, très fréquemment. C'est toujours pareil, avec les faé : il y a immanquablement un inconvénient, quand ils vous donnent quelque chose.

— Ce n'est pas la seule chose que Niall ait faite pour vous, est intervenu le démon, me détournant de mes pensées négatives.

— C'est-à-dire ?

Aïe, c'était un peu brusque et j'ai repris plus cordialement.

— Pardon. Vous, vous savez quelque chose que je ne sais pas.

— En effet, m'a-t-il retourné avec un sourire. Je sais beaucoup de choses dont vous ignorez tout, et je vais vous en révéler une dès maintenant. Je serais venu à Bon Temps dans tous les cas, même sans cette histoire de meurtre. Car j'ai affaire avec vous en tant qu'avocat de votre arrière-grand-père.

— Il n'est pas mort, ai-je précisé aussitôt.

— Non mais il n'a pas l'intention de revenir ici, et il souhaitait que vous receviez quelque chose, afin que vous conserviez un bon souvenir de lui.

— Il fait partie de ma famille. Il ne m'en faut pas plus et je n'ai besoin de rien.

Ce qui était totalement faux, je m'en suis aperçue dès que j'ai ouvert la bouche. Mais j'ai ma fierté, moi aussi.

— Il me semble que si, mademoiselle Stackhouse, a repris Maître Cataliades d'une voix égale. À l'instant présent par exemple, il vous faut un fonds d'assistance juridique. Grâce à Niall, c'est chose faite. Vous percevrez un revenu mensuel sur la vente de la maison de Claudine. Par ailleurs, Niall a fait mettre le *Hooligans* à votre nom, et je l'ai vendu pour vous.

— Ah bon ? Mais il appartenait aux triplés Claude, Claudine et Claudette, ses petits-enfants faé.

— Je ne connais pas toute l'histoire. Niall m'a néanmoins expliqué que Claude n'avait pas acheté le club, et que c'était en menaçant son véritable propriétaire qu'il avait pu se l'approprier.

— Effectivement. Et Claudette était déjà morte.

— C'est une histoire que j'aimerais entendre, à une date ultérieure. En tout état de cause, Claude ayant comploté pour trahir Niall, et puisqu'il a été pris, il a renoncé à tous ses biens, en faveur de son souverain. Niall m'a donné comme instruction de vendre les propriétés et de vous transmettre la somme recueillie.

— À moi ? Et vous avez déjà tout vendu ?

Claude était prisonnier – ce détail ne m'avait pas échappé. Il méritait largement cette condamnation, car le coup qu'il avait préparé aurait pu entraîner la mort de Niall. Cependant, je ne pouvais m'empêcher de compatir au sort de quiconque se retrouvait en cellule. Ou, en Faérie, assigné à résidence dans une cosse de haricot géant, pour autant que je le sache.

— C'est exact. Vous percevrez les bénéfices sous forme de rente, au travers d'un chèque mensuel. Lorsque nous aurons rempli les papiers, la somme pourra être virée directement sur votre compte courant. Je vous descendrai le dossier tout à l'heure, ainsi que le chèque provenant du reste de la vente du club – car la somme a été consacrée en partie à votre rente.

— Claudine m'a pourtant déjà laissé une somme énorme. Je ne sais pas ce qui s'est passé à la banque, d'ailleurs. Quelqu'un aurait accusé la banque de je ne sais quoi et tout a été gelé. Il y a une semaine, j'ai vu dans le journal que les inspecteurs n'avaient rien trouvé. Je vais les rappeler.

— Le legs de Claudine provenait de ses fonds personnels. C'était une faé très économe et elle a épargné pendant des dizaines d'années.

J'avais peine à croire à ma chance.

— Je vais avoir assez d'argent pour assurer ma défense, et c'est un immense soulagement, ai-je murmuré. Mais j'espère que quelqu'un passera aux aveux et m'épargnera ce procès.

266

— Nous aussi, m'a assuré Barry, et c'est pour ça qu'on est tous là.

— Tout à l'heure, a repris Amelia, tant qu'il fait encore jour, Bob et moi allons implanter un cercle de défense agressive autour de ta maison.

— C'est très gentil, merci, ai-je répondu en leur adressant un regard sincère à chacun.

Fort heureusement, Amelia ne pouvait pas lire dans mes pensées. Elle était impatiente d'apporter sa contribution, et j'étais consciente de son pouvoir impressionnant. Il arrivait malgré tout, lorsqu'elle préparait des sorts importants, que les choses ne se passent pas très bien. Je ne voyais cependant aucun moyen de refuser son offre sans la blesser.

— Je crois que Niall se concentrait sur la fertilité de ma terre, ai-je poursuivi, et ça c'est déjà merveilleux. Mais de la protection en plus, ce serait formidable, c'est certain.

— Il y a déjà un bouclier elfique, a convenu Amelia. Seulement comme il n'est pas d'origine humaine, il n'est pas forcément efficace contre des attaquants humains ou vampires.

Le raisonnement se tenait, en tout cas à mon avis. L'elfe Bellenos, qui n'avait strictement rien d'humain, avait ricané des sorts d'Amelia et ajouté les siens.

Un sentiment de culpabilité m'a soudain envahie : je ne faisais toujours pas confiance à mon amie. Il était temps de montrer un peu plus de bonne humeur.

— J'ai une belle somme d'argent qui me tombe dessus, alors je crois qu'on peut fêter ça avec de la glace, pour accompagner le gâteau. Ça vous dit ? J'ai deux parfums : Rocky Road, c'est-à-dire chocolat, noix, guimauve. Ou Dulce de Leche, à la confiture de lait.

Tout en servant la crème glacée à mes convives, qui en avaient tous réclamé, je croisais les doigts en priant pour qu'Amelia et Bob réussissent leur sort.

À la fin du repas, ces derniers sont sortis travailler, tandis que Barry recouvrait les restes de gâteau et que je rangeais la glace. Diantha, qui semblait toujours épuisée, a annoncé qu'elle montait se coucher. Son oncle l'a accompagnée pour redescendre peu après, muni des papiers concernant la rente et du chèque évoqué, attaché aux documents par un trombone en forme de cœur.

Je me suis rincé et essuyé les mains avant de prendre le dossier. J'ai baissé les yeux sur le chèque sans savoir à quoi m'attendre. Le montant m'a donné le vertige et le courrier disait que j'allais recevoir trois mille dollars par mois.

— Cette année ? ai-je demandé pour être certaine de bien comprendre. Trois mille par mois ? Waouh. C'est complètement fou.

— Non. Pas cette année. À vie, a précisé Maître Cataliades.

Je me suis assise d'un coup.

— Sookie, ça va ? m'a demandé Barry, qui, s'étant éloigné dans l'autre pièce, a accouru de nouveau vers moi, inquiet. *Bonnes ou mauvaises nouvelles ?*

Je vais pouvoir assurer ma défense, lui ai-je confirmé. *Mais en plus, je vais pouvoir appeler les désinsectiseurs pour la maison.*

15

Les alarmes ont carillonné à minuit.

Je n'avais pas su qu'il y avait des alarmes, ni qu'il était cette heure-là mais lorsque le tintement a débuté, j'ai jeté un œil au réveil. Je n'avais pas dormi aussi bien depuis vraiment longtemps et, l'espace d'un instant, une déception amère m'a aveuglée. Puis j'ai bondi hors de mon lit.

J'ai entendu Amelia hurler « ça a marché ! » et j'ai ouvert ma porte à toute volée. Amelia et Bob, en chemise et short de nuit, se ruaient vers la porte arrière. Maître Cataliades a mugi quelque chose d'inintelligible et Diantha lui a répondu d'un cri strident. Encore habillés, ils dévalaient les escaliers en fonçant comme des taureaux, tandis que Barry, torse nu et en pantalon de pyjama, les suivait en trébuchant.

Nous nous sommes tous entassés sur la véranda, les yeux braqués vers le jardin. Il y avait un gros projecteur de sécurité, de ce côté-ci, mais nous pouvions également voir un grand cercle de lumière bleue, qui cernait entièrement le jardin et la maison. Un corps était allongé sur le sol, juste au-delà de l'anneau.

— Oh non ! me suis-je écriée en posant la main sur la porte grillagée de la terrasse.

— Sookie, ne sors pas ! m'a interdit Amelia en me tirant vers l'arrière. Ça, c'est quelqu'un qui a essayé de se glisser chez toi !

— Mais si c'est Bill, alors qu'il voulait simplement vérifier que j'allais bien ?

— Notre cercle de défense reconnaît l'hostilité, m'a annoncé Bob avec fierté.

— Diantha, as-tu ton téléphone cellulaire sur toi ? a demandé Maître Cataliades.

— Biensûrquejel'ai.

Elle était revenue à la normale...

— Va donc prendre une photographie de la personne qui est couchée sur le sol. Reste cependant bien à l'intérieur du cercle.

Diantha est partie comme une flèche avant qu'on ait pu réagir ou discuter de l'idée. Elle tenait son téléphone et, lorsqu'elle est arrivée en périphérie de la lueur bleutée, elle s'est immobilisée pour prendre une photo. En un clin d'œil, elle était de retour, avant qu'on puisse s'inquiéter encore plus sérieusement pour elle.

Son oncle a orienté le petit écran vers moi.

— Reconnaissez-vous ce vampire ?

J'ai plissé les yeux pour mieux voir.

— Absolument. C'est Horst Friedman, le bras droit de Felipe de Castro.

— C'est bien ce que je pensais. Amelia, Bob, je dois vous adresser mes félicitations les plus vives pour votre bouclier et votre sagacité.

« Sagacité », c'était un mot que je ne connaissais pas, mais il n'était manifestement pas inconnu d'Amelia, car son visage rayonnait. Même Bob, généralement sombre, affichait sa fierté.

— Oui ! Merci beaucoup ! me suis-je exclamée avec enthousiasme en espérant qu'il n'était pas trop tard. Je ne sais pas ce qu'il voulait. Et d'ailleurs, pour l'instant, je

270

ne veux pas le savoir. Vous allez devoir recharger le cercle ?

— On va le tester, non ? a suggéré Bob.

Amelia a confirmé en opinant du chef et j'ai vu les yeux de Barry, qui considéraient la chemise de nuit, avec Amelia dedans. Il a détourné le regard avec grande résolution. Aïe. Je n'avais franchement pas envie d'entendre ses pensées au sujet de mon amie, et je me suis répété *lalalalala* dans ma tête un instant, en attendant que tout ce désir s'apaise un peu.

— Sookie ! a appelé la voix de Bill depuis les bois. Que s'est-il passé ?

— Je crois que Horst a essayé de s'introduire chez moi, et le sort de Bob et Amelia l'a dégommé ! ai-je hurlé en retour.

J'ai ouvert la porte moustiquaire et descendu deux marches – si nécessaire, je pouvais encore bondir à l'intérieur très facilement.

Bill est sorti de l'ombre.

— J'ai senti le choc de la magie depuis chez moi, a-t-il déclaré en baissant les yeux sur le corps inerte à ses pieds.

Le vampire n'avait apparemment pas succombé à sa mort finale, puisqu'il ne se délitait pas.

— Que dois-je en faire ? m'a demandé Bill.

— À toi de voir !

J'aurais souhaité m'approcher de lui et du cercle bleu, pour pouvoir cesser de crier, mais je n'étais pas rassurée.

— Je suppose qu'avec le roi, il vaut mieux rester diplomate, ai-je ajouté.

Sinon, j'aurais bien été tentée de demander à Bill d'user de persuasion, dès le réveil de Horst, pour découvrir le sort que me réservaient son patron et lui...

— Je l'emporte chez moi et j'appelle le roi.

Sur ce, Bill a chargé le vampire toujours inconscient sur son épaule, comme s'il ne pesait pas plus qu'une plume, avant de disparaître dans la nuit.

— Ça, c'était tout à fait passionnant, ai-je commenté d'un ton faussement calme et détaché, en remontant sur la véranda. Je crois que je vais aller me recoucher. Heureusement que vous aviez mis ce sort de défense en place, merci à vous deux. Diantha, merci pour ton aide. Est-ce que tout le monde va bien ? Vous avez besoin de quelque chose ?

— Nous, ça ira dès qu'on aura testé la résistance du cercle, a précisé Bob en se tournant vers Amelia. Qu'est-ce que tu en penses, mon bébé ?

— Il faut effectivement qu'on vérifie tout ça, a-t-elle acquiescé.

Ils sont allés pieds nus dans l'herbe et, sans se consulter, se sont pris la main et ont commencé à psalmodier. Une senteur prononcée s'est mise à flotter dans l'air. Lourde et épicée comme du bois de santal, c'était celle de la magie.

Malgré le réveil si rude, j'ai fini par me rendormir, peut-être en partie grâce au sort que mes amis élaboraient dans mon jardin. Lorsque j'ai rouvert les yeux, il faisait jour et mes visiteurs vaquaient à leurs occupations dans la maison.

Consciente que j'étais une mauvaise hôtesse, j'ai néanmoins pris le temps de vérifier mes messages avant d'aller à la cuisine. Bill m'en avait laissé un.

« J'ai appelé Eric pour lui dire que l'ami du roi était chez moi. Il a demandé ce qui s'était passé et je lui ai parlé du cercle de sorcellerie. Je lui ai expliqué que de nombreux amis étaient venus te retrouver, tous prêts à te défendre. Il a demandé si Sam Merlotte était parmi eux et quand j'ai dit que non, il a éclaté de rire. Il m'a assuré qu'il informerait le roi pour Horst, et ensuite, Felipe m'a envoyé sa femme, Angie, pour prendre Horst.

Il commençait tout juste à reprendre conscience. Angie semblait furieuse contre lui. Je soupçonne donc qu'il est venu de sa propre initiative. Tes amis sorciers ont fait du bon travail. »

Puis il a raccroché. Les vampires ne s'embarrassent pas de formalités telles que la politesse téléphonique.

L'image d'Eric en train de s'esclaffer en apprenant l'absence de Sam ne me plaisait vraiment pas. Je me suis mise à cogiter très sérieusement.

— Sookie, tu as du lait en réserve ? a appelé Barry, qui avait perçu mon réveil.

— J'arrive ! ai-je hurlé en retour tout en enfilant mes vêtements à la hâte.

Le monde poursuivait sa course en dépit de toutes les crises qui pouvaient bien survenir.

— Les enfants de Dieu doivent bien manger, ai-je commenté après avoir tendu une pinte de lait que j'avais dénichée au fond du réfrigérateur.

Puis je me suis versé un bol de céréales.

— La voyante va arriver d'une minute à l'autre, m'a fait remarquer Bob.

Plein de tact, il n'osait pas me pousser à me dépêcher, et j'ai été horrifiée de découvrir l'heure sur la pendule.

Tous les autres avaient déjà déjeuné et fait leur vaisselle, qui séchait sur l'égouttoir. J'aurais dû me sentir gênée mais, finalement, c'est le soulagement qui a primé.

J'avais à peine fini de me brosser les dents lorsqu'un pick-up préhistorique est arrivé en pétaradant devant chez moi. Son moteur s'est coupé avec un cliquetis de mauvais augure. Une femme petite et trapue s'est glissée de la cabine pour atterrir sur le gravier. Elle portait un chapeau de cow-boy orné de l'extrémité d'une plume de paon. Ses cheveux desséchés, qui tombaient sur ses épaules, avaient presque la même teinte que sa peau brune et tannée comme une vieille selle de cheval. Delphine Oubre ne ressemblait à rien de ce que j'avais pu imaginer. Avec ses bottes usées, son jean et son chemisier bleu sans manches, elle donnait l'image d'une femme qui serait plus à l'aise en train de danser dans un bar de country comme le *Stompin' Sally's*[1], que dans la maison d'une télépathe, à pratiquer la voyance.

— Ce qu'elle pratique, c'est la psychométrie, a corrigé Barry.

J'ai haussé le sourcil.

— À ne pas confondre avec les techniques de mesure qu'on emploie dans les domaines de la psychologie ou du comportement. Certains appellent ça également la « psychopathotactie », a-t-il précisé en ajoutant des guillemets de ses mains.

Ce qui ne me semblait pas très scientifique.

— À moi non plus, a-t-il avoué. *Je suis allé lire tout ce que je pouvais sur Internet hier soir, pour me préparer à sa visite. Au cas où Bob se tromperait sur son talent.*

Bonne initiative, l'ai-je félicité tout en observant la progression de Delphine Oubre.

— Pas besoin de lui donner vos noms, est intervenu Bob rapidement. Elle a juste besoin du mien, c'est tout.

De près, Delphine semblait avoir la quarantaine et ne portait ni bijoux ni maquillage, sa seule fantaisie étant sa plume de paon. Ses bottes de cow-boy étaient d'âge vénérable et j'étais certaine qu'elle aurait pu enfoncer des clous à mains nues.

Bob s'est alors présenté à Delphine et je lui ai demandé si elle avait soif. Elle a suggéré un verre d'eau – du robinet, sans glace – et s'est tiré une chaise de cuisine avant de s'asseoir. J'ai posé le verre devant elle et elle a pris une longue gorgée.

— Alors ? s'est-elle impatientée.

---

1. Le nom du club est formé à partir du prénom Sally et du verbe *to stomp*, qui signifie danser ou marcher d'un pas lourd. Le stomp est l'un des pas de base de la danse country.

Diantha lui a tendu l'écharpe dans son sachet de plastique. Je n'avais pas voulu la voir. Elle avait été découpée sur le cadavre d'Arlene et le nœud était intact. Tordue en un lien étroit, elle était tachée de sang.

— L'écharpe d'une morte, a prononcé Delphine d'un ton indifférent.

— Non, c'est mon écharpe, ai-je rectifié. Mais comment se fait-il qu'on l'ait retrouvée sur une femme décédée, c'est ça que je veux savoir. Est-ce que ça vous dérange, de toucher un objet qui a tué quelqu'un ?

Je voulais juste savoir si elle allait se mettre à hurler en saisissant le tissu – ce qui, il fallait bien l'avouer, me semblait cependant peu probable, d'après ce que j'avais vu d'elle.

— C'est pas l'écharpe, qui l'a tuée, c'est les mains qui l'ont serrée, a-t-elle fait remarquer, pragmatique. Allez, le fric d'abord. J'ai des vaches à nourrir, moi.

De l'argent ? C'était Bob qui l'avait appelée et tout organisé. J'avais oublié de lui demander à combien se monteraient les services de la voyante. Je me doutais bien qu'elle refusait les chèques.

— Quatre cents, a murmuré Bob, que j'aurais volontiers giflé pour avoir omis de m'en avertir.

Atterrée, j'ai réfléchi à ce qui me restait dans mon sac à main. J'allais devoir faire passer le chapeau de cowboy pour pouvoir payer en liquide…

La main de Maître Cataliades est apparue devant Delphine. Sans un mot, elle a pris les quatre billets de cent dollars et les a fourrés dans sa poche de chemise. J'ai adressé un signe du menton à mon bienfaiteur démonique pour le remercier et il me l'a rendu avec nonchalance.

— Je rajouterai la somme sur ma facture, a-t-il murmuré.

Cette question étant réglée, nous nous sommes tous concentrés anxieusement sur la voyante. Sans attendre une seconde de plus, Delphine Oubre a ouvert le sachet et sorti l'écharpe. Une puanteur s'est élevée et Amelia est allée ouvrir une fenêtre immédiatement.

Si j'avais réfléchi, j'aurais fait en sorte que la séance se passe dehors, malgré la chaleur.

Les yeux fermés, la médium tenait le tissu mollement entre ses doigts. Peu à peu, au fur et à mesure que lui apparaissaient les révélations, sa prise se resserrait de plus en plus. Son visage s'est tourné légèrement de côté et d'autre, comme si elle cherchait à mieux voir. L'effet produit était des plus étranges. D'autant plus que je voyais ce qui se passait dans sa tête, une expérience plus que troublante.

— J'ai tué des femmes, a-t-elle dit soudain, d'une voix qui ne lui appartenait pas.

J'ai sursauté et je n'étais pas la seule. Nous avons tous fait un pas en arrière.

— J'ai déjà tué des putains, a-t-elle poursuivi d'un ton saturé de malveillance et de jubilation. Celle-ci est presque une putain. Comme elle est terrifiée. C'est encore meilleur.

Figés, nous retenions notre souffle.

— Mon ami, lui, a repris Oubre avec une pointe d'accent, il fait son délicat. Mais c'est son choix, n'est-ce pas...

J'étais sur le point de reconnaître cette voix, qui ne m'évoquait rien de bon, bien au contraire. Je l'associais au désastre.

Je me suis retournée vers Barry au moment même où il me prenait la main.

— Johan Glassport, ai-je chuchoté.

Je n'en étais plus au vague sentiment de malaise. Mon cœur battait à tout rompre et j'avais l'impression d'être au bord de la crise cardiaque. Barry avait aperçu Glassport à La Nouvelle-Orléans, et Quinn, dans un motel des environs. Je ne comprenais pas pourquoi. Il n'avait à ma connaissance aucune raison réelle de m'en vouloir. Je soupçonnais toutefois que lorsqu'il sortait de son rôle d'avocat, la raison ne faisait pas partie de son mode de fonctionnement.

Je l'avais rencontré à bord d'un avion qui volait en direction de Rhodes. Nous étions tous deux au service de Sophie-Anne, Reine de la Louisiane et décédée depuis. J'étais censée l'aider en espionnant les cerveaux des humains durant le sommet, et la mission de Glassport était de la défendre contre des accusations proférées par un contingent de vampires de l'Arkansas.

Je ne l'avais pas vu depuis que le *Pyramid of Gizeh* avait explosé, détruit par les membres d'un mouvement suprématiste humain, persuadés que les vampires devaient tous mourir.

J'avais repensé à lui de temps à autre, et toujours avec répugnance. J'avais toujours innocemment supposé que nos chemins ne se croiseraient plus jamais. Pourtant, il était là, et parlait par la bouche d'une femme rancher et médium du nom de Delphine Oubre.

— Le choix de qui ? a demandé Bob à voix basse.

Mais Delphine n'a pas réagi avec la voix de Glassport. Insensiblement, son corps a changé de posture et elle s'est balancée d'un côté à l'autre, comme si elle était assise dans un wagonnet de montagne russe. Le mouvement a ralenti ensuite, pour finalement s'arrêter. Après une minute interminable, elle a rouvert les yeux.

— Voici ce que j'ai vu, a-t-elle repris avec sa propre voix, très rapidement, comme si elle avait peur de tout oublier. Un homme, un homme blanc, et il est presque entièrement mauvais, mais il fait semblant d'être respectable. Il prend du plaisir à tuer ceux qui sont sans défense. C'est lui qui a tué la femme aux cheveux rouges, sur ordre de quelqu'un. Elle ne correspond pas à ses proies habituelles. Il ne l'a pas prise par hasard. Elle le connaissait. Elle connaissait l'homme qui était avec lui. Elle n'arrivait pas à croire qu'ils étaient en train

277

de la tuer. Elle était persuadée que l'autre homme était gentil. Elle pensait : « J'ai fait tout ce qu'ils m'ont demandé, pourquoi ils tuent pas Snookie ? »

— Sookie, ai-je coupé sans réfléchir.

— C'est vous ? a demandé Delphine.

— Non, ai-je répondu, retenue par le regard de Bob qui secouait la tête discrètement.

— Eh ben vous avez de la chance, si vous n'êtes pas Sookie. Parce qu'ils tiennent vraiment à lui faire la peau.

Et merde.

Delphine s'est levée en s'ébrouant légèrement. Puis elle a pris une nouvelle gorgée d'eau, et enfin, elle est repartie en sens inverse pour remonter dans son pick-up, rentrer chez elle et nourrir son bétail.

Tout le monde évitait soigneusement de me regarder. C'était moi qui portais une belle cible dessinée sur le front.

— Il faut que j'aille au boulot, ai-je annoncé pour briser le silence pesant.

Sam pouvait bien en penser ce qu'il voulait. Je devais absolument sortir et faire quelque chose.

— Diantha vous accompagne, a décidé Maître Cataliades.

— Je serais sincèrement ravie de l'avoir avec moi. Mais je ne sais pas trop comment expliquer sa présence.

— Tu n'es pas obligé de le faire, si ? s'est étonné Bob.

— Il faut bien que je dise quelque chose…

— Pourquoi ? Le bar t'appartient en partie, non ?

— C'est vrai.

— Alors pas question ! Tu n'as pas à te justifier, et puis c'est tout, a conclu Amelia avec un tel air de royale indifférence que nous avons tous éclaté de rire, même moi.

278

En conséquence de quoi je me suis présentée au *Merlotte* avec Diantha, sans un mot d'explication pour qui que ce soit, sauf Sam. Elle s'était habillée avec une modestie toute relative : minijupe jaune, débardeur bleu-vert vif, et sandales arc-en-ciel à semelles compensées. Ce mois-ci, ses cheveux étaient blond platine – ce qui toutefois ne semblait pas trop exotique, car Bon Temps comptait un certain nombre de spécimens de ce genre.

Je ne sais pas ce que Diantha a pensé d'eux, mais les habitués du *Merlotte* sont tombés sous son charme. Elle était différente, animée, toute fraîche, et sa façon de parler les fascinait : ils avaient l'impression qu'elle parlait une langue étrangère. Puisque je la comprenais, j'ai dû servir d'interprète et j'ai été appelée plusieurs fois dans la journée par Jane Bodehouse, notre cuisinier Antoine ou Andy Bellefleur pour leur expliquer ce que disait « ma petite cousine au second degré » – je ne sais pas où ils avaient pris l'idée de ce lien de parenté mais en une demi-heure, tout le monde y croyait dur comme fer. Pourtant, chacun ici connaissait mon arbre généalogique sur le bout des doigts… Pour mes parents faé Dermot et Claude, j'avais réussi à me débrouiller : Dermot, celui qui ressemblait comme deux gouttes d'eau à Jason, était mon « cousin de Floride », et Claude, un « enfant de l'amour ». Mes concitoyens devaient estimer que la famille Stackhouse était assez imprévisible.

Ce jour-là, la salle était pleine. Je travaillais en équipe avec An' Norr, ce qui m'a permis de le faire à un rythme plus raisonnable qu'avec d'autres serveuses. An' était une véritable fourmi. Autre avantage : grâce à la présence de Diantha et d'An', pas un seul type ne pensait à mes tétons – que les habitués ne voyaient d'ailleurs même plus. J'ai baissé les yeux en souriant : « vous êtes dépassées, les filles », leur ai-je déclaré. Sam m'a adressé un drôle de regard, mais il n'est pas venu me demander pourquoi je parlais à mes seins.

Je l'ai évité, moi aussi. J'en avais assez de faire des efforts. J'avais suffisamment de difficultés, sans essayer de l'amadouer pour qu'il sorte de sa tanière.

J'attendais une commande passée par Andy et Terry Bellefleur (oui, c'était un peu étrange, d'avoir affaire à Andy, depuis qu'il m'avait passé les menottes, mais nous faisions tous les deux comme si), lorsque, à ma grande surprise, il m'a adressé la parole.

— Depuis quand tu as une cousine démon ?

— C'est la première fois que tu rencontres Diantha ?

— Je crois bien que oui. Je m'en souviendrais, sinon.

— Elle est venue me rendre visite avec son oncle. Ils font tous les deux partie de l'Équipe Sookie, lui ai-je expliqué avec fierté. Ils m'aident à innocenter mon nom. Pour que je ne sois pas obligée d'aller au procès.

Je ne m'attendais pas à l'effet ravageur de mes paroles sur Sam, qui semblait tiraillé entre le soulagement et la fureur.

— J'aimerais tellement être là, a-t-il énoncé.

— Rien ne t'arrête. Et n'oublie pas, tu m'as dit que tu viendrais dîner.

En ce qui concernait le comportement étrange de Sam, j'avais dépassé le stade de l'incompréhension ou de la confusion. J'avais atteint la crispation exacerbée.

Chez Sookie

Un choc sourd se fit entendre à la porte de derrière, comme si quelqu'un, chargé de sacs de provisions, tentait d'ouvrir la porte avec un pied. Bob, qui revenait tout juste d'un tour en ville avec Amelia et Barry, se retourna pour aller ouvrir. Il était préoccupé par la grossesse de sa compagne : conscient qu'ils ne pourraient s'en sortir financièrement avec leurs maigres revenus après la naissance, il savait aussi qu'il serait désastreux d'accepter

280

l'argent de Copley Carmichael – en dehors des loyers que percevait Amelia. Cette dernière louait en effet un appartement aménagé au dernier étage de la maison que son père lui avait offerte.

Tout à ses angoisses, il hésita une fraction de seconde lorsque l'homme qui se tenait derrière la porte moustiquaire l'ouvrit d'un coup, prêt à se ruer à l'intérieur. L'esprit de Bob le reconnut instantanément. *Tyrese*, se dit-il, avant de se souvenir que l'homme travaillait pour quelqu'un qui avait vendu son âme. Il le repoussa violemment, espérant le projeter en bas des marches pour pouvoir se réfugier dans la cuisine et fermer la porte à clé.

Mais Tyrese était un homme d'action, embrasé par l'énergie du désespoir. Bien plus rapide, il projeta Bob, plus petit que lui, dans la maison. La porte se referma sur eux.

Poussée par un pressentiment, Amelia pénétra dans la cuisine au moment où les deux hommes s'effondraient en trébuchant dans la pièce. Elle laissa échapper un hurlement. Barry était dans la salle de séjour. Sa liseuse lui échappa des mains et il s'élança. Bob atterrit sur le sol, Amelia rassembla tout son pouvoir pour lancer un sort, et Barry s'arrêta net, juste derrière elle.

Ce fut un Glock qui eut raison des intentions d'Amelia, car il était pointé sur sa poitrine, tandis que son homme gisait à terre en gémissant. Barry se concentrait sur les pensées de Tyrese : accablées de souffrance, elles étaient curieusement ternes et délavées, sans vie. Tyrese n'émettait rien d'utile. Cependant, Barry voyait clair dans sa posture.

— Il n'a rien à perdre, Amelia, annonça-t-il lorsqu'elle s'arrêta de hurler. Je ne sais pas pourquoi, mais il a renoncé. Il n'a plus d'espoir.

— Je suis séropositif, expliqua Tyrese avec simplicité.

— Mais...

Amelia voulait protester, dire que les traitements étaient désormais bien plus efficaces, que Tyrese pourrait vivre bien et longtemps, que…

— Non, l'avertit Barry. Tais-toi.

— Bonne idée, Amelia. Fermez-la. Ma Gypsy s'est tuée. Sa sœur vient juste de m'appeler. Gypsy, celle qui m'a infectée. Celle qui m'aimait. Elle s'est tuée ! Elle a laissé un mot, qui disait qu'elle avait tué l'homme de sa vie, qu'elle ne pouvait pas le supporter. Elle est morte. Elle s'est pendue ! Ma femme, ma Gypsy merveilleuse !

— Je suis désolée, s'exclama Amelia à mi-voix.

C'était la meilleure chose à dire. Malgré tout, même la meilleure chose ne pourrait pas les sauver.

Bob se remit sur pied, prenant soin de bouger avec lenteur et de garder ses mains bien en vue.

— Tyrese, pourquoi vous êtes venu avec un pistolet ? M. Carmichael ne va pas être content, vous savez.

— Je ne pense pas survivre, répondit Tyrese.

— Oh ! Seigneur Jésus, fit Barry en fermant les yeux un instant.

Il ne disposait d'aucun avantage sur l'adversaire, car ses pensées ne lui parvenaient pas assez distinctement.

— Jésus n'a rien à voir là-dedans, répliqua Tyrese. C'est le diable au contraire.

— Pourquoi êtes-vous venu ? insista Bob, en se déplaçant pour se trouver entre le canon de l'arme et Amelia. *J'arriverai peut-être à sauver Amelia et le bébé*, pensa-t-il.

De son côté, Amelia s'efforçait de contrôler sa terreur tout en réfléchissant à des sorts qui pourraient neutraliser temporairement le garde du corps de son père. Elle tentait également de se souvenir s'il y avait des armes dans la maison. Sookie avait mentionné un fusil, qu'elle conservait dans le placard à manteaux à côté de la porte d'entrée. *BARRY* ! hurla-t-elle mentalement.

— Aïe ! Oui, Amelia ?

Fusil, placard de l'entrée, peut-être.

— Celui de l'escalier ? l'interrogea-t-il à voix haute, car Amelia n'entendait pas ses pensées à lui.

Non, celui des manteaux, vers la porte.

— OK. Tyrese, il faut écouter Amelia ! recommanda Barry en s'éloignant petit à petit, espérant qu'Amelia comprendrait qu'elle devait distraire le forcené.

Il ne pensait pas pouvoir atteindre le placard, trouver le fusil, comprendre comment il fonctionnait et toucher Tyrese Marley. Il devait néanmoins à tout prix essayer.

— Tyrese, je vous en prie, dites-moi ce que vous faites ici, avait repris Amelia d'un ton égal.

— Je suis ici parce que j'attends Sookie Stackhouse. Et quand elle sera rentrée, je vais la tuer.

— Hein ? Mais pourquoi ?

— C'est à cause d'elle que votre père a pété les plombs. Elle a pris ce qu'il voulait si fort. Alors il a dit qu'elle devait mourir, et on est venu pour le faire. Mais on n'arrive pas à l'avoir toute seule. On peut pas lui rentrer dedans avec la voiture et causer un accident, il a dit. Il faut quelque chose de sûr. Descendez-la, Tyrese, il a dit. Elle a perdu la protection des vampires, tout le monde s'en fout maintenant.

— Pas moi, rectifia Amelia.

— Eh ben ça, c'est l'autre problème. Il voulait ce truc faé pour pouvoir vous contrôler. Lui, évidemment, il appelait ça « vous donner une meilleure vie », mais nous, on sait à quoi s'en tenir, hein ? Maintenant, il est tellement furax contre Sookie qu'il se moque de ce que vous pouvez vouloir, continua Tyrese.

Le Glock, qu'il tenait d'une main assurée, semblait énorme à Amelia. Le fait que Bob se tienne entre elle et l'arme à feu lui paraissait incroyablement romanesque et courageux.

— Tyrese, où est Papa ? demanda-t-elle avec insistance pour retenir son attention et permettre à Barry de trouver le fusil.

Imperceptiblement, elle glissa son regard vers la pendule. Sookie avait dû finir son service et serait là d'une minute à l'autre...

C'était son père, qui était responsable de tout ce bordel ! Elle était fermement décidée à tout faire pour sauver la vie de son amie. Pourrait-elle invoquer un sort d'étourdissement sans herbes ni préparation ? À son grand regret, comme à celui de ses consœurs, les choses ne se passaient pas comme dans les livres de Harry Potter.

— Dans notre chambre d'hôtel, j'imagine. Quand j'ai vu que j'avais un appel de la sœur de Gypsy, je suis sorti de la chambre et je me suis éloigné. M. Carmichael n'aime pas que je reçoive des coups de fil perso quand je suis avec lui.

— Ça c'est plutôt dingue, commenta Amelia faute de mieux.

Elle ne voulait pas se retourner pour vérifier la position de Barry et savait qu'elle devait continuer à faire parler Tyrese aussi longtemps que nécessaire.

— Pourtant, c'est rien à côté de ce qu'il peut faire ou dire, je vous assure ! s'esclaffa le garde du corps. Venez vous asseoir ici, Amelia, ajouta-t-il en indiquant la chaise du menton.

— Pourquoi ? réagit-elle immédiatement.

— Peu importe. Parce que je vous le dis, lui ordonna-t-il d'un ton glacial.

C'est à ce moment précis que Bob bondit sur Tyrese.

Le rugissement du Glock emplit la pièce. Le sang jaillit. Amelia se mit à hurler sa terreur et Barry se couvrit les oreilles de ses mains, les pensées affolées de la jeune sorcière se débattant sous son crâne. À l'époque où il avait travaillé pour les vampires du Texas, il avait vu des choses terribles. Mais la vision du corps de Bob, sur le sol de la cuisine, dans une mare de sang, éclipsait les pires de ses souvenirs.

— Vous voyez ce que le diable m'a fait faire ? demanda Tyrese avec un sourire ténu. Alors maintenant, Amelia, vous vous taisez.

Elle obéit instantanément.

— Vous là-bas, qui que vous soyez. Venez par ici.

Barry, qui avait épuisé ses ressources en temps et en alternatives, revint dans la cuisine.

— Mettez Amelia sur la chaise.

En dépit de ses tremblements et de la peur qui lui mordait les entrailles, il parvint à aider Amelia à faire quelques pas et à s'asseoir.

Elle était couverte du sang qui avait giclé et aspergé ses bras, sa poitrine et ses cheveux. Elle était aussi pâle qu'un vampire et Barry eut peur qu'elle ne s'évanouisse. Malgré tout, elle garda le dos bien droit et fixa Tyrese avec une intensité implacable, comme pour forer un trou dans son crâne.

Sans la quitter des yeux, Tyrese fourragea derrière lui et lança un rouleau de ruban adhésif à Barry.

— Ligotez-la, ordonna-t-il.

« *Ligotez-la* », pensa Barry. *Comme si on était dans un putain de film d'action. Connard. À la première occasion, je le tue.* Tout pour éviter de penser au corps sanglant étendu à ses pieds.

Sur lequel il baissa les yeux malgré lui. Et Bob bougea très légèrement.

Il n'était pas mort.

Il le serait cependant bientôt s'il ne recevait pas de soins.

Barry savait qu'il serait inutile d'en appeler aux bons sentiments de Tyrese. Il n'était pas d'humeur clémente et risquait même de donner un coup de pied dans la tête de Bob ou même de lui tirer dessus à nouveau. Barry espérait qu'Amelia aurait une idée mais dans le cerveau de la jeune femme tournoyaient l'horreur, les regrets et une peine insondable. Pas la moindre idée n'y prenait forme.

285

Barry n'avait jamais ficelé qui que ce soit, mais il tira les poignets d'Amelia derrière la chaise et les entoura de ruban.

— Bien, fit Tyrese. Maintenant, asseyez-vous par terre et posez la main sur ce pied de table, là.

La manœuvre le rapprocherait du moins de Bob, et il ne pouvait plus rien pour Amelia de toute façon. Barry s'affaissa donc au sol et agrippa le montant de bois de la main gauche.

— Attachez votre main à la table.

Barry s'exécuta gauchement et déchira le ruban de ses dents.

— Faites glisser le rouleau vers moi.

Encore une fois, Barry obéit.

Il ne restait plus rien à faire.

— Maintenant, on attend, déclara Tyrese.

— Tyrese, s'éleva la voix d'Amelia. C'est mon père, que vous devriez abattre, pas Sookie.

Elle avait capté son attention.

— C'est mon père qui vous a mis dans ce pétrin. C'est lui qui a vendu votre âme au diable. C'est lui qui a condamné votre amie.

— Votre père, il a fait tout ce qu'il pouvait pour moi, répondit Tyrese d'un air buté.

— Mon père vous a tué, le corrigea Amelia.

Barry admira son courage et sa franchise. Mais pas Tyrese. Il la gifla à toute volée et lui referma la bouche à l'aide de l'adhésif.

Pour Barry, Amelia avait parfaitement raison. Et si Tyrese avait eu la possibilité de digérer le pire de son chagrin, il l'aurait compris, lui aussi. Effondré par la nouvelle du suicide de Gypsy, il avait cependant foncé tête baissée pour faire quelque chose, n'importe quoi. Il s'était engagé sur une voie et rien ne pouvait désormais l'en dissuader. Jamais il n'avouerait qu'il commettait une erreur tragique.

C'est curieux à dire, mais il faut bien admettre, pensa Barry, *que Tyrese est d'une loyauté absolue.*

Il pensa à Maître Cataliades, en espérant qu'il percevrait la situation à temps. C'était un dur, il saurait quoi faire. Puis son esprit se tourna vers Sookie et Diantha. En arrivant, Sookie entendrait ce qui se passait sous le crâne de Tyrese. Pourtant non, car en se garant là où elle le faisait toujours, elle serait trop loin pour recevoir des signaux précis. Pourtant, si elle comptait les cerveaux, comme à son habitude, elle saurait qu'il y en avait un de trop et se douterait sans doute qu'il se passait quelque chose. Mais non, elle n'aurait aucune raison de penser qu'il y avait du danger dans l'air.

Barry ressassait ses idées sans relâche, s'efforçant d'en tirer une solution – une qui ne risquerait pas de les faire tuer. Et surtout pas lui. Il avait toujours été lucide sur ce point : il n'avait rien d'un héros. Il œuvrait très bien, à condition de ne pas se mettre en péril. Et en cela, se disait-il, il ressemblait à la plupart de ses congénères.

Brusquement, Tyrese, qui s'était appuyé contre le mur, se redressa. Barry entendit le son d'une voiture qui approchait. Et d'un autre véhicule. Une moto ? Probablement. Mais qui ? Si d'autres personnes arrivaient, serait-ce suffisant pour arrêter Tyrese ?

Probablement pas. Pour lui, apparemment, il n'y avait pas de retour en arrière.

Les deux moteurs se turent l'un après l'autre et un sourire sinistre vint flotter sur les lèvres de Tyrese.

— Et hop là. Je vais faire justice. Cette femme va mourir.

Pourtant, la personne pouvait très bien ne pas être Sookie. Et si c'était Maître Cataliades ? Tyrese ne gaspilla pas le moindre regard pour vérifier. Il avait toute la suite des opérations bien ancrée dans sa tête. Ce serait Sookie, et il la tuerait, et tout irait mieux.

Le sourire figé, il se tourna pour faire face à la porte. Barry se mit à hurler ses pensées en direction de Sookie, car il ne pouvait rien faire d'autre. Il ne pensait pourtant pas qu'elle pourrait l'entendre à cette distance. Il s'aperçut, à ses traits tendus, qu'Amelia en faisait autant.

Puis Tyrese fit un pas en avant. Puis un autre. Il avait atteint la véranda. Il n'allait pas attendre que Sookie pénètre chez elle. Il allait au-devant d'elle.

Au Merlotte, *plus tôt*

Sam a entrouvert ses lèvres. Il allait enfin parler ! Puis ses yeux se sont braqués sur quelqu'un derrière moi. Raté...

— Mustapha Khan, a-t-il annoncé, sans plaisir aucun.

Pourquoi cette hostilité ? Pourtant, Sam n'avait rien contre le Loup. Était-ce parce qu'il avait décapité Jannalynn ? À mon avis, non. Car le duel avait été un combat à la loyale et Sam était familier des coutumes et des lois des Loups. Était-ce plutôt parce que Mustapha travaillait au service d'Eric ?

Je me demandais bien pourquoi il venait me voir, d'ailleurs. Une décision avait sans doute été prise au sujet de celui qui reprendrait le *Fangtasia*, et Eric souhaitait que je sois mise au courant.

— Bonjour, l'ai-je salué aussi calmement que possible. Qu'est-ce qui t'amène ? Tu veux un verre d'eau avec du citron ?

Mustapha n'ingérait aucun stimulant – ni café, ni Coca, ni rien.

— Je te remercie. Un verre d'eau, ce serait rafraîchissant, céda-t-il.

Comme toujours, il portait ses lunettes noires. Il avait retiré son casque et on voyait un dessin tracé à la tondeuse dans ses cheveux déjà très courts. Ça, c'était

nouveau. Le motif luisait sous les néons du bar. An'
Norr a failli trébucher en posant les yeux sur les muscles
sublimes de Mustapha Khan. Ce n'était pas la seule.

Lorsque je suis revenue avec le verre, il était assis sur
un tabouret au bar. Sam et lui étaient engagés dans un
duel de regards impassibles.

— Comment va Warren ?

Warren était sans doute la seule personne pour qui
Mustapha ait des sentiments. Il était mourant lorsque
nous l'avions retrouvé in extremis, dans l'appartement
vide au-dessus du garage des parents de Jannalynn.

— Il va mieux, merci, Sookie. Il a couru presque un
kilomètre, aujourd'hui. Avec un peu d'aide, il a marché
sur un kilomètre de plus. Il est là-bas, il m'attend.

Mustapha inclina son graphisme capillaire en direction de la porte. Warren était l'homme le plus timide
que je connaisse.

Je ne savais pas que Warren aimait courir, avant
l'épreuve qu'il avait subie. En tout état de cause, c'était
une bonne nouvelle que le convalescent ait repris la
course et j'ai demandé à Mustapha de lui transmettre
tous mes vœux de rétablissement.

— Je lui aurais envoyé une carte, si je connaissais son
adresse, ai-je rajouté.

Mustapha a retiré ses lunettes pour me toiser d'un air
incrédule et j'ai eu l'impression d'être une imbécile.

Ben si, je l'aurais fait…

— Je suis venu te dire qu'Eric s'en va ce soir, a-t-il
annoncé. Il a pensé que tu devais le savoir. Et il a laissé
des conneries chez toi. Il veut les récupérer.

Je suis restée immobile pendant une seconde interminable. Mon cœur absorbait le côté définitif de ces
déclarations.

— Très bien, ai-je fini par réagir, j'ai des affaires à lui
dans mon placard, effectivement. Je les enverrai – tu me

donneras l'adresse ? Je ne crois pas qu'elles puissent lui manquer pourtant…

Je m'efforçais de parler naturellement.

— Je viendrai les chercher quand tu auras fini ton boulot, a répondu Mustapha.

Il était 16 heures.

— En principe, j'aurais terminé d'ici à une demi-heure, ai-je précisé en regardant Sam pour avoir sa confirmation. À condition qu'India arrive à l'heure.

Elle a fait son entrée pile à ce moment-là, par la porte de devant, se frayant délicatement un chemin entre les tables. Elle venait de se faire coiffer, un processus complexe et fascinant qu'elle m'avait raconté par le menu. Les pierreries qui ornaient ses nattes cliquetaient doucement à chacun de ses pas. En repérant mon interlocuteur, elle a fait une mine abasourdie qu'elle a exagérée en s'approchant.

— Dis donc, mon frère, t'es tellement beau que j'en deviendrais presque hétéro ! s'est-elle exclamée avec son sourire à tomber.

— Cousine, j'en ai autant à ton égard, a-t-il répondu poliment.

Ce qui répondait sans doute à une question que je me posais sur Mustapha. Ou non. C'était l'être le plus réservé et discret qui soit. Je dois admettre que je trouvais cela assez rafraîchissant – à l'occasion, bien sûr. Car quand on a l'habitude de tout savoir, y compris un monceau de détails qu'on aurait préféré ignorer, le contraire peut s'avérer assez angoissant.

— Mustapha Khan, je te présente India Unger, ai-je fait pour participer à l'échange. India va prendre mes tables, alors je crois qu'on peut y aller, Mustapha.

— Je te retrouve chez toi, m'a-t-il répondu en saluant India d'un signe de menton.

Puis il s'est éloigné à grandes enjambées tout en remettant ses lunettes et son casque.

India l'observait en secouant la tête, l'esprit occupé par, je cite, son cul magnifique.

— C'est ce qu'il porte devant, qui me gêne, m'a-t-elle précisé en se dirigeant vers les casiers pour chercher son tablier.

Sam n'avait pas bougé d'un pouce et me regardait fixement.

— Sookie, je suis désolé. Ça doit être vraiment dur. Appelle-moi si tu as besoin de moi.

Puis il s'est détourné afin de préparer un Mojito pour Christy Aubert, les épaules visiblement nouées.

Pour l'instant, j'étais incapable de régler le problème que représentait Sam.

Diantha m'a suivie jusqu'à ma voiture.

— Sookietontonvientjustedemappeler, ilabesoindemoi. Çavaalleravecle-Loup ?

Je l'ai rassurée et elle a disparu de nouveau au sein du *Merlotte*, probablement pour attendre que Monsieur C vienne la chercher. Je me demandais ce qu'India penserait d'elle...

Lorsque je suis sortie du parking, le Loup en question patientait sur sa Harley, avec Warren perché derrière lui. Comparé à son compagnon, ce dernier ressemblait à un petit oiseau : petit, pâle et mince. D'après Mustapha, cependant, qui ne faisait jamais de compliment à la légère, Warren était le meilleur tireur que la terre ait porté.

Sur le trajet du retour, suivie par la moto, je me suis prise à éprouver du soulagement à l'idée qu'Eric s'en aille bientôt. En fait, j'aurais souhaité qu'il ait déjà disparu de ma vie.

Jamais je n'aurais cru en arriver là. Mais, sur un plan émotionnel, je ne pouvais plus supporter cette douche écossaise constante. Dès que je commençais à me sentir mieux, je recevais un coup en plein là où j'avais mal. La blessure ne risquait pas de cicatriser. Dans les livres, le héros disparaissait après la Grande Rupture. Il ne restait pas dans le coin, à jouer les mystérieux et à faire porter des messages à l'héroïne. Il décampait au plus vite, pour tomber dans l'oubli le plus profond. Pour moi, c'était ainsi que les choses devaient se passer. La vraie vie devrait imiter les romans d'amour bien plus souvent.

Si le monde fonctionnait selon ces critères, Mustapha Khan me dirait qu'Eric ne s'était pas montré digne de moi et que lui-même nourrissait à mon égard un amour qu'il dissimulait depuis qu'il avait posé les yeux sur moi. Existait-il, chez Harlequin, une collection « Repris de justice en mal de rédemption » ?

Je ne faisais que distraire mon esprit, et je le savais. En me garant, j'ai remarqué que la voiture de location de Barry était là, mais pas celle de Maître Cataliades, naturellement, puisqu'il était en ville.

Je suis sortie de l'habitacle pour me tourner vers Mustapha et lui expliquer que j'avais de la visite.

— Allez-y, entrez, tous les deux, ai-je ajouté. Je prépare les affaires d'Eric, elles seront prêtes en moins de deux.

J'ai posé la main sur ma portière pour la fermer et Mustapha est descendu de sa moto. J'ai levé la main pour saluer Warren et en entendant le grincement de ma porte moustiquaire, j'ai tourné légèrement la tête pour voir qui sortait. Je ne l'ai aperçu qu'une fraction de seconde, mais c'était quelqu'un que je n'avais pas vu depuis longtemps et son nom m'échappait.

Il était armé. Il a crié mon nom, d'une voix qui m'a effrayée jusqu'au plus profond de mon être.

Les yeux cachés derrière ses verres noirs, Mustapha s'est lancé sur moi, avec la rapidité dont seuls les Loups sont capables. En un éclair, Warren, tout blond et maigrichon qu'il était, avait dégainé la plus énorme des armes de poing. J'ai eu un instant pour avoir peur, pour me dire « *Oh mon Dieu, ce type va me tuer* », lorsque plusieurs choses se sont passées en même temps. Deux coups de feu assourdissants ont retenti presque simultanément, et j'ai ressenti une brûlure à l'épaule gauche, tandis que je trébuchais parce que Mustapha me jetait sur le sol, face contre terre. Puis j'ai eu l'impression qu'une maison me tombait dessus. Et j'ai entendu une voix qui hurlait depuis l'intérieur de ma maison. Une voix qui n'était pas la mienne.

— Barry, ai-je conclu.

J'ai pris conscience alors que ce n'était pas une abeille gigantesque, qui venait de me darder son aiguillon dans l'épaule.

Certains jours, on ferait mieux de rester coucher.

16

J'aurais bien aimé m'évanouir. Vraiment. Mais je n'ai pas eu cette chance. J'étais étendue par terre et j'essayais de reprendre mes esprits, de comprendre ce qui venait de se passer. Mon épaule était tiède et mouillée.

On m'avait tiré dessus.

J'ai compris peu à peu que Mustapha avait voulu me sauver – et se sauver par la même occasion – en me projetant à terre tandis que Warren visait le tireur. Et que s'était-il passé dans ma maison ?

— T'es blessée ? a grogné Mustapha tout en glissant de mon dos sur le sol.

— Je crois bien que oui.

Mon épaule me faisait un mal de tous les diables. Mustapha s'était mis à genoux et se pressait contre la voiture, utilisant la portière ouverte comme bouclier. Warren nous a dépassés, arme au poing. Il n'avait plus rien à voir avec l'ancien taulard fragile et maigrichon, recroquevillé dans l'ombre de son ami gigantesque. Warren semblait incarner la mort elle-même.

— Un serpent à sonnettes déguisé en petite souris grise, ai-je fait remarquer.

— Hein ?

— Warren. On dirait un héros de film d'action.

Mustapha jeta à œil à son copain (dans plusieurs sens du terme, peut-être ?).

— Ouais. C'est le meilleur.

— Il a eu le mec ? ai-je demandé avant de pousser un gémissement à travers mes dents serrées. Merde, ça fait mal, ça. On appelle une ambulance ?

— Il est mort, a fait la voix de Warren.

— Nickel, a répondu Mustapha. Je m'en doutais. Beau tir.

— Et Sookie, ça va ?

Les bottes de Warren sont apparues dans mon champ de vision, qui se rétrécissait.

— Touchée à l'épaule. C'est pas fatal, mais ça pisse le sang. T'appelle le 911.

— Je m'en occupe.

J'ai entendu des bips et la voix de l'urgentiste qui a répondu.

— Il nous faut une ambulance, peut-être même deux, a dit Warren. La maison Stackhouse, sur Hummingbird Road.

J'ai eu l'impression d'avoir raté une partie de la conversation.

— Sookie, je vais te retourner, m'a avertie Mustapha.

— J'aimerais mieux pas, lui ai-je répondu, les mâchoires contractées. Je t'assure. Surtout pas.

Je pouvais endurer ma position actuelle. Mais l'idée même du moindre mouvement me terrifiait.

— Bon, d'accord. Warren va tenir cette veste contre ton épaule et appuyer pour ralentir l'hémorragie.

Devant mes yeux, les grandes bottes ont laissé place à de petites bottes. Le mot « appuyer » ne me disait rien de bon. J'allais avoir mal… Je ne me trompais pas.

— Nom de Dieu ! me suis-je exclamée sans desserrer les dents.

J'aurais bien lancé quelques jurons bien plus vulgaires, mais je me suis retenue.

— Et chez moi, comment vont les autres ? ai-je plutôt demandé.

— Mustapha s'en occupe. J'ai vérifié, ce sont tous des amis. Il y en a un par terre.

— Qui nous a tiré dessus ?

— Un grand mec, black, mais hyper métissé. Il a les traits super fins. Enfin, il avait... Et il est presque roux.

— En uniforme ?

— Euh non... a répondu Warren, perplexe.

Mais le visage et les cheveux m'étaient familiers. Je les associais dans mon esprit à un uniforme quelconque. Pas militaire... Si seulement la douleur pouvait me laisser tranquille, je pourrais réfléchir et me rappeler.

Quelqu'un dans la maison s'est mis à hurler. Une femme.

— Pourquoi elle crie ? ai-je demandé à Warren.

— Je crois qu'elle s'inquiète pour...

Et j'ai raté quelques secondes. Car Warren maintenait très consciencieusement la pression sur mon épaule...

Lorsque j'ai rouvert les yeux, Mustapha l'avait remplacé.

— Warren n'est pas censé être armé, m'a-t-il informée.

— Pardon ?

J'ai eu peine à sortir ce seul mot, car la tête me tournait. Enfin. *Allez, un petit évanouissement, je vous en prie...* ai-je pensé. Pour une fois, mon vœu a été exaucé.

En reprenant conscience, j'ai vu deux infirmières au-dessus de moi. C'étaient celles qui étaient venues chercher Tara pour son accouchement. Elles poussaient mon brancard vers l'ambulance.

Alors voilà l'histoire, écoute-moi bien, a fait une voix dans ma tête. En principe, les pensées n'ont pas de voix. Quelqu'un me parlait et je ne savais pas vraiment qui, car une immense fatigue m'empêchait de tourner la tête pour chercher qui se trouvait dans les parages. *Le flingue, c'est le tien. Quelqu'un te l'a donné. Tu as demandé à Warren de t'emmener t'entraîner au tir, parce que tu*

voulais être sûre de savoir t'en servir comme il faut.
Warren l'a nettoyé pour toi, c'est pour ça qu'il l'avait.
Ensuite, ce connard est sorti de la maison et t'a tiré
dessus. Warren a riposté, c'est normal, il voulait te proté-
ger. Hoche la tête si tu comprends.

— C'est presque ça qui vraiment s'est passé, ai-je dit
en bougeant ma tête de haut en bas.

Les infirmières se sont tournées vers moi, inquiètes.
Je m'étais trompée de formulation.

— C'est ce qui s'est passé, mais pas vraiment, ai-je
tenté de nouveau.

Plus précis, non ?

— Sookie, vous vous sentez comment ? a demandé la
plus grande.

— Pas trop bien.

— On vous emmène à Clarice. On y sera dans dix
minutes.

C'était un peu optimiste de sa part.

— Il y a d'autres blessés ?

— Ne vous inquiétez pas de ça, le plus important,
c'est vous. Mais celui qui vous a tiré dessus, il paraît
qu'il est mort.

— Super.

J'ai vaguement remarqué leur surprise. Pourquoi ? Ce
n'est pas bien d'être contente quand une personne qui a
tenté de vous tuer se retrouve à terre ? Si j'avais été une
belle personne, une personne vraiment bien, je me
serais désolée pour tout le genre humain, chaque peine,
chaque blessure. Cependant, il fallait bien voir les
choses en face : jamais je ne serais cette personne-là.
Même ma grand-mère ne l'avait pas été.

Nous sommes arrivées à l'hôpital et, après cela, les
choses ont pris une tournure franchement désagréable.
Fort heureusement, je ne m'en souviens plus vraiment,
et j'ai fait une bonne sieste après.

298

Ce n'est que bien plus tard, ce soir-là, que j'ai entendu toute l'histoire. Andy Bellefleur était assis dans ma chambre lorsque j'ai ouvert les yeux. Il était assoupi, ce que j'ai trouvé presque drôle.

Lorsque j'ai gloussé, il a bougé et s'est éveillé.

— Comment tu te sens ? m'a-t-il demandé d'un ton sévère.

— Bien, en fait. On a dû me donner de bons antalgiques.

Consciente de la douleur aiguë à mon épaule, je m'en moquais toutefois éperdument.

— C'est le Dr Tonnesen qui t'a soignée. Bon, maintenant que tu es réveillée, il faut qu'on parle.

Pendant qu'Andy m'interrogeait sur le cours des événements, la seule chose qui m'obsédait, c'était le fait étrange que lui et Alcee aient les mêmes initiales. Je le lui ai fait remarquer et il m'a fixée d'un air ébahi.

— En fait, Sook, je vais revenir te parler demain. Je crois que tu n'es pas dans ton état normal.

— Tu as dit à Alcee de fouiller sa voiture ? Il y a quelque chose de très mauvais, dedans. Ça fait trois fois que je te le dis, maintenant. Il faut absolument qu'il s'en occupe. Tu crois qu'il permettrait à une de mes amies de s'en charger ?

Cette fois-ci, j'ai vu à l'attitude d'Andy qu'il me prenait au sérieux.

— Ça peut se faire, a-t-il répondu. Si je surveille l'opération. Parce que Alcee n'est pas lui-même, ces temps-ci, ça, c'est sûr.

— D'acco-d'acc ! Je lui en parle dèèèèèès que je peux !

— Le docteur te garde pour la nuit, c'est ce qu'elle m'a dit.

— Génial.

Barry est entré dès le départ d'Andy. Il n'était plus que l'ombre de lui-même et des cernes soulignaient son regard épuisé. C'est lui qui m'a raconté ce qui s'était passé chez moi.

— Comment va Bob ? lui ai-je demandé à voix haute, incapable de lui envoyer mes pensées.

— Il est vivant et son état est stable. Amelia est auprès de lui, tu penses bien.

— Et Monsieur C et Diantha, ils sont où ?

— Tu ne veux pas savoir qui est l'homme abattu ?

— Ah. Oui. C'était qui, alors ?

— Tyrese Marley.

— Je ne comprends rien. Mais j'ai pris des médicaments. De super médicaments. Alors c'est normal, j'imagine. Tyrese a fendu du bois pour moi, la dernière fois qu'il était chez moi. Pourquoi il est venu ? Et pourquoi il m'a tiré dessus ?

— Si seulement tu voyais l'état de ton cerveau ! Il y a un véritable arc-en-ciel, là-dedans ! Tyrese a pris la voiture de Copley Carmichael, mais il l'a laissée au cimetière, et il a fait le reste du chemin à pied.

— Il est où, Copley ? Et ils ont vraiment vendu leurs âmes ?

— Personne ne sait où se trouve Copley, mais je vais te raconter ce que Tyrese nous a dit.

Il m'a expliqué ce qu'il savait : Gypsy, le sida, la fureur aveugle de Copley, convaincu qu'en utilisant le cluviel dor (un concept difficile à cerner pour Barry, qui n'en avait jamais entendu parler) je l'avais privé de la seule possibilité qu'il aurait eu de reprendre le contrôle sur Amelia et sa vie.

J'ai tout écouté sans comprendre grand-chose.

— Je ne saisis pas. Qu'est-ce qui a pris à Tyrese de vouloir me trucider quand il a appris la mort de Gypsy ? Il aurait dû tirer sur le père d'Amelia, non ? C'était sa faute, à lui !

— Exactement ! Mais Tyrese était comme une arme pointée dans une certaine direction. Le suicide de Gypsy a appuyé sur la gâchette.

J'ai secoué la tête – avec grande délicatesse.

— Comment se fait-il qu'il ait pu rentrer chez moi ? Amelia et Bob avaient pourtant posé un sort de défense.

— Entre le vampire qui s'est pris une châtaigne et Tyrese… Enfin, il y a de grosses différences, a tenté Barry. Tyrese était un être humain, mais il avait vendu son âme. Le vampire était un être mort. Le cercle l'a arrêté, lui, mais pas Tyrese. Je ne sais pas trop quoi en tirer comme conclusion. Quand Amelia aura un peu de temps, j'espère qu'elle pourra nous expliquer. On en parlera demain, d'accord ? Entre-temps, il y a d'autres personnes qui voudraient te voir.

Sam est entré sans faire un bruit. Sa main a trouvé la mienne.

— Tu veux bien me dire ce qui ne va pas ? lui ai-je chuchoté, au bord du sommeil.

— Je ne peux pas. Mais quand j'ai entendu qu'on t'avait tiré dessus, je n'ai pas pu m'empêcher de venir.

L'instant d'après, Eric est apparu derrière lui.

Ma main a dû sursauter, car celle de Sam l'a agrippée plus fermement. À ses yeux, il savait qu'Eric était présent.

— On m'a dit que tu partais, ai-je réussi à dire.

— En effet, très bientôt. Comment te portes-tu ? Souhaites-tu que je te guérisse ?

L'épuisement me terrassait, je ne pouvais interpréter ni son intonation ni sa présence.

— Non, Eric, ai-je répondu d'une voix atone.

Je n'avais pas la force de trouver de belles paroles.

— Adieu, Eric. Il faut lâcher prise. Je ne peux plus vivre comme ça.

Eric a braqué un regard furieux sur Sam.

— Qu'est-ce que tu fais ici ?

— Sam est venu parce qu'on m'a tiré dessus. Ce sont des choses qui se font, entre amis.

Chaque mot me coûtait un effort quasi insurmontable.

Sam ne s'est pas tourné vers Eric, n'a pas affronté son regard. Et moi je me suis accrochée à sa main, pour ne pas couler.

Eric a repris la parole une dernière fois.

— Je refuse de te libérer.

Il semblait s'adresser à Sam et j'ai froncé les sourcils. Puis il est sorti de la chambre.

Pardon ?

— Te libérer de quoi ? ai-je demandé à Sam, espérant de toutes mes forces qu'il allait me dire enfin ce qui se passait.

— Ne t'inquiète pas. Ne t'inquiète pas, Sookie.

Il n'a pas lâché ma main.

Je me suis endormie. Lorsque je me suis réveillée quelques heures plus tard, il avait disparu.

17

Le lendemain, avant ma sortie, Amelia est passée me voir, autour de midi. Elle avait très précisément l'allure d'une personne qui a été retenue en otage par un forcené armé, qui a vu son compagnon se faire abattre et qui est restée à son chevet toute la nuit à l'hôpital. Façon détournée de dire qu'elle avait très mauvaise mine.

Elle se tenait debout à côté de mon lit et vacillait légèrement.

— Comment tu vas ?

— Mieux que toi, je crois, lui ai-je répondu.

Mon esprit était aujourd'hui bien plus clair. J'avais décidé de retarder les cachets jusqu'à mon retour chez moi.

— Bob est tiré d'affaire, m'a-t-elle annoncé.

— Ouf ! Je suis tellement soulagée. Tu vas rester ici ?

— Non, on le transfère à Shreveport. D'après ce que je comprends, ils le gardent là-bas vingt-quatre heures en observation, et ensuite ils revoient les choses. Peut-être qu'ils pourront l'envoyer à La Nouvelle-Orléans, ce qui serait plus pratique, pour moi. On verra s'il est transportable. Sinon, il restera à Shreveport.

Il y avait là beaucoup d'incertitude.

— Des nouvelles de ton père ?

— Non. Et rien non plus du côté de Diantha et Monsieur C.

L'hôpital avait des oreilles, et nous ne voulions pas en dire plus. Nous savions toutes les deux à quel point l'autre était inquiète de ce silence.

— Je suis désolée, a-t-elle déclaré soudain.

— Au sujet de ton père ? Tu n'avais rien à voir là-dedans. C'est lui le responsable, de A à Z. Et je suis désolée, pour Bob.

— Absolument pas de ta faute. C'est bon, tu n'es plus fâchée, on est amies ?

— On est amies. N'oublie pas de me tenir au courant, pour Bob. Et pour le bébé.

Je percevais nettement la présence d'un autre esprit, dont les pensées n'étaient pas encore formulées, naturellement. Cet enfant serait doué de pouvoirs exceptionnels – jamais je n'avais pu détecter une grossesse aussi tôt.

— Sans problème. J'en ai parlé à l'urgentiste, et elle m'a examinée rapidement. Apparemment, tout va bien. Elle m'a donné le nom d'un obstétricien à Shreveport, au cas où Bob serait obligé de rester là-bas.

— Impeccable.

— Ah, au fait, j'oubliais, désolée. Je voulais te parler du cercle de défense et des boucliers de protection. Ce que je ne savais pas, c'était que les personnes qui ont vendu leur âme ne peuvent pas être affectées. Je crois qu'on ne peut pas m'en vouloir de l'avoir ignoré. En tout cas je l'espère. Les gens qui n'ont pas d'âme, ça ne court pas les rues...

— C'est formidable : tu auras quelque chose de nouveau à apprendre à ton clan, lui ai-je fait remarquer, ce qui a ramené de l'animation dans son regard, comme je l'avais prévu. Ah ! Bill a dû passer pendant la nuit. Il m'a laissé un mot, je vois son écriture d'ici. Tu pourrais me passer l'enveloppe, s'il te plaît ?

Amelia a pris le message sur la table roulante, que l'infirmière avait repoussée contre le mur, et me l'a gentiment tendu. Je le lirais après son départ.

— Sam est venu me demander si j'avais besoin de quoi que ce soit, m'a informée Amelia.

— Ça ne m'étonne pas. C'est un type génial.

Et la prochaine fois que je le verrais, si je me sentais d'attaque, j'allais le secouer comme un prunier pour comprendre ce qui se passait entre Eric et lui.

— C'est le meilleur. Bon, moi, je rentre pour prendre une douche et faire nos valises, a dit mon amie. Je suis désolée. Nous avons essayé de t'aider et tout a foiré.

— Sûrement pas ! Pour moi, ça s'est bien terminé. Merci d'être venus m'aider. Ce qui est terrible, c'est qu'il vous soit arrivé tout ça, à vous.

— Si je savais où se trouvait mon père, je le tuerais moi-même.

Elle était sérieuse.

— Je comprends.

Puis elle est partie, après avoir déposé un baiser léger sur mon front.

J'étais certaine que Bill m'avait écrit un message fleuri pour me souhaiter un bon rétablissement. Ce n'était cependant pas le cas, comme je m'en suis rendu compte dès les premiers mots rédigés de sa belle écriture fine.

Sookie, j'espère que tu te remets. En ce qui concerne l'incident d'il y a deux nuits : je viens de recevoir des excuses circonspectes de mon roi. Il m'a raconté qu'il regrettait le fait que Horst ait pénétré dans mon territoire et m'ait causé tant d'embêtements en s'attaquant à mon amie et voisine.

Il semblerait que Horst ait cru que Felipe serait enchanté s'il venait te menacer de quelque chose de terrible, s'assurant ainsi que tu ne te mêlerais pas des accords que Felipe avait conclus avec Freyda. Felipe m'a demandé de te présenter ses excuses, à toi également. Il autorise le

maintien des mesures prévues par Eric, à condition que
ce dernier parte pour l'Oklahoma ce soir même. J'ai des
informations intéressantes à te communiquer, et je passe-
rai te rendre visite dès que possible.

Je n'étais pas certaine de tout saisir mais, puisqu'il allait venir me voir, je n'avais qu'à prendre mon mal en patience. Un peu plus tard, le Dr Tonnesen a signé mes papiers de sortie, tout en me fournissant une longue liste de consignes et de mises en garde. J'ai appelé Jason et, pendant sa pause, il m'a fait sortir dans mon fauteuil roulant. La veille, il était déjà venu à l'hôpital pour remplir tous les papiers, puis il avait fait un tour chez moi après que la police eut fini de récolter les preuves sur la scène. Avec moi, Kevin et Kenya avaient décidément largement de quoi mettre leur formation en pratique...

— Michele t'a mis un gratin au frigo hier soir. J'espère que ça ne t'ennuie pas, Sook, mais Michele et An' sont là-bas, et elles font le ménage, a-t-il ajouté sur un ton d'excuse.

— Oh, mais c'est formidable ! me suis-je exclamée, soulagée. Elles sont adorables, je leur en dois une belle.

— C'est clair. Michele me dit qu'elle n'a jamais lavé autant de sang depuis que son chat a rapporté un lapin dans la maison – il n'était pas tout à fait mort, et il a couru partout.

— Je n'ai pas vu l'intérieur.

Et heureusement. Revoir ma pauvre cuisine dans un tel état, ça m'aurait fait mal.

— Pourquoi il t'a fait ça, ce connard ? Et à Bob ?

— Je n'en suis toujours pas certaine. J'ai un peu oublié ce qu'Amelia m'a expliqué.

— Ce type, c'était le chauffeur de son père. C'était quoi, son problème ? Tu crois qu'il avait des vues sur Amelia ? Qu'il était jaloux de Bob ?

Le concept me semblait viable.

— Peut-être bien. On a retrouvé M. Carmichael ?

— Aux dernières nouvelles, non. Peut-être que ce Tyrese l'avait buté avant de venir chez toi.

Je ne me sentirais à l'aise que lorsque je saurais où Copley se trouvait. Tyrese ne l'avait sûrement pas tué : avec ou sans âme, c'était un employé fidèle et loyal. Étaient-ils impliqués dans l'assassinat d'Arlene ? Travaillaient-ils avec Johan Glassport ? J'en doutais pourtant – je n'en voyais pas la logique. J'ai posé alors ma tête contre la vitre du pick-up de Jason et je suis restée silencieuse tout le long du chemin.

La première chose que j'ai remarquée, c'était ma voiture, qui n'avait pas bougé depuis que j'en étais descendue pour prendre une balle. Au moins, quelqu'un avait pris la peine de fermer la portière. J'ai préféré ne pas m'attarder sur la vision du sol, juste à côté, qui était toujours taché de mon sang. Jason est venu m'ouvrir et je me suis glissée à l'extérieur du pick-up avec précaution. J'étais capable de marcher seule, mais je n'étais pas encore très stable et la présence de mon frère me rassurait.

Il m'a accompagnée jusqu'à ma chambre, avec une petite halte dans la cuisine pour remercier An' et Michele. Après m'avoir déposée sur mon lit, il a disparu pour retourner au travail. Je me suis levée aussitôt pour aller me laver, entreprise assez difficile, avec mon épaule bandée qui devait rester au sec. Je n'ai pas pu me laver les cheveux, mais je me sentais tout de même plus propre. J'étais en train d'enfiler une chemise de nuit, avec des gestes gauches, lorsque Michele est entrée. Elle m'a grondée en m'ordonnant de me mettre au lit, mais nous avons réussi à trouver un compromis : le canapé dans le séjour. Elle m'a allumé la télévision, apporté la télécommande avec un grand verre de thé, et préparé un sandwich. Je n'avais pas pris de véritable repas depuis un moment, mais je n'avais pas vraiment faim et je n'en ai mangé que la moitié. Je ne savais pas pourquoi je me sentais si mal. Étaient-ce les cachets, qui me coupaient l'appétit ? Les tueries répétées autour de ma maison, qui me déprimaient ? Ou le mot énigmatique de Bill qui m'angoissait ?

An' et Michele ont terminé à peu près une heure après le départ de Jason et j'ai insisté pour me lever et aller admirer leurs efforts. Ma cuisine brillait comme un sou neuf et sentait bon l'essence de pin. Ce qui, m'a informée An', représentait l'amélioration la plus importante.

— Toute ma famille va à la chasse. Et je ne connais rien qui sente aussi fort que le sang.

— Merci, An'. Et merci, ma presque-belle-sœur. J'apprécie vraiment, du fond du cœur.

— Aucun souci, a dit An'.

— Une fois, mais pas deux ! s'est exclamé Michele en souriant mais avec le plus grand sérieux. C'est la dernière fois que je récure ta cuisine pour enlever du sang, je te préviens !

— C'est la dernière fois, ça c'est certain : la prochaine fois, j'appelle quelqu'un d'autre !

Elles ont éclaté de rire et je leur ai souri. Ha, ha, ha.

An' a ramassé tout son attirail de ménage, regroupé dans un grand seau rouge.

— Je t'offrirai un beau balai-brosse, pour ton anniversaire, lui ai-je promis.

— J'en meurs d'impatience, a-t-elle réagi en contemplant les surfaces étincelantes autour d'elle avec un air de satisfaction. Mon père disait toujours que c'est à son travail que l'on reconnaît une femme.

— Tu es une sacrée bosseuse et, en plus, tu es généreuse, lui ai-je dit, et son visage s'est illuminé.

Malgré mon épaule, je les ai serrées sur mon cœur, tant bien que mal. Juste avant de disparaître, Michele m'a demandé si je voulais qu'elle place le gratin dans le micro-ondes, prêt à réchauffer pour mon dîner.

308

— Il est peut-être trop lourd, pour toi, d'une main, a-t-elle précisé, bien décidée à me nourrir.

— Je m'arrangerai plus tard, ne t'inquiète surtout pas, lui ai-je assuré, et elle a dû s'en contenter.

Après leur départ, la maison m'a semblé si paisible que je me suis assoupie. Puis les antalgiques ont cessé de faire effet et j'ai commencé à me poser des questions. Où les deux démons étaient-ils passés ? Pourvu qu'il ne leur soit rien arrivé. Et puisque les êtres qui avaient vendu leur âme pouvaient manifestement passer mes sorts protecteurs, j'ai sorti ma carabine à bestioles. Mon Benelli aurait été plus efficace mais, dans mon état, je n'aurais pas pu le manier. Je devais me tenir prête et armée, au cas où Carmichael se serait mis en tête de terminer ce que son homme de main avait commencé. J'ai vérifié toutes les portes et les fenêtres, avant de tirer les rideaux du séjour pour qu'il ne puisse pas deviner exactement où je me trouvais. Et j'ai tenté de lire. J'ai fini par renoncer et me suis tournée vers la télévision, choisissant une émission dénuée de la moindre intelligence – ce qui, c'est triste à dire, n'était pas difficile à trouver.

Je conservais mon portable près de moi et j'ai reçu un appel de Kennedy Keyes, qui bouillonnait de bonheur.

— Danny et moi, on va louer une des maisons de Sam, il a dit que tu saurais où c'est.

— Tout à fait ! Vous emménagez quand ?

— Là, maintenant ! s'est-elle esclaffée. Danny est avec un de ses copains de la scierie. Ils sont en train d'apporter le lit, en ce moment même !

— C'est fabuleux, Kennedy ! Tous mes vœux de bonheur !

Elle a parlé encore un temps, étourdie par cette nouvelle situation. Je ne savais pas si leur amour durerait. En tout cas, ils tentaient leur chance envers et contre tout, malgré les différences énormes qui séparaient les milieux dans lesquels ils avaient grandi. Les membres de la famille de Kennedy, tels qu'elle me les avait décrits, étaient des arrivistes forcenés, qui grimpaient l'échelle sociale avec détermination. Tandis que chez Danny, par la force des choses, on s'inquiétait plus du prochain repas.

— Bon courage et bonne chance à vous deux. Je vous apporterai un cadeau pour la pendaison de crémaillère, ai-je promis, lorsque le débit de Kennedy a ralenti.

Environ une heure plus tard, j'ai entendu une voiture se garer devant la porte d'entrée. Une fois le moteur coupé, des pas et un coup discret à la porte m'ont révélé que le visiteur avait finalement décidé de venir me voir, malgré toute l'hésitation que je percevais.

Je me suis saisie de ma carabine. Ce serait dur de viser juste, avec mon épaule. Et ce serait douloureux.

— C'est qui ? ai-je appelé.

— Halleigh.

— Tu es seule ?

En principe, elle l'était, mais puisque certains êtres étaient indétectables, il était préférable de vérifier. Ses pensées suffiraient à m'indiquer si on la forçait à frapper à la porte.

— Oui. Je ne t'en voudrai pas, si tu ne veux pas ouvrir.

Mais j'ai ouvert. Halleigh Bellefleur était plus jeune que moi. C'était une jolie institutrice brune et elle était enceinte jusqu'aux dents. La grossesse de Tara ne lui avait pas profité. Halleigh en revanche était rayonnante.

— Allez entre. Andy sait que tu es venue ?

— Je ne cache rien à mon mari, m'a-t-elle affirmé en me serrant très doucement dans ses bras. Andy se sent mal, ces jours-ci, mais tant pis. Je sais que tu n'as pas tué cette femme, et je suis sincèrement désolée que ce type soit devenu fou et t'ait tiré dessus. Ton amie, celle dont le père a disparu, elle doit être dans un tel état ! Le tireur travaillait pour son père, c'est ça ?

310

Nous sommes restées assises à bavarder un peu et Halleigh s'est levée pour partir assez rapidement. J'ai compris qu'elle était venue pour marquer le coup. Vis-à-vis d'Andy comme de moi : elle soutenait les personnes qu'elle aimait contre vents et marées.

— Je sais que la grand-mère d'Andy était difficile, ai-je soudain fait remarquer, moi-même surprise par ce que j'exprimais. Pourtant, tu ressembles énormément à Miss Caroline, par certains côtés.

Déconcertée, Halleigh a vite affiché une mine flattée.

— Je prends ça comme un compliment.

Lorsque nous nous sommes séparées, nos liens d'amitié s'étaient encore resserrés.

Le crépuscule tombait et j'ai commencé à penser à mon dîner.

J'ai réchauffé une partie du plat de Michele – des enchiladas gratinées, que j'ai recouvertes de salsa rouge. C'était délicieux et je n'en ai pas laissé une miette.

La nuit était à peine tombée que Bill se présentait à ma porte de derrière. J'étais à présent morte de fatigue – pourtant, je n'avais rien fait de toute la sainte journée. Je me suis traînée jusqu'à la porte avec mon arme. Je détectais cependant le vide d'un cerveau de vampire, et je savais qu'il s'agissait de Bill.

— C'est Bill, a-t-il confirmé, et je lui ai ouvert en déverrouillant d'une main, avant de m'effacer pour le laisser passer.

À ce rythme-là, il me faudrait bientôt un carnet de rendez-vous et une secrétaire.

Bill m'a balayée du regard, de la tête aux pieds.

— Tu guéris. C'est bien.

Je lui ai proposé un verre, mais il m'a fait taire d'un regard.

— Si j'ai soif, je me préparerai quelque chose tout seul, Sookie. Mais ce n'est pas le cas pour l'instant. Est-ce que moi, je peux t'apporter quelque chose ?

— En fait, oui. Si tu pouvais me verser un verre de thé, j'apprécierais énormément.

La cruche de thé était difficile à manier d'une seule main – la douleur à l'épaule ne me permettait pas encore de me servir de mon bras gauche.

Nous nous sommes installés dans le séjour : moi, pelotonnée sur le canapé, et Bill sur le fauteuil en face de moi. Il m'a fait un sourire.

— Tu as l'air bien joyeux.

— Je suis sur le point de faire quelque chose qui me procure un plaisir sans précédent.

Ah.

— Bon, alors vas-y.

— Tu te souviens de ce qu'Eric m'a fait, à La Nouvelle-Orléans ?

La question m'a abasourdie.

— Tu veux dire, de ce qu'Eric nous a fait, à tous les deux ? En me révélant que tu n'étais pas tombé amoureux de moi spontanément, mais qu'on t'avait donné l'ordre de me séduire ?

— Précisément. Et je ne te répéterai plus jamais mes explications, car nous en avons débattu tous les deux maintes et maintes fois, l'un avec l'autre comme en privé, dans nos esprits. Je ne lis pas dans les pensées, mais je le sais.

J'ai hoché la tête.

— Considérons que la page est tournée, ai-je confirmé.

— Et c'est pourquoi j'ai le grand plaisir de te raconter ce qu'Eric a fait à Sam.

Yes ! J'attendais cela depuis si longtemps ! Je me suis penchée en avant.

— Ne me fais pas languir...

18

Après son récit, il est parti, et j'ai appelé Sam au bar.

— Je veux que tu viennes chez moi.

— Sookie ?

— Tu sais très bien que c'est moi.

— Kennedy n'est pas là, je suis obligé de rester.

— Absolument pas. Tu n'es pas censé me parler, ni venir me voir, mais moi, je te dis que je veux te parler, et maintenant. Débrouille-toi pour confier ton bar à quelqu'un et ramène-toi ici tout de suite.

J'étais très, très en colère. Et je lui ai raccroché au nez – Gran se serait étouffée.

Trente minutes après, j'ai entendu le pick-up de Sam, qui est venu se garer derrière la maison. Je me tenais debout à la porte de la véranda lorsqu'il s'est avancé. Son désespoir flottait autour de lui, aussi tangible qu'un nuage.

Malgré toute sa tristesse, j'ai pris une seconde ou deux pour attiser ma fureur.

— Tu n'as pas intérêt à me dire que tu n'as pas le droit d'entrer ! Parce qu'on va parler.

Il est resté en retrait et je me suis penchée pour lui prendre la main, comme il l'avait fait lui-même lorsque j'étais à l'hôpital. Je l'ai tiré vers moi et il m'a résisté. Il a vraiment essayé, mais il n'a pas pu se résoudre à quoi que ce soit d'agressif.

— Dans le séjour. Et pas la peine d'inventer une histoire, je te préviens. Bill est passé, et il avait quelque chose de très intéressant à me dire. Alors je sais tout – même s'il me manque des détails.

— Je ne peux pas. J'ai promis.

— Je ne te donne pas le choix, Sam.

Il a inspiré à fond.

— Aucun d'entre nous n'avait assez d'argent pour ta caution. Je ne voulais pas te laisser là-dedans une seule seconde de plus que nécessaire. J'ai appelé le président de la banque chez lui pour lui demander s'il acceptait que le bar prenne un crédit, mais il me l'a refusé.

J'ai eu mal pour lui.

— Oh non, Sam !

— Alors je suis allé voir Eric dès la nuit tombée. Il avait appris la nouvelle de ton arrestation et il était hors de lui. Mais ce qui le rendait fou, surtout, c'est que j'aie tenté de te faire sortir tout seul. Cette saleté de Freyda était assise à côté de lui, a-t-il ajouté, les lèvres retroussées de rage à ce seul souvenir. Elle a fini par lui permettre d'aller s'occuper de ta caution, mais à certaines conditions.

— Ses propres conditions, naturellement.

— Oui. La première, c'était que tu ne le revoies jamais. Et que tu ne mettes jamais les pieds en Oklahoma. Sous peine de mort. Mais Eric a dit qu'il avait une meilleure idée. Il a essayé de lui faire croire que cela te ferait du mal, mais c'était à moi, qu'il en faisait : il a été d'accord pour que tu sois interdite de séjour en Oklahoma. Il a promis de ne plus jamais rester seul avec toi. Et il a rajouté une autre condition, à laquelle Freyda n'aurait jamais pensé : que je ne te révèle jamais que j'avais demandé à Eric de payer la caution. Et que je ne tente jamais de... te faire la cour.

314

— Et tu as dit oui.

J'étais submergée de multiples émotions.

— J'ai dit oui. J'avais l'impression que c'était le seul moyen de te sortir de cette foutue taule. J'avoue que je n'avais pas vraiment dormi, et que je n'avais pas les idées claires.

— Bien. Je vais te dire quelque chose, et tout de suite. Depuis ce matin, les actifs de Claudine sont disponibles, à la banque, et je suis en mesure de payer ma caution toute seule. Alors je ne sais pas trop comment m'y prendre, mais on va aller au guichet de je ne sais quel service, et on va leur dire qu'on veut rendre l'argent d'Eric et mettre le mien à la place. Je suis certaine que c'est possible.

Enfin, j'avais une vision cohérente de ce qui s'était passé. Eric était furieux de perdre le contrôle de sa vie. En outre, il était convaincu que Sam attendait pour prendre sa place dans mon lit – je me pencherais d'ailleurs sur ce dernier point dès que je le pourrais.

— Alors t'es en colère contre moi ? a demandé Sam. Ou alors, tu me trouves formidable parce que je t'ai sortie de là ? Ou que je suis un imbécile parce que j'ai accepté le deal d'Eric ? Ou que j'ai de la chance que Bill t'ait tout raconté ?

Son esprit hésitait entre l'optimisme, le pessimisme et l'appréhension.

— Je ne sais toujours pas quoi faire, au sujet de la promesse que j'ai faite à Eric, a-t-il ajouté.

— Moi, pour l'instant, je suis simplement soulagée que tu ailles bien. Tu as fait du mieux que tu pouvais. Et si tu as accepté quelque chose d'aussi débile, c'était pour me sortir d'une situation horrible. Je suis reconnaissante, ça va de soi.

— Mais moi, je m'en moque, de ta reconnaissance. Ce que je veux, c'est toi. Eric avait raison, là-dessus.

Ma vie a basculé. Encore une fois.

— Je crois qu'il y a eu un tremblement de terre, là. Ou alors... tu as dit... que c'était moi, que tu voulais ?

— Ouais. Ce n'était pas un tremblement de terre.

— D'accord. Bien. Euh, qu'est-ce qui a changé ? J'étais pourtant la dernière personne que tu voulais voir, quand tu étais en train de...

— Me remettre de ma mort.

— Euh... oui. C'est ça.

— Peut-être que je me sentais comme toi en ce moment. Peut-être que j'avais l'impression d'avoir frôlé la mort et que je ferais bien de réfléchir à ce que j'avais fait de ma vie. Et que je n'appréciais pas trop ce que j'en avais fait jusqu'alors.

Je n'avais jamais vu ce côté-là de Sam.

— Qu'est-ce qui t'a déplu ?

Il aurait préféré s'étendre sur la question qui venait de s'asseoir entre nous, grosse comme un mammouth. Cependant, il me fallait des réponses tout d'abord.

Ce qu'il a déclaré alors m'a prise au dépourvu.

— Je n'ai pas aimé mon choix de femmes. Je choisissais des femmes qui n'avaient rien, disons... de convenable. Je m'en suis aperçu seulement quand j'ai compris que je ne voulais pas présenter Jannalynn à ma mère. Je n'avais pas envie qu'elle rencontre mon frère et ma sœur. J'avais peur qu'elle ne joue avec ma nièce ou mon neveu. Alors à ce moment-là, je me suis demandé pourquoi je sortais avec elle.

— Elle était pourtant mieux que la ménade.

— Ah, Callisto... s'est-il souvenu en rougissant. Elle, c'est une force de la nature, tu comprends ça, Sookie ? On ne peut pas résister à une ménade. Quand on est métamorphe, ou quoi que ce soit d'animal ou de sauvage, on ne peut pas faire autrement. Je ne sais pas comment c'est, le sexe avec un vampire, ça ne m'est jamais arrivé, mais toi, tu as toujours donné l'impression que c'était vraiment extraordinaire. On va dire que

316

Callisto, c'était l'équivalent, côté métamorphe. Elle aussi, elle est indomptable, et dangereuse.

Je n'aimais pas tout, dans son analogie, mais ce n'était pas le moment de s'attacher à des détails.

— Donc, tu as fréquenté des femmes que tu n'étais pas fier de fréquenter, et tu crois que tu les as choisies parce que… ?

J'avais vraiment besoin de savoir où il allait en venir.

— Il y a une partie de moi qui a compris que… Ah, ça fait vraiment égocentrique, ce que je vais dire ! D'un côté, j'insistais pour me dire que j'étais un grand méchant SurNat, né pour être un métamorphe solitaire, et que les femmes qui me faisaient envie devaient être aussi violentes et antisociales que cette image débile que je me faisais de moi-même.

— Et maintenant, tu as l'impression d'être… ?

— Un homme. Un homme qui est également métamorphe. Je crois que je suis prêt à entrer dans une relation… durable… avec quelqu'un que j'admire et que je respecte.

— Plutôt qu'avec… ?

— Plutôt qu'avec une chienne sociopathe de plus, qui va simplement se contenter de m'offrir de l'action et du sexe de dingue, a-t-il précisé en attendant ma réaction.

— Ah ! Je crois que tu t'es un peu fourvoyé, là…

— Oh.

Pause.

— Avec quelqu'un que je respecte et que j'admire, et qui est également capable, je le soupçonne en tout cas, de m'offrir de l'action et du sexe de dingue.

— Là, c'est mieux.

Grand soulagement chez mon interlocuteur.

— Je ne suis pas si surprise que ça. Eric était plus lucide que moi, à ton sujet. Il savait que s'il me lâchait, tu serais le premier dans la file d'attente. Non, je ne dis pas qu'il y a carrément un bataillon qui m'attend, ai-je rectifié devant sa surprise. Je veux simplement dire que... Enfin il a vu plus clair que moi.

— En fait, ça me ferait assez plaisir, si Eric ne faisait plus partie de cette conversation, a annoncé Sam.

— OK, je peux gérer.

— Tu l'aimes encore ?

Droit au but.

J'ai réfléchi un instant.

— Je crois que la magie du cluviel dor t'a transformé, et que ta conception de la vie s'est modifiée, tu n'as plus les mêmes priorités. Pour moi, c'est pareil. La magie m'a changée. Ou peut-être réveillée. Je veux en être certaine. Je ne veux plus de relations qui se nouent sur une impulsion, ou qui mettent ma vie en danger. Qui soient truffées de cachotteries et de malentendus. Ça, c'est terminé pour moi. Tu vas peut-être estimer que je suis une dégonflée. Mais je veux quelque chose de complètement différent, maintenant.

— D'accord. On s'est écoutés l'un l'autre. Moi, je propose qu'on en reste là pour la journée. Je vais t'aider à te mettre au lit, parce qu'à mon avis, c'est là que tu devrais être.

— Tu as raison.

Je me suis extirpée du canapé en réprimant un gémissement de douleur.

— Et j'apprécierai effectivement que tu m'aides, ai-je poursuivi. Tu pourrais m'apporter un cachet et de l'eau ? Dans la cuisine, sur le plan de travail.

Sam a disparu vers la cuisine et j'ai continué.

— Je m'attends tout le temps à voir Maître Cataliades et Diantha sur le pas de ma porte. Et Barry aussi. J'aimerais bien savoir où ils sont, tous.

Sam est revenu en un rien de temps avec l'eau et le médicament.

— Je suis désolé, Sook. Notre conversation m'a... troublé, et j'ai oublié de te dire que Barry était passé au bar en fin d'après-midi, pour dire que lui et les démons cherchaient quelque chose. Ou quelqu'un, je ne sais plus. En tout cas, il ne faut pas que tu t'inquiètes, et ils te tiendront au courant. Ah, et oui, il m'a donné ça pour toi. Si tu n'avais pas appelé, j'aurais envoyé Jason pour te le donner.

Ce qui m'a mis un peu de baume au cœur.

Sam a tiré une feuille jaune de sa poche. Elle provenait d'un bloc-notes et dégageait une légère odeur, comme si on l'avait tirée d'un sac-poubelle. Sans tenir compte des lignes, quelqu'un l'avait recouverte sur un côté d'une grande écriture, tracée au moyen d'un feutre en fin de vie : « Ta porte d'entrée était ouverte, alors j'ai rangé un truc dans ta cachette. À plus. »

— Oh ! mon Dieu. Ils ont mis quelque chose dans la cachette à vampires, celle qui se trouve dans la chambre d'amis.

Bill l'avait construite lorsque nous étions ensemble, pour qu'il puisse passer la journée chez moi si nécessaire. On pouvait soulever le fond du placard. Ce qui m'a rappelé que Mustapha était venu prendre les affaires d'Eric. Avait-il pu remplir sa mission après la fusillade ?

Sam était plus que surpris.

— Tu crois qu'il y a un vampire, là-dedans ?

J'ai avalé ma pilule avant de prendre une gorgée d'eau.

— Si c'était le cas, il serait levé.

— Il faudrait qu'on aille voir. Pas question de passer la nuit à te demander ce qui va bien pouvoir sortir de ce trou.

Nous sommes allés ensemble dans la chambre en question. Amelia avait fait sa valise et celle de Bob, mais le lit était défait. En prenant une lampe torche dans le tiroir à côté de mon lit, pour la donner à Sam, j'ai aperçu un bout de chaussette sous le chevet.

Sam a donc écopé de la tâche qui consistait à ouvrir la cachette. Tandis qu'il réfléchissait au meilleur moyen de s'y prendre, la tension montait. Puis il a brusquement ouvert la trappe.

— Merde alors ! Sookie, viens voir ça.

Lentement, je me suis approchée et j'ai risqué un œil par-dessus son épaule. Copley Carmichael gisait au fond, bâillonné, pieds et poings liés, le regard fou de rage.

— Ferme-moi ça, s'il te plaît, ai-je demandé avant de quitter la pièce à pas lents.

J'avais espéré que je pourrais passer un jour ou deux à me reposer pour récupérer, lire au lit, avec quelques expéditions dans le séjour pour regarder la télévision ou apprendre à jouer aux jeux vidéo. Mon réfrigérateur était rempli, puisque je venais de faire de grosses courses pour nourrir tous mes visiteurs. Mes seuls soucis auraient été de guérir, et de savoir qui allait me remplacer au bar.

— Mais non ! Rien à faire ! me suis-je énervée. Pas moyen !

— Ooh, tu fais une petite crise ? Allez viens, Sook. Puisqu'on ne le sort pas, laisse-moi t'aider à grimper dans ton lit.

Mais je me suis assise sur le fauteuil dans le coin de ma chambre.

— Oui, je fais une petite crise. J'ai envie de me plaindre. Qu'est-ce que ça peut bien te faire ?

— Moi ? Oh, rien du tout, m'a-t-il retourné, un sourire imperceptible flottant sur ses lèvres. Pour moi, une bonne bouderie de temps en temps, c'est très salutaire.

— J'imagine que Monsieur C et Diantha ont estimé que ce serait un beau cadeau de non-anniversaire, si c'est eux. Et qu'est-ce qu'ils vont faire, maintenant ? Laver ma voiture, peut-être ? Pourquoi ils n'appellent pas ? Et puis je m'inquiète pour Barry.

Au cas où ce ne serait pas clair : oui, le médicament commençait à faire effet.

— Tu as vérifié ton portable ou ton répondeur ?

— Eh ben non, tu vois. J'étais trop occupée à prendre des balles et me faire hospitaliser.

Mais sa remarque pleine de bon sens m'avait remis les idées en place et, après quelques secondes, je lui ai demandé de me rapporter mon sac de la cuisine.

J'avais reçu un certain nombre de messages divers et variés : Tara, India, Beth Osiecki, la banque, et, bizarrement, Pat, qui disait simplement qu'elle avait besoin de me parler. J'ai surmonté ma curiosité pour continuer la liste... Oui ! J'en avais un de Maître Cataliades.

« Sookie, disait-il de sa belle voix, lorsque nous sommes rentrés et que nous avons découvert ce qui s'était passé, nous avons compris que nous devions chercher plus loin. Copley Carmichael a disparu, mais nous sommes sur la trace d'un gibier différent. Je dois dire qu'avec le nombre de personnes qui souhaitent votre mort, vous remportez haut la main le premier prix dans cette catégorie. J'essaie tout simplement de les prendre en premier. C'est assez amusant, quelque part. »

— Ben tiens, ai-je grommelé. J'ai tout organisé exprès pour que vous puissiez passer un bon moment... J'ai l'impression que les démons ne savaient pas que Copley s'est retrouvé chez moi.

— Envoie-lui un texto et pousse-toi. Tu es au milieu du lit – choisis ton côté.

— Pardon ?

— Il faut que je dorme. Pousse-toi, je te dis.

J'ai cligné des yeux.

— Tu y vas peut-être un peu fort ? Non ?

— Si quelqu'un vient le sortir du trou, tu ne préfères pas que je sois ici à côté de toi ?

— Je préférerais que tu sois posté sur la véranda avec un flingue, ai-je marmonné.

Mais je lui ai laissé un peu de place.

— Les portes sont verrouillées.

Ses paupières sont tombées dès qu'il s'est couché, et en deux minutes il dormait à poings fermés, comme me l'indiquaient sa respiration et ses ondes cérébrales.

Nom de Dieu. J'étais au lit avec Sam Merlotte. Et qu'est-ce que nous allions faire ?

Dormir.

À mon réveil, il faisait déjà jour. J'entendais quelqu'un bouger dans la maison. Au lieu d'ouvrir les yeux, j'ai projeté mon talent, celui que m'avait offert Maître Cataliades. Tara était là. Mais je ne pouvais pas détecter le père d'Amelia. J'en ai déduit que son manque d'âme agissait comme un masque. Apparemment, le fait de ne pas avoir une âme faisait de vous une non-personne.

Tara est entrée à ce moment-là. Elle portait son short neuf.

— Salut, marmotte ! J'allais venir te réveiller. Sam a dû aller faire de la paperasse, et il m'a demandé si je pouvais venir pour rester un peu avec toi. Il a dit que tu commençais à bouger.

Elle a fait de gros efforts pour ne pas fixer l'oreiller écrasé à côté du mien.

— Hé ! On a dormi, c'est tout !

— Le vampire est parti, alors la porte est grande ouverte, a-t-elle répliqué d'un air innocent. Personne n'est là pour juger. Tu es une femme libre.

— Tout ce que je dis, c'est que c'est prématuré, ai-je rétorqué sèchement.

— Pas de problème, si c'est comme ça que tu veux la jouer...

J'ai serré les dents.

— Je ne joue pas. Les choses sont comme ça. J'ai encore des trucs à régler.

Elle m'a toisée d'un air impénétrable.

— Ouais. Bonne idée. Je te conseille de te lever maintenant, et de manger des petits pains à la saucisse et aux œufs. Ma belle-mère dit que c'est bon pour le sang.

322

— Ça, ça me dit !

Et soudain, je me suis rendu compte que j'avais une faim de loup.

Pendant que je déjeunais, elle m'a montré quelques douzaines de clichés des jumeaux et parlé de la nouvelle baby-sitter qu'elle venait de prendre – Quiana quelque chose.

— Elle est comme moi, elle a un passé pas très cool, m'a-t-elle expliqué. On va bien s'entendre. Dis-moi, je sais que Sam est plutôt doué, en bricolage. Alors puisque vous vous entendez si bien, vous pourriez peut-être nous aider ? On cherche un moyen d'agrandir la chambre des petits – on peut pas se permettre de déménager.

— Oui, sans souci. Dès que mon épaule va mieux, on se fixe une date.

Me projeter dans le futur me faisait du bien. Cette histoire d'aménagement intérieur me paraissait saine et normale. C'était réconfortant.

Après une dizaine de minutes, Tara a commencé à s'agiter. Ses pensées revenaient constamment sur ses enfants et j'ai remarqué une tache humide sur le devant de son chemisier. Je l'ai donc pressée de partir en la remerciant avec effusion pour le repas. Ensuite, je me suis habillée, ce qui m'a pris un temps et des efforts considérables. Puis, ayant rechargé mon mobile, j'ai commencé à rendre les appels qu'on m'avait passés, tout en évitant de penser à l'homme ligoté dans mon placard. J'essayais également de ne pas réfléchir au nombre d'heures qui s'étaient écoulées sans qu'il ait accès à des toilettes. Je ne ressentais aucune compassion pour lui. Sur un plan plus pratique, je ne voyais pas comment je pouvais l'emmener à une salle de bains sans me mettre en danger.

L'espace d'une fraction de seconde, j'ai hésité à appeler Andy. Mais je ne me voyais pas lui expliquer que... Non, vraiment, je n'avais absolument pas su que le père de mon amie était retenu prisonnier chez moi. Même moi, j'avais du mal à m'en convaincre, alors que je savais pourtant que c'était vrai. Je ne retournerais en prison sous aucun prétexte. Aucun.

Pour l'instant, donc, Copley Carmichael devrait demeurer là où il était, même au risque de tacher son pantalon.

19

Une maison, quelque part dans la banlieue de Bon Temps,
le même jour

— Vous êtes des amis de Sookie Stackhouse ? se
méfia Alcee Beck, debout sur le seuil de sa maison.

Il avait entendu parler de la fille : tous les habitués du
Merlotte en parlaient. Cheveux platine, bizarrement atti-
fée, elle parlait une langue inconnue. Au premier abord,
son compagnon n'était pas aussi étrange, mais quelque
chose en lui déclencha un signal d'alarme dans l'esprit
d'Alcee Beck, et il n'était pas du genre à ignorer ce type
de pressentiment. C'était ainsi qu'il avait survécu dans
l'armée de l'air. C'était ainsi qu'il survivait depuis son
retour.

— Nous le sommes, répondit Maître Cataliades de sa
belle voix douce et riche, presque crémeuse. Et nous
avons amené un de vos collègues avec nous.

Il montra la voiture garée à côté de sa fourgonnette et
Andy Bellefleur en émergea, affreusement mal à l'aise
mais résolu.

— Bellefleur ! Qu'est-ce que tu fabriques avec ces
gens-là ? s'exclama Alcee d'un ton menaçant. Tu n'as

pas à faire venir qui que ce soit chez moi. Je devrais te casser la gueule.

— Chéri, chevrota une voix derrière lui. Tu aimes bien Andy. Tu dois l'écouter.

— La ferme, Barbara, rétorqua-t-il alors qu'une femme se montrait derrière lui.

Alcee avait de nombreux défauts, connus de tous. Malgré tout, il était également de notoriété publique qu'il adorait sa femme. Il était fier de son diplôme universitaire, ainsi que du poste qu'elle occupait – à Bon Temps, elle était la seule bibliothécaire employée à temps plein. Il jouait les durs envers et contre tous, mais avec Barbara Beck, il était doux comme un agneau.

Andy fut d'autant plus choqué par son apparence. Toujours bien habillée et tirée à quatre épingles, Barbara était en peignoir, échevelée et sans maquillage. De toute évidence, elle était terrifiée. Andy avait vu de nombreuses femmes battues, et Barbara paraissait aussi anéantie qu'une femme qu'on avait frappée plus d'une fois. Alcee ne semblait pas se rendre compte qu'il avait changé de comportement.

— Alcee, ta femme a peur. Elle peut sortir de la maison ? demanda Andy calmement.

— Comment oses-tu dire une chose pareille ! mugit son collègue, tout à la fois étonné et furieux, avant de faire volte-face. Dis-lui que ce n'est pas vrai !

Soudain, il sembla absorber l'expression et l'état de son épouse.

— Barbara ? reprit-il d'un ton incertain.

Il était manifeste qu'elle avait peur de parler.

— Vous voulez quoi ? demanda Beck à ses visiteurs, tout en considérant sa femme d'un air troublé.

— Tu dois nous permettre de fouiller ta voiture, expliqua Andy, qui s'était discrètement rapproché. Et au cas où tu penserais que je suis capable de mettre quelque chose dedans, en douce, on aimerait que tu laisses la jeune fille faire les recherches.

La tête d'Alcee pivota, comme celle d'un taureau furieux.

— Tu crois que je me drogue, c'est ça ?

— Pas une seule seconde, le rassura l'avocat. Nous pensons que vous avez été... envoûté.

Alcee laissa échapper un grognement de dérision.

— N'importe quoi.

— Quelque chose ne va pas, et je crois que vous le savez, reprit le démon. Laissez-nous effectuer cette simple vérification, rien que pour écarter cette hypothèse.

— Alcee, je t'en prie, chuchota Barbara.

Manifestement convaincu de la futilité de l'opération, Alcee donna son accord d'un signe de tête, sortit les clés de sa poche et désactiva l'alarme à distance, sans bouger de sa porte.

Il fit un large geste du bras à l'intention de la fille.

— Faites-vous plaisir.

Elle le gratifia d'un sourire lumineux et fondit sur la voiture, rapide comme l'éclair.

Les trois hommes progressèrent ensemble vers le véhicule.

— Son nom est Diantha, précisa Maître Cataliades, bien qu'Alcee n'ait rien demandé.

— Encore une putain de télépathe, grogna Alcee, le visage déformé par la haine. On a déjà Sookie ! Comme s'il nous en fallait une deuxième – on n'en avait déjà pas besoin au départ.

— Non, c'est moi, le télépathe. Elle, c'est bien plus. Regardez-la travailler, conseilla le démon avec fierté.

Bien malgré lui, Alcee observa les mains blanches de la fille, qui tapotait chaque centimètre carré de l'habitacle et se penchait même pour flairer les sièges. Il se félicita de faire le ménage aussi régulièrement. Elle se glissa vers l'arrière dans un mouvement fluide et se figea soudain sur place, semblable à un chien d'arrêt.

Puis elle ouvrit la portière et émergea, tenant un objet serré dans sa main gauche. Elle le brandit pour qu'ils puissent le voir : c'était noir, avec des points réalisés en laine rouge, et monté sur des brindilles. Cela ressemblait vaguement aux capteurs de rêves vendus à la tonne par les boutiques soi-disant indiennes. Mais il en émanait quelque chose de bien plus sombre.

— Qu'est-ce que c'est que ce machin ? demanda Alcee. Et qu'est-ce que ça fait dans ma voiture ?

— Sookie a repéré ce qui s'était passé, quand tu étais garé à l'ombre, au *Merlotte*. Quelqu'un l'a lancé par la fenêtre ouverte, depuis les bois, expliqua Andy, qui tentait de donner l'impression qu'il avait toujours été certain de ce que l'on trouverait là. C'est un charme, Alcee, ou une amulette. Un objet ensorcelé, si tu préfères. Le sortilège t'a fait faire des trucs que tu ne voulais pas vraiment faire.

— Comme quoi ? interrogea Alcee, interloqué.

— Comme de persécuter Sookie, alors que les preuves de sa culpabilité sont loin d'être concluantes. Elle a un bon alibi pour la nuit du meurtre d'Arlene Fowler, a précisé Maître Cataliades sur un ton raisonnable. En outre, il me semble que depuis ce jour-là vous n'êtes pas vous-même, dans votre propre foyer.

Il se tourna vers Barbara, qui hocha violemment la tête pour confirmer.

— C'est vrai ? demanda Alcee à son épouse. Je te fais peur ?

— Oui, acquiesça-t-elle à voix haute, avant de reculer d'un pas, comme si elle avait peur qu'il ne la gifle à toute volée pour sa franchise.

Comprenant soudain que Barbara le craignait, pour la première fois en vingt ans de mariage, Alcee fut contraint d'admettre que quelque chose n'allait pas chez lui.

— Je suis toujours en colère, malgré tout, grommela-t-il, d'un air cependant plus grognon qu'enragé. Et je déteste toujours Sookie, et je crois toujours qu'elle est une meurtrière.

— Voyons comment vous vous sentirez lorsque nous aurons détruit cette chose, fit l'avocat. Lieutenant Bellefleur, auriez-vous un briquet ?

Andy en avait un, car il fumait le cigare à l'occasion. Il le sortit de sa poche et le tendit à Diantha, qui s'accroupit au sol et posa l'amulette sur un tas d'herbe sèche, que la tondeuse avait soufflée de côté. Elle approcha la flamme et le tout prit feu, instantanément. Les flammes grimpèrent très haut pour un objet aussi petit.

Aussitôt, Alcee eut un mouvement de recul et trébucha en arrière. Lorsque le charme fut consumé, Alcee s'effondra à genoux devant sa porte, la tête dans les mains. Barbara poussa un cri et Andy se rua vers lui pour l'aider tandis qu'il luttait pour se relever.

— Oh ! mon Dieu, répétait-il. Seigneur ! Il faut que je me couche, aidez-moi, je vous en supplie.

Andy et Barbara l'assistèrent tandis que Maître Cataliades et Diantha attendaient dehors.

— Bon travail, fit le démon.

Sa nièce éclata de rire.

— Lesdoigtsdanslenez. J'aifaitdurerleschosesmaisjel'avaisrepérétoutdesuite.

Quelque chose vibra dans la poche de son oncle.

— Oh, flûte, fit-il à mi-voix. Je ne peux pas l'ignorer plus longtemps.

Il brandit son téléphone en direction de Diantha.

— J'ai reçu un texto ! s'exclama-t-il.

— Dequi ?

— Sookie, répondit-il en lisant le message. Elle veut savoir si nous savons qui a ligoté Copley Carmichael et l'a abandonné dans sa cachette.

— Sacachette ?

— Je ne comprends pas... En tout cas, si tu avais capturé Carmichael, tu me l'aurais dit ?

— Biensûr ! fit-elle en hochant la tête avec vigueur.

— Je me demande bien qui l'a mis là.

— Ceseraitbiend'allervoirnon ? suggéra Diantha.

Sans un mot de plus, les deux démons grimpèrent
dans leur fourgonnette et reprirent la route en direction
de Hummingbird Road.

Chez Sookie

J'étais soulagée de voir Diantha et Monsieur C.

— On a désenvoûté Alcee Beck, a énoncé Diantha
avec lenteur, en guise de salut.

— Alors c'était vrai ? Il avait une poupée vaudou dans
sa voiture ? Waouh. C'est presque trop beau pour être
vrai.

— Pas une poupée vaudou, a rectifié Diantha, toujours avec soin. Une amulette complexe. Je l'ai trouvée.
Je l'ai brûlée. Il est au lit. Il sera rétabli demain.

— Il ne me déteste plus ?

— Je n'irais pas si loin, a dit Maître Cataliades. Mais
je suis convaincu qu'il avouera que vous ne pouviez pas
avoir tué Arlene Fowler, et qu'il a commis une erreur en
poussant l'enquête dans la mauvaise direction. Le procureur va être très gêné, lui aussi.

— Du moment qu'ils sont convaincus de mon innocence, ils peuvent bien faire ce qu'ils veulent – même
danser tout nus sur la place du Tribunal ! Je viendrai les
applaudir.

Diantha a éclaté de rire et son oncle a repris.

— Pour en revenir à la question exprimée dans votre
texto : nous ne savons pas qui a capturé le père d'Amelia
et l'a placé dans votre... cachette.

— Ma cachette à vampires, ai-je expliqué. Venez voir.

330

Je les ai menés dans la chambre et j'ai ouvert le placard. Je me suis agenouillée avec précaution, avant de chercher des doigts le levier qu'Eric avait dissimulé dans la trappe. Maître Cataliades m'a alors aidée à soulever le panneau et nous avons découvert le visage de Copley Carmichael. Sa fureur s'était estompée, probablement à cause du temps qu'il avait passé là. Le trou avait été ménagé pour permettre à un vampire d'y passer une journée à l'abri du soleil, rien de plus. Il était suffisamment grand pour permettre à un adulte de s'y coucher sur le côté, genoux légèrement pliés, ou de s'y asseoir, dos contre le mur.

— Heureusement pour lui, il n'est pas de haute stature, a fait remarquer le démon.

— Petit, certes, mais très très méchant ! me suis-je moquée, provoquant un gloussement chez mon parrain.

— Unevraievipère, a confirmé Diantha. Ilestenassez-mauvaisétat.

— Hissons-le pour le sortir, a suggéré son oncle.

J'ai laissé ma place à Diantha.

— Je ne suis pas en état de « hisser », ai-je expliqué. J'ai pris une balle.

— Oui, nous avons appris cela, a répondu Monsieur C. Content de voir que vous allez mieux. De notre côté, nous nous sommes lancés sur la piste de divers personnages.

— Il faudra m'expliquer tout ça.

La nouvelle de ma blessure n'avait pas l'air de les affecter, ce que je trouvais assez désinvolte de la part de deux créatures qui étaient venues m'aider. Et qui avaient-ils traqué ? Avaient-ils réussi ? Où avaient-ils passé la nuit ?

Et surtout, où se trouvait Barry ?

Ils ont sorti Copley Carmichael sans le moindre effort, pour l'appuyer contre le mur.

— Excusez-moi, ai-je dit à Maître Cataliades, qui considérait le père d'Amelia avec une lueur calculatrice dans le regard. Où est Barry ?

— Il a détecté une signature mentale qui lui était familière, m'a-t-il répondu d'un air absent en vérifiant le pouls de Copley du bout d'un de ses doigts épais, tandis que Diantha s'était accroupie pour scruter les yeux du captif avec curiosité.

— Il nous a dit qu'il nous retrouverait plus tard, a-t-il conclu.

— Il vous l'a dit comment ?

— Par texto, a-t-il répondu avec une mine de dédain. Tandis que nous suivions une fausse piste pour retrouver Glassport.

Je me suis contenue avec effort.

— Il faut s'inquiéter pour lui ou non ?

— Il dispose de sa voiture et d'un téléphone, a dit Diantha avec lenteur et précision. Et il a nos numéros. Tonton, tu as vérifié les autres messages ?

— Non. Celui de Sookie m'avait surpris, a-t-il expliqué avec une grimace.

Il a ressorti son téléphone et s'est mis à effleurer son écran.

— Cet homme est déshydraté, et il a des contusions, mais il n'a aucune blessure interne, m'a-t-il annoncé en indiquant le prisonnier du menton.

— J'en fais quoi ?

— Toutcequetuveux, a répondu Diantha.

Elle jubilait, de toute évidence.

Les yeux de l'intéressé se sont écarquillés.

— Il ne faut pas oublier qu'il a tenté de me faire assassiner, ai-je repris d'un ton pensif. Il se moquait complètement de tuer des innocents au passage, avec sa vendetta personnelle contre moi. Hé, dites, monsieur Carmichael, vous voyez, le beau bandage que j'ai à l'épaule ? Ça, c'est votre homme, Tyrese. Et il a failli avoir votre fille, aussi.

Déjà pâle, le teint de l'homme a blêmi encore.

— Et vous savez ce qui lui est arrivé, à Tyrese ? Une balle dans la tête.

Mais finalement, ce passe-temps ne me plaisait pas. Carmichael méritait amplement d'être puni. Malgré cela, ces railleries ne m'apportaient rien de bon.

— Je me demande si c'est lui, qui est responsable de la poupée vaudou, enfin, l'amulette, dans la voiture d'Alcee, me suis-je interrogée en observant son visage de près, tandis que je parlais.

Je n'ai reçu qu'un regard vide. Copley n'avait pas participé au maléfice, j'en étais convaincue.

— En effet, j'ai un message vocal de Barry, s'est élevée la voix de l'avocat, qui tenait son portable contre son oreille.

J'ai attendu en rongeant mon frein qu'il baisse enfin le bras, l'air grave.

— Barry dit qu'il suit Johan Glassport. Entreprise périlleuse, s'il en est.

— Pourtant, il sait que Glassport a tué Arlene, il ne devrait pas prendre ce risque, me suis-je affolée.

— Il tient à identifier son complice.

— Où était-il, quand il a laissé le message ?

— Il ne le dit pas, mais c'était hier soir, à 21 heures.

— Mauvais. Très mauvais.

Le problème, c'était que je ne savais absolument pas quoi faire. Ni pour Barry, ni au sujet de Copley Carmichael.

Soudain, un coup frappé à la porte nous a tous fait sursauter. J'étais si préoccupée que je n'avais pas entendu de voiture remonter mon allée. Lorinda Prescott, ma voisine, était sur le seuil avec son fameux plat de je-ne-sais-quoi, qu'on était censé manger avec des chips tortillas, qu'elle avait apportées aussi.

— Je voulais juste vous remercier pour vos délicieuses tomates. Je n'en ai jamais mangé d'aussi bonnes. Qu'est-ce que c'est, comme espèce ?

— J'ai acheté les plants à la jardinerie. Entrez, je vous en prie.

Lorinda a déclaré qu'elle ne pouvait pas rester, mais je ne pouvais pas faire autrement que de la présenter. Tandis que Maître Cataliades l'étourdissait de son charme, j'ai levé un sourcil en direction de Diantha, qui s'est glissée dans le couloir pour refermer la porte sur Copley, toujours appuyé contre son mur. Après avoir murmuré quelques politesses à Lorinda, qui semblait désarçonnée par la tenue vestimentaire de Diantha, les démons sont montés au premier.

— Je suis vraiment contente, que vous ayez de la compagnie chez vous pendant votre convalescence, s'est-elle exclamée avant de s'interrompre, le front soucieux. Mon Dieu, vous entendez ce bruit ?

Des chocs sourds et répétés émanaient de la chambre d'amis. Merde.

— Ça, ça doit être, euh... oh là là oui ! Ils ont dû enfermer leur chien là-bas !

Je suis allée au pied de l'escalier pour lancer un appel.

— Monsieur C ! Le chien ! Vous pourriez aller calmer Coco ?

— Je suis véritablement navré, pardon, s'est excusé Maître Cataliades en glissant jusqu'en bas d'un pas fluide. Je vais m'assurer que cet animal demeure silencieux.

Je l'ai remercié tout en évitant de remarquer que Lorinda semblait quelque peu choquée de l'entendre appeler son chien « cet animal ».

Il a pris le couloir et j'ai entendu la porte de la pièce s'ouvrir et se fermer. Le vacarme s'est tu brutalement.

Puis l'avocat est repassé dans notre champ de vision, s'inclinant devant Lorinda au passage.

— Bonne fin de journée, Madame, a-t-il souhaité avant de disparaître en haut.

— Dites donc ! Il est d'une courtoisie...

— Il est d'une vieille famille de La Nouvelle-Orléans, ai-je expliqué.

Quelques minutes plus tard, Lorinda a décidé qu'elle devait rentrer pour commencer à préparer son dîner, et je l'ai expédiée en redoublant de politesses.

Dès qu'elle a eu le dos tourné, j'ai poussé un immense soupir de soulagement. Je me dirigeais de nouveau vers la chambre qu'occupait notre prisonnier, lorsque le téléphone a sonné. C'était Michele, qui souhaitait s'assurer que tout allait bien. C'était très gentil de sa part, mais le moment n'était pas le mieux choisi.

— Coucou, Michele, l'ai-je saluée d'un ton joyeux.

— Salut, presque-belle-sœur ! Comment vas-tu aujourd'hui ?

— Bien mieux !

Ce n'était pas un mensonge.

— Je peux passer prendre ton linge ? Je fais le mien ce soir, parce que demain, on va danser au club de country, avec Jason. Il y a une soirée de danse en ligne.

— Oh, super ! Alors amusez-vous bien ! Côté linge, je n'ai pas de retard, mais c'est gentil à toi.

— Viens donc avec nous, puisque tu te sens mieux. On va au *Stompin' Sally's*.

Je n'étais pas allée danser depuis si longtemps...

— Si mon épaule ne me fait pas trop mal, ce sera avec plaisir ! Je peux te confirmer ça demain après-midi ?

— Impeccable, du moment que tu appelles avant 20 heures.

Puis j'ai enfin réussi à gagner la chambre d'amis. Copley y était toujours, inconscient mais vivant – j'avais eu peur que Monsieur C ne s'assure de son silence en lui brisant la nuque. Toutefois, je ne savais toujours pas quoi en faire...

Plus tard, j'ai appelé les démons à table et ils se sont précipités. J'ai servi à chacun un bol plein de la mixture de Lorinda – viande hachée, haricots, sauce et poivrons émincés – avant de distribuer les chips et du fromage râpé. Comme dessert, nous avions une tarte préparée par Mme du Rone que Tara m'avait laissée. Nous avons tacitement décidé d'éviter le sujet de l'élimination de Carmichael avant d'avoir terminé le repas.

Plus tard, nous avons tenté de tomber d'accord tandis que la chorale des grillons nous accompagnait.

Pour Diantha, le mieux serait de le tuer.

Maître Cataliades voulait l'ensorceler et le remettre à sa place, à La Nouvelle-Orléans. Il deviendrait ainsi un sosie du véritable Carmichael, en quelque sorte. De toute évidence, le démon avait certaines idées sur la meilleure façon d'exploiter cette nouvelle version du père d'Amelia.

De mon côté, je ne pouvais pas concevoir de relâcher dans la nature une telle créature, un être sans âme, pieds et poings liés par le diable et dénué de la moindre pulsion bienveillante. Pour autant, je ne pouvais me résoudre à le tuer. Mon âme à moi était bien assez noire sans en rajouter.

Petit à petit, pendant que nous débattions sans résultat, la nuit est tombée. On a frappé de nouveau à ma porte de derrière.

Quelle foule, décidément...

Cette fois-ci, on ne m'apportait pas de nourriture.

Pam s'est glissée dans ma maison, comme si elle flottait, suivie de près par Karin. Pâles toutes les deux, on aurait dit des sœurs. Curieusement, cependant, Pam semblait déborder de vitalité. Après avoir présenté les deux vampires aux deux démons, j'ai invité Pam et Karin à nous rejoindre autour de la table.

— J'ai l'impression d'avoir interrompu une discussion importante, a commencé Pam.

— C'est vrai. Mais je suis contente que tu sois là. Peut-être que tu trouveras une bonne solution à notre problème.

Car Pam était une experte, quand il s'agissait de se débarrasser de corps encombrants. Karin était peut-être même encore plus douée, puisqu'elle avait eu plus de temps pour pratiquer cet art. Soudain, une illumination m'a frappée.

— Dites-moi, mesdames, sauriez-vous par hasard comment un certain personnage a pu atterrir dans mon placard ?

Karin a levé la main, comme si elle était en primaire.

— C'est moi la responsable. Il rôdait. Sookie, de nombreuses personnes vous... te surveillent. Il est arrivé par tes bois, la nuit où tu étais à l'hôpital. Il n'était pas au courant de ce qui s'était passé et il ignorait que tu n'étais pas chez toi. Il te voulait manifestement du mal et d'ailleurs j'ai découvert après qu'il était armé. Pourtant, ton cercle magique ne l'a pas arrêté comme Horst – c'est Bill qui m'a raconté, pour lui. J'aurais bien aimé voir ça d'ailleurs. Par conséquent, il a fallu que je m'en charge. Je ne l'ai pas tué, car j'ai pensé que tu voudrais l'interroger.

— Il en avait bien après moi, je confirme. Heureusement que tu l'as neutralisé. Je te remercie du fond du cœur. Le problème, c'est que je ne sais vraiment pas quoi en faire.

— Tue-le, a dit Pam, très simplement. C'est ton ennemi, et il veut ta mort.

C'était presque risible, venant de quelqu'un qui portait un pantacourt à fleurs assorti d'un tee-shirt vert canard. Diantha opinait du chef avec enthousiasme.

— Je suis désolée, je ne peux pas.

Pam a secoué la tête, consternée par ma faiblesse, et Karin a émis une suggestion.

— Pam, ma sœur, nous pourrions l'emmener avec nous et... réfléchir à une issue.

Hop hop hop ! Ça, c'était une autre façon de dire « l'emporter à l'écart et le trucider ».

— Vous ne pourriez pas effacer sa mémoire ? ai-je demandé sans trop d'espoir.

— Impossible, m'a répondu Karin. Il n'a pas d'âme.

Le détail était nouveau, pour moi. Car la situation ne s'était jamais présentée. Et j'espérais fortement que c'était la dernière fois.

— Je suis certaine que je pourrai lui trouver une utilité, a déclaré Pam.

Je me suis redressée. Il y avait quelque chose de différent dans l'attitude de mon amie vampire. Une espèce d'exubérance généreuse. Curieux.

Maître Cataliades, qui avait passé plus d'années que moi à étudier le langage des corps et des esprits, a soudain pris la parole.

— Miss Pam, aurions-nous une raison de vous féliciter ?

Pam a fermé les yeux, semblable soudain à un beau chat doré.

— C'est le cas, en effet, a-t-elle répondu avec un léger sourire.

Celui de Karin était bien plus large.

Après quelques secondes, j'ai compris.

— C'est toi, le nouveau shérif, Pam ?

— C'est moi, a-t-elle répondu en ouvrant les yeux, le visage ravi. Felipe a trouvé cela judicieux. C'était sur la liste des exigences d'Eric. Mais mon roi n'était pas obligé de l'honorer.

— Eric a laissé une liste…

Je m'efforçais de ne pas plaindre Eric, qui partait en territoire étranger, au bras d'une reine indifférente à son sort, privé de la présence réconfortante de son fidèle bras droit.

— Je crois que Bill t'a énoncé quelques-unes de ses conditions, a poursuivi Pam d'une voix neutre. Il a eu droit d'en poser un certain nombre, en signant un contrat de mariage pour deux cents ans au lieu d'un siècle, comme c'est la coutume.

— Ça m'intéresserait, de savoir ce qu'il y avait d'autre. Sur la liste.

— Très égoïstement, il a interdit à Sam de te révéler que c'était lui qui avait poussé Eric à payer ta caution. Moins égoïstement, il a posé une condition absolue à son mariage avec Freyda : qu'aucun vampire ne te fasse jamais de mal. Personne parmi nous n'a le droit de te harceler, ni de te goûter, de te tuer ou de te réduire en esclavage.

— Ça, c'est plutôt gentil.

Ce détail changeait d'ailleurs ma vie du tout au tout. Il effaçait du même coup le ressentiment que je commençais à éprouver contre cet homme que j'avais pourtant aimé.

J'ai relevé les yeux pour apercevoir les deux visages si pâles et si semblables, qui m'étudiaient de près de leurs yeux bleus écarquillés.

— Bon, quoi d'autre ?

— Chaque nuit, une année durant, Karin doit monter la garde depuis tes bois, pour protéger ta maison.

Eric m'avait de nouveau sauvé la vie et il n'était même pas présent...

— Ça aussi, c'était attentionné, ai-je réussi à sortir avec un effort.

— Sookie, écoute-moi bien, a dit Pam. Et je vais te le dire gratuitement. Ce n'est pas « gentil » de la part d'Eric. Eric protège ce qui lui appartenait pour montrer à Freyda qu'il est loyal et qu'il veille sur les siens. Ce n'est pas un geste sentimental.

Karin s'est exprimée à son tour.

— Nous sommes prêtes à tout pour Eric. Nous l'aimons. Mais nous le connaissons mieux que quiconque. Son côté calculateur fait partie de ses atouts.

— Je suis d'accord, en fait.

Je savais aussi, toutefois, qu'Eric aimait faire d'une pierre deux coups. La vérité devait se situer entre les deux.

— Puisque, nous sommes d'accord, Eric est si pragmatique, comment se fait-il qu'il puisse se passer de vous deux ?

— Cela fait partie des conditions édictées par Freyda. Elle ne voulait aucun membre de sa lignée avec lui. Elle souhaite qu'il s'intègre à ses vampires sans son entourage habituel.

Ce qui me semblait particulièrement malin de sa part. Je me suis surprise à nouveau à penser à la solitude absolue dont Eric serait victime, avant d'étouffer la tristesse qui me prenait à la gorge.

— Merci, Pam. Freyda m'a bannie de l'Oklahoma, ce qui n'a aucune importance. Cependant, je suis interdite de séjour au *Fangtasia*, sur ordre de Felipe. Je ne pourrai donc pas venir te voir là-bas sur ton lieu de travail. Pourtant, j'aimerais bien te voir de temps en temps. Si le grand shérif peut me consacrer un peu de son temps précieux, bien sûr !

Elle a incliné la tête dans un geste royal et plein d'humour.

— Je suis certaine que nous trouverons le moyen de nous rencontrer. Tu es la seule amie humaine que j'aie eue, et tu me manquerais un petit peu, si je ne te voyais plus jamais.

— Quelle effusion. Karin, je te remercie d'avoir empêché cet homme de me tuer et de l'avoir rangé dans le placard. J'imagine que la maison n'était pas fermée à clé ?

— C'est exact. Ton frère est venu chercher des choses dont il avait besoin pour ton séjour à l'hôpital, et il a oublié de refermer derrière lui.

— Aha. Et comment tu le sais ?

— Il est possible que je lui aie posé quelques questions. Je n'avais aucune idée de ce qui s'était passé, et je sentais l'odeur de ton sang.

Ce qui signifiait qu'elle l'avait hypnotisé et interrogé. J'ai poussé un soupir.

— Bon, on va passer là-dessus. Copley est arrivé plus tard, c'est ça ?

— Deux heures après. Il conduisait une voiture de location et s'est garé dans le cimetière.

Je n'ai pas pu me retenir d'éclater de rire. La police avait fait enlever la voiture de Copley, conduite par Tyrese. Copley avait donc répété le même schéma que son garde du corps.

Pendant cet échange, j'en étais venue entre-temps à décider que je ne voulais plus de Copley chez moi.

— Puisqu'elle est dans le coin, peut-être que vous pourriez repartir avec lui dedans. J'imagine que les clés sont dans sa poche.

Sans se faire prier, Diantha est allée les récupérer. La recherche d'objets divers et variés faisait manifestement partie de ses occupations préférées.

Son oncle et elle se sont proposés pour porter le captif dans la voiture, et Monsieur C l'a chargé sur son épaule comme un sac de farine. Sa tête rebondissait mollement contre le large dos du démon. Je devais endurcir mon cœur – on ne pouvait pas l'hypnotiser, ni le libérer, ni le garder prisonnier indéfiniment. J'essayais de ne pas me dire que j'aurais préféré que Karin le tue dès qu'elle l'avait capturé.

Lorsque les protégées d'Eric se sont levées, je les ai imitées. À ma plus grande surprise, elles m'ont donné chacune un baiser glacé – Karin, sur le front, Pam, sur les lèvres.

— Eric m'a dit que tu avais refusé son sang pour te soigner. Puis-je te proposer le mien ? a demandé Pam.

341

— D'accord, ai-je répondu en retirant le bandage de mon épaule.

Pam s'est mordu le poignet, faisant goutter son sang épais dans la plaie repoussante. Elle était rouge et boursouflée, totalement écœurante. Même Karin a eu une moue de dégoût. Tandis que le sang noir coulait lentement sur la chair meurtrie, les doigts de Karin le faisaient doucement pénétrer dans ma peau. En une minute, la douleur et la rougeur s'étaient estompées. Une sensation de démangeaison annonçait la guérison.

— Merci, Pam. Karin, j'apprécie que tu t'occupes de moi.

J'ai regardé les deux femmes, qui me ressemblaient tant, tout en étant si différentes.

J'ai repris d'un ton hésitant :

— Je sais qu'Eric avait l'intention de me…

— Pas un mot, m'a coupée Pam. Nous sommes aussi proches que nous pouvons l'être, pour une humaine et des vampires. Ni plus, et je l'espère, jamais moins. Il ne serait pas bon que nous réfléchissions de trop près à ce qui pourrait être, si tu devenais l'une d'entre nous.

J'ai décidé sur-le-champ de ne plus faire allusion au fait qu'Eric aurait aimé que je rejoigne sa lignée, et que nous soyons sœurs, toutes les trois.

Une fois certaine que j'allais me taire sur ce point, Pam a changé de sujet.

— Te connaissant, je suis certaine que tu vas t'inquiéter pour Karin et que tu auras peur qu'elle ne s'ennuie dans tes bois. Je peux t'assurer qu'après les années qu'elle vient de passer, Karin appréciera largement d'avoir un an de tranquillité.

Sa sœur a acquiescé et, de mon côté, je savais que je n'avais pas la moindre envie de savoir comment elle avait occupé ces dernières années.

— Avec le centre des donneurs, je serai bien nourrie, m'a rassurée Karin. Je serai en mission, et en plus, je serai dehors tout le temps. Peut-être que Bill viendra me faire la conversation de temps en temps.

— Merci encore à vous deux. Et longue vie au shérif Pam !

L'instant suivant, elles avaient passé ma porte de derrière. Copley Carmichael serait bientôt emporté loin de moi.

— Jolie solution, a fait remarquer Maître Cataliades.

Il était entré dans la cuisine alors que je prenais le dernier antalgique dont j'aurais besoin. Le processus de guérison se poursuivait, mais mon épaule me fatiguait et je mourais d'envie d'aller me coucher. Le cachet m'aiderait également à ne pas rester éveillée à m'inquiéter de Barry.

— Barry a du sang de démon, et il est télépathe. Je peux lire dans ses pensées, mais pas dans les vôtres. Pourquoi ? lui ai-je demandé brusquement.

— En grande partie parce que votre pouvoir est un don que j'ai fait à la lignée de Fintan. Vous n'êtes pas de la mienne. Je ne suis pas votre créateur, comme Eric est celui de Pam et de Karin. Je suis plutôt votre parrain, ou votre professeur.

— Pourtant, vous ne m'avez presque jamais rien enseigné, ai-je commenté.

Dès que les mots sont sortis de ma bouche, j'ai fait la grimace : je n'avais pas voulu employer un ton si réprobateur. Desmond Cataliades ne s'est pas vexé cependant.

— C'est un fait. Il est possible que j'aie failli à ma tâche, dans ce domaine précis. J'ai tenté de compenser autrement. Par exemple, je suis ici, à l'instant présent. Au cours de votre enfance, je n'aurais certainement pas pu accomplir quoi que ce soit d'aussi efficace et utile. Croyez-vous que vos parents m'auraient fait confiance et qu'ils vous auraient laissée seule avec moi ?

J'ai réfléchi dans le silence lourd et tendu.

— Vous avez parfaitement raison. Ça n'aurait jamais marché.

— De surcroît, j'avais mes propres enfants à élever. Veuillez me pardonner, mais ils avaient priorité sur les descendants humains de mon ami Fintan.

— Je comprends parfaitement. Je suis heureuse que vous soyez ici en ce moment, et je vous remercie de m'avoir apporté votre aide.

C'était un peu gauche, mais j'étais fatiguée de devoir remercier tous les gens qui me sauvaient, tout comme j'en avais plus qu'assez de me retrouver dans des situations dangereuses.

— Je vous en prie, mon enfant. Ce fut passionnant, pour Diantha comme pour moi-même, m'a assuré le démon avec sa courtoisie surannée.

Puis chacun s'en est allé de son côté.

20

Je n'étais pas encore levée lorsque les démons sont partis le lendemain. Ils m'avaient laissé un mot sur la table de la cuisine, expliquant qu'ils allaient passer Bon Temps au peigne fin pour retrouver Barry.

Savourant ma solitude, je me suis préparé un petit-déjeuner, rien que pour moi. C'était un lundi, et Sam m'avait appelée pour dire que Holly avait pris mon service. J'ai failli insister pour y aller malgré tout, mais je me suis finalement contentée de le remercier : je n'avais aucune envie de répondre à des questions sur la fusillade et je préférais laisser passer une petite semaine, le temps que les esprits se calment.

Je savais exactement ce qui me ferait plaisir à la place : j'ai enfilé mon bikini noir et blanc, me suis tartinée de crème solaire, et suis sortie, armée de mes lunettes de soleil et d'un bouquin. Il faisait une chaleur écrasante, sous un ciel bleu parsemé de rares nuages. Les insectes s'affairaient en bourdonnant, et le jardin Stackhouse fleurissait, verdoyait, bourgeonnait de fleurs, de feuilles et de fruits. C'était comme si j'habitais au cœur d'un parc botanique – sauf que je n'avais pas les jardiniers pour tondre et entretenir la pelouse.

Je me suis détendue sur ma vieille chaise longue, heureuse de laisser ma peau se gorger de soleil. Après quelques minutes, je me suis retournée sur le ventre.

Quand il s'agit de vous empêcher d'être bien à cent pour cent, le cerveau fait toujours des heures supplémentaires. Sans prévenir, il m'a donné l'envie d'écouter mon iPod, un cadeau d'anniversaire que je m'étais offert, un peu en retard. Seulement, je l'avais oublié dans mon casier au *Merlotte*. Au lieu de rentrer pour prendre ma vieille radio, je suis restée mollement étendue, et le manque flagrant de musique s'est mis à agacer mon imagination. *Si je saute dans ma voiture*, me disais-je, *je serai de retour en vingt minutes à tout casser et je pourrai écouter mes chansons préférées.* Après avoir juré un certain nombre de fois, j'ai fini par me ruer dans ma chambre pour enfiler une chemise sans manches en voile de coton et mes sandales. J'ai attrapé mes clés et j'ai foncé. Comme souvent, je n'ai croisé personne en chemin pour le bar. Le pick-up de Sam était garé devant chez lui, mais je me suis dit qu'il avait besoin de repos, autant que moi. Je suis passée par la porte de derrière pour aller à mon casier, sans rencontrer qui que ce soit – il n'y avait pas foule, en salle. J'étais de retour à ma voiture en moins d'une minute. Je venais de lancer mon iPod par la fenêtre ouverte et j'allais ouvrir la portière lorsqu'une voix s'est élevée.

— Sookie ? Tu fais quoi ?

En me retournant, j'ai aperçu Sam. Il était dans son jardin, occupé à ratisser.

— J'avais oublié ma musique. Et toi ?

— La pluie a fait tomber pas mal de feuilles et de branchages, et je n'avais pas eu le temps de m'en occuper.

Son torse nu luisait de transpiration, tandis que ses poils blond vénitien accrochaient la lumière du soleil. Il respirait le calme et la sérénité.

— Ton épaule a l'air d'aller bien mieux. Comment ça se fait ?

— Pam est passée. Elle fêtait sa nomination en tant que shérif.

— Ça, c'est une bonne nouvelle, a-t-il réagi en allant déposer une brassée de végétaux dans son conteneur.

J'ai lancé un bref regard sur ma blessure. Légèrement rougie et bosselée, elle était encore sensible. On avait l'impression cependant qu'elle avait bénéficié de deux semaines de guérison.

— Toi et Pam, vous vous êtes toujours bien entendues, a-t-il repris.

J'ai fait quelques pas vers sa bordure de buissons.

— Oui, et les bonnes nouvelles, ça me change un peu. Dis donc, elle est toute belle, ta haie.

— Je viens juste de la tailler, m'a-t-il répondu, un peu gêné. Je sais que les gens se moquent de moi.

— C'est super joli, l'ai-je rassuré.

Sam avait réussi à faire de son mobile home un véritable petit paradis.

J'ai passé le petit portillon et suis entrée de son côté, mes sandales claquant sur les pavés qu'il avait posés pour former un chemin. Il a posé son râteau contre le chêne et je l'ai regardé de plus près.

— Tu as des trucs dans les cheveux, lui ai-je fait remarquer.

Il m'a tendu sa tête. Toujours hirsute, il ne risquait pas de se rendre compte que des végétaux s'y étaient emmêlés. J'ai retiré une brindille avec précaution, avant d'extirper une feuille. Je me suis rapprochée très près de lui pour continuer. Peu à peu, je me suis aperçue qu'il était absolument immobile. L'air l'était également. Un oiseau moqueur s'est égosillé pour clamer sa suprématie. Un papillon jaune a voleté jusqu'à nous et s'est posé sur la haie.

La main de Sam est venue prendre la mienne alors que je m'apprêtais à enlever un brin d'herbe. Il l'a tenue contre sa poitrine et m'a dévisagée. Je me suis rapprochée encore. Baissant la tête, il m'a embrassée. L'air ambiant s'était mis à palpiter dans la chaleur.

Après un long baiser interminable, Sam est remonté à la surface pour respirer.

— Tu es sûre ? m'a-t-il demandé à mi-voix.

J'ai hoché la tête.

— Certaine, ai-je chuchoté.

Nos lèvres se sont mêlées de nouveau, prêtes à s'enflammer cette fois-ci. Je me pressais contre lui de tout mon long. À nous deux, nous ne portions qu'un bikini, une chemise en voile et un short. Ma peau huileuse, chaude et parfumée glissait contre la sienne. Un grondement sourd est monté de sa gorge.

— Vraiment sûre ?

— Tout à fait.

Notre baiser s'est intensifié encore – et pourtant, j'aurais pensé que ce n'était pas possible. Un véritable feu d'artifice… j'avais envie de lui à en mourir et mon désir s'affolait au creux de mon corps.

— Je t'en prie, ne change pas d'avis, a-t-il soufflé tandis qu'il me poussait vers son mobile home. Je deviendrais complètement dingue, je ne sais pas ce que je ferais.

— T'inquiète, y a pas de danger, l'ai-je rassuré en attaquant la boutonnière de son short.

— Lève les bras.

Je me suis exécutée et ma chemise a disparu.

Nous sommes parvenus à atteindre la porte et il a passé la main derrière moi pour tourner la poignée. En un clin d'œil, nous étions dans son salon et j'ai marqué une pause devant son canapé.

— Non, dans un vrai lit, a-t-il énoncé clairement.

Puis il m'a prise dans ses bras et, se tournant de côté, m'a portée jusque dans la chambre. Qui comportait en effet un lit. King-size.

— Oh oui ! me suis-je exclamée lorsqu'il m'a posée et s'est s'allongé avec moi.

J'étais désormais incapable de prononcer un mot de plus, même s'ils se bousculaient dans ma tête – *encore, je t'en prie, prends-moi*. Mon haut de bikini n'était plus que de l'histoire ancienne. Sam était si heureux avec mes seins.

— Je savais qu'ils seraient encore plus beaux que dans mes souvenirs... Je suis tellement... Mmm.

Et tout en se concentrant sur eux, il s'affairait à me débarrasser de mon bas – ce qui démontre que Sam est multifonctions.

De mon côté, je le libérais de son vieux short en jean coupé – je l'ai peut-être même déchiré encore un peu – que j'ai fini par lancer à l'autre bout de la pièce.

— Je n'en peux plus, lui ai-je soufflé, tu es prêt ?

— Depuis des années.

Il a mis un préservatif puis s'est plongé en moi.

Oh ! mon Dieu. C'était si bon. Les années d'expérience qu'avaient vécues mes amants vampires leur avaient donné une expertise sophistiquée. Mais rien ne peut égaler l'enthousiasme spontané qui naît d'un cœur qui bat. La chaleur que dégageait Sam, son impétuosité... c'était comme le soleil qui m'inondait. Entre mon huile solaire et la transpiration, nous glissions l'un contre l'autre avec un plaisir animal et grisant, qui nous a menés avec volupté jusqu'au séisme d'un orgasme vertigineux. Ce fut merveilleux d'un bout à l'autre.

Si nous n'avions pas été soumis à la magie du cluviel dor, si Sam n'était pas mort, si je ne l'avais pas ramené à la vie, aurions-nous fini par faire l'amour ainsi, en partageant un moment aussi éblouissant ?

Je ne sais pas. Et je m'en moque éperdument.

Après la fièvre de nos ébats, nous savourions l'air frais dispensé par le climatiseur. Je frissonnais légèrement après les secousses de plaisir, tandis que ma peau se rafraîchissait peu à peu.

— Tu n'as pas intérêt à me demander si c'était bien pour moi, lui ai-je dit d'une voix blanche, et il a ri, encore essoufflé.

— Si je reste complètement immobile pendant à peu près quatre heures, il est possible que j'envisage de renouveler l'expérience, a-t-il ajouté.

— Pour l'instant, je n'ai même pas la force d'y penser. J'ai l'impression d'avoir couru un marathon.

— Tu parles d'un euphémisme, a-t-il rétorqué dans un souffle.

Nous avons ri doucement tous les deux.

Sam s'est roulé sur le côté pour me dévisager et je l'ai imité. Il a posé son bras autour de moi. À plusieurs reprises, je l'ai senti se préparer à exprimer quelque chose, avant de s'interrompre.

— Qu'est-ce qui te tracasse à ce point ?

— Je pense constamment à des choses que je voudrais te dire. Du genre : j'espère qu'on pourra recommencer ça. Plein de fois. J'espère que tu voulais ça autant que moi. Et... J'espère que c'est le début d'une histoire, et pas juste un bon moment – mais je sais que tu ne couches pas avec n'importe qui.

J'ai bien réfléchi avant de répondre.

— Je mourais d'envie d'être dans tes bras. J'évite ça depuis je ne sais combien de temps. Parce que je ne voulais pas perdre cette relation qu'on avait, au boulot et sur le plan personnel. Mais pour moi, tu as toujours été quelqu'un de merveilleux, un homme génial.

J'ai laissé courir un ongle dans son dos et il s'est mis à frissonner, lui aussi.

— Et maintenant, le mot qui me vient à l'esprit, c'est « miraculeux », ai-je ajouté en déposant un baiser au creux de son cou. C'est super tôt, après ma rupture avec Eric. Alors je voudrais qu'on y aille lentement, côté grands discours. Comme on avait dit, quand on a commencé à en parler.

Je l'ai senti sourire contre mon front.

— Tu veux donc qu'on fasse l'amour comme des fous, sans évoquer notre relation ? Tu es consciente que c'est le rêve absolu, pour la plupart des mecs ?

— Ah, tout à fait, crois-moi – je suis télépathe, tu te souviens ? Mais je sais que toi, tu es moins superficiel. C'est ma façon de te montrer du respect, et de me donner du temps. Je ne veux pas d'une relation de transition avec toi. Je veux démarrer sur des bases saines.

— En parlant de démarrer... a fait remarquer Sam, qui montrait des signes évidents de récupération.

Je l'ai observé, le sourcil haussé et un sourire aux lèvres. Il n'avait pas eu besoin de ses quatre heures, finalement.

— Mais... tu vas pouvoir passer la seconde, toi ?

— Et même mieux ! Tu vas voir, je vais te le prouver ! Et c'est ce qu'il a fait.

Plus tard, chez moi, j'ai pris tout mon temps dans un long bain, parfumé avec mon huile préférée. Malgré l'envie de passer toute la journée dans le lit de Sam, je m'étais forcée à me lever et rentrer. Afin de me préparer pour notre soirée : Sam avait accepté d'aller danser avec moi ce soir-là. Mon cœur s'envolait pour de nombreuses raisons. D'une part, la barrière qui nous avait séparés était désormais anéantie et j'étais tout simplement heureuse de passer du temps avec lui. D'autre part, j'étais contente de ne pas me retrouver seule avec Jason et Michele. Et enfin, je n'avais eu aucune nouvelle des deux démons. Je n'avais donc toujours aucune idée de ce qui était arrivé à Barry, ni aucune envie de rester seule chez moi, rongée par l'angoisse.

Très égoïstement, je dois l'avouer, mon sentiment de plénitude était tel, alors que je flottais là, dans l'eau chaude et odorante, que j'éprouvais presque de l'agacement, à devoir m'inquiéter de quoi que ce soit. Je n'avais qu'une envie : me rouler avec abandon dans le bonheur du moment.

La voix de ma conscience m'a grondée sévèrement : mon ancien amant venait tout juste de disparaître du paysage et il était absurde pour une femme – adulte qui plus est – de s'engager dans une nouvelle relation aussi rapidement. J'avais dit à Sam que, côté promesses et engagement, les choses se feraient pas à pas. Pour moi, c'était important. Mais cela ne voulait pas dire pour autant que je n'appréciais pas tout le pur plaisir, l'excitation et la libération de mes ébats avec Sam.

Je me suis rasé les jambes et bouclé les cheveux, et ensuite, j'ai sorti mes bottes de cow-boy, que j'avais depuis des années. Comme je n'étais pas une cow-girl, elles étaient en très bon état : noires et blanches, ornées de lianes vertes parsemées de roses rouges. J'en étais très fière. J'avais deux options pour cette soirée : cow-girl de la prairie, en jean serré et chemise sans manches, ou cow-girl de saloon, en petite jupe froufroutante et haut froncé, bien décolleté. Voyons voyons...

Version saloon ! J'ai crêpé mes boucles et choisi mon plus joli push-up, pour mettre mes atouts en valeur sous le haut blanc à broderie anglaise que j'ai descendu sur mes épaules bronzées. Ma jupe imprimée de roses rouges et noires virevoltait à chaque pas et je me sentais euphorique. Je savais que, le lendemain, je devrais retomber sur terre et faire face à certains problèmes, mais pour l'instant, je me délectais d'un petit sursis.

J'avais appelé Michele et nous avions rendez-vous avec Jason et elle directement chez *Stompin Sally's*, le grand bar style western situé au beau milieu de nulle part, à une trentaine de kilomètres au sud de Bon

Temps. Je n'y étais allé que deux fois dans ma vie : une fois avec JB du Rone et Tara, et une fois avec un type dont j'avais oublié jusqu'au nom.

Sam et moi sommes arrivés avec dix minutes de retard : après notre rapprochement explosif, nous avions un peu d'appréhension à l'idée de nous retrouver, et Sam s'était appliqué à briser la glace en flirtant tel un adolescent. J'avais dû lui rappeler fermement que nous sortions ce soir, et qu'il n'était pas question de rester à la maison.

— C'est toi qui as dit qu'on ne devait pas parler d'amour, a répondu Sam tout en grignotant délicatement le lobe de mon oreille. Moi, je suis d'accord : le clair de lune, toutes ces roses, tes lèvres...

— Non non non, ai-je protesté en le repoussant avec tendresse. Pas question, mon gars ! On va danser. Démarre-moi ce pick-up.

En un rien de temps, nous étions en route – Sam savait très bien quand il fallait me prendre au sérieux. Sur le trajet, il a voulu que je lui raconte ce qui s'était passé et je me suis exécutée, narrant la soirée précédente, y compris la mission de Karin pour l'année, concluant par le fait que j'avais abandonné Copley Carmichael aux vampires.

— Ah, la vache !

Je me suis préparée à ses reproches. Après une pause, il a repris.

— Je ne savais pas que le pouvoir d'envoûtement des vampires ne fonctionnait pas si on n'avait pas d'âme. Dingue.

— Tu as autre chose à me dire ? ai-je demandé, pleine d'anxiété.

— Tu sais, je n'ai jamais apprécié Eric. Mais je dois dire – s'il a été assez crétin pour te quitter pour une femme morte, il a quand même tenté de te faciliter la vie. Voilà tout ce que je voulais dire à ce sujet.

J'ai relâché mon souffle et lui ai demandé s'il savait danser du country, et surtout la danse en ligne.

— Un peu, oui ! Tu auras remarqué mes bottes de cow-boy...

J'ai gloussé avec dérision.

— Tu parles ! Tu en portes la moitié du temps de toute façon !

— Mais c'est normal ! Je suis texan ! a-t-il protesté.

Nous avons plaisanté tout le reste du trajet.

Le *Stompin' Sally's* se dressait au centre d'un champ. C'était un établissement de bonne taille qui bénéficiait d'une belle réputation. Le parking énorme était bondé, notamment de pick-up ainsi que de 4 × 4 et autres SUV. De grandes bennes à ordures étaient placées à intervalles stratégiques. J'ai noté qu'il n'y avait pas tout à fait assez de réverbères, à mon avis. J'ai repéré le véhicule de Jason et nous nous sommes garés non loin de lui. Sam a insisté pour marcher derrière moi afin d'admirer les mouvements de ma jupe. J'ai fini par lui prendre la main et le tirer à côté de moi. Xavier, le videur, était habillé style western de pied en cap – il portait même un chapeau de cow-boy blanc. Il nous a souri pendant que Sam réglait nos entrées.

Une fois à l'intérieur de la salle immense et bruyante, nous avons réussi à retrouver Jason et Michele. Cette dernière avait choisi la version prairie, avec un jean serré et un haut moulant – on en aurait croqué. Sans aller jusqu'au chapeau, Jason avait soigneusement coiffé et peigné ses cheveux blonds, et il était pressé de danser, un talent que nous avions tous les deux hérité de nos parents. Nous nous sommes tous assis pour prendre un verre et regarder les danseurs pendant ce temps-là. Il existe au moins une centaine de versions de *Cotton-Eyed Joe*[1] et

---

1. *Cotton-Eyed Joe* est une chanson folklorique américaine extrêmement populaire. Elle daterait d'avant la Guerre de Sécession et ferait partie du registre des esclaves des plantations de Louisiane. Elle compte parmi les musiques de danse country les plus appréciées.

celle qui a démarré était l'une de mes préférées. Mes pieds se sont mis à bouger d'eux-mêmes. Il me démangeait d'aller sur la piste, et Jason, dont les genoux tressautaient, en mourait d'impatience également.

— Allez, on danse ! ai-je lancé à Sam en criant pour couvrir la musique.

Il semblait un peu inquiet en observant la foule des partenaires.

— Je ne suis pas assez bon ! Vas-y avec Jason ! Michele et moi, on vous admirera !

Cette dernière avait entendu et, avec un sourire, elle a poussé Jason. Mon frère et moi nous sommes retrouvés sur la piste.

Sam nous observait avec un grand sourire et j'étais heureuse, jusqu'au bout des ongles. Chaque instant de bonheur, même éphémère, était bon à prendre.

Jason et moi nous sommes abandonnés aux pas de danse avec une joyeuse énergie, heureux de bouger aussi bien et de nous accorder dans un ensemble parfait. Pour commencer, nous étions l'un à côté de l'autre, moi dans le cercle externe et lui dans le cercle interne. Tout en tapant gaiement des talons et en exécutant les figures, nous nous sommes déplacés insensiblement, nous éloignant de la table pour dériver plus au fond, près de la porte. Lorsque le cercle interne s'est déplacé pour un changement de partenaire, j'ai lancé un regard vers la gauche pour accueillir mon nouveau cavalier.

C'était le Révérend Steve Newlin.

Sous le choc, j'ai failli tomber. Me reprenant aussitôt, je me suis jetée de côté pour le fuir à tout prix, mais quelqu'un m'a bloquée. Une main de fer m'a agrippée par le bras et traînée en direction de la porte. Johan Glassport était bien plus fort qu'il n'en avait l'air et, en moins de temps qu'il n'en faut pour le dire, j'étais pratiquement à la sortie.

— Au secours ! ai-je hurlé à l'intention de la silhouette imposante du videur.

Les yeux de Xavier se sont écarquillés et il s'est avancé, la main tendue pour attraper l'épaule de Glassport. Sans ralentir, ce dernier a poignardé le pauvre homme, retirant sa lame d'un coup sec. Inspirant à fond, j'ai hurlé à pleins poumons, mais malgré toute l'attention que j'ai attirée il était déjà trop tard. Derrière moi, Newlin me poussait, tandis que Glassport m'entraînait vers le fourgon qui attendait, moteur tournant. D'une main, il a tiré la portière coulissante tandis qu'il me propulsait à l'intérieur, se jetant à ma suite pour atterrir sur moi. Son comparse en avait fait autant et le van a démarré aussitôt. Derrière nous, des voix s'élevaient en criant et j'ai même entendu un coup de feu.

Ma respiration presque paralysée par le choc et l'incompréhension, j'ai jeté un regard autour de moi pour prendre des repères. Je me trouvais dans une fourgonnette spacieuse qui comportait deux places et deux portières à l'avant. Les sièges arrière avaient été retirés et l'espace au sol ainsi libéré était recouvert de moquette. Seul le siège conducteur était occupé.

Étendue sur le plancher, j'ai déployé tous mes efforts pour identifier celui qui conduisait. Il s'est tourné à moitié pour me toiser. Son visage était une vision de cauchemar, parcouru de cicatrices boursouflées. Il ne souriait pas, mais j'apercevais ses dents, et de grosses plaques rouges et lisses lui barraient les joues. Quelqu'un avait brûlé cet homme. Les blessures étaient récentes. Et graves. Seuls ses longs cheveux noirs me semblaient familiers.

Puis il a éclaté de rire.

— Nom de Dieu ! Claude, c'est toi ? me suis-je écriée, submergée d'horreur et de pitié.

21

Mon cousin faé n'était pas censé se trouver ici. En principe, Claude n'aurait jamais dû remettre les pieds dans le monde des humains. Et voilà qu'il y était revenu malgré tout, et en compagnie de certains de mes pires ennemis. Pour couronner le tout, il était en train de me kidnapper.

J'ai craqué.

— Encore un ennemi ! Mais j'en ai combien à la fin ? ai-je éclaté avec violence.

— Tout plein, ma belle, tout plein.

Sa voix douce et soyeuse n'émettait aucune chaleur. Ses intonations de séducteur associées à la laideur terrifiante de ses traits dégageaient une horreur indicible.

— Je n'ai eu aucun mal à embaucher Steve et Johan pour m'aider à te retrouver.

Ces deux derniers, assis contre les parois, se félicitaient mutuellement pour leur exploit. Newlin souriait en continu.

— C'était un plaisir, a-t-il commenté, comme s'il avait simplement sorti les poubelles pour Claude. Surtout après ce qui est arrivé à ma pauvre épouse.

— J'ai été ravi de participer, a repris Glassport. Tout simplement parce que je te hais.

— Mais pourquoi ?

Je ne comprenais vraiment pas.

— Tu as failli tout foutre en l'air pour Sophie-Anne et moi, à Rhodes. Et quand tu as vu que le bâtiment allait s'effondrer, tu n'es pas venue nous chercher. Tu t'es occupée de ton petit Eric chéri.

— Sophie-Anne est morte de toute façon ! Quant à toi, je me suis dit que tu serais capable de survivre à une explosion nucléaire, comme tous les cafards !

Bon, ce n'était pas forcément la chose la plus intelligente à dire, je l'admets. Mais franchement ! Il fallait être fou furieux, pour imaginer que je me serais précipitée pour aider deux personnes que je n'appréciais pas particulièrement, alors que je savais que l'hôtel allait exploser d'une seconde à l'autre. Évidemment, que j'étais allée sauver les personnes qui me tenaient le plus à cœur !

— En fait, ce que j'aime, c'est faire du mal aux femmes, a précisé Glassport. Sans raison. Je préfère les femmes plus foncées. Mais tu feras l'affaire quand même. À la guerre comme à la guerre.

Il m'a planté son couteau dans le bras. J'ai laissé échapper un cri de douleur strident.

— On a failli tomber sur les autres mecs qui en avaient après toi, a poursuivi Newlin sur le ton de la conversation, totalement indifférent à mon sort.

Assis par terre derrière Claude, il s'accrochait à une sangle car ce dernier conduisait très vite – et très mal.

— Mais apparemment, tu t'en étais déjà occupée, a-t-il continué. Et avec la vampire qui monte la garde dans tes bois, on ne pouvait pas te surveiller la nuit. Dieu a eu la bonté de nous donner une chance de t'avoir, ce soir.

— Et toi, Claude, pourquoi tu me détestes ? ai-je demandé à mon cousin, espérant détourner l'attention de Glassport et retarder un nouveau coup.

358

— Niall allait me tuer dans tous les cas, puisque je complotais contre lui. C'eut été une mort noble. Seulement, Dermot a bavé sur moi, et il a révélé que je cherchais le cluviel dor. Alors mon cher grand-père a décidé que ce serait trop doux, de me tuer d'un coup. Et il m'a torturé pendant un bon bout de temps.

— Pas si longtemps que ça, ai-je protesté.

— Tu as déjà subi ça pourtant. Le temps t'a semblé court, à toi ?

Il n'avait pas tort.

— En outre, c'était en Faérie, et le temps ne passe pas à la même vitesse. De plus, un faé est plus résistant qu'un humain.

— Nous allons d'ailleurs nous pencher sur tes limites, m'a indiqué Glassport.

— On va où ? ai-je demandé, presque paralysée de peur.

— Oh, ne t'inquiète pas. On a trouvé un joli petit coin, m'a-t-il assuré.

Pam avait donc gaspillé son sang pour rien. Je n'ai pas peur de le dire : j'étais au bout de mes ressources. Je ne savais pas combien de temps Sam, Jason et Michele mettraient à me retrouver – si même ils savaient quelle direction le fourgon avait prise. Car gênés par l'affolement provoqué par mon enlèvement et l'agression contre le videur, ils n'avaient peut-être même pas pu sortir de la salle tout de suite. Et Karin, mon garde du corps, se trouvait chez moi, protégeant mes pieds de tomates contre les ratons laveurs.

La première règle, lorsqu'on est victime d'une tentative de kidnapping, c'est « ne pas entrer dans le véhicule ». J'avais bien tenté la chose, mais c'était raté. La prochaine consigne, c'était certainement « Observer et prendre note de l'itinéraire ». Tiens donc, pas de problème : nous allions soit vers le nord, ou le sud, ou bien l'est, ou encore l'ouest. Je me suis secouée : jouer les jeunes filles évanescentes, ce n'était pas productif. Je me suis concentrée sur les premières minutes... Nous avions pris vers la droite en sortant du parking. Ce qui signifiait que nous faisions route vers le nord. Quelqu'un avait donc pu nous suivre des yeux, depuis le *Stompin' Sally's*, car la vue était dégagée de ce côté-là. Rien ne garantissait cependant que quiconque ait eu cette présence d'esprit.

Je n'avais pas l'impression que Claude ait changé de chemin depuis. Il y avait donc de grandes chances que nous roulions droit vers le repaire sélectionné. Il ne devait pas se trouver très loin : ils avaient certainement l'intention d'y parvenir rapidement pour dissimuler le fourgon aussi vite que possible, avant même que les recherches s'organisent.

Soudain complètement abattue, j'ai été tentée de renoncer. Johan Glassport me fixait de ses yeux fous et impatients. Steve Newlin priait tout haut, remerciant le Seigneur de lui avoir livré l'ennemi. Jamais mon moral n'était tombé aussi bas.

On m'avait torturée par le passé, ainsi que Claude avait eu la gentillesse de me le rappeler. J'en portais encore les cicatrices physiques. Mon esprit était marqué pour toujours. Je ne m'en remettrais jamais totalement. Le pire, c'était que je savais à quoi m'attendre. J'aurais voulu que tout soit terminé, même s'il me fallait mourir. Et je savais qu'ils avaient l'intention de me tuer. La mort était préférable à ce supplice. Sans hésitation aucune.

Malgré tout, j'ai tenté de me reprendre. La seule latitude qui me restait, c'était la parole.

— Je suis triste pour toi, Claude. Je regrette que Niall t'ait fait cela.

Choisir son visage était un châtiment terriblement cruel car Claude avait été particulièrement beau, et fier de l'être. S'il avait désiré des femmes, elles se seraient jetées à ses pieds par douzaines. Cependant, il ne tentait l'expérience que très rarement : il préférait les hommes, de préférence un peu rustres et bruts de décoffrage. Niall avait donc trouvé la pénitence parfaite pour punir Claude de sa trahison.

— Ne gaspille pas tes larmes pour moi. Attends un peu de voir ce qu'on te prépare.

— Et de me dépecer, tu crois que ça va te guérir ?

— Ce n'est pas ça, que je cherche.

— Alors quoi ?

— La vengeance.

— Mais qu'est-ce que je t'ai fait, Claude ? lui ai-je demandé, véritablement curieuse. Je t'ai hébergé. Je t'ai préparé des repas. Je t'ai laissé dormir dans mon lit quand tu t'es senti seul...

Et pendant tout ce temps-là, il fouillait ma maison dès que j'avais le dos tourné pour retrouver le cluviel dor. Mais à l'époque, je ne le savais pas. J'avais sincèrement apprécié sa présence. Je n'avais rien su non plus du complot contre Niall, de la révolte qu'il fomentait avec les autres faé.

— C'est à cause de toi que Niall a voulu condamner les portes du monde de Faérie, a expliqué Claude, surpris de mon incapacité à comprendre.

— Mais il allait le faire de toute façon !

Newlin s'est penché en avant pour me gifler à toute volée.

— Ferme cette bouche, putain maudite !

— Ne t'avise pas de la toucher de nouveau si je ne t'en ai pas donné la permission, l'a averti Claude.

Apparemment, il avait dû leur donner des raisons de le craindre, car Glassport a rangé sa lame et Newlin s'est adossé de nouveau contre le côté du van. Ils ne m'avaient pas ligotée – les aléas du kidnapping mal préparé, j'imagine. Ils avaient dû oublier de prévoir de quoi m'attacher.

— Tu estimes qu'il est injuste que je te haïsse, a commenté Claude en prenant un virage serré à gauche.

J'ai roulé sur le côté, et lorsque le véhicule s'est stabilisé de nouveau, je me suis assise avec précaution au centre du plancher, pour garder mes distances avec les deux hommes. Je risquais toutefois de tomber à chaque nouveau tournant et c'est avec soulagement que j'ai repéré une poignée contre l'arrière du siège passager. Je m'y suis agrippée fermement.

— C'est clair, ai-je répondu. Tu n'as aucune raison de m'exécrer à ce point. Moi, je ne t'ai jamais détesté.

— Tu n'as pas voulu coucher avec moi, m'a-t-il fait remarquer.

— Enfin, Claude ! Merde, quoi ! Tu es gay ! Pourquoi j'aurais voulu faire une partie de jambes en l'air avec un type qui fantasme sur les barbes de trois jours ?

Ni Claude ni moi n'avions l'impression d'avoir dit quoi que ce soit d'extraordinaire. Pourtant, ma remarque a eu le même effet que si j'avais piqué les deux hommes avec un aiguillon électrique, comme de vulgaires bovins. En choisissant une certaine partie obscure de leur anatomie.

— C'est vrai, ça, Claude ? T'es une tantouze ?

Le ton de Newlin avait pris des accents particulièrement laids. Et Glassport avait ressorti son poignard.

— Oh-oh, ai-je dit à Claude pour l'alerter, car c'était tout de même lui qui conduisait... Tes copains sont homophobes.

— Ce qui veut dire ?

— Qu'ils détestent les hommes qui aiment les hommes.

Claude m'a paru déconcerté. De mon côté néanmoins, je voyais la haine déformer les cerveaux des deux hommes. Sans m'en douter, j'avais réveillé leur sectarisme primaire.

Normalement, j'aurais dû être enchantée d'avoir semé la discorde dans les rangs. Mais Claude était au volant, et moi j'étais à portée de main comme victime idéale.

— J'avais pourtant l'impression que c'était un dur, a fait remarquer Glassport à Newlin. Il aurait tué le jeune homme, si l'avocat ne s'en était pas mêlé.

Enfin un indice sur la situation de Barry ! J'avais ainsi des raisons d'espérer que Maître Cataliades l'avait sauvé.

La voix de Claude, manifestement déconcerté, s'est élevée de nouveau.

— Johan, tu dis que je ne suis pas un homme fort parce que j'aime mettre d'autres hommes dans mon lit ?

Glassport a fait la grimace, les lèvres serrées de dégoût.

— Ce que je dis, c'est que tu es tombé dans mon estime. Je ne te supporte pas.

— Tu iras directement en enfer, misérable succube ! Tu n'es qu'une abomination de la nature, a insisté Newlin.

À mon avis, il y avait plus d'une « abomination » dans le fourgon, mais je n'allais pas le souligner. Insensiblement, j'ai gigoté pour me rapprocher du point où le siège passager se trouvait presque au contact avec la porte coulissante. Glassport était adossé contre cette porte, plus loin vers l'arrière.

Apparemment, elle n'était pas verrouillée. Si Glassport pouvait s'en éloigner juste un peu, je pourrais l'ouvrir et me jeter à l'extérieur. Naturellement, il serait intéressant pour moi que Claude ralentisse un tantinet. Je n'avais aucune idée de ce qui se trouvait au-dehors, puisque je ne pouvais pas voir le pare-brise. Je supposais néanmoins que nous traversions des terres agricoles et avec toute la pluie qui était tombée récemment, il y avait des chances que je fasse un atterrissage sur un terrain assez souple. Je devrais agir très rapidement, et sans la moindre hésitation.

Je mets quiconque au défi de se jeter sans hésiter d'un véhicule en pleine course. Rien que d'y penser, mon estomac se nouait.

— Dans ce cas, nous allons devoir parler ensemble, et très sérieusement, a répondu Claude, la voix soudain dégoulinante de sexualité. Chacun d'entre nous a le droit de trouver quelqu'un qui a envie de coucher avec nous.

Il nous enrobait littéralement de sa voix, épaisse comme du caramel chaud.

Je n'y étais pas aussi sensible que Newlin et Glassport, qui paraissaient curieusement secoués et même terrifiés.

— Oui... Nombreux sont les hommes qui aiment penser aux courbes des hanches d'autres hommes, ainsi qu'à leurs cuisses fermes...

Bien bien. Cela ne m'aurait pas dérangée, qu'il en reste là. J'étais désormais affreusement mal à l'aise.

— De rêver à leurs queues bien dures et à leurs couilles bien pleines, poursuivait la voix de Claude, qui était en train de tisser un sortilège.

Sur moi, il est tombé à plat. Mais les deux hommes se dévisageaient avec un désir évident, et leur entrejambe – oh non ! Pas ces deux-là ! C'était répugnant.

Puis Claude a commis une erreur fatale. Il était si sûr de son pouvoir d'attraction, tellement certain d'avoir captivé son public, qu'il s'est interrompu.

— Vous voyez ? Ce n'est pas si désagréable...

Et l'envoûtement a disparu.

Steve Newlin est devenu complètement fou. Il s'est lancé sur le siège conducteur pour attraper Claude par les cheveux et le frapper du poing en pleine face, à coups répétés. Le van s'est mis à faire des embardées. Johan Glassport a été propulsé de l'autre côté, tandis que je me suis à moitié tournée pour maintenir ma prise de mes deux mains sur la poignée du siège passager.

Claude tentait de se défendre. Glassport avait sorti son couteau et c'est à ce moment que j'ai estimé qu'il serait préférable de sortir de là. Je me suis mise à genoux pour regarder vers l'avant et savoir où nous nous trouvions. Le véhicule est passé sur la voie d'à côté, fort heureusement vide, dévalant ensuite une courte pente avant de remonter dans un champ de maïs. Les feux illuminaient la forêt de tiges d'une lueur angoissante. Angoissante peut-être, mais j'allais sauter, et tout de suite.

J'ai actionné la poignée et fait coulisser la porte d'un coup sec, avant de plonger dehors. Je me suis reçue dans un magnifique rouler-bouler, pour me redresser aussitôt et m'élancer en courant, sans m'arrêter. Sur mon passage, le maïs cliquetait dans un vacarme assourdissant. Je progressais avec autant de délicatesse qu'un buffle.

J'ai cru que j'allais perdre mes bottes de cow-boy. Pourtant, elles n'ont pas cédé à la boue. Pendant une fraction de seconde, j'ai regretté de ne pas avoir choisi l'option jean pour aller danser. J'avais péché par coquetterie : j'étais en danger de mort et j'en étais réduite à fuir à toutes jambes dans un champ de céréales, affublée d'une jupe à froufrous et d'un petit haut en broderie anglaise – qui avait d'ailleurs perdu sa blancheur immaculée. En outre, mon bras saignait. Heureusement que mes ennemis du soir n'étaient pas des vampires...

Je tentais de m'éloigner de la lumière. Je devais trouver un endroit pour me cacher. Ou alors, une maison pleine de fusils – ça, ce serait bien. Le fourgon avait roulé sur une route qui allait vers l'ouest. Il l'avait quittée en se jetant vers le sud. J'ai commencé à traverser les rangées de maïs au lieu de les suivre. Si je prenais vers l'ouest, puis vers le nord, je retrouverais la route. Mais il me fallait absolument trouver une zone obscure dans le champ, pour qu'on ne puisse plus me voir – parce que je faisais un bruit de tous les diables.

Cependant, la lumière refusait de disparaître. Bizarre... Champs. Nuit. Véhicule...

Il y avait plus d'un véhicule.

Il y en avait même une dizaine, qui remontaient la route à tombeau ouvert pour atteindre le point où le van avait rejoint le champ.

J'ai abandonné ma course folle vers l'ouest, me dirigeant plutôt vers eux, dans l'espoir que l'un d'entre eux au moins s'arrête.

Ils se sont tous immobilisés, sur le même angle, leurs feux dirigés vers le fourgon. J'ai entendu des cris, des conseils à tire-larigot, et je me suis ruée vers eux, car j'avais compris qu'ils étaient à notre poursuite depuis le parking. Pour me tirer de là. Ou venger le videur. Ou tout simplement parce qu'on ne perturbe pas l'atmosphère d'un bar et d'une soirée de danse en ligne en enlevant une danseuse. L'indignation fusait de tous leurs cerveaux et je les adorais tous les uns autant que les autres.

— Au secours ! ai-je hurlé en traversant les rangées. Aidez-moi !

— Vous êtes Sookie Stackhouse ? a appelé une belle voix de basse.

— Oui ! Je sors du champ !

— La p'tite dame va sortir ! a repris la voix de basse. On ne tire pas !

J'ai émergé de la végétation un peu à l'ouest de l'endroit où le van avait traversé le fossé, et j'ai continué vers la ligne de mes sauveurs en longeant le champ.

Le même homme a hurlé de nouveau.

— À terre, ma belle !

J'ai plongé vers le sol comme si c'était un océan. Son arme a abattu Johan Glassport, qui était sorti du maïs derrière moi. Aussitôt, tout le monde s'est précipité pour m'aider, s'exclamer sur ma blessure, ou passer devant moi pour aller se tenir en silence autour du corps sans vie de l'avocat sanguinaire.

Un de moins.

Une large troupe s'est enfoncée dans le champ pour aller au van, tandis que Sam, Jason et Michele me récupéraient. Des sentiments exacerbés rebondissaient dans leurs esprits et les larmes coulaient (chez Michele en tout cas), mais le plus important pour moi, c'était que j'étais désormais en sécurité, entourée des miens.

Un homme lourd et silencieux s'est approché et m'a offert son mouchoir pour panser ma blessure. Je l'ai remercié avec sincérité. Michele s'est occupée de bander mon bras – il faudrait néanmoins quelques points de suture. Comme d'habitude...

Une nouvelle vague d'exclamations s'est fait entendre. La troupe ramenait Claude et Steve Newlin en empruntant le chemin ouvert dans le champ par le passage du fourgon.

Claude était gravement blessé. Glassport était parvenu à l'atteindre avec sa lame au moins une fois, et Newlin s'était acharné sur son visage. Les hommes avaient obligé Newlin à l'assister pour gagner la route et Claude avait détesté cela plus que tout le reste.

Lorsqu'ils sont arrivés à portée de voix, j'ai énoncé quelques paroles très clairement.

— Claude ? Tu vas faire de la prison. Avec des humains.

Le fil de ses pensées s'est raffermi – je le sentais, sans pouvoir les lire. Puis il a compris. Il a perdu ce qui lui restait de raison, comme si on lui avait administré une piqûre de sang de vampire. Enflammé par l'énergie de la démence, il a pivoté pour se lancer sur Newlin, le jetant à terre avec une force inouïe, avant de bondir sur le Bon Samaritain le plus proche, un homme qui portait une chemise du *Stompin' Sally's*. Le Bon Samaritain l'a abattu d'une seule balle.

Et de deux.

Pour faciliter les choses, Claude avait été si violent avec Newlin qu'il s'était fracturé le crâne sur le sol. J'ai appris plus tard qu'il était décédé le soir même à l'hôpital de Monroe, où on l'avait transféré après l'avoir

367

stabilisé à Clarice. Avant sa mort, toutefois, on avait réussi à lui faire avouer son rôle dans le meurtre d'Arlene. Peut-être que le Seigneur lui a pardonné. Moi, non.

Et de trois.

J'ai parlé aux forces de police, puis Sam m'a emmenée à l'hôpital, où j'ai demandé des nouvelles de Xavier. Il était au bloc. À mon grand soulagement, l'urgentiste a estimé que mon bras se contenterait de pansements. J'avais envie de rentrer chez moi. J'avais passé suffisamment de temps à l'hôpital et de nuits à mourir de peur.

Tous ceux qui en voulaient à ma vie avaient désormais perdu la leur. À ce que je sache. Je ne me réjouissais pas de leur mort. Je ne la pleurais pas non plus. Chacune de ces personnes aurait jubilé si j'avais fini dans une tombe.

Mon enlèvement au *Stompin' Sally's* m'avait secouée. Quelques jours plus tard, Sally elle-même m'a passé un coup de fil. Elle m'a dit qu'elle m'enverrait un bon cadeau d'une valeur de dix boissons dans son établissement, et elle a proposé de me racheter une paire de bottes neuves, car les miennes avaient souffert de ma course folle dans le champ. J'ai été touchée – cependant, je n'étais pas tout à fait certaine de retourner danser du country pour l'instant, et surtout pour une soirée de danse en ligne.

Rien que l'idée d'un cercle de danse me faisait horreur. Jamais plus je ne pourrais regarder *Signes*[1].

Je n'ai pas pu remercier tous ceux qui se sont rués hors du bar et dans leurs pick-up pour se lancer sur les traces du fourgon. Certains avaient même pris vers le

---

1. *Signes*, dont le nom en anglais est *Signs*, est un film américain, sorti en 2002 et réalisé par Night Shyamalan. L'un des éléments clés de ce drame de science-fiction est l'apparition de cercles de culture.

sud, juste au cas où Claude serait reparti dans l'autre sens.

— On assurait vos arrières, ma p'tite dame ! m'a expliqué l'un des barmen.

Le cœur de la p'tite dame était plein de reconnaissance. J'ai également trouvé que j'avais de la chance. De toutes les personnes qui m'avaient entendu rappeler à Claude ce qui l'attendait en prison, seul le barman qui l'avait abattu a trouvé un moment, pendant que nous attendions la police, pour venir me demander ce que j'avais voulu dire. J'ai expliqué aussi simplement et brièvement que possible.

— Il n'était pas humain. Et je savais qu'il irait en prison pour cent ans ou plus. C'était inconcevable pour lui.

Je n'avais pas besoin d'en dire plus.

— Vous êtes consciente que j'ai été obligé de lui mettre une balle à cause de ce que vous avez dit, m'a-t-il fait remarquer d'un ton égal.

— Si j'avais été armée, c'est moi qui l'aurais fait.

Je ne pouvais rien lui offrir de plus.

— Et vous, vous saviez très bien qu'il vous attaquait, ai-je continué. Il ne se serait pas arrêté. Vous n'aviez aucune chance de le sauver.

Les pensées de l'homme m'indiquaient qu'il était vétéran et qu'il avait déjà tué. Il avait tout simplement espéré qu'il n'aurait plus jamais à le faire. Encore une chose avec laquelle il me faudrait vivre. Et lui aussi.

22

Le lendemain, je suis allée travailler. Je ne voulais plus manquer une seule journée. Je ne peux pas dire que la journée ait été facile car, à certains moments, je subissais des crises de pure panique. J'aurais eu les mêmes chez moi et au bar, j'étais en contact avec le reste du monde : j'ai appris par exemple que Xavier avait survécu à son opération et qu'il allait se rétablir. Et surtout, la présence de Sam derrière le bar me rassurait et ses yeux me suivaient sans relâche, comme s'il pensait constamment à moi, lui aussi.

Je suis rentrée alors qu'il faisait encore jour, heureuse de retrouver ma maison et de refermer à clé derrière chez moi. Pour tomber nez à nez avec Maître Cataliades et Diantha. Un instant exaspérée de ne pas être seule, je suis revenue à de meilleurs sentiments en constatant qu'ils avaient ramené Barry. Il était en mauvais état et j'ai eu du mal à les convaincre qu'il ne pourrait pas se soigner de la même façon qu'un démon. Il avait à mon avis quelques fractures au visage ainsi qu'à l'une de ses mains. Couvert d'ecchymoses et boursouflé de partout, il ne bougeait qu'avec d'infinies précautions.

Ils l'avaient étendu sur le lit de la chambre d'amis et je me suis souvenue soudain que je n'avais pas changé les

371

draps depuis le départ d'Amelia et Bob. Puis j'ai compris en regardant Barry d'encore plus près que c'était le cadet de ses soucis. Il s'inquiétait d'avoir du sang dans la vessie.

— C'est pas la forme, a-t-il soufflé entre ses lèvres craquelées.

Diantha m'observait tandis que je lui donnais à boire, très doucement.

— Il faut que tu ailles à l'hôpital. Tu leur diras que tu marchais au bord de la route et que tu t'es fait renverser par une voiture. Que tu as perdu connaissance.

Les mots avaient à peine quitté ma bouche que je me suis aperçue de leur futilité. N'importe quel docteur comprendrait immédiatement que Barry avait été passé à tabac et non percuté par un véhicule. J'étais si lasse, de devoir trouver des explications pour ce type d'incident.

— Pas la peine. Je leur dirai qu'on m'a agressé. C'est plus ou moins la vérité.

— Alors Newlin et Glassport t'ont enlevé. Qu'est-ce qu'ils voulaient te faire dire, en te tabassant comme ça ?

Il a tenté de sourire mais le résultat n'était pas beau à voir.

— Ils voulaient que je leur dise où était Hunter.

Je me suis assise d'un coup et Maître Cataliades a fait un pas en avant, la mine soudain sinistre.

— Maintenant, vous comprenez, Sookie. Il est fort intéressant qu'ils soient tous morts – Newlin, Glassport et le faé.

— Il leur a dit… ai-je chuchoté.

C'en était presque risible, cette douleur qui me perçait le cœur à l'idée que Claude ait trahi un enfant.

— Ce n'était pas pour l'argent de Claude, qu'ils tenaient tant à vous capturer, m'a expliqué le démon. C'est pour une autre raison qu'ils ont persisté au-delà de toute raison. Les deux humains savaient que Claude souhaitait vous tuer et l'idée ne leur déplaisait pas le moins du monde. Mais ce qu'ils voulaient avant tout, c'était le garçon, qu'ils auraient pu manipuler à loisir pour arriver à leurs fins.

L'énormité de ce qui avait failli arriver m'a terrassée. Soudain, tout sentiment de culpabilité ou de pitié pour ces êtres m'a quitté. Et tant pis pour l'ancien soldat qui avait été forcé d'abattre Claude.

— Comment avez-vous réussi à trouver Barry ? ai-je demandé à mon parrain.

— J'ai guetté ses pensées. Ensuite, lorsque je l'ai localisé, Diantha et moi avons suivi son esprit. Il était seul, lorsque nous l'avons retrouvé. Nous l'avons emporté avec nous. Nous ne savions pas qu'ils étaient partis pour vous capturer.

— Nousnesavionspas, a répété Diantha tristement.

— C'était la meilleure des choses à faire, et vous vous en êtes super bien tirés. Je vous dois tant !

— Absolument pas, m'a répondu l'avocat. Vous ne me devez rien.

Je me suis tournée vers Barry. Il lui fallait quitter la région et trouver un endroit pour se remettre. Sa voiture de location était restée à Bon Temps et je me chargerais de la rendre. De toute évidence, il était trop mal en point pour conduire.

— Où veux-tu qu'on t'emmène, après, lui ai-je demandé avec douceur. Tu as une famille ? Sinon, tu peux rester chez moi.

— Pas de famille, a-t-il murmuré en s'agitant faiblement. Et je ne pourrais pas supporter d'être avec une télépathe en continu.

J'ai levé le regard vers Maître Cataliades qui, lui, avait un lien de parenté certain avec Barry. Il se tenait à l'entrée de la chambre, le regard plein de douleur et il a secoué la tête en silence. Il ne pouvait pas prendre Barry avec lui. Il l'avait retrouvé et sauvé, mais ne pouvait en faire plus. Pour une raison qui m'échappait.

Il était pourtant indispensable pour Barry de se retrouver chez quelqu'un qui le laisserait se remettre en douceur, sans intervenir, mais qui serait présent en cas de besoin. Soudain l'inspiration m'est venue. Saisissant mon portable, j'ai retrouvé le numéro de Bernadette Merlotte, qui m'a répondu tout de suite. Après un échange de politesse, je suis entrée dans le vif du sujet.

— Bernadette, vous avez dit que vous me deviez une vie. Ce n'est pas une vie, que je vous demande. Mais j'ai un ami qui est gravement blessé. Il faut qu'il aille à l'hôpital et ensuite chez quelqu'un pour sa convalescence. Je vous promets qu'il n'est pas difficile, et que c'est un mec bien.

Cinq minutes plus tard, j'annonçais à mon malade qu'il partait pour Wright, au Texas.

— Le Texas, c'est dangereux pour moi, a-t-il protesté.

— Tu seras loin de tout, à Wright. Et là-bas, il n'y a pas un seul vampire. Tu seras chez la mère de Sam, qui est très gentille. Et tu ne pourras pas lire dans son esprit, parce qu'elle est métamorphe. Ne sors pas la nuit, et aucun vampire ne te trouvera. Je lui ai dit que tu t'appelais Rick.

— Bon, d'accord...

Dans l'heure, Maître Cataliades le conduisait à l'hôpital de Shreveport, après m'avoir promis avec le plus grand sérieux qu'il se chargeait de l'emmener chez Bernie dès qu'il sortirait.

Barry m'a envoyé un mail trois jours plus tard. Il était en sécurité à Wright, dans l'ancienne chambre de Sam. Il se portait mieux et il aimait bien Bernie. Il n'avait aucune idée de ce qu'il ferait plus tard. Mais tout ce que je voyais, c'était qu'il était en vie, qu'il allait mieux, et qu'il se projetait dans le futur.

Peu à peu, j'ai commencé à me détendre. Amelia me donnait des nouvelles environ un jour sur deux. Bob avait enfin été transféré à La Nouvelle-Orléans. Son

...re avait disparu et sa secrétaire avait signalé sa dispa-...tion à la police. Amelia ne semblait pas s'en inquiéter ...outre mesure. Elle se focalisait sur Bob et sa grossesse. Elle m'a appris qu'elle avait vu Monsieur C et qu'il essayait de découvrir qui, parmi les sorcières, avait ensorcelé la pièce qui avait permis à Arlene d'entrer chez moi. Amelia penchait plutôt pour Claude. Je savais que les démons trouveraient la vérité.

Moins de deux semaines plus tard, je remontais l'allée vers « l'autel ». En réalité, le mariage avait lieu en plein air et je marchais à pas lents dans l'herbe, entre les convives qui formaient une haie, au son des violonistes qui jouaient *Simple Gifts*[1]. Je tenais dans mes mains un bouquet de tournesols qui s'accordaient à ma jolie robe jaune. Le pasteur de Michele nous attendait sous une arche fleurie, dans le jardin de Jason – j'avais été plus qu'enchantée de contribuer au décor végétal. À ses côtés se tenaient les parents de Michele, heureux et sou-riants. De notre côté, il n'y avait pas d'autre famille que Jason et moi – c'était déjà bien. Resplendissante, Michele rayonnait en rejoignant Jason. Et Hoyt n'a pas même pas perdu l'anneau.

Après la cérémonie, nous avons posé tous les quatre pour les photos, ensemble et séparément. Puis Michele et Jason ont enfilé un tablier par-dessus leurs tenues de mariage et se sont postés derrière le comptoir des gril-lades pour servir leurs invités. D'autres tables disposées alentour les attendaient, croulant sous les légumes, salades, pains et desserts que tous avaient apportés. Le gâteau, confectionné comme promis par l'amie de

---

1. *Simple Gifts* (mot à mot, « des cadeaux simples ») est un célèbre chant qui émane de la communauté Shaker et date de la fin du XIXᵉ siècle. Il a été repris et adapté au fil des ans par de nombreux compositeurs, dont Ronan Hardinan pour le spectacle irlandais *Lord of the Dance*.

Michele, trônait dans toute sa splendeur dans la tente qui lui était réservée.

Chacun des convives mangeait et buvait de bon cœur, le tout ponctué de nombreux toasts.

Sam m'avait gardé une chaise à côté de lui, à la table enrubannée de blanc des jeunes mariés. Jason et Michele nous rejoindraient plus tard, après avoir fini leur premier service.

— Je te trouve vraiment très jolie. Et ton bras a l'air d'aller mieux aussi.

C'était la première fois que je ne portais pas de bandage.

— Merci, Sam.

En dehors du travail, nous ne nous étions pas revus depuis la soirée au *Stompin' Sally's*. Il m'avait donc accordé le temps que je lui avais demandé. Nous avions accepté d'aider JB et Tara à faire leurs travaux, et nous irions bientôt au cinéma tous les deux, à Shreveport.

J'avais une vision assez claire de la façon dont notre relation allait progresser. Mais je sais qu'il n'y a rien de pire que de se faire des idées préconçues.

Tard dans la nuit, nous avons aidé mon frère et sa nouvelle épouse à replier toutes les chaises et les tables ainsi qu'à les charger dans une remorque, prête à remporter le tout à l'église de l'Amour Divin. Après quoi Sam m'a aidée à monter dans son pick-up et m'a ramenée. En chemin, il a soudain pris la parole.

— Dis donc, ma p'tite dame, j'ai une question.

Il m'affublait de ce surnom depuis la nuit dans le champ de maïs et refusait de lâcher l'affaire. Je m'accrochais à mes réserves de patience.

— Oui... ?

— Comment Claude est-il sorti de Faérie ? Tu m'avais dit que les barrières étaient scellées. Le portail dans tes bois était fermé.

— Tu sais ce que j'ai trouvé comme fleur da
jardin hier ?

— Je ne sais pas où tu veux en venir, mais d'accord,
mords à l'hameçon. Qu'as-tu donc trouvé comme fleur
dans ton jardin hier ?

— Une lettre.

— Sérieux ?

— Sérieux. Une lettre, qui fleurissait sur un de mes
rosiers. Tu sais, celui qui porte de grosses roses rouges,
à côté de mon garage ?

— Et tu l'as repérée ?

— Elle était blanche...

— Bon. Et elle était de qui ?

— Niall, évidemment.

— Et il disait quoi ?

— Il était convaincu qu'il restait encore au moins un
rebelle à capturer. Pour prendre ce traître sur le fait, il
a sciemment orchestré une occasion de faire évader
Claude. Du même coup, celui-ci passait dans le monde
des humains, dans lequel il serait condamné à languir –
c'est le mot qu'il a employé – à languir à tout jamais,
amputé de sa beauté.

Après un court silence, Sam a grogné.

— Niall a oublié de penser à quel point Claude
serait malheureux de se retrouver aux États-Unis, sans
argent, sans travail et sans son physique. Il ne s'est pas
demandé non plus qui Claude allait rendre responsable
de ce qui lui arrivait.

— Niall ne se met pas à la place des gens. Ce n'est pas
comme cela qu'il fonctionne. Apparemment, le dernier
rebelle a bien fait évader Claude, et Claude a décidé que
la vengeance était tout en haut de sa liste. À mon avis, il
avait un compte secret dont Niall ignorait l'existence.
Claude a pris contact avec Johan Glassport, qui avait
déjà travaillé pour lui. De tous les humains qu'il avait
connus, Glassport était le plus cruel. Il l'a soudoyé pour

qu'il joue sa part dans la phase numéro un du projet « Capturons Sookie ». Le but était de veiller à ce que je passe toute ma vie derrière les barreaux, et que je sois consciente de ce que Claude aurait dû subir. Il leur fallait quelqu'un d'autre qui soit animé par une haine anti-Sookie. Quelqu'un qui serait tenté par la récompense inhabituelle : de l'argent, naturellement, mais avec un jeune télépathe en cadeau. Glassport a donc retrouvé Steve Newlin. Ensuite, il leur fallait la victime idéale. Et Glassport s'est arrangé pour faire sortir Arlene de prison.

— C'est un peu alambiqué...

— Je ne te le fais pas dire. J'ai un peu compris où il allait, avec son stratagème, quand j'ai repensé à ce qu'il avait enduré dans une prison faé. Mais franchement, il aurait mieux fait de voler un fusil et de me tirer dessus.

— Sookie !

Sam était choqué. Nous étions garés à côté de ma porte de derrière. En jetant un regard par ma vitre, j'ai cru apercevoir quelque chose de blanc à la lisière des bois. Karin. Ou Bill. Ils devaient passer beaucoup de temps ensemble, la nuit.

— Je sais, Sam, je n'aime pas y penser non plus. Mais c'est vrai. Quand on complique les choses, on réduit les chances de réussir. Alors retiens la leçon pour tes vengeances futures. On fait court, et direct.

Nous sommes restés assis en silence pendant un temps, puis j'ai repris.

— Tu sais, Sam, si on m'avait torturée de nouveau, je serais morte. J'étais prête à mourir.

— Mais tu t'es arrangée pour les mettre en colère et pour qu'ils se jettent les uns sur les autres. Tu as survécu. Tu ne renonces jamais, Sook.

Il m'a pris la main.

Si j'avais eu envie de débattre, je l'aurais contredit. J'avais renoncé à beaucoup. À tel point qu'il m'était

378

impossible d'évaluer tout ce que j'avais perdu. Mais je comprenais ce que Sam voulait dire : je m'étais préservée, moi. Mon instinct de survie était intact. Je ne savais pas comment réagir. Et c'est exactement ce que je lui ai dit.

— Il ne me reste plus rien à dire.

— Ça m'étonnerait.

Il est venu de mon côté du pick-up pour m'aider à glisser au sol avec mes talons hauts et ma robe moulante. En atterrissant, je me suis retrouvée contre lui. Tout contre lui.

— Tu as tout, vraiment tout, tu sais, a-t-il soufflé.

Déjà serrés autour de moi, ses bras m'ont enlacée d'encore plus près.

— Tu ne veux pas changer d'avis, au sujet de cette nuit ? J'aimerais tellement rester...

— Je suis très tentée, ai-je concédé. Mais cette fois-ci, on y va lentement. Je veux qu'on soit sûrs.

— Je suis tout à fait sûr de vouloir grimper dans ton lit, moi, a-t-il murmuré en posant son front contre le mien.

Puis il a émis un petit rire.

— Tu as raison, a-t-il dit. C'est la meilleure méthode. Mais c'est difficile d'être patient, quand on sait à quel point c'est bon...

J'ai dégusté le moment, heureuse de pouvoir le tenir dans mes bras et de le sentir aussi près de moi. Si on me l'avait demandé, j'aurais avoué que j'étais convaincue que Sam et moi serions en couple, peut-être d'ici à Noël, et peut-être pour toujours. J'étais incapable de concevoir le futur sans lui. J'étais certaine, cependant, que s'il se détournait de moi maintenant, je survivrais d'une façon ou d'une autre, et que je trouverais le moyen de m'épanouir de nouveau, comme le jardin qui fleurissait encore et toujours autour de ma maison de famille.

Je m'appelle Sookie Stackhouse. Je suis ici chez moi.

Plongez dans une autre grande série
de Charlaine Harris :

Aurora Teagarden

Ce que la presse en a dit...

« Fidèle à elle-même, Charlaine Harris nous présente une nouvelle héroïne complète, intelligente et attachante. [...] Un suspense teinté de quelques gouttes de romance qui nous accroche dès les premières pages. »

Aggie Perrin, *Le libraire*

« On retrouve toute la puissance de l'écrivaine, son goût pour l'humour et pour le mystère, sa plume évocatrice et son grand talent de conteuse. »

Marie-France Bornais
Le Journal de Montréal

« Harris entraîne les coupables et les innocents dans un récit captivant, tout en inventant une héroïne aussi forte et potentiellement complexe que la Cordelia Gray de P. D. James. »

Publishers Weekly